近代岭南报刊小说研究

梁冬丽 著

凤凰出版社

图书在版编目（CIP）数据

近代岭南报刊小说研究 / 梁冬丽著. -- 南京 : 凤凰出版社，2022.12
ISBN 978-7-5506-3816-7

Ⅰ. ①近… Ⅱ. ①梁… Ⅲ. ①小说研究—广东—近代
Ⅳ. ①I207.41

中国版本图书馆CIP数据核字(2022)第221326号

书　　名	近代岭南报刊小说研究
著　　者	梁冬丽
责任编辑	汪允普
书籍设计	徐　慧
出版发行	凤凰出版社(原江苏古籍出版社) 发行部电话025-83223462
出版社地址	江苏省南京市中央路165号,邮编:210009
照　　排	南京凯建文化发展有限公司
印　　刷	安徽省天长市千秋印务有限公司 安徽省天长市郑集镇向阳社区邱庄队真武南路168号
开　　本	880毫米×1230毫米　1/32
印　　张	12.375
字　　数	289千字
版　　次	2022年12月第1版
印　　次	2022年12月第1次印刷
标准书号	ISBN 978-7-5506-3816-7
定　　价	98.00元 (本书凡印装错误可向承印厂调换,电话:0550-7964049)

国家社会科学基金资助项目“近代岭南报刊小说整理与研究”最终成果

项目编号：17BZW018

目　录

第一章　近代岭南报刊的创办

第二章　近代岭南报刊小说的刊载

第三章 近代岭南报刊小说的作者

第四章 近代岭南报刊小说的传统性与舶来要素

第五章 近代岭南报刊小说的时代性

第六章　近代岭南报刊小说的地域性

第七章　近代岭南报刊小说的影响与总体评价

序

程国赋

近代是中国小说发展的重要转型期，随着社会、经济、文化的巨大变革，这一时期，小说的传播方式、题材内容、创作主旨、文化内涵、读者阶层均产生深刻的变化，一个突出的体现就在于报刊小说的迅速崛起。与传统小说依赖于雕版印刷不同的是，近代报刊刊登或连载小说数量多、传播快、影响大、读者面广。自上世纪以来，这一领域就受到学术界一定的关注，尤其是进入21世纪以后，由于古代、近代文学研究的视野、思路、方法、观念得到进一步拓展，有关近代报刊小说的研究越来越多，逐步成为近代文学研究的一个亮点和学术增长点。

总的看来，迄今为止，近代报刊小说研究取得突出成绩，与此同时，也存在一些缺陷和不足：

一是报刊小说文献整理受到高度重视，不少学者在这一方面做了大量资料搜集、整理的工作。就近代小说作品收录和目录编撰而言，出现多部著作，例如，阿英《晚清戏曲小说目》、日本樽本照雄《新编清末民初小说目录》、陈平原和夏晓虹《二十世纪中国小说理论资料》、陈大康《中国近代小说编年史》、江苏省社科院明清小说研究中心《中国通俗小说总目提要》、王继权《中国近代小说目录》、复旦大学编《中国近代小说大系》、台湾王孝廉编《晚清小说大系》、刘永文《晚清小说目录》、上海书店出版社《中国近代文学大系》等等，其中有不少篇幅是有关近代报刊小说资料的搜集、整理。专门就近代报刊小说的整理而言，王燕编撰《晚清小说期刊辑存》（全60册，国家图书馆出版社2015年版），梁冬丽、刘晓宁编撰《近代岭南报刊小说初集》(全2册,凤凰出版社2019年版)。总的看来,这方面的工作还需要进一步加强。

二是硕士、博士学位论文多选近代某份报刊或某一类报刊作为对象,深耕细作,相关报刊个案得到很好的研究,如对《绣像小说》《时事画报》《中外小说林》《有所谓报》《遐迩贯珍》等等进行专门研究,但是在整体研究和时空结合的视野诸方面均有较大的开拓空间。

三是在区域研究中,还存在研究不平衡、不充分的现象。上海报刊小说研究领先,北京、日本、新马及北美华文报刊小说研究迎头赶上,而报刊发祥地岭南的报刊小说研究较为薄弱,沿江河、内地报刊小说研究更是不足。岭南作为中国现代报刊的发祥地,报载小说的出现却比较晚。上海、日本等地中文报刊虽然后起,但小说刊载却捷足先登,其中,岭南报人吴趼人、以梁启超为代表的资产阶级改良派也参与其中,上海、日本中文报刊小说风靡全国。以晚清上海为中心的报刊小说研究受到的关注较多,研究成果丰富,相比之下,晚清岭南报刊小说却没有得到应有的关注。虽有一些相关著作和研究论文,但是与晚清上海报刊小说相比而言,研究的深度和广度都存在明显不足。近代岭南的政治、经济、文化、对外交流等等相当发达,是中西文化交融、汇合之地,近代岭南文化、文学具有鲜明的地域特色。开展近代岭南报刊小说研究,可以丰富近代岭南文学研究的内涵,拓展岭南文学研究的视野,在一定程度上可以成为中国近代文学研究的新领域与学术增长点。

四是在研究方法与视野上,目前的研究成果主要使用传统文献整理的手段编写目录,多把报刊小说作为“小说”,而不是看作在新媒体下出现的一种新文体,即报章体小说,学科交叉研究意识尚未普及;利用大数据、现代科技手段整理、研究近代报刊小说方面，也需要进一步提高；要围绕近代报刊小说开展协同合作，不同地区、不同类型的高校和科研机构的研究团队分工协作，在充分调研国内外文献资料的基础上，完成近代报刊小说数据库的建设，完成《近代报刊小说史》以及相关的研究工作。

有鉴于此，梁冬丽博士近年来一直围绕近代岭南报刊小说着力开拓。在暨南大学中国语言文学博士后流动站工作期间，她就开始选定《近代岭南报刊小说研究》这一课题，并获得国家社科基金项目的资助、支持。出站以后，她到广西师范大学文学院工作，继续在这一领域辛勤耕耘。目前完成专著，以近代岭南定期出版物作为切入点，拓展近代小说、报刊小说研究的新领域，引入新方法，挖掘新史料。通读书稿，我觉得，该著达成了以下三个学术目标：

一是回顾岭南报刊小说的刊载历程，理清报刊小说如何从新闻性、信息性与实用性文字中获得独立，并成为独立文体，归纳其经历从无到有，再到“小说”成为大部分报刊主要、固定的栏目，并专刊化的过程，具有怎样的文体学意义。

二是钩沉史料。尽可能全面收集、整理现存近代岭南报刊小说、小说理论，及其与小说相关的广告等资料，建立史料库。挖掘曾因缺乏资料而被忽略的研究对象，详查各类小说的刊布，改变以往多仰仗单行刊印小说、未挖掘散存报刊小说的研究现状，修正一些有失公正的结论。

三是分别从时间维度与空间维度出发，以岭南报人小说家为主体，探讨近代岭南报刊小说的时代性与地域性，时空结合、时空并重，窥时代气息，见地域精神。“岭南”的空间坐标与“近代”的时间坐标共同定位，提炼近代岭南报刊小说的特质。

《近代岭南报刊小说研究》的主要内容、主要观点突出，整体框架逻辑严密，体现在以下六个方面：

一是概括了近代岭南报刊创办的基本特点。岭南在近代中国有着特殊的地理特性：是交接中外的唯一通道，也是近代中国最早接受西方文化输入的窗口，地处南方，濒临海域，是中国办报的发祥地。约从1815年到鸦片战争前夕，我国办报中心在澳门和广州；鸦片战争开始到第二次鸦片战争期间，办报中心在香港；第二次鸦片战争后，办报中心才转移到上海。在这样的背景下，早期岭南报刊或由近代开眼看世界的清政府高级官员创办，或由在外国人所办报刊中工作过的中国人利用外报工作经验或机器独立办报。这些人成为中国近代早期报人群体。近代岭南报刊在清政府及地方官绅的威权之下，屡禁不止，表现出旺盛的生命力，反映出近代岭南报人具有顽强不屈的职业精神。

二是勾勒了近代岭南报刊小说刊载的轨迹。经过统计发现，现存报刊能够见到原文且年份明确的小说500篇（部），类小说22篇，共计522篇（部）；未见原文或不能明确年份的有44篇（部）。1911年以前创刊，且1912年以来仍然发表小说的报刊有《时事画报》《南越报附张》《国民报》，共计87篇（部），实现小说刊登、发行的多样化与立体化。1900年以前，岭南报刊在非文艺性文字里夹登了一些小说或类小说，此后，逐步从非文艺性版块中剥离，进入文艺性版块，在不固定的时间或不固定的版面中刊登，此时的岭南报刊小说处于发轫期。1900年后，岭南报刊的文艺副刊中有了小说专栏，连载自创的长篇小说，刊登自创的短篇小说，也刊载翻译小说，小说文体类型多样，此时岭南报刊小说处于上升期。大约1906年至1907年，岭南刊载小说专刊化，成为最完善的近代小说载体。1912年以后，激情消退，渐滋闲趣。《香港华字日报》是印证刊行轨迹的最好实例。岭南报刊逐步建成完善的小说刊行体系，使在近代岭南创作、刊行的小说得以更好地传播。

三是辨析了近代岭南报刊小说的作者问题。现存岭南报刊小说署名情况较为复杂。该著借助所署笔名，联合透视单行本序例或社员表、广告及个人传记等资料，考察到原名；通过署名后缀或前置语，区分小说稿件的来源、地域、创作心境等情形。根据报刊关系、小说家思想倾向、创作艺术追求，主要有如下岭南报人小说家群体：以郑贯公所办报刊为中心的小说家群体，以强烈的革命感创作小说，以文体革新与革命思想结合的方式，弘扬时代思想主旋律；以《时事画报》为中心的小说家群体，有美术家参与报刊小说的创作、运营与插图，构建了时事入小说、短篇小说系列化与微型化的试验中心；以《农工商报》为中心的小说家群体，提倡工商实业，批判社会现实，主张开通民智，从客观上有助于当时中国民众文明的提升；以《香港华字日报》《新小说丛》为中心的小说家群体，以岭南人为主，又有一个突出的非广东人邱菽园，是香港与南洋小说互动的经典实例；以《南越报》《国民报》为中心的小说家群体，见证了辛亥革命前后岭南报界的变化，成为研究政治形势影响创作热情与创作思潮的经典案例；以黄世仲、黄伯耀兄弟为中心的小说家群体，中、外小说的创作与翻译、引进、模仿、创新自成一体，催生了“近事小说”。王斧小说至少有43篇（部），几乎包办了《香港少年报》与《唯一趣报有所谓》大部分小说的创作，又在南洋《中兴日报》发表小说，是融传统性与现代因子于一体的经典案例。

四是比较分析了近代岭南报刊小说的传统性与舶来要素。近代文学具有“继往开来”“异质化合”的时代特点。继承传统性方面：在题材内容上，继承了传奇或志异的取向；在写法上，继承了“起局必平正”的开头、结尾等程式；在文本上，不刻意抹去“有诗为证”等外在标识。受到“西洋技法”启发，小说体裁、叙事模式、情节结构与环境、心理描写方面，近代岭南报刊小说发生了较大变化，远不是“旧瓶装新酒”所描述的这么简单。表现为：在题材内容上，化公案为侦探；在写法上，借用“起局必突兀”的开头方式；在选材构思上，从外国小说得到灵感。特别是短篇小说，戏剧化创作营造的人物冲突使情节紧凑，对白化与场景化明显，有很强的舞台感，戏剧品性浓厚，具有文体革新意义；开头以拟声或环境渲染引入故事的创作，得到很好的实践，以心理、触觉、视觉等进行体验式讲述故事，成为新的创作模式。

五是总结了近代岭南报刊小说的时代性特点。近代岭南报刊小说设定的主题或宣扬的主旨与报刊言论同步、同调，二者相辅相成，相得益彰。在主题倾向上，关注时局当下，如列强入侵、鸦片流行、政府腐败、百姓愚昧等社会现实；力求有助于开通民智、提倡革命，维新、立宪、救亡、革命、新民等重大社会思潮受到关注，书写“现世史”。针对两个方向的主题，岭南报刊小说在文体类型倾向上，多用寓言、讽刺手段，着力于翻译或创作政治、侦探小说，喜欢用白话语体，使用通俗语言，以达到关注、批判、谴责或开通民智、提倡革命的目的。思想内容、文体类型交叉，又对某些传统文体或外来文体加以改造，在报章中以“破体”的面貌见于世，“近事小说”是新媒体与时代思潮结合的典型报章体小说。

六是总结了近代岭南报刊小说的地域性特点。该著有意识地写近代珠江流域历史、地理风貌与时局，即以报刊小说书写岭南之人、岭南之地、岭南之事、岭南之风俗、岭南之历史变迁等总体风貌。将粤人作为故事的主要讲述者、目睹者，粤地环境设置精确化，特别是凸显了广州、香港独特的水陆生活场景。粤语小说的最大特点是呈现岭南语言文化标记，其中最显著的是小说中出现的名物与民俗。岭南报人关心乡梓、保护地方的理念很强烈，但是这种地方观念不是狭隘的地方主义思想，而是通过扎实地立足本土，更好地眺望京城、通览全国、面向世界，把好时代脉搏。

最后，分析近代岭南报刊小说的影响，并对其进行总体评价。从横向来看，近代岭南报刊小说与其他地区报刊小说有着密切联系，岭南报刊小说在文本内部引入、评说当时的岭南小说、被其他地区报刊转载、转载其他地区报刊小说,都是互相影响的表现。近代岭南报刊小说是分体、断代、地域文学。从时间而言,是近代小说的有机组织部分,也是近代文学的有机组成部分,是现代小说定型前的过渡形态或胚胎。从空间而言,是中国文学的组成部分,是岭南小说的有机组成部分,是近代岭南报刊文学的有机组成部分。其价值在于:岭南报人首开报刊连载小说先例,并确立小说的价值与地位;岭南报刊小说所奠定的思想内容倾向与艺术审美导向,具有继往开来、融合中外的功用;近代岭南报刊小说在文体类型的革新上,有诸多开创性功绩。其文体、思想、内容、主旨有鲜明的近代性,也有鲜明的岭南地域性,是融合时代、地域与融合古今、中外各文体要素而成的小说范本,共同构成了近代中国报刊小说繁盛的局面。在近代小说史上的地位,可以概括为既是岭南的,又是全国的,更是世界华人的。

梁冬丽博士自2015年进入暨南大学中国语言文学博士后流动站开始,历经六年多,在近代岭南报刊小说整理、研究方面,成绩显著,她和刘晓宁合作整理的《近代岭南报刊短篇小说初集》,2019年由凤凰出版社出版,校点、整理短篇小说377篇,约62万字,避免了近代岭南报刊短篇小说的散佚,同时,又可为当代研究者提供方便快捷的查阅工具;另外,她整理出近代岭南报刊小说广告、小说理论资料约25万字,为梳理岭南小说的行销途径、读者消费能力、小说创作风向、小说创作理论、小说史等提供了新文献。该著将成为岭南小说、岭南文学重要的实证研究成果,有较强的学术意义:从时间维度探讨了近代岭南报刊小说刊载的历史,及其小说创作、艺术成就与文体试验上具有的时代内涵,有助于正确定位其价值与地位;从空间维度探讨了近代岭南报刊小说的地理分布、地域内涵,及其与上海、南洋、沿江河报刊小说的关系,也有助于正确定位其价值与地位;文学与地理学、新闻学交叉学科理论的运用,透视了近代岭南报刊小说在时间上与空间上交互于岭南与近代的时空意义。另外,在应用价值上,从岭南报刊小说的人地关系,可以延展至岭南文学的人地关系研究,还可以延展至岭南教育的人地关系、岭南艺术的人地关系,等等,具有学科延展性;可以拓展到1912年以后的岭南报刊小说研究,具有时间延展性;可以拓展到沿海、沿江河、内地或南洋、北美报刊小说研究,具有空间延展性。越来越多的作品证明,近代岭南报刊小说有其自身的活力,能成为近代文学研究的增长点。

是为序。

2022年2月27日于暨南园

绪 论

岭南报刊刊载小说经历了从无到有，再到“小说”成为大部分报刊的主要、固定栏目并专刊化的过程。目前整理出来的近代岭南报刊小说数量可观，质量较高，其所反映的时代精神与地域特色均值得关注。

一、选题依据

岭南地区自19世纪上半期成为中国报刊发祥地、中心地之后，经过两次鸦片战争，其地位为上海所代替，至19世纪末又开始兴盛，在20世纪初，以资产阶级民主革命派为主创办的报刊在岭南复苏。彼时小说理论家亦已开始研讨这个问题：报刊与小说二者有何关系，对开通社会风气有何效力。

> 二十世纪开幕，为吾国小说界发达之滥觞，文明初渡，固乞灵于译本。迄于今，报界之潮流，更趋重于小说，发源沪渎，而盛于香港、粤省各方面。或章回，或短篇，或箴政治之得失，或言教育之文野，或振民族之精神，或写人情之观感。核其大旨，要无非改良社会之风气，而钥导人群之智识者为近是。故小说一门，隐与报界相维系，而小说功用，遂不可思议矣。[①]

从地理上看，我国办报发轫于岭南，却繁盛于上海；报刊小说发轫于上海，却繁盛于岭南。报刊与小说互相推波助澜，发生了

---

① 耀公：《小说与风俗之关系》，《绘图中外小说林》1908年第5期。

不可思议的合力。从时间上看，最初为“乞灵”译本，到“发源沪渎”，再到“盛于香港、粤省”，这个发展演变轨迹，本身就能说明小说与报界有隐相维系的天然关系，使小说的功用达到了不可思议的效果。有些小说家意识到，岭南以说部为武器，开通民智，尚有欠缺。

小说一道，离奇变幻，体用兼赅(施)，最宜于今日社会。泰东西各国至奉为教育专科，其价值可见。近世纪中国人士，沐染新风，稍知小说之益，故东京、上海亦有“说部丛书”等问世，惟吾粤阙如，同人等深以为憾，爰组织此社，特聘出色小说家多人，分门担任。……以饷我同胞，以导引文明，启迪社会为方针。①

报刊发达与否是社会文明高低的标准，这种思想已成为近代共识。小说理论家早就意识到小说与报刊兴盛有密切的关系，二者隐相结合，产生了不可思议的功能。有感于岭南报刊以小说揄扬新风气的落后，粤东小说林社成立，以期迎头赶上日本、上海，满足社会需求。近代岭南报刊是在欧风美雨侵袭下成长起来的产物，它见证了近代岭南思想社会的变迁，是近代岭南革命风潮变幻的时代记录者。近代岭南报刊以强烈的主人翁责任感，以不屈不挠的战斗、自新精神，批判清政府的腐败、抨击社会风气的沉沦、抗击外国侵略者的恶劣行径，为建立独立、平等、民主、自由的国家而大声疾呼，为树立有思想、身心健康的新民而循循善诱。与报刊相比，小说的感染力显然更强：

报纸虽足以开拓心思，改良风俗，进化人群，增长智识，而其

① 《粤东小说林出世》，《香港少年报》1906年9月24日。又见《香港华字日报》1906年10月1日。

影响，吾谓其不若小说之普及。……故即报纸与小说较，同为启迪性灵之助，而一则只言时事，一则考证古人；一则时势观摩，一则现身说法；一则得诸采访，一则按之《诗》《书》；一则令人于时局世情感事抚时，一则令人将物理人情，神游目想。不外此文、此字、此心、此德，而报纸上之情，移人者短，小说上之情，移人者长；报纸耐人寻绎，而旧则厌弃；小说耐人寻绎，而旧仍喜读。……盖报纸只以言导人，而小说则直以身导人。报纸有监督权，足令人畏惧，小说则有兴起权，足使人涕泣。然则阅小说，不徒胜于阅报，更胜于观剧；不徒胜于观剧，且胜于读群书。[①]

正因为发现小说具有“现身说法”“移人者长”“以身导人”“有兴起权”等特性，所以发表于近代岭南报刊中的小说，特别是进入20世纪之后的小说，是时代思想潮流最有力的鼓吹者、战斗者、参与者、见证者，感染人心的力量有甚于报刊，而报刊与小说的结合，效果更佳。所以报人在办报时，必开“小说”一门：

对于社会上，而具有莫大之牵引力、吸摄力，使之悉入其范围内而不自觉者，非小说耶？欧美各国以小说为一种学，岂无故哉？以彼感人之道最神，今本报用因势利导之法，采本邑往昔之奇谭，或中外之异闻，而作小说。[②]

《东莞旬报》主笔认为，在报刊开设专栏，刊载小说，可以感染人心，开通民智，因为小说对社会有巨大的牵引力、吸摄力。在小说中，像吴邦彦这样的有识之士，也能意识到：“满政府之凶横，衔

① 亚莵：《小说之功用比报纸之影响为更普及》，《中外小说林》1907年第11期。
② 璇三郎：《东莞旬报开幕之第一日》，《东莞旬报》1908年第1期。

之刺骨，作为诗歌小说以醒同胞。”[1]诗歌、小说同具警醒同胞的功能，其目的是要揭发清政府的凶横腐败。

“异质化合，乃孳新种”[2]，“异质”分别由哪些要素构成，这些要素如何“化合”，“新种”之“新”处何在，到底是如何“孳”生，过程如何，岭南报刊小说是重要的实证对象。从时间上考察可以得出近代小说具有时代性、过渡性、革新性的特征，这是研究重点；从空间上考察可以得出近代小说具有地域性的特征，这是研究的难点。二者结合考察，才能勾勒出岭南报刊小说的全貌，才能判断其在小说发展史上的地位，才能确定其在中国近代小说上的地位。

近代报刊小说研究方兴未艾，在国内，一批有关上海、北京、天津等地报刊小说的研究成果纷纷涌现，在国外，近代在日中文报刊小说研究、近代新马报刊小说研究、近代在欧美中文报刊小说等亦纷纷列入研究者的研究范畴中，具有传教、殖民、沿海、最早、最南端等诸多首发性、独创性的岭南报刊小说，自当不能弃之故纸堆中。

二、几个基本概念的界定

进入正式论述之前，先来对几个基本概念进行界定，以免产生误解。

（一）近代

历史文化学上的“近代”多是指1840年第一次鸦片战争到1919年五四新文化运动前的时间段，上海书店发起编纂的《中国近代文学大系》采用的是1840年至1919年的分法。但这里所指

---

① 《朱一贵》，《广东日报》1905年5月24日。

② 南社成员黄人在其作于1909年的《清文汇·序》中写道：“中兴垂五十年，中外一家，梯航四达，欧和文化，灌输脑界，异质化合，乃孳新种，学术思想，大生变革。”

的近代是1840年第一次鸦片战争至1911年辛亥革命之间的时段。学界中有研究者将1840年第一次鸦片战争爆发至1912年中华民国改元之前称为"晚清"或"清末",此处采用"近代"而非"晚清"和"清末",是为了突出此时的时代新变,正处于中国从古到今、从闭关自守到被迫开放的新旧交替的过渡性时期,陈大康先生的《中国近代小说编年史》就采用"近代"来指代1840—1911年这个时间段。在实际研究过程中,则以维新变法之后到民国成立之前的时间段为主,原因之一在于,从历史资料和现存可见的馆藏资料来看,岭南地区在戊戌维新变法之前,报刊登载小说的数量极少;原因之二在于,报刊和报刊小说出现新变的契机与戊戌维新变法有着较大的联系。但在总体范围上仍截取1840年至1911年这个时间段。仅有《香港华字日报》《时事画报》《南越报附张》《国民报》《七十二行商报》因大部分作品在1911年以前刊载,并在1919年以前停刊的,有部分小说跨1911年前后连载,为完整起见,故全选入,实为方便对比辛亥革命爆发前后报刊宗旨与小说风格是否有变化。

(二)岭南

"岭南"是指越城岭、都庞岭、萌渚岭、骑田岭、大庾岭五岭以南。按当今行政区划分,主要指广东、海南、广西一带,包括香港、澳门两个特别行政区。

(三)岭南报刊

"岭南报刊"是指此时在岭南地区定期出版的报纸与杂志。由于早期外国人在岭南创办的中文、外文报刊很少发表小说,因此这些报刊并不列入研究范围,仅作为回顾中国近代创办报刊历史的参考。日本人在中国办的中文报刊《东报》(1899)、《岭南新报》(清末)就不列入研究范围。1900年以后,外国人,包括教会机构等在岭南发行的刊物,发表小说的亦不多,也不是重点讨论的对象。事实上,资产阶级维新派在1900年以前的办报阵地主要在上海、北京,1900年以后逐渐演变为保皇派或立宪派,其阵地迁移到日本、南洋一带,以《新民丛报》《新小说》《南洋总汇报》及其发表的小说为代表。真正有意识地大量刊载小说的岭南报刊主要是1900年以后资产阶级革命派创办的报刊。考察近代岭南报刊小说史的重心,应该放在资产阶级革命派创办或倾向革命、开通民智的报刊上,这是岭南报刊小说的特色之一。岭南地区还有相当一部分报刊是没有明显的思想倾向的,也发表了不少小说,也有报刊特色,也列入研究范围。

（四）小说

"小说"这一概念极为复杂,什么样的小说才能列入研究对象,将在第一章中详述。总之,发表在近代岭南报刊上的"小说"都是研究对象。具体说来,翻译的长篇、短篇小说,自创的各类长篇、短篇小说,以及报刊小说集中的小说,都列入讨论对象。以上各类小说中,无论是自创的文言"旧小说",还是"新体小说",都会涉及,只有这样才能充分地、立体透视近代岭南报刊小说具有的"继往开来"这一过渡性质。因为近代报人小说家受过中国传统教育,在中国这个文脉相承的环境中,不可避免地受到中国古代小说创作、阅读氛围的熏陶,所以首先要考察的是对传统的继承问题,因为继承不是照抄,而是创新性地接受。作为近代岭南报刊刊发的重要对象,即使被胡适称为"烂调小说",也不应被置之不理。而被胡适称为"新体小说"的作品,在近代异军突起,在岭南报刊中占据了重要的一席之地,自然是重点探讨的对象。因此,写法上与中国古代小说一脉相承的,便造就了近代岭南报刊小说的"传统性";写法上受西方小说影响而打破旧传统的,便造就其"现代意味"。既然单独拎出"岭南"一域之报刊小说进行全面探讨,必不能省略的步骤就是共时的比较和空间的对照,在创作主题、主旨上能否反映时代思想主潮,其主旋律是否与其他区域的小说相通,造就了近代岭南报刊小说的普遍性;在方言选用、作家群体构成、自然空间构建方面是否为岭南所独有,是否能够反映岭南区域特色,与其他地域不可同得的,便造就了近代岭南报刊小说的典型性。

三、研究思路与方法、目标

遵循史料梳理与理论分析相结合的研究思路,力争对相关材料进行全面、细致的搜集,并在资料整理与辨析的基础上开展理论研究。以翔实的资料为基础,力求把握近代岭南报刊小说的两大核心:时代特征与地域特色。前者能理清其近代性与变革性的意义,后者能明确其典型性的地域文学价值。具体来说,主要使用以下几种方法:

一是共时比较的方法。与政治中心北京、租界经济中心上海等地报刊小说进行横向对比,再与南洋、日本等汉文报刊小说相形,以见西风东渐融入岭南地区报刊小说创作的特色。

二是历时的文史分析。与传统小说作比较,见其创作与载体显示出的"近代性"与"变革性";与西方文学思潮引入之后的现代小说相比,以见岭南报刊小说形成的尝试性特征及其所具备的探索精神。

三是文学与地理学结合的方法。将文学与地理学结合,利用空间理论,分析近代岭南报刊小说赖以产生的地理环境,及其作品中构建了怎样的地理空间,有利于明确近代岭南报刊小说在中国地域文学中的地位。

学术目标有三:

一是回顾岭南报刊小说的刊载历程,理清报刊小说如何从新闻性、信息性与实用性文字中获得独立，归纳其经历从无到有，再到“小说”成为大部分报刊主要、固定的栏目并专刊化的过程，具有怎样的文体学意义。

二是钩沉史料。能够全面收集、整理现存近代岭南报刊小说、小说理论，及其与小说相关的广告、代理信息等资料，建立资料库。挖掘曾因缺乏资料而被忽略的研究对象，完善研究。详查各类小说的刊布，改变以往多仰仗单行刊印小说、未挖掘散存报刊的岭南小说研究现状，修正一些有失公正的结论。

三是分别从时间维度与空间维度出发，以岭南报人小说家为主体，探讨近代岭南报刊小说的时代性与地域性，时空结合、时空并重，以窥时代气息，以见地域精神。“岭南”的空间坐标与“近代”的时间坐标共同定位，如何锻成近代岭南报刊小说的特质。

第一章　近代岭南报刊的创办

岭南在近代中国有着特殊的地理特性：曾是交接中外的唯一通道，也是近代中国最早接受西方文化输入的窗口。“吾国内地之有报纸，肇始于粤垣”[①]，这是不容置疑的事实。约从1815年到第二次鸦片战争前夕，我国的办报中心在澳门、香港和广州；第二次鸦片战争之后，办报中心才转移到上海。所以在20世纪初，据调查结果还能得出“粤垣一区而设立报馆有六七家，除租界不计外，为外省各处所未有”[②]这样的结论。但是，作为近代中国报刊的发祥地，岭南却不是中国报刊小说的发源地。为什么在1902年以后，其办报活动及报刊小说的创作与发表都突然繁盛起来，并形成了有别于北京、上海、日本的中文报刊小说发展轨迹，这与岭南在近代中国的历史地位变迁有怎样的关系？这得从近代岭南创办报刊的历程及其特点开始谈起。

第一节　近代中国最早在岭南地区办报

这里所说的报，有别于中国古代由官方发行的邸报，是指由现代印刷技术支持下发行的兼具新闻性与商业性的现代化定期出版刊物，彼时报、刊尚未有明确的区分。最早在中国办现代报刊的是外国人。

外国人在中国办报，与其在中国传教、设立学校、开办医院和

① 《粤垣报界沿革表》，《广东日报》1904年11月2日。

② 《粤垣报界沿革表》，《广东日报》1904年11月2日。

吸引中国留学生一样,是对中国进行文化思想侵略的途径之一[①]。以马礼逊为代表的传教士意识到在中国办报的愿望并不好实现,转而在华侨集中、与中国交通方便的马六甲地区创办了第一份中文近代报刊《察世俗每月统记传》,免费在南洋华侨中分发,并派人带到广州等沿海城市。随着对中国军事侵略的深入,外国人在中国获得了更多特权,办报活动也逐渐得以开展。外国人在中国创办的一批近代化的中文、外文报刊,最先在岭南沿海一带发行,后来沿海北上,从澳门、香港、广州开始,办报中心逐步迁延到北京一带。

外国人最早在中国境内创办报刊的地方在澳门,"中国境内出版的最早的近代报刊"是1827年在澳门由葡萄牙商人士罗创办的《依泾杂说》,这是中英文合刊,以中文木版和英文铅字活版同印;"我国在国内出版的近代化中文月刊"为《东西洋考每月统记传》(1833),在广州出版,由德国传教士郭士立创办;"英国传教士在广州办的中文期刊"是《各国消息》(1838),创办人是英国麦都思和奚理尔,特辟专页登载广州商情,成为该刊特色;"我国最早用铅字排印的中文杂志"是《遐迩贯珍》(1853),在香港由麦都思、奚理尔、理雅各等创办,三人均做过该报主笔,中国早期民办报人王韬曾协助过编刊工作;"教会办的宣传刊物,最早的中文周刊"是《中外新闻七日录》(1865),创刊于广州,由查美司任主笔,报头右侧有"广州城"字样[②]。这些报刊刊发不少介绍中国历史、地理、风俗等方面的文章,借传教的名义,赤裸裸地宣传其侵略思想甚至刺探中国的海防、军事配备力量等信息。有些办报的传教士甚至借此推销、贩卖鸦片,深度介入近代清政府与外国政府签订各

① 方汉奇:《中国近代报刊史》,山西人民出版社1981年版,第10页。

② 史和、姚福申、叶翠娣:《中国近代报刊名录》,福建人民出版社1991年版,第80页。

种丧权辱国条约的过程，成为外国人侵略中国的得力帮凶[①]。此时中国报刊具有“国际性”，可谓“洋气横生”者，报人、印刷发行方式与创办目的都为满足世界各国了解中国的渴求。在与外人交流、交涉的过程中，逐渐出现了华（商；报）洋（商；报）杂处的现象，“洋泾浜文化”在岭南的香港、澳门、广州率先出现，这就使早期中国报刊具备了“最早”“沿海”“最南端”“殖民”“传教”的时空元素，这些关键词也成为解开近代中国报刊创办历程之谜的钥匙。

从时间而言，在岭南创办的报刊，无论是中文还是外文，或者是中外语言结合，都是引领近代传播媒介的先锋，所以完全可以用“最早”一词称之。

从交通途径而言，最早引入报刊的途径是通过海洋航线传入，由海路而来，进入中国的沿海城市如香港、广州；而从地理方位而言，最早办报刊的地区在中国版图的最南端，靠海，通洋，且远离北京这个政治中心。

从性质而言，具有殖民性与传教性相结合的双重性。有学者称这种办报方式为“外层带文化”所带来。所谓“外层带文化”，是指“由来自欧美的传教士、商人及其他职业者的欧美文化表现构成，主要通过租界事物表现出来，如各种欧式建筑、市政管理、公共事业、商贸活动、生活方式等”。“外层带文化”带来一种新的欧美文化“生活方式”之一是报刊，这种“外层带文化”逐渐渗透到内层、中层带文化中，对中国人产生难以抗拒的“现代性诱惑”[②]：办报、卖报、读报、通过报刊获得商业信息等，成为岭南一种流行的物质与精神生活方式，形成了新的价值观、伦理观与审美趣味。《申报》已经意识到报刊流布中国的事实：“新闻纸之流布于寰区

① 方汉奇：《中国近代报刊史》，山西人民出版社1981年版，第15—17页。

② 陈方竞：《新兴都市上海文化·报刊出版·新小说》，《社会科学辑刊》2009年第3期。

也，香港则间日呈奇，峙佳名于三秀；沪渎则每晨抽秘，斗彩笔于两家。”[①]以骈偶的手法，用“香港”与“沪渎”二端的空间关系圈定“流布”的范围，“间日呈奇”与“每晨抽秘”的时间间隔证明其繁荣的程度。民营办报、卖报与市民读报，成为自觉接受外层带文化的最直接表现。

仔细研究中国近代中文报刊发行与创办的地理变化，会发现一个血的教训：中国报刊的繁荣与外国殖民势力在中国扩张方向大致是成正向的。1860年以前发行的中文报刊有18份，在岭南地区的有10份，在境外的有6份，另外1份在上海（《六合丛谈》），1份在宁波（《中外新报》），说明早期中国报刊中心在岭南。这与外国人在中国的军事政治势力刚刚抢滩中国南端入海城市澳门与香港有关。此时中国开放的口岸只有广州，香港、澳门逐渐成为葡萄牙与英国的势力范围。这时候广州与香港具有突出的“商业性和国际性”。而1860年至1900年，列强各国势力从南端不断北上，疯狂蚕食中国沿海城市，在1900年还联合起来，入侵清政府统治中心北京，中国报刊的发行随着中国与列强血战过程蔓延到其所经之地。1900年八国联军入侵北京城之后，上海基本上确立为中国报刊发行的中心。1861年至1900年发行的167份中文报刊中，至少有100份是在上海创刊的，实现了爆炸式增长。在上海发行的报刊数量在增加，比重也在增加。与之相反，这期间在岭南地区发行的报刊仅有39份，广州、香港与澳门创办报刊的比重在下降。上海成为新兴的国际都市，有突出的“商业性和移民性”[②]，部分资本与运营受洋人控制，“国际性”也成为上海报刊的特征。上海报刊有了“后起、北上、超越、沿海、沿江”的时间地理特点。

① 《刊行〈瀛寰琐纪〉自叙》，《申报》1872年10月14日（大清同治壬申年九月十三日）。

② 陈方竞：《新兴都市上海文化·报刊出版·新小说》，《社会科学辑刊》2009年第3期。

无论如何，上海接替广州与香港成为中国报刊发行中心，是随着上海成为外国势力聚集中心而变化的结果。1910年创刊于桂林的《南报》亦意识到，“中国报界之发达，以上海为最”①。但是1910年往后几年的报刊，于国民进步毫无进取者，仅“神州”“民呼”“民吁”三报在“国运益艰”“报界无光”中现一线光彩，而《民立报》现身于上海，可谓是“扬子江流域之福音”。上海报界的娱乐性、商业性、宗教性浓厚，以“谋利”掩盖在夹缝中生存的困窘。《万国公报》这样披着宗教外衣的报刊，重点推销对象是“为政者”“为师者”“为士者”“为民者”，高级官僚与高级知识分子是主要对象②，为列强进入中国的合法性进行宣传推广。这跟后起的中国人自办报刊以“维新”“开通民智”“革命”为旨的平民化报刊指向不同，倒与近代外国人在岭南办的早期报刊类似，远不如同期岭南报刊那样激进地服务中国、替中国发声。

再对照一下，外国人在岭南地区创办的外文报刊中，最早主要是英文或葡萄牙文，因为岭南地区主要是英国或葡萄牙的势力范围、租界、割据地，而俄文、日文报刊多在东北地区发行，法文报刊多在上海发行，这与外国军事割据势力在后期集中到这些报刊所在地有关③。这些外文报刊面向的是西方列强当权者，为其瓜分中国的战略决策提供情报。

总之，外国人在中国办报的行径带着浓郁的殖民侵略印痕，

① 《民立报发刊词》，《南报》1910年第3期。

② 方汉奇：《中国近代报刊史》，山西人民出版社1981年版，第29页。

③ 据史和、姚福申、叶翠娣编《中国近代报刊名录》（福建人民出版社1991年版）统计，1822—1911年在中国境内出版的英文报刊有73份，在岭南地区发行的有21份；葡萄牙文报刊6份，全在澳门创刊。以上两种语言文字的报刊多在1900年以前创刊。法文报刊11份，在上海的占了10份，仅有1份在北京创刊；德文报刊3份，全在上海创刊；俄文报刊20份，主要在哈尔滨一带创刊，与俄国在中国势力区划相一致；日本报刊28份，多在上海或东北地区发行；这些报刊多在1900年以后创刊，与法国、俄国、日本入侵这些区域的时间地点大致相符。

与开通民智的平民化距离非常遥远。但是外国人在中国办报的活动也激发了中国人的办报思想。外国人在岭南地区创办的报刊是中国最早的报刊,其办报的途径、方式、经验、效果、技术等被参与其中的中国人所习得,中国人很快就能模仿外国人办报,或购买外国人的机器,或借助外国人的力量或技术、经济基础而创办了中国人自己的报刊,香港、广州也成为中国创办报刊的中心。1860年第二次鸦片战争以后,有不少中国人逐渐参与早期岭南报刊的创立工作。其中王韬曾助笔《香港华字日报》,为其此后在香港创办《循环日报》并任主笔打下基础,最终成为近代中国最有影响力的报人之一。因此,外国人办报对中国民办报刊出现、发展最大的影响主要有:培养了一批熟悉报刊印制与办报流程的人群,如梁发、王韬、伍廷芳、陈霭亭、黄胜(平甫)等,或从印工学徒开始,或从助笔开始,或从翻译开始;提供了不少印刷设备,如王韬与黄平甫组建的中华印务局,即是二人集股购买原英华神学院的设备,在此基础上创办了《循环日报》。

第二节　近代岭南报刊创办的途径

大约在鸦片战争前后,中国人投身报刊创办。参与中国早期报刊创办的中国人主要分为两种:一是第一批开眼看世界、力主洋务的中国官员文人,如林则徐、伍廷芳;二是从外国人创办的报刊中脱离、独立出来的中国人,如王韬、黄胜、陈霭亭。林则徐在虎门禁烟期间,意识到了解外国人思想动向的重要性,于是接受魏源的建议,创办了《澳门新闻纸》(1839),目的是“探访夷情,知其虚实,始可以定控制之方”,这是我国最早的、由中国人创办的文摘式译报。其实这还不算是真正的报纸,因为里面并没有自己采写的新闻，更没有自己设计撰写的非新闻类作品，其稿件主要是翻译外国作品，大部分内容反映外国人对中国禁烟的态度或行动，是汇编性质的书册式专题资料集合，有情报性质，对军事、政治行动具有决策参考意义。可惜的是，随着林则徐被革职，这份刊物也随之停刊了。

那些在外资或外国人创办的报刊中工作过、最终脱身出来的中国人成为独立创办中国自己的中文报刊的先锋者，如《中外新报》(1858)、《香港华字日报》(1872)与《循环日报》(1874)，这三份报刊的创始人分别是黄胜和伍廷芳、陈霭亭、王韬，这四人有大致相同的经历：教会学校上学；充当过西人在华机构的职员；参与过外国人报刊的编辑或翻译；后成为清政府官员。前三点的共同经历是将其培养成为岭南最早报人的前提。

《中外新报》的创办人伍廷芳，祖籍广东新会，生于新加坡，四岁随父回国。1855年到香港，入读圣保罗书院，两年后入香港中央书院就读，1860年毕业后任《孖剌报》的译员。曾任香港高等法学院审判翻译、香港立法局议员。1882年后入李鸿章幕府，此后不断高升，历任中国外交、谈判要员。《中外新报》的前身是《香港船头货价纸》，其母报为《孖剌报》，1858年改成《中外新报》，其言论受到《孖剌报》的控制及影响，“完全站在英国人的立场说话，扮演着英国殖民地当局中文版‘官报’的角色。这相信与‘主其事’者黄胜及伍廷芳的亲英背景有直接关系”[1]。

《香港华字日报》创办人陈蔼亭，原为广东新会人，1856年到香港，入读圣保罗书院，与伍廷芳是前后期同学，毕业后进入港府巡理府当书吏，后被清政府任为古巴总领事。1871年开始受聘于《德臣报》，任副主笔兼司理翻译事，负责该报每周一期的中文专

① 李谷城：《香港中文报业发展史》，上海古籍出版社2005年版，第120页。

刊《中外新闻七日录》。《香港华字日报》最初的主笔是陈蔼亭，1887年任古巴总领事后，交由其子陈斗垣接办，聘用江治主理编务，谭奕翘任英文翻译。二十年后，由江治承办，期满，由谭奕翘继承，三年期满后，谭无法承受《德臣报》不断加重租金的要求，自行组织《捷报》。此报则由何仲生接手，最后，陈蔼亭之子陈斗垣将产权让与其他编辑人，直到1919年报社失火，旧址被烧，才彻底从《德臣报》中脱离，自立门户。

《遐迩贯珍》的助笔经验和《近事编录》的主编经历，为王韬潜逃香港期间成为《循环日报》创始人做好铺垫。《循环日报》有不少创举：为了销路，提前一晚派送，成为最早的晚刊；直到1947年才停刊，是岭南地区发行时间较长的报纸之一；中国报纸出现政论，也是从《循环日报》开始。王韬1862年潜逃香港后，长期在英华书院工作，此间先后到过英、法、日访问；1872年英华书院解散后，约在1873年，王韬与该院的买办黄胜集股购买了该院的印务部，建立了“专营印刷业”的“中华印务总局”；1874年在此基础上改组成“循环日报社”，开始进行独立的办报工作，《循环日报》便诞生了。《循环日报》具备了早期报纸的形态，第二版新闻开始分栏，主要有“京报选录”“中外新闻”“羊城新闻”专栏，首都与地方、中国与外国兼顾，合理化安排版面，同时也注意采写与地方密切相关的地方性“羊城新闻”。

上述三份报刊是中国早期最重要的三份中文报刊，也是中国人自办的早期报刊。早期中国报刊在岭南地区发生，是因为中国人在外国报刊、文化教育机构中工作，后来脱离了外国人的束缚而独立出来，眼见得报刊于商业、信息、宣传有诸多好处，便借用经验，创办了早期的报刊。“得风气之先”是岭南地区夺得中国报刊创办先机的历史地域优势。据新加坡籍日本教授卓南生指出：

这三家报章创刊之背景与发展过程，恰好反映了早期华文报从附属于洋人主宰的西报，到力图争取为华人说话，而发展到由“华人出资，华人自办”、“以华人的最高利益为依归”的近代华文日报的发展过程。[①]

这段话点出岭南早期自办报刊出现的核心特征：报刊或报人与西方报刊有一定关系，后来才脱离依附或雇佣关系，独立成报或办报。

1840年至1894年间，参与中国报刊活动的主要是与洋务相关的人物，创办的报刊还是零星的，不集中的。此后，香港三份报刊《中外新报》《香港华字日报》《循环日报》已经失去昔日的鲜明宗旨，办报者功成名就，战斗力削弱，思想失去锐气。真正形成规模化办报活动期是19世纪后十年，也就是中国资产阶级改良派活跃期和革命派形成期。中日甲午战争后，岭南地区的报刊突然加速增长，因为办报者受“泰西近百年来报纸之盛极”的启示，充分认识到“通上下之消息，握朝野之机钤，其力足以操纵政权，转移风气，凡现今种种所成之果，多半皆报纸造其因”，因此“甲午以后，中国报界骤发舒，在嬗蜕之时，骈驰翼驱，已不为少。其具势力于社会者，往往足以灌输文明，发扬才识”[②]，中国近代报刊在这样的时代背景及思想意识之下纷纷涌现。

1896年在岭南发行的报刊共2份：《环球日报》（香港）、《博闻报》（广州）。

1897年增加到5份：《广仁报》（桂林）、《广州报》（广州）、《光

① 卓南生：《早期香港传媒与国家民族意识》，载朱立、陈韬文编香港中文大学新闻与传播学系成立25周年纪念学术研讨会论文集《传播与社会发展》，香港中文大学新闻与传播学系出版1992年版，第305—316页。

② 悲庵：《砭群丛报自叙》，《砭群丛报》1909年第1期。

报》(广州)、《知新报》(澳门)、《香港新报》(香港)。

1898年7份:《广州白话报》(广州)、《广智报》(广州)、《岭学报》(广州)、《岭海报》(广州)、《嘻笑报》(广州)、《梧报》(梧州)、《濠镜报》(澳门)。

1899年5份:《东报》(香港)、《香港晨报》(香港)、《澳报》(澳门)、《郇报》(香港)、《香港通报》(香港)。

岭南地区创刊的报刊平均数每年都在增长,1900年有7份,进入岭南创办报刊的新高峰。岭南地区形成新的办报高峰,主要有以下原因:

第一,中国资产阶级维新派活跃,成为洋务派后最受瞩目的新政治力量团体,这个派系利用开设学会、创办报刊的方式宣传政治理论主张、实施其改良措施。19世纪90年代由改良派直接或间接创办的报刊达70余家[①]。其中1895年以康有为为首的改良派设立了政治团体强学会,创办了机关报《强学报》(1895年,上海),在南方则有《知新报》《广仁报》《广智报》呼应,以政论作为报刊舆论宣传的主要武器。

第二,中国资产阶级革命派意识到报刊对宣传革命理论主张非常重要之后,也开始投入办报活动。1894年,中国资产阶级第一个革命小团体兴中会在美国檀香山成立,1895年1月兴中会在香港成立总部,联络革命同志开展革命活动,可惜的是他们发动的武装活动得不到很好的宣传策划,大多数以失败告终。最初,孙中山宣传其革命思想主要靠演讲、游说,呈于报刊、文字的宣传主要靠中外报刊投稿或翻印一些革命小册子,虽然出现了一些倾向革命的报刊,但是影响力不大,得到的反响比较弱。经历失败之后,孙中山意识到,办报是传播革命思想最好的方式,于是指挥

① 王洪祥:《中国新闻史》,中央民族学院出版社1988年版,第130页。

同盟者陈少白在香港创办了同盟会的第一份机关报《中国日报》。并在此后的十年间，超越改良派，引领岭南地区办报的潮流：革命。维新派与革命派两股势力就“维新”救国还是“革命”救国发生了激烈的冲突，在报刊上进行过持久的论战，直接促成了岭南地区报刊的繁盛。

第三，清政府的禁言、禁令开始松懈。1898年，光绪帝的几条上谕解除了办报的禁令，承认了“官绅士民”有一定程度的报刊出版自由，甚至允许“刊刻新闻纸”，动员各级官员“劝办”报刊[①]。

在1895年至1899年间创刊的岭南报刊中，有不少是资产阶级维新派的刊物，究其原因，主要是因为中国资产阶级维新派开始在政治历史舞台上活跃起来，该政治团体主要利用开学会、办报刊的方式宣传政治党派主张，而报刊又是学会的舆论阵地。1898年“戊戌变法”失败后，康梁为首的改良派被迫逃亡海外，在国内的改良派被通缉、追查、杀害，无法大张旗鼓地宣传其政治主张，只能转战日本、南洋或美洲等华侨华人集中地，改良派的影响在中国境内逐渐平息，在岭南地区的势力衰微。当维新派逐渐化为保皇派之后，革命派已经可与之并驾齐驱，旗鼓相当，保皇派的声音便没那么强大，也是持维新、保皇论调的报刊在岭南势弱的原因。而岭南地区的职业报人如吴趼人等，一方面其办报的商业目的比较强，且其活动中心则在上海一带，不在岭南活跃。因此，

① 方汉奇《中国近代报刊史》(山西人民出版社1981年版)转录了这几条上谕，与本论相关的几条如下：1898年6月19日：“所有官书局译印各报，着自五月初一日(即6月19日)起，每五日汇订一册，即按逢五逢十日期封送军机处呈递。”1898年7月26日：“其天津、上海、湖北、广东等处报馆，凡有报单，均着该督抚咨送都察院及大学堂各一份，择其有关时事者，由大学堂一律呈览”，“至各报体例自应胪陈利弊，开广见闻为主，中外时事均许据实昌言，不必意存忌讳。”1898年9月12日：“(侍读学士)瑞洵奏请遍设报馆实力劝办一折……即着瑞洵创办以为之倡。此外官绅士民，并着顺天府尹五城御史切实劝办，以期一律举行。”第134—135页。

相比于日本、南洋及美国来说，资产阶级维新派（保皇党）在岭南地区办的刊物数量不算多，影响也不算大，发表的小说也不多。

相反的是，中国资产阶级革命派借用香港地处华南沿海、清政府力量薄弱的夹缝，开展早期的革命活动，创办早期的革命宣传刊物，革命派报刊在香港兴起，新兴的资产阶级革命派影响力在岭南持续发酵、扩张。1900年以前的岭南几乎没有刊载小说的行为，但自1900年创办的《中国旬报》和《中国日报》开始刊载小说后，不少报刊，特别是资产阶级革命派报刊，意识到小说对传播革命思想的重要性，开始有意识地创作小说，协同政论、新闻等宣传革命主张、宣传三民主义，反对清政府压迫与外国列强侵略。可以说，岭南地区在19世纪上半期成为中国报刊发祥地、中心地之后，经历两次鸦片战争，其地位被上海所代替，在19世纪末又开始兴盛，终于在20世纪初以资产阶级民主革命派为主登上历史舞台，在以报刊舆论为阵地、以小说为有力武器的时代，重新繁荣起来。当然，其在国内的影响力不能够与上海相比，但在南洋与北美的交流影响却是不容忽视的。

近代岭南报刊本身对岭南报刊的创办情况也做过调查，从调查名录看，粤垣报刊被无故停刊，被封禁改名后的报刊，一般开办不久也同样会停刊。《广东日报》1904年11月2日、4日在“实事调查”一栏里公布了《粤垣报界沿革表》[①]：

《广报》，被封，改名《中西》

《中西报》，被封，改名《越峤》

《中华报》，停

《岭南报》，停

《博闻报》，被封，改名《安雅》

① 《粤垣报界沿革表》，《广东日报》1904年11月2日、4日。

《广州报》,停

《岭海报》,被封,旋开

《商务报》,停

《大成报》,停

《寰球报》,停

《南纪报》,停

《东华报》,停

《东粤报》,停

《岭学报》(旬报),停

《嬉笑报》(月报),停

《广智报》(七日报),停

《群报汇选》(月报),停

《越峤纪闻》(又名《中西越峤报》),停

《安雅世说编》,现开

《亚洲报》,现开

《时敏报》,现开

《羊城报》,现开

《新智报》,停

《岭南学生界》(月报,教会立),现开

《女学报》(月报,教会立),现开

《两广通报》,现开

《星期报》(七日报),停

这些调查结果可以补充近代岭南报刊名录之不足,其中《大成报》《东粤报》《新智报》《两广通报》4份报刊是此前著述未见著录的报刊。此调查表勾勒《广报》到《中西报》《越峤报》《越峤纪闻》的发展简史,也较清晰。不少著述称《嘻笑报》,此处记为《嬉笑报》,有待查勘。从"被封"到"停"的反复出现,只有少数几个"现开",能够想象岭南报界的生存状况不是十分理想。

第三节　近代岭南报刊屡禁不止

岭南地区的报刊或倾向革命的报刊表现出了旺盛的生命力与不屈的战斗精神,但亦如前《广东日报》的调查结果显示,被查封或停刊的也不少。有些报刊多次被禁止出版或禁止在广东境内发行,但是却以或复刊或易名再出、或迁址再发行的方式顽强地生存着,活跃在岭南报坛。被查禁责罚或改名迁址的主要原因有:一是因触犯权贵,被某些地方要员查禁;二是主导某种风潮,被清政府迫害,如粤汉铁路事,反美禁约华工事;三是在鼎革易代夹缝中求生存。

有不少近代岭南报刊经历过多次"停刊—谋求复刊或迁址再办"的痛苦,但是报人却在艰难的时世中保持坚毅的办报精神,一些报人因原供职报刊停刊被迫转移,自行再创办别的报刊,虽然人员转移了,但原有的办报理念却不变。1886年创刊的《广报》是典型的为清政府权贵忌恨而停刊的报纸。1891年,《广报》登载某大员被参一事,触怒粤督李小泉。李小泉责令番禺、南海两县封闭该报,饬谕"……莠言乱政,法所不容,《广报》局妄谈时事,淆乱是非,胆大妄为,实堪痛恨,亟应严行查禁,以免淆惑人心……"[①]《广报》被迫停刊。正如谭汝俭所言:"报纸之见憎于人,盖自此始也。"又知"作始之不易,盖有如此者也"[②]。岭南报刊创办之艰难,由此可知。

① 李默:《辛亥革命时期广东报刊录》,《新闻研究资料》1979年第1期。

② 谭汝俭:《四十七年来广东报业史概略》,《香港华字日报》之《七十一周年纪念刊》,1934年。

《广报》停刊后，其发展分两条线：一是以《中西日报》的形式复刊，迁址到沙面租界后，找到英人必文庇护，又在南海县令裴景福附股的情况下，才得以迁回广州朝天街；不久后又因刊载义和团与八国联军事，外国势力胁迫清政府再次查封该报；大约于1900年前后，又改名《越峤纪闻》，继续发行。二是《广报》原有报人转移，如主创人员劳保胜、朱鹤（云表）、武子韬等人，组织创办《岭南日报》，其编辑方针与《广报》一致，但不幸于光绪二十三年（1897）停刊[①]；朱鹤再次转战到在《博闻报》旧址基础上创办的《安雅书局世说编》，成为主笔，继续鼓吹其主张学说。

《时事画报》是岭南地区刊行时间最长，经历十分复杂，停刊、复刊次数最多的现存近代报刊，最能说明岭南报人始终坚持其办报理念、克服困难办报的历史。《时事画报》于1905年9月在广州创办，发起人是以高卓廷、潘达微为首的岭南画家，此时正值拒约风潮骤起，《时事画报》以图文并茂的方式对清政府的专制统治和外国侵略者的行径进行无情地揭露，引起清政府的忌惮。正如1912年复刊时，鲁达的《画报复活感言》所说："拒约风潮，澒洞五洲。士大夫奔走于市，妇孺号叫于道，此非乙巳之秋耶？当此澎湃声中，《时事画报》乃出世，以提倡民气，启诱愚蒙为主旨。坚持平等、博爱、自由三大主义，风行一纸，遐迩传诵，政界缘是嫉之，屡施困厄。"[②]顺着拒约风潮创办的报刊，在宗旨上，推出"平等、博爱、自由"三大主义，这正是当时有识之士，特别是资产阶级民主革命派心中的社会蓝图。《时事画报》在办刊过程中坚守这样的理

① 据《华字日报纪念刊》载："劳少时尝随父宦游，其父每为长随所胁，深恶之。纪文达之五笔记，于长随窃取权胁主诸弊多所纪载，乃汇集其说，附以己见，胪举而著于篇，作《长随论》，触督署阍人怒，挟南署阍人督差役往封报，事为社中人所知，星夜迁避于城西沙基。"这是权势迫害报刊的实证。转引自李默《辛亥革命时期广东报刊录》，《新闻研究资料》1979年第1期，第145页。

② 鲁达：《画报复活感言》，《时事画报》1912年第1期。

想信念，秉持提倡民气、启诱愚蒙的宗旨，一直坚持着“平等、博爱、自由三大主义”的原则，远近闻名，也因“妄议”“时事”而遭受政界的嫌恶。1906年4月14日，南海县令终于找到机会，以所刊载的《官场之美人局》与事实不相符为借口，判令罚款，1907年冬《时事画报》被迫停刊。为重大事件造舆论平台，宣泄社会情绪的需求催生了《时事画报》，而重大事件的转移和国内外形势或事态的进一步转换，又促使《时事画报》进一步发展。如办报者所言，《时事画报》经历了“与社会挑战之时代”和“与军人周旋之时代”：

一曰与社会挑战之时代。溯吾画报出版之初，正值乙巳岁拒约风潮正剧之时，奸商善棍，肆意罗织，挟亡清罪恶旧官吏之魔力，马、潘、夏三君，锻炼成狱，炙手可热，犯颜者有死亡之忧。本报同人，不甘屈于威武，独伸正论于天下，人心不死，群起而争，大狱幸以不成，虎狼因而避道，此其一事也。义辰丸潜运军伙，为满吏所执，李准不谙外交，办理失体，乃嗾使善棍，起而倡言抵制，无识者流，一唱百和，全省人士，陷于盲动。彼狗党狐群，喜其计之得售也，乃相视而笑。本报同人，不忍吾同胞尽陷于无意识之境，亟起而纠正之，逆社会之狂潮，作中流之砥柱，此又一事也。事本无足称，然亦足见同人等，虽秉一枝秃管，亦不为势力屈也。

二曰与军人周旋之时代。戊申之冬，载恬母子相继死，熊承基、洪成典起义师于安庆，事败，洪君成典走香港，与同志计画我粤军界之运动，倪烈士映典力担任，而使画报为鼓吹之机关。盖图画感人，易于文字，而于军人脑质单简者尤宜。况值其时，土耳其革命功成，全出于军人之反正。本报乃搜罗土国革命之图画，以为借鉴之资，胡公汉民，且为文以鼓吹之。计每期输入于新军营中者，凡三千余册。而健儿之来加盟者，问以香港机关之所在，亦以《时事画报》对焉。乃天未亡胡，及期而败，倪烈士洒一掬之碧血，谢国人而去。虏吏益疾视《时事画报》，日以七照会使港督勒令停版，而港督固不之理也。而《时事画报》之股东，各为远嫌计，相率而退，而《时事画报》不复能再持矣。[①]

在“与社会挑战”的时期，最令报人骄傲的，一是为马、潘、夏造舆论声势，终于获释，二是为义辰丸案纠正成功。在“与军人周旋之时代”中，庇护安庆起义者，组织粤军界运动，将鼓吹革命的画报输入新军营中，致使社会各界误将《时事画报》社认为机关，其影响力遭“虏吏”疾视，被迫停版，股东退股，画报不能再坚持。可是“不为势力屈”的《时事画报》，秉一支秃笔等待机会，终于又迎来了希望，1908年秋，在岭南报人谢英伯、潘达微等人的积极奔走下，得到林直勉的资助，重组了《时事画报》，于1909年在香港又复刊了。不幸的是，只出了十余期又停刊了。直到1912年广州光复后，才改《平民画报》为《时事画报》，在广州复刊。可惜世移事易，此时的社会世界大变，《时事画报》的人事亦大变。虽然岭南报人顽强不屈，岭南报刊生生不息，但终究敌不过政权的威压与动荡时局的摧残。

社会风潮的风起云涌也对办报宗旨及办报活动产生巨大影响，如清末粤汉铁路修建影响了广东一省，也辐射到港澳两地，由它引发的风潮在社会各界引起了轩然大波，对粤港地区的报业也带来了诸多影响。粤港地区修筑粤汉铁路一事，引发了官与绅、绅与商之间持久的拉锯战，报刊作为报道社会事件的主要力量，因跟踪报道路事并对官员干涉铁路商办、善堂人员把持路政的现象进行声讨，而招致官府的打压。当此之时（1906年），正是岭南报界鬼才巨子郑贯公陨落之时。郑贯公死时，省港报界风声鹤唳，省城报界的哀声更添愁绪。从《唯一趣报有所谓》之“博议”载

① 英伯：《光复辞》，《时事画报》1912年第1期。

隶苏的《哀省城报界之现象》[①]、骏的《郑贯公之死与民族报之关系》[②]、醒夫的《劝醒报记者按铁路事之勿狂》[③]、亚侠的《咄咄醒报记者之丧心病狂》[④]、"访稿"中一则为《办报之特别手段》[⑤]、"要件"之《民报与新民丛报辨驳之纲领》[⑥]、"滑稽魂"之喆的《评粤东新报二则》[⑦]等言论看，大则被停，小则被罚，此时岭南报界损兵折将，损失惨重。省港数报或被封或被罚，此时上海《苏报》、湖北《楚报》、厦门《福州日报》等亦"囚其主笔，钥其报馆"，又有《粤东新报》《商会报》等帮凶犬吠嚣嚣，颠倒是非黑白。故曰几乎"无报"——即使有未被封罚之报，也迫于形势，噤若寒蝉，不敢发言立论。因粤港报刊直言路事、痛批政府和善堂黑幕，清政府官员利用强行查封、无理拘捕报社人员、禁止销售等手段，使得多家报刊遭到了极大打击。受到此风波及的报刊就有广东地区《亚洲报》《亚东报》《时敏报》《时事画报》四家，香港的有《珠江镜》《唯一趣报有所谓》《中国日报》《世界公益报》《香港商报》《香港少年报》《东方报》七家。这反过来说明这些报刊的言论与时代言论和社会呼声同步，不可能逃脱统治者的查封、打击。1905年至1906年间粤路风潮对粤港地区报业的影响主要是负面的，可以说是铁路建设对报业发展的反作用。这个反作用力主要表现在这两年里粤港多家报刊的寿命被人为缩短、报道内容受到限制。

近代岭南报刊顺应历史需求，在新旧政权鼎革期间不断改名、复刊，以求获得生存。如由爱国人士郑彼岸创刊于1908年的

---

① 隶苏:《哀省城报界之现象》,《唯一趣报有所谓》1906年5月12日。
② 骏:《郑贯公之死与民族报之关系》,《唯一趣报有所谓》1906年5月15日。
③ 醒夫:《劝醒报记者按铁路事之勿狂》,《唯一趣报有所谓》1906年5月19日。
④ 亚侠:《咄咄醒报记者之丧心病狂》,《唯一趣报有所谓》1906年7月5日。
⑤ 《办报之特别手段》,《唯一趣报有所谓》1906年5月13日。
⑥ 《民报与新民丛报辨驳之纲领》,《唯一趣报有所谓》1906年5月16日。
⑦ 喆:《评粤东新报二则》,《唯一趣报有所谓》1906年5月19日。

《香山旬报》，在香山（今广东省中山市）出版。第24期以前署编辑人郑彼岸，发行人李怜庵，督印人萧硕璜（第9期），印刷人郑自强。第49期以后署编辑兼发行人为李怜庵，印刷人郑自强。印刷处、总代理处为邑城西门外岐阳里国光排印所。该报门类分为图画、论著、时评、新闻、小说、文苑、谈丛、谐薮、杂录、调查录、香山文献、牌批，共十二门。原为旬报，是地方性进步报刊。1911年2月，该刊出版到第83期，因应华侨要求，改为七日刊，更名《香山循报》，以期更快捷地传递消息。辛亥革命后，香山光复之日，又将《香山循报》改为《香山新报》，每天出版。二次革命失败后，龙济光入粤，残杀革命党人。《香山新报》撰述人黄冷观、毛嘉翰因持论不阿，触忌当道，毛、黄被逮入狱，毛被龙济光杀害，《新报》被封[①]。即使时代变迁，政权更替，但是办报人的理念不会因此而更改。

在近代岭南报刊停刊、查禁事件中，报人亦多被牵涉其中，甚至有因此入狱者。如汕头发行的《双日画报》记者因1908年国丧期间，其图画触忌，被逮入狱，经绅商学及慈善界保释，才得以出狱[②]。社会各界对出狱报人的慰问络绎不绝，表明报人在民众心中有极高的地位。

岭南报刊中也有黑马，也有特例，那是因为提倡实业而得到当道支持的《广东劝业报》。其前身为《商工旬报》，创刊于1907年6月21日，发行到第2期后，改名《农工商报》，此后发行至第55期才改名《广东劝业报》。这份报刊累改名字而能一直发行，主要原因是该报所登载文章均“关切于农工商矿等实业”而“有益世道”，“与寻常报纸，只载新闻者不同”，得到了“广东劝业道宪”的支持，宪道“颁行各府厅州县，由官转发民间购阅，并蒙补助经费银千

① 郑佩刚：《〈香山旬报〉及其创办人郑岸父》，《广州文史资料》第25辑，广东人民出版社1982年版，第145页。

② 《〈双日画报〉记者出狱矣》，《广益丛报》1909年第212期。

元，俾资扩充一切”，成为“上宪颁行各府厅州县独一之报也”[①]。其实到了20世纪前十年，办报经费已经不是报刊是否能发行下去的致命因素，当权者查禁才是最大的阻碍。在这样的时代背景下，《广东劝业报》得到“上宪”支持，无疑是贴上了护身符，因此，在风云变幻的20世纪前十年中，能够开办、改名而从未被停刊、查禁，也没有遭遇同时期很多报刊被当道限制、不能发行等情况。《广东劝业报》一直发行至1910年12月第122期才停刊，这是《广东劝业报》公认的停刊时间与期号。但实际上，《光汉报》1911年11月16日残存报刊，仍有一则广告称《本报原名〈农工商报〉今改名〈光汉报〉》，这昭告了《农工商报》的生命仍在延续中。同时还有《本报要告》《添聘访员》的信息，再结合《光汉报》的发行人、编辑人均为《商工旬报》《农工商报》《广东劝业报》的负责人江侠庵，即可见其绵延不息的生存力。前十期一经刊出，立马售罄，因此前三四十期一直都有“再印第几期”“农工商报翻印各期出版广告”等信息，称请大家前来购买或说明再印已经售罄，报社正在加紧补印，请阅报诸君等待等，可见其销路之畅通。这是岭南报刊中除官报外，办报道路最顺利的报刊，得益于其提倡实业，获得官方的认可。

近代岭南报刊在时代风潮变幻中保持着旺盛的生命力，在鼎革易代的1911年，还创办了至少23份报刊，这种迎着革命风潮而生的精神气概，体现出岭南报人英勇的革命情怀。可惜，这种精神与风气维持不久，特别是官报兴盛，则由政府把持舆论，晚清时无所顾忌的笔战状态已经慢慢消失。

① 广东劝业报启：《上宪颁行各府厅州县独一之报也》，《广东劝业报》1909年第59期。而《农工商报》时代，先后有1907年第1期、第8期、第15期，1908年第52期、第53期等《劝阅农工商报告示》，1907年第9期《署理广东按察使司龚大人来函》，《广东劝业报》1909年第75期《钦命二品顶戴广东劝业道陈为示》等官府函示赞许，并有各府道等官方捐助，捐助名单较详。

第二章　近代岭南报刊小说的刊载

中国古代小说主要依赖口传或著书的途径传播,口传与说书艺术相辅相成,著书主要通过传抄和由创作者筹资或由书坊主刊刻的方式发行,由于传抄或刊刻费用昂贵,能够消费得起的读者并不多。这种传播方式一直延续到近代。定期刊物的出现,使得近代岭南报刊小说的刊行方式实现了小说刊登、发行的多样化与立体化。在正刊之外,岭南报刊还有其他途径刊行小说:设有专栏性副刊之前,某些报刊在正刊之外将小说排印在附张、单页中,随报刊赠送,不单独销售;有时候会将报刊中连载完成或连载中的长篇小说单独印行;将报刊中刊登过的小说结集出版;报社利用印刷报刊的机器承揽小说的刊印或发行工作;岭南同一报人圈的报刊还经常移载其他报刊因故不能续载的小说。岭南报刊逐步建立完善的小说刊行体系,使近代岭南创作、刊行的小说得以更好地传播。

第一节　岭南报刊小说的时间分布

调查近代岭南报刊小说时间分布状态,可以把握其发展趋势,了解创作走向。欧阳健先生认为,1900—1911年晚清小说创作出现了两次高峰,一次是1903年,一次是1907—1909年[①]。从近代岭南报刊小说时间分布的总体趋向来看,岭南报刊小说的兴

① 欧阳健:《晚清小说史》,浙江古籍出版社1997年版,第4页。

盛期恰巧也在这两个点上，只不过1910年至1911年，岭南报刊小说写作者也还保持着旺盛的创作热情，数量上依然维持高产的状态。

现见岭南报刊相关小说从1899年开始，至1911年止。创刊于1911年以前且在1912年以后仍发表小说的报刊有《香港华字日报》《时事画报》《南越报附张》《国民报》。

（一）1899年，1份报刊，共刊载小说1部

东华日报馆出版单行本小说《羊石园演义》，写第二次鸦片战争期间广州军民抗击侵略者的故事。有学者认为该小说曾于1898年在广州的《东华日报》上连载，是“晚清粤港之地报刊首次开始刊载小说”[①]，因未见《东华日报》，待考。但可确信无疑的是东华日报馆刊行了单行本，现收录于《广州大典》中[②]。

（二）1900年，1份报刊，共刊载小说1部

《中国旬报》该年首载翻译小说《奉俄皇命记》，无署名，未见小说类型标注等，未完。

（三）1901年，1份报刊，共刊载类小说18篇

《安雅书局世说编》在“本省纪闻”的“民事”栏目中发表小说，该年首载共18篇：《智醒迷龙》《勇爷私逃》《烦恼秀才》《殇儿救母》《导淫孽报》《夫妇道苦》《是真是幻》《骗中骗》《琉璃世界》《老尚多情》《古董奇谈》《夫也不良》《珠江狮吼》《同名被祟》《口腹之累》《伧父解嘲》《偷儿巧窃》《述鬼趣图》。

（四）1902年，2份报刊，共刊载小说及类小说7篇

《安雅书局世说编》该年在“杂著附录”栏目载小说及类小说共5篇：《负痴情》《以身试法》《盘上人头》《书娟娘事》《新译泰西小

① 牛志威：《晚清粤港小说研究》，华东师范大学2018年博士学位论文，第19页。

② 顽叟订定、笑翁撰述：《羊石园演义》，见《广州大典》第五十辑，广州出版社2015年版。

说千一夜夫妻》。

《文言报》该年在“小说”栏目首载小说2篇:《露漱格兰小传》《卓舒及马格利传》。

(五) 1903年,1份报刊,共刊载小说1部

《潮州白话报》在“小说”栏目载小说1部。第一期名《英雄爱国记》,第二期名《最新爱国英雄记》,当为同1篇,未见原文,从《岭东日报》广告得知[①]。

(六) 1904年,2份报刊、1份报刊作品集,共刊载小说30篇(部)

《香港华字日报》在《广智录》副刊中刊载小说,后改名《精华录》,多以书页式排版发表,部分小说在副刊中设立的“说部”栏目刊出。该年首载小说2部。《法国著名包探案红茶花》,署“晴岚山人译意,铁血国民润文”,连载已毕;《澳斯科奇案》,第六回起改名《花富庐奇案》,署“晴岚山人译意,铁血国民润文”。

《中国日报》在“小说”或“短篇小说”发表小说,该年首载小说1篇:《侦探美人谈》,共3则,署“驻东访员译”,似未完。

郑贯公所编《时谐新集》为报刊作品集,收录小说27篇,无署名,无标注。篇目如下:《人肉楼》《肝脑地》《手足奴》《涕泪汉》《眼耳嘲》《头脚辩》《手口争》《毛发答》《动物谈》《虫族世界》《水族世界》《走兽世界》《飞禽世界》《避祸新法》《妓院述谐》《缝匠寓言》《扫墓余话》《梁山别解》《翻译笑话》《格致奇谈》《观音菩萨》《财帛星君》《雷慰电母》《盗怕医生》《鸡鸭相庆》《饼芋同悲》《丸价起色》。

(七) 1905年,6份报刊,共刊载小说16篇(部)

《香港华字日报》该年首载小说共2篇(部)。《李觉出身传》,未见署名,邱炜萲序《李觉出身传》单行本提到译者为陆晴岚,连载已毕;《绣鞋记》,署“花世界主”,文言短篇小说。

---

① 《潮州白话报》,《岭东日报》1903年11月16日。

《广东日报》副刊《一声钟》在“小说”发表小说。该年首载小说共3篇(部)。《朱一贵》,无署名,首载“十三续”,白话章回小说,未完;《一掴血》,署“伟”,短篇小说;《樱花梦》,署“伟”,标注为“记事小说”,短篇小说。

《女界灯学报》在“小说”发表小说。该年首载小说1篇:《丽娘》,署“女雄”,短篇小说。

《唯一趣报有所谓》在“小说林”发表小说,在谐部。该年首载小说共6篇。《佳人泪》,署“亚父”,标注为“艳情小说”;《天涯恨》,署“亚斧”,标注为“政治小说”;《阎应元》,署“萍初四郎”,标注为“民族伟人(白话)”;《巾帼魂》,署“亚斧”,标注为“任侠小说”;《闷葫芦》,署“亚斧”,标注为“义侠小说”;《郑生》,署“死国青年”,标注为“意匠小说”。

《游艺报》在附张中刊载小说,该年首载小说共3部:《欧亚通》《无聊斋》《侦探案撮要》,均未见原文,只在正张中看到刊载广告。

《时事画报》连载长篇小说多以书页式排版刊载,短篇小说则与其他文字排版方式相同。该年首载小说共1部:《廿载繁华梦》,署“小配撰”,标注为“近事小说”。

(八)1906年,12份报刊,共刊载小说83篇(部)

《香港华字日报》该年首载小说共3篇(部)。《美人发》,署“晴岚山人译,独立山人编”,连载完毕,后出单行本;《花酒梦》,未见署名,因沪上已译印成书而停载,未完,翻译小说;《剧盗遗嘱》,署“灵、虬合译”,因报刊散失未见完整连载,后出单行本。

《真光月报》在“小说”发表小说,该年首载小说1篇:《渐渐女仙》,署“湛罗弼译”,文言短篇。

《羊城日报》在附张“新小说”发表小说,该年首载小说1部:《情天恨》,标注为“艳情小说”,仅存目于版头目录中。

《广东日报》该年首载小说1篇:《百合花》,署“选录”,翻译小说。

《唯一趣报有所谓》该年首载小说共13篇(部)。《海底针》,署"亚斧",标注为"侦探小说";《茅店月》,署"亚斧",标注为"义侠小说(短篇)";《牛背笛》,署"亚斧",标注为"短篇小说";《七王会》,署"英国那文辖原著,励学教员白光明译意、洪亮臣润词",标注为"侦探小说",翻译长篇;《鬼林》,署"英国堪士原著,励学学校同人白光明、马振声合译",标注为"侦探小说",翻译长篇;《千钧一发》,署"粗斧",标注为"冒险小说";《秃》,署"亚斧",标注为"短篇小说";《贼》,署"斧",标注为"义侠小说";《新妇智》,署"侠",标注为"离奇小说";《巴上刀》,署"斧",标注为"短篇小说";《肝胆镜》,署"斧",标注为"义侠小说";《专制果》,署"粗斧",标注为"盲情小说";《火坑莲》,署"英国威廉臣原著,励学学校教员白光明译,开智社西桥头钓徒润词",标注为"艳情小说",翻译长篇。

《时事画报》该年首载小说共6篇(部)。《艳镜》,署"白光明译意,赖亦陶润词",标注为"侦探小说";《老妪泪》,署"浣白女士";《纨绔镜》,署"啸虎来稿",标注为"短篇小说";《瞒瘾》,署"亚退",标注为"白话写生小说";《无私会》,署"剑",标注为"喻言小说";《长辫梦》,署"铁苍",标注为"短篇小说"。

《珠江镜》在"小说"发表小说,该年首载小说共6篇。《情侠》,署"彰武",标注为"写情小说";《本地状元》,标注为"涤垢小说";《戆旅行》,署"止戈",标注为"短篇小说";《险里姻缘》,署"止戈",标注为"短篇小说";《意外缘》,署"云慧",标注为"短篇小说";《崖门余痛》,署"崖西六郎",标注为"短篇小说"。

《香港少年报》在"新说部""稗官署"发表小说,该年首载小说共26篇。《生死恨》,署"计三郎",标注为"幻情小说";《醋海波》,署"亚斧",标注为"贼情小说";《女贼》,署"父",标注为"短篇小说";《媒祸》,署"斧",标注为"故事小说";《宦海冤魂》,署"棣",文言小说;《硫黄马》,署"狄生",标注为"怪诞小说";《南无阿弥陀佛》,署

"斧",标注为"光怪小说";《蚁阵》,署"斧",标注为"复仇小说";《醒狮》,署"斧",标注为"警醒小说";《锦囊》,署"斧",标注为"短篇小说";《走狗》,署"嗤",标注为"趣致小说";《听》,署"斧",标注为"七情小说";《熊》,署"斧",标注为"短篇小说";《芙蓉血》,署"计伯",标注为"绘情小说";《偷侦探》,署"斧",标注为"短篇小说";《鸟媒》,署"斧",标注为"短篇小说";《中国之摆伦》,署"斧",标注为"义侠小说";《葡萄酒》,署"斧",标注为"短篇小说";《西狩》,署"朕",标注为"白话小说";《美人墓》,署"斧",标注为"短篇小说";《蒸人甑》,署"计伯译",标注为"因果小说";《冤业》,署"逖生",标注为"薄命小说";《疑团》,署"斧",标注为"侦探小说";《附骨疽》,署"斧",标注为"短篇小说",未完;《泼妇》,署"金人",标注为"短篇小说";《粉侠》,署"神父",标注为"奇遇小说"。

《赏奇画报》在"说部"发表小说,该年首载小说共12篇。《藜杖叟》,文言小说;《韦髯》,署"季毓",文言小说;《完婚》,署"季毓",文言小说;《谋杀案》,文言小说;《海外萍因》,署"钜鹿六郎",文言小说;《僵尸》,文言小说;《毒蟒》,文言小说;《静禅》,署"钜鹿六郎",文言小说;《怪兽》,署"桂沃",文言小说;《青衫泪》,标注为"任侠小说",文言小说,未完;《名妓知义》,署"槎客",文言小说;《烹珠》,署"钜鹿六郎",文言小说。

《东方报》在"说部丛"发表小说,该年首载小说共2篇。《虚无弹》,署"骆汉存译",标注为"惊奇小说",长篇翻译,未完;《侠痴记》,署"英国基路毕原著,励学校长白光明译",标注为"侠情小说",未完。

《潮声》在"小说"发表小说,该年首载小说共2篇。《南宋亡国恨》,署"惠",未完;《西门豹小说》,署"杨复初氏来稿",未完。

《粤东小说林》该年首载小说共10篇。《黄粱梦》,署"世次郎",标注为"近事小说",未完;《美人计》,署"著者玛利士雀庐,树珊译意，拾言润笔”，标注为“冒险小说”，未完；《并蒂莲》，署“计伯著，亚洲大璞氏评”，标注为“政治小说”，未完；《加道会》，署“张公勇译意，亚斧润笔”，标注为“侦探小说”，未完；《匣里霜》，署“斧”，标注为“艳情义侠冒险小说”，短篇小说，未完；《回生术》，署“放光”，标注为“短篇小说”；《梨花影》，署“英国雅纪祈连著，公勇太郎译”，标注为“侦探小说”，未完；《捉鬼》，署“水共六郎译”，标注为“离奇小说”，未完；《强骗》，署“放光”，标注为“短篇小说”，未完；《狡骗》，署“佩铿”，标注为“短篇小说”，未完。

（九）1907年，12份报刊，共刊载小说117篇（部）

《香港华字日报》该年首载小说共4篇（部）。《红手党》，因报刊散失未见完整，在“说部”栏目中刊出，有“续昨稿字样”；《美人黄鹤》，标注为“惊奇小说”，连载已毕，但因报刊散失及“本日小说随报派送”等原因，未见完整版，后出单行本；《马学士能医两妒妇》，署“佩述”，标注为“短篇小说”，未完；《东莲院》，署“插萸人译，昙梦生编”，标注为“奇情小说”，因报刊散失未见全文。

《中国日报》该年首载小说共9篇（部）。《黄金藏》，署“英国哈葛德原著，香港中国报编译”，未完；《活地狱》，署“法国文豪威尔曼著，香港中国日报编译”，标注为“国民小说”，未完；《窃马贼》，标注为“短篇小说”；《几道山恩仇记》，署“法国亚历山大仲马著，中国抱器室主译”，标注为“国民小说”，未完；《情侠》，标注为“民族小说”，不全；《鬼王会》，标注为“怪诞小说”；《打》，标注为“辟疫小说”；《厌世之富翁》，署“英国霍尔克尼著”，标注为“短篇小说”；《钱神》，标注为“短篇小说”。

《时事画报》该年首载小说共26篇（部）。《捉贼》，署“示武”，标注为“短篇小说”；《棋贼》，署“述奇”；《肉枕》，署“振聩”；《一夕之险影》，署“法国Courier著，中国燕红生译”，标注为“短篇小说”；《骗之骗》，署“述奇”；《骗又骗》，署“述奇”；《医之神用》，署“剑”，标注为“心理小说”;《骗上骗》,署“述奇”;《色魔》,署“铁䆊”,标注为“喻言小说”;《冯秋绮》,署“述奇”;《孖指印》,署“述奇”;《玉蟾蜍》,署“述奇”;《精卫冤》,署“溥”,标注为“近事小说”;《女昙花》,署“溥”,标注为“近事小说”;《烟猪》,署“述奇”;《错认夫婿》,署“述奇”;《秀才娘》,署“述奇”;《鬼侦探》,署“述者亚剑”;《健蟀》,署“美魂女士”,标注为“喻言小说”;《党人碑》,标注为“近事社会小说”;《箱中尸》,署“述奇”,标注为“最近侦探小说”,未完;《科举梦》,署“陶”;《晏起》,署“述奇”,有“烟魔镜”字样,标注为“绝妙写真短篇小说”;《中国魂》,署“奇”,标注为“滑稽短篇小说”;《封女摊》,署“述奇”,标注为“最新短篇小说”;《谁薄幸》,署“哲”,标注为“言情小说”。

《香港少年报》该年首载小说1篇:《孽姻缘》,署“弟”,标注为“贼情小说”。

《东方报》该年首载小说共3篇。《指环故事》,署“陆生”,标注为“警世小说”;《色迷》,署“破迷”,标注为“警世小说”;《醋海波》,署“斌次郎”,标注为“短篇小说”。

《中外小说林》该年首载小说共21篇(部)。《宦海潮》,署“世次郎撰”,标注为“广东近事小说”,未完;《冰炭缘》,署“钜鹿六郎”;《难中缘》,署“英国楷褒扶备原著,厉剑四郎译”,标注为“艳情小说”;《毒刀案》,署“英国斐加士雄原著,亚猛译意,公裕润辞”,标注为“侦探小说”;《昏庸镜》,署“亦然”,标注为“叙事小说”;《妇孺钟》,署“荔浣新著”,标注为“家庭教育小说”;《孽》,署“业”,标注为“短篇小说”;《狡女谋》,署“著者美国连著贻,勇夫译意,老奕润辞”,标注为“侦探小说”;《美人局》,署“忏痴随笔”,标注为“狡骗小说”;《情天石》,署“忏痴随笔”,标注为“短篇小说”;《恩仇报》,署“警庵著”,标注为“义侠小说”;《好姻缘》,署“耀”,标注为“艳情小说”;《情痴镜》,署“忏痴随笔”,标注为“短篇小说”;《美团圆》,

署“江夏伯子”，标注为“情侠小说；”《花中刺》，署“亚钟”，标注为“近事小说”；《孽缘公案》，署“忏痴随笔”，标注为“短篇小说”；《巾帼英雄》，署“耀”，标注为“义侠小说”；《惩忿镜》，署“敕”，标注为“短篇小说”；《狡骗》，署“俊叔译意，愚公润辞”，标注为“离奇小说”；《烟海回澜》，署“伯耀”，标注为“社会小说”；《花牡丹》，标注为“短篇小说”。

《广东白话报》在“大笪地”发表小说，该年首载小说共7篇(部)。《黄粱梦》，署“世次郎”，标注为“近事小说”，未完；《打贼》，署“凿”，标注为“寓言小说”；《好箭法》，署“来稿”，标注为“趣致小说”；《妖魔声》，署“庐亚”，标注为“辟疫小说”；《立宪梦》，署“觉公”，标注为“近事小说”；《七姐》，署“辑”，标注为“趣致小说”；《女侠血》，署“庐”，标注为“冤情小说”。

《社会公报》该年首载小说共9篇。《浪嫖镜》，署“贤”，标注为“警嫖小说”；《寒丐》，署“荛”，标注为“短篇小说”；《文明战》，署“耀”，标注为“短篇小说”；《女侠》，署“耀”，标注为“短篇小说”；《自作孽》，署“贤”，标注为“近事小说”；《幻境》，署“荛”，标注为“理想小说”；《恶姻缘》，署“耀”，标注为“短篇小说”；《撞饮》，署“太岁”，标注为“白话小说”；《淫贼》，署“耀”，标注为“近事小说”。

《二十世纪军国民报》在“小说”发表小说，该年首载小说共2篇。《秋瑾》，署“著者飞父”，标注为“中国近世女界第一重要人物”，未完；《一夜夫妻》，署“美国耶路大学校化学学士陈廷端译意，报界隐者轩胄润辞”，标注为“离奇小说”，未完。

《广东戒烟新小说》该年首载小说共9篇(部)。《烟侦探》，署“哲”，标注为“戒烟小说”；《昙化影》，署“毅伯著”，标注为“短篇小说”；《警痴》，署“佥夫”，标注为“短篇小说”；《烟辑捕》，署“哲”，标注为“戒烟小说”；《强盗独立记》，署“平庵著”，标注为“军事小说”，未完；《断头香》，署“计伯著”，标注为“政治小说”，未完；《回头岸》，署“著者哲君”，标注为“戒烟小说”，未完；《头变》，署“维一”，标注为“侦探小说”，未完；《面包党》，署“芳郎译”，标注为“侦探小说”，未完。

《振华五日大事记》在“小说”发表小说，该年首载小说共14篇。《醋案》，署“辕系”，标注为“侦探小说”，未完；《浪淘珠》，署“轩胄”，标注为“社会小说”，未完；《侠报》，署“轩胄”，标注为“侠义小说”；《海镜光》，署“轩辕之胄”，标注为“侠情小说”；《收师傅》，署“而优”，标注为“短篇小说”；《新妇智》，署“而优”，标注为“短篇小说”；《强中强》，署“而优”，标注为“短篇小说”；《专制魔》，署“而优”，标注为“近事小说”；《奇际》，署“辕系”，标注为“侠义小说”；《恶因缘》，署“缕述”，标注为“社会小说”；《黠者祸》，署“美国大哲学家著”，标注为“离奇小说”，未完；《孽镜花》，署“铁樵”，标注为“社会小说”；《骗骗》，署“辛令”，标注为“社会小说”；《荡花风》，署“大同”，标注为“近事小说”。

《农工商报》在“讲古仔”“古仔”发表小说，该年首载小说共12篇。《陶朱公致富来历记》，署“侠庵”；《机器大家鲁般师傅小史(般音班)》，署“侠庵”；《红毛大制造家矮克办脱致富来历记》，署“铁汉来稿，侠庵参订”；《端木赐》，署“明园主人”；《制造瓷器大家巴律西小传》，署“侠庵”；《爱国商人弦高之伟绩》，署“陈铁庵”；《五文钱发财十万小史》，署“谭鼎铭来稿”；《信义商家朱紫弃传》，署“文屏来稿”；《广东忠信商家袁友信小传》，署“李鼐(鼎)来稿”；《召信臣》，署“明园”；《猗顿》，署“明园”；《李悝》，署“明园”。

(十) 1908年，11份报刊，共刊载小说78篇（部）

《香港华字日报》该年首载小说1篇。《女权砭》，署“自孙”，标注为“短篇小说”，不全。

《中国日报》该年首载小说1篇。《无形骗》，标注为“近事小说”。

《时事画报》该年首载小说共22篇(部)。《家之盗》，署“非”，标注为“短篇小说”;《警警警》,署“喆”,标注为“短篇小说 近事小说”;《驱鬼》,署“少琼”,标注为“警幻小说”;《械斗》,署“喆”,标注为“社会小说 尚武精神”;《蒙馆》,署“喆”,标注为“社会小说 尚武精神”;《争花》,署“喆”,标注为“社会小说 尚武精神”;《女权》,署“喆”,标注为“滑稽小说 尚武精神”;《兄弟》,署“喆”,标注为“社会小说 尚武精神”;《技勇》,署“喆”,标注为“社会小说 尚武精神”;《竞渡》,署“喆”,标注为“社会小说 尚武精神”;《贱格鬼》,署“喆”,标注为“寓言小说”;《七夕谈》,署“劳人”,标注为“明日黄花之”;《国会潮》,署“劳人”,标注为“没头没尾的小说”;《野蛮怪状》,署“小配著”,标注为“风俗小说”;《公堂》,署“劳人”,标注为“社会小说活地狱”;《烟窟》,署“劳人”,标注为“社会小说活地狱”;《古井潮》,署“救人”,标注为“趣致小说”;《三绝》,署“劳人”,标注为“喻言小说”;《尊制》,署“子民”;《天上之国丧》,署“录神洲报”,标注为“神怪小说”;《过去及现在》,署“劳人”,标注为“滑稽小说”;《牛仔佛》,署“佛仇”,标注为“神怪小说”。

《绘图中外小说林》该年首载小说共22篇(部)。《匣里亡尸记》,署“著者英国希路,亚猛译述,愚公润辞”,标注为“第一离奇小说”;《大觉悟》,署“荛”,标注为“离奇小说”;《长恨天》,署“耀公”,标注为“短篇小说”;《双美缘》,署“伯耀”,标注为“艳情小说”;《孽因孽果》,署名“凿”,标注为“砭俗小说”;《侠女奇男》,署“伯耀”,标注为“义侠小说”;《现形妖》,署“乱劈”,标注为“短篇小说”;《烟侦探》,署“敕”,标注为“短篇小说”;《宦海恶涛》,署“伯耀”,标注为“近事小说”;《小复仇》,署“译”,标注为“近事小说”;《恶因果》,署“伯耀”,标注为“近事小说”;《无名之富翁》,署“荛”,标注为“短篇小说”;《猛回头》,署“耀”,标注为“讽世小说”;《快梦》,署名“凿”,标注为“短篇小说”,不全;《烟生》,标注为“短篇小说”;《凶仇报》,署“耀公”,标注为“侦探小说”;《花月痕》,署“凿”,

标注为“近事小说”;《朱显传》,署“细”,标注为“短篇小说”;《片帆影》,署“伯”,标注为“冒险小说”;《沈醉生》,署“荛”,标注为“趣致小说”;《黄善人》,署“太岁”,标注为“豪侠小说”,不全;《飞侠》,署“意”,标注为“快意小说”,不全。

《农工商报》该年首载小说共5篇。《美国大北铁路公司发起人占士比儿小传(用演说体)》,署“张石朋遣词”;《临邛卓氏打铁发财小传》,署“铁庵”;《著名船商特琼司小传》,署“铁庵”;《兽肉霸王亚模小传》,署“铁庵”;《德国农业发达史演义》,署“铁庵”,未完。

《岭南白话杂志》在“译学馆”“记事室”发表小说,该年首载小说共4篇。《学海潮》,署“著者欧博明”,标注为“现形小说”,未完;《奸淫报》,署“耀公(伯)”,标注为“近事小说”,未完;《装愁屋》,署“原著英国佳保肥亚乐译意,亚荛砌词”,标注为“顶怪诞嘅小说”,未完;《游会记》,署“俊三郎”,标注为“近事小说”,未完。

《岭东日报》在“小说”发表小说,该年首载小说共2篇。《千里马》,署“英国柏尔伦原著,遁声口译,生可笔述”,标注为“侦探小说”,未完;《盗巢艳迹》,署“美国白福庇笔记,不才译述,生可参辞(笔述)”,标注为“侦探小说”,未完。

《半星期报》在“小说”发表小说,该年首载小说共4篇。《一落千丈》,署“治惧”,标注为“离奇小说”;《偷儿术》,署“治惧”,标注为“社会小说”;《镇宅符》,署“嚼梦”,标注为“社会小说”;《双冤记》,署“治惧”,标注为“社会小说”。

《东莞旬报》在“小说”发表小说,该年首载小说共1篇。《腹中帛》,署“鲁秘大学校生亚万奴译意,求得死青年润词,邓汉伟校对”,标注为“侦探小说”,未完。

《现世史》在“稗史”发表小说,该年首载小说共3篇。《中国瓶》,标注为“侦探小说”,未完;《董福祥》,短篇传记式小说,已完;《纪贻将军遗事》,短篇传记式小说,已完。

《新小说丛》该年首载小说共13篇(部)。《补情天》,署"文楷",标注为"短篇小说";《窃书》,署"星如",标注为"短篇小说";《情天孽障》,署"法国贾波老著,晴岚山人译",未完;《亡羊归牧》,署"枢垣述意,穞叟演词",标注为"英国妇孺小说",未完;《奇缘》,署"英国弥士毕原著,王星如译,李英圃润";《破堡怪》,署"文楷";《八妳秘录》,署"法人朱保高比原著,新会李心灵,林紫虬合译",标注为"侠情小说",未完;《两岁星》,署"星洲寓公菽园初稿",标注为"历史小说",未完;《血刀缘》,署"新会夏莹光子谦、黄恩煦玉垣合译",标注为"惊奇小说",未完;《奇蓝珠》,署"英国屈敦先生原著,会城李子鸣,禺山郭若衡同译",标注为"侦探艳情小说",未完;《女奸细》,署"树珊,青井译润",标注为"军情小说",未完;《盗尸》,署"文楷",标注为"短篇小说";《波兰公主》,署"王星如译,李英圃润",标注为"短篇小说";《恶梦》,署"星如译",标注为"短篇小说";《一羽媒》,署"树珊译",标注为"短篇小说 趣妙小说"。

(十一)1909年,9份报刊,共刊载小说36篇(部)

《香港华字日报》该年首载小说5篇(部)。《金不换》,署"晴岚山人译",标注为"法国奇书",未完,现见六回;《中国之武仙(士)道》,署"仙乎",标注为"短篇小说",不全;《疑怪》,署"仙乎",标注为"讽时小说";《围捕》,署"仙乎",标注为"解颐小说",连载已毕,因报刊散失未见全文;《恶少大闹北京鼠花庄》,署"非非",标注为"时事小说",未完。

《羊城日报》以书页式排版发表小说,该年首载小说1部。《珠玑巷》,署为"欧博明",未完。

《时事画报》该年首载小说共10篇(部)。《鸡谈》,署"美魂女史",标注为"警世小说";《军装》,署"劳人",标注为"趣致小说 蠢侦探";《现在及将来》,署"劳人",标注为"滑稽小说";《国侠魂》,标注为"侠烈小说",长篇,未完;《满街革命党满街侦探》,署"劳人”，标注为“趣致小说 蠢侦探”；《吞产案》，署“少琼”，标注为“短篇小说”；《轮船》，署“劳人”，标注为“趣致小说 蠢侦探”；《反心贼》，署“自觉”，标注为“短篇小说 诛奸小说”；《钢矛记》，署“英国索士比亚著，中国真如室主译”，标注为“名家小说”，未完；《官样》，署“中国无恙著”，标注为“近事演义”，未完。

《广东劝业报》在“古仔”发表小说，该年首载小说共2篇。《中国机略大家马钧传》，署“侠庵”，未完；《东亚农学第一家津田仙先生传》，署“亦农”，未完。

《香山旬报》在“小说”发表小说，该年首载小说共5篇。《奇童案》，署“涵秋译”，标注为“短篇小说”，未完；《萍水缘》，署“醒广”；《杨女士》，署“方容均来稿”，标注为“近事小说”；《两世人》，署“陈思仲原著，警鹤生补遗”；《假新郎》，署“绛树”，标注为“近事砭俗短篇小说”。

《中华新报》在“小说”发表小说，该年首载小说共3篇。《猗兰小传》，标注为“苦情小说”，未完；《盗窟》，署“著者楚怆”，未完；《橘中秘》，标注为“侦探小说”，未完。

《天铎》在“译丛”发表小说，该年首载小说1篇。《九点牌》，署“英国花志安原著，南海罗守一翻译”，标注为“侦探小说”，未完。

《广粹旬报》在“小说”发表小说，该年首载小说共2篇。《鸦片梦》，署“著者百励”，标注为“警世小说”，未完；《侦探之侦探》，署“著者太岁”，未完。

《砭群丛报》在“说部”发表小说，该年首载小说共7篇。《亚东潮》（一名近世之秘史），署“古之伤心人著”，未完；《照胆镜》，署“天南僇民著”，未完；《中国穑者传》，署“悲盦”，未完；《乌托邦之豪杰》，署“悲盦所著”，未完；《致富术》，署“古之伤心人著”，未完；《碎珠圆镜录》，未完；《鲸窟寻亲记》，署“悲盦”，未完。

（十二）1910年，10份报刊，共刊载小说111篇（部）

《香港华字日报》该年首载小说共12篇(部)。《麻雀侦探》，署“何汉斧译”，标注为“小说”；《侦探和尚》，署“毓云译”，标注为“小说”；《□□术》，署“何汉斧译”，标注为“小说”，未完；《混闹》，署“博郎”，标注为“小说□事写美”，未完；《官赌之怪现象》，署“毛凤翔来稿”，标注为“写真小说”；《换帖》，署“寄公”，标注为“短篇小说”；《魔妻》，标注为“短篇小说，警世”，未完；《梨园剧》，署“顺德何汉斧译”，标注为“最新侦探小说”，未完；《无声枪》，署“毓云译”，标注为“侦探小说”，未完；《归来燕》，署“仙乎”，标注为“短篇小说”，未完；《侠义之看护妇》，署“何汉斧译”，未完；《长堤苦》，署“绪贤译”，标注为“侦探小说”，未完。

《时事画报》该年首载小说1篇：《摄青鬼》，署“苍生”，标注为“短篇小说”。

《国民报》在“小说丛”发表小说，该年首载小说共18篇。《鸳鸯瓦》，署“荛”，标注为“艳情砭俗”，未完；《红露》，署“鹃声阁主译”，标注为“哀艳小说”，长篇连载，未完；《破棍》，署“诛奸”，标注为“寓言小说”，短篇小说；《推车女》，署“辟臭”，标注为“寓言小说”；《高等强盗》，署“诛”，标注为“短篇小说”；《米中蠹》，署“百罹子”，标注为“箴规小说”；《京华梦》，署“过来人”，标注为“短篇小说”；《野兽性》，署“雷”，标注为“寓言小说”；《睇出神》，署“百罹子”，标注为“白话小说”；《剃头失妻》，署“不剃头者”，标注为“近事写真”；《暴虎》，署“过来人”，标注为“短篇小说”；《三大》，署“一棒”，标注为“诙谐小说”；《会客》，署“岁”，标注为“活动写真”；《电一通》，署“哲”，标注为“怪象小说”；《亚如》，署“碎”，标注为“短篇小说”；《大虫》，署“雷”，标注为“短篇小说”；《香海车尘》，署“过来人”，标注为“短篇小说”；《一文钱》，署“哲”，标注为“寓言小说”。

《孔圣会星期报》在“小说”“说部”发表小说，该年首载小说1

篇:《盗》,署“黄魂”,标注为“寓言小说”。

《七十二行商报》该年首载小说1篇:《岭南潮》,标注为“讽世小说”,未完。

《香山旬报》在“小说”发表小说,该年首载小说共12篇。《红粉青燐》,署“侠我”,标注为“近事写真侦探小说”;《温犀影》,署“然者”,标注为“短篇小说”;《某富翁》,署“醉墨”,标注为“短篇小说”;《女丐》,署“宏道译述”,标注为“短篇小说”;《小驼子》,署“著者德国炎慢纳扶,译者(香山)本立主人”,不全;《堕指录》,署“鲁源,录神州日报”,标注为“短篇小说”;《白魔女》,署“醒庵遣词”,未完;《情天恨海》,署“晓峰”,标注为“短篇小说”,未完;《三韩泪》,署“容均寄稿”,标注为“侠情小说”;《奇女儿》,署“铁魂述”,标注为“短篇小说”;《耳语奇闻》,署“晓峰”,标注为“短篇小说”;《密约案》,署“英勒克维廉著,中兴译”。

《广粹旬报》该年首载小说1篇:《双女侠》,仅存目,未见原文。

《南越报附张》在“说部”发表小说,该年首载小说共47篇。《长门新恨》,未完;《朝鲜血》,又名《伊藤传》,署“世次郎”,标注为“近事小说”,不全;《困新城》,署“拍鸣”;《兵上谈纸》,署“拍鸣”,标注为“现事小说”;《邂逅缘》,署“芳郎”,标注为“侠情小说”;《东游记》,署“著者欧拍鸣”,标注为“趣致白话 社会小说”,未完;《托塔》,署“稜”,标注为“寓言小说”,未完;《纨绔儿》,署“警黄稿”,标注为“短篇小说”;《侠盗》,署“汉钟(汉宗)”,标注为“义侠小说”;《掷石狗》,署“棱”,标注为“寓言小说”;《官引梦》,署“警黄稿”,标注为“短篇小说”;《三叩首》,署“棱”,标注为“近事离奇小说”;《宿姻缘》,又名《惨鸳鸯》,署“某君(慧觉稿)”,标注为“艳情小说”;《闷葫芦》,署“禅侦探”,标注为“寓言小说”;《官官相卫》,署“禅侦探”,标注为“怪象小说”;《莺花梦》,署“学吕”,标注为“侠情小说”;《谈话会》,署“棱”,标注为“社会小说”;《开谈判》,署“铁蕴稿”，标注为“近事小说”；《学蠹现形记》，署“鹤唳”，标注为“社会小说”，未完；《埋香冢》，署“芳郎”，标注为“哀情小说”，不全；《扫庆》，署“去庆虎”，标注为“写真小说”；《新情史》，署“瀛客”，标注为“艳情小说”；《闺恨》，署“警黄稿”，标注为“哀情小说”；《客观梦》，署“百钢少年稿”，标注为“喻言小说”；《四奸案》，署“拍鸣”，标注为“法律侦探小说”；《妒剧》，署“仙乎”，标注为“趣情小说”；《田鸡东》，署“禅侦探稿”，标注为“近事写真小说”；《侠报》，署“芳畹”，标注为“侠情小说”；《选举镜》，署“禅侦探稿”，标注为“怪剧小说”；《过路环》，署“瀛客”，标注为“近事小说”；《阴寒世界》，署“隐明”，标注为“短篇小说”；《鸦怪》，署“腾芳稿”，标注为“短篇小说”；《铲穿地球》，署“春”，标注为“科学滑稽小说”；《振夫纲》，署“荃”，标注为“伦理滑稽小说”；《哭亡泪》，署“百钢少年稿”，标注为“短篇小说”；《江上英雄》，署“春”，标注为“党祸小说”；《血字图书》，署“仁父”，标注为“党祸小说”；《群鬼会》，署“春”，标注为“社会滑稽小说”；《恶姻缘》，署“禅侦探子”，标注为“近事写真小说”；《自残同种》，署“百钢少年”，标注为“社会小说”；《后周游》，署“拍鸣”，标注为“短篇小说”；《孔诞观》，署“瀛客”，标注为“现象小说”；《贼报报》，署“仁父”，标注为“怪象小说”；《加快引》，署“棱”，标注为“逼迫小说”；《幻想记》，署“光”，标注为“短篇小说”；《浮海奇谈》，署“百钢少年”，标注为“寓言小说”；《十日建国志》，署“世次郎小配”，标注为“最新历史小说”；《魍魉影》，署“驱鬼”，标注为“趣致小说”。

《南报》在“小说”发表小说，该年首载小说1篇：《波兰人之从军》，署“贱”，未完。

《天趣报》在“人天眼”“虞初语”发表小说，该年首载小说共17篇（部）。《海上花 吴蕊兰》，署“著者司花”，标注为“杂志小说”；《海上花 刘金枝》，署“著者司花”，标注为“短篇小说”；《海上花 王可卿》,署“著者司花”,标注为“短篇小说”;《海上花 李蕴玉》,署“著者司花”,标注为“短篇小说”;《海上花 金绣麟》,署“著者司花”;《海上花 姚嫩嫩》,署“著者司花”;《海上花 张月仙》,署“著者司花”;《海上花 王宝宝》,署“著者司花”;《海上花 朱素英》,署“著者司花”;《怜香报》,署“景溪一郎”;《某青衣女》;《华十五》;《某生妇》;《杀妻案》;《双龄》;《捕熊谈》;《都门识小录》,署“旅京记者”。

(十三)1911年,7份报刊,共刊载小说23篇(部)

《香港华字日报》该年首载小说共6篇(部)。《天伦乐》,署“何汉斧译”,标注为“侦探小说”,未完;《魔屋》,标注为“侦探小说”,未完;《黑劫》,署“何汉斧译”,标注为“侦探小说”,未完;《智囊》,署“何汉斧译”,标注为“侦探小说”,未完;《银行失窃案》,署“唐臣来稿”,标注为“短篇小说”,未完;《金牙记》,署“莪园”,标注为“短篇小说”。

《天趣报》该年首载小说共5篇(部)。《过墟志》,标注为“开国艳史”,未完;《某州牧》,署“大哀”,标注为“短篇小说”;《潘狄》;《不要米》《假夫妻》,署“著者大悲”,标注为“砭俗小说”,未完;《广东之革命潮》,署“著者佛云”,未完。

《孔圣会星期报》该年首载小说共2篇。《英人胆》,署“自玉译稿”,标注为“军事小说”,未完;《劫花血泪》,署“雪痕生”,标注为“最新译本侠情小说”,未完。

《国事报》该年首载小说1篇:《儿女谈奇录》,署“石南”,标注为“理想小说”,文言小说。

《香山循报》该年首载小说1篇:《直报》,署“轩胄”,标注为“家庭教育说部之一”,未完。

《南越报附张》该年首载小说共7篇。《义骗》,署“拍鸣”,标注为“社会小说”;《杨仁山》,署“述者”,标注为“传记小说”;《孽债》,署“世次郎”,标注为“近事小说”,未完;《煤山梦》,署“遁”,标注为

"寓言短篇小说";《钻石丑闻》,署"振译",标注为"传记小说";《五日风声》,署"世次郎小配";《妾薄命》,署"世次郎小配"。

《光华报》在"说部"发表小说,该年首载小说1篇:《战骡》,署"芝逊译",未完。

(十四)其他报刊相关小说44篇(部)

有部分小说为陈大康先生《中国近代小说编年史》所载而未见者;有报刊目录仅存而未见者;有他著记录而未见者;等等。统录于此。

《唯一趣报有所谓》1部:《洪秀全演义》,1905年。

《小说世界》7篇:《爱河潮》《美人首》《教习现形记》《秘密踪迹》《神州血》《失女奇案》《春蝶梦》,1907年。

《广州总商会报》1部:《拈花微笑续编》,1908年有单行本①。

《祖国文明报》1篇:《荒岛英雄》,1909年。

《世界公益报》2篇:《宦海潮》,1908年;《义和团》,1909年。

《羊城日报》6篇:《片帆影》,1908年;《女飞赋》《移花计》《女伶惨》《昙花泡影》《钻石指环》,1911年。

《改良婚嫁会月报》2篇:《伪女权》,署"离明",标注为"短篇小说";《十姊妹记》,署"苑拙",标注为"短篇小说"。

《商报》1篇:《灯窗琐记》,署"伍公权"。

《砭群日报》1篇:《温犀镜》,1910年。

《桂林官话报》1篇:《青年》,1910年。

《华字日报》1篇:《记未卜先知术》,1911年。

《时敏新报》及报社5篇:《案中案》《李孔文》《施楠楚》《盗有道》《光亚新稗史》,宣统间。

《顺德新报》2篇:《醋眠春梦》《菩萨大运动》,1911年。

---

① 碧琳瑯馆编纂:《拈花微笑续编》,光绪丁未《广州总商会报》排印,被收入《广州大典》第五十辑,广州出版社2015年版。

《新中华报》5篇:《小女佣》《红棉花》《破碎江山》《鱼腹余生记》《中秋》,1911年。

王斧小说集《斧军说部》7篇:《民族义侠 奈何天》《外交复仇 咸家铲》《迷情 双莺梦》《纪事 五十年世界》《宝罗》《智报》《竞马》。

《天趣报》2篇:《猪八戒传》《排九传》,1910年。

综之,现存报刊可见小说500篇(部),类小说22篇,共计522篇(部);不能明确年份的有44篇(部);报刊小说集《斧军说部》[1]共列小说25篇,其中18篇篇名或事迹可与《唯一趣报有所谓》、《香港少年报》、《中兴日报》(新加坡,1907)互证。合计573篇(部)。另外,报刊创刊于1911年以前,且在1912年以来仍然发表小说的报刊有《时事画报》14篇(部)、《南越报附张》49篇(部)、《国民报》24篇(部),共计87篇(部),因这些小说可以考察报刊小说刊载的连续性与风格变化等,因此要另作统计,以便对照。发表情况不一一列举,详见《附录二:1911年以前创刊、1912年以来岭南报刊发表小说》。

综合现存近代岭南报刊小说的整体保留情况,可知近代岭南报刊小说的时间分布极为不均衡,与近代岭南报刊的发行、保存趋势相一致:

一是时间分布不均衡。1900年以前,近代岭南报刊刊载的小说为1篇(部),1900年至1911年间确定发表时间的报刊小说有522篇(部),在这12年间,分布也极不均衡,发表小说最高年份达117篇(部),最少年份只有1部。1911年以前创刊的报刊在1912年以后,发表小说87篇(部)。

二是各种报刊刊载(或保存)小说的数量亦不均衡。发表与

---

① 《中兴日报》1908年2月13日、14日刊载《斧军说部出版广告》,1908年3月26日、27日、28日又有《斧军说部经已出版》的广告,两者内容相同,后者只是增添了约售处。

保存小说最多的报刊《时事画报》,相对完整地存留了80篇(部)小说,发表时间为1905年至1913年,是创刊于1911年以前且刊行时间最长、停刊次数最多、发表小说最多的近代岭南报刊。《香港华字日报》从创刊开始的1872年至1903年这三十二年间,没发表小说;1904年才开始发表小说,到1911年止,就发表了37篇(部)小说;1912年至1923年,发表了21篇(部)。由于报刊散失严重,1923年至1941年间,该报所发表小说的准确数量无法统计。《香港华字日报》各阶段发表小说的数量也极为不均衡。《国民报》《南越报附张》《中外小说林》分别刊登了18、49、53篇(部)小说,这几份报刊的小说甚至可以分别单独加以整体研究。保存了10篇以上小说的其他报刊主要有《中国日报》《唯一趣报有所谓》《天趣报》《香港少年报》《赏奇画报》《振华五日大事记》《农工商报》《香山旬报》《新小说丛》9份。其他报刊刊载小说数量不多、数量亦不等,有些甚至仅仅留下一两篇篇名,连小说文本也没有见到,无法对其小说风貌及艺术特点加以探索。

三是岭南区域内分布亦不均衡。广东出版的报刊发表小说最多,香港其次,澳门及其他地方刊载的小说较少。广东其他地方也有零星报刊刊载小说,如香山(现中山市)的《香山旬报》一共有18篇小说,这是香港、广州之外刊载和保存小说数量最多的期刊。东莞的《东莞旬报》亦载小说2篇,潮州的《潮州白话报》刊载小说1篇,番禺的《改良婚嫁会月报》2篇。广西、海南、澳门的报刊数量本来就少,刊载小说数量也无法与香港、广州两地相比,桂林的《南报》刊载了1篇改写型的翻译小说。澳门的报刊未见有刊载小说的。

第二节　从无到有并专栏化、专刊化

近代岭南报刊小说的刊载是一个从无到有的演进过程。描述岭南报刊刊载小说的发展形态，主要解决的问题就是：小说什么时候出现在报刊中；实现了从无到有的突破之后，夹杂在新闻性文字中的类小说或小说如何独立出来，进入文艺性文字的版块，并在文艺版块中获得、占有一定的版面，在相对固定的时间或位置刊载。刊载脱离了新闻性、完全文艺化的小说是岭南报刊刊载小说形态成熟的标志。从报刊自身发展的进程看，报刊小说经历了两个步骤：第一步是小说或小说情调从非文艺性作品中剥离，进入文艺性文字的版块，这是报刊小说文体的发生学问题，这个过程伴随着文艺性文字慢慢成为版面固定、出版时间稳定的文艺副刊。第二步是在文艺性文字中独成一体，拥有固定的小说栏目名称或相对固定的版面，在相对固定的时间内刊载，这是报刊小说文体的形态学问题。

一、1900年以前，报刊土壤萌生小说因子

1900年以前，岭南报刊缺乏文艺性文字，也没有专门刊登文艺性稿件的版面，没有刊载真正意义上的小说，这跟报刊的早期定性与功能有关。尤其是外国人创办的报刊，如《广州记录报》《东西洋考每月统记传》等，带着传教和记录中国社会的任务，还没有考虑过报刊的文体或文艺问题。有些报刊具有明显的商业性，如《香港航运录》《香港船头货价纸》等，不报道社会事件，专门刊载当时的市场行情，注重实用性。但1822年创刊的《中国杂志》

和1835年创办的《中国丛报》这两份英文报刊，刊载有《红楼梦》前8回的译文和评介这部小说的文章，《中国丛报》还译载了《诗经》等文学作品，通俗读物《三国志通俗演义》《神仙通鉴》《大清皇帝圣训》《智囊补》《聊斋志异》《红楼梦》等在列，但这些小说或诗歌译作，仅作为西方了解中国的资料之一，并非有意识地开设小说或诗歌专栏而发表作品。《东西洋考每月统记传》不止一次刊登了李白与苏轼的诗，还发表过署名“汉士”的《兰墩十咏》诗歌，也介绍过古希腊罗马之诗词，后来还有“诗”“词”“杂文”目与“诗曰”版块，但这是作为介绍历史文化知识之一种，并不是有意识地刊载文学作品。

1900年以前，岭南报人在编辑实践中，由稿件归类的经验而萌发文体意识，报章文体分类观念开始出现。19世纪六七十年代，香港的中国报人开始自己办报，有了《中外新报》(1858)、《中外新闻七日报》(1865)、《香港华字日报》(1872)等报道社会时事为主的报刊，各栏目的稿件亦以地理、时间、性质归类，并没有以文体归纳者。到了19世纪后十年，报纸的模式逐渐成熟，以“日报”“晨报”“新报”等命名的报刊比之前增多，如《中西日报》《香港晨报》《香港新报》，栏目设置比早期报刊丰富了些，除了新闻时事消息、商业信息、专门材料外，还有了较固定的政论文。从现存几份发行时间较早的岭南报刊《广报》《中西日报》《中西报》《岭南日报》的栏目来看，19世纪末的岭南报刊设置栏目的文学性不强。这几份报刊的内容基本相同，都是由新闻、“上谕恭录”、“督宪牌示(或督宪辕报)”、广告这几部分组成，也有电报、他报汇录、杂文等内容，但不十分固定。不过“杂文”一类稿件的出现，无疑是报刊文体观念产生的实践形态，随着杂录杂文刊登稿件数量的增加与时间、位置的逐渐固定，报刊自身娱乐性也逐渐加强，二者交汇，慢慢出现了文艺性稿件，这时候，报刊编辑者在排版实践中，开始要考虑依据文体性质来归纳文体、安排版面。

报章文体分类观念慢慢成型的结果是,传统的诗文词作品充当了填充报尾的功能。因为报纸首要任务是提供行业或社会信息,娱情遣兴的文学作品只能忝居末位。这样做,可以避免报刊报尾的空白,填补新闻性稿件不足的缺陷。在这样的实践中,报人逐渐意识到文艺性文字也很重要,于是开始刊载一定的文学作品,慢慢地,就汇聚为专栏、专刊文学作品。岭南报刊最早的文艺性版面,是报尾中的“诗章附录”或“杂著附录”“诗词附录”这样的专题,有的局限于诗词,有的博收新闻版面无法收纳的各种文体,“杂著”“诗章”体现文体意识,“附录”反映版面功能意识。《广报》(1886)现存最早一期是1887年11月15日,从首版右侧《目录》看,新闻题目与专栏题目的界限不分明,“试题照录”说明栏目内容的范围,“西报摘译”说明栏目内容的来源,“各行告白”说明其商业性,“上谕电传”“香山拔补”“督抚宪辕报”“批示照登”还带着邸报的文件传输功能,而“论商务宜重”则为政论题目,政论有连载的情况出现,“日本新闻”是具有时事性的国际新闻,“旧墙可畏”“劝息鼠才“喜咏鹊巢”“九江灾状”等应为本地新闻题目,这些题目初具吸引读者的功能,具有新闻营销的性质。由此可见,该报各题目与分类式栏目杂处,还没有成熟的文体观念,而现代化的排版意识也没有形成。值得注意的是,1887年《广报》的报头在注明多个代售处后,还有一句说明:“凡有新闻、诗、古文、词、论说,俱可随时寄至本局。摘录惟原稿,无论刊与不刊,概不检还。”这个没有标题的征稿启示,除了要吸纳消息类、政论类稿件外,还随时接收诗、古文、词三种中国古代传统文体作品,如此看来,编辑者已经开始区别对待新闻、政论与文学文体了。目前所见该报最早的纯文学作品是1887年12月1日的《虞苑怀古》(贲麓散人稿)一种,依然夹杂在广告版面当中。大约在这个时候,版头下的“目录”有了“诗章附录”一门,仍置于报末,直接夹在新闻性文字后与广告之间，无栏目名称，局限在传统诗文词三种主流文体。创刊于1891年的《岭南日报》《中西日报》，版式与《广报》相似，目录内容中栏目名称与题目相混杂，现存报刊并没有刊登传统的文学作品。直到1902年"小说界革命"爆发前，《文言报》最后的栏目仍然是"诗词附录"，"附"字仍有捎带性质，不能独立，没有取得与消息类稿件相等地位。

学界公认的是，"小说界革命"以前，整个中国的中文报刊，刊载小说都不多，栏目、时间不十分固定，小说的体裁也没有明显的特征。这个时候，岭南报刊中仍没有出现传统的短篇文言、章回体或话本类小说，也没有新式的翻译小说之类。大多数学者认为像上海《申报》这样的大报，在19世纪末以前也尝试过刊载小说，但是却失败了，通俗小说或翻译小说重新成为报刊刊载主要对象，那是"小说界革命"后的事。那么，到底什么时候中国传统小说文体或外国小说作品进入了岭南报刊呢？这个问题在1900年以前的报刊无法找到答案。但是仔细辨析，早期岭南报刊还是有丰厚的土壤培育小说因子的。

首先，一些新闻文字在追求趣味性、新奇性的品质时，小说情调滋生其中，有人称之为"类小说"①。凌硕为《新闻传播与近代小说之转型》认为，"类小说"的文体形态非常特殊，是新闻与小说的中间形态，模糊性是其根本属性。与典型的新闻相比，其真实性、时效性较弱，对道听途说的传闻津津乐道，更看重的是事件本身的价值，而对事件是否为真实或是否为最近发生，并不在意，与典型的新闻以信息传达为主要目的相比，类小说往往追求娱乐性和审美性。与典型的小说相比，在虚构性上比较节制，在叙事上缺乏完整性。据调查，香港《近事编录》(1864)、《中外新报》(1858)

① 凌硕为：《新闻传播与近代小说之转型》，浙江大学出版社2013年版，第30—36页。

的小说或类小说被《申报》大量转载,《申报》转载同治十一、十二年的《香港近事编录》文章19篇,至少有16篇是小说或类小说,香港《中外新报》仅在同治十一、十二年就转载了48篇小说或类小说,《申报》这两年登载此类文章382篇左右,而转载香港《中外新报》就占了八分之一。这足可以推断,香港报刊的小说趣味性是非常浓的,还影响了内地报刊小说的追求趋向。当时香港中文报刊的华人主笔没有多少施展新闻事业的空间,故此把较多精力用于小说或类小说的编写,乃至于使比较正规的"本港新闻"和"中外新闻"之外的"羊城新闻"注入了小说情味。[①]谭汝俭回顾广东报业经历"结舌时代"之后,进入"缄默苟存"时代,不敢轻易指摘时弊,隐忍之中,以求苟存,因此,小说情调在政治迫害的环境下萌孽:

> 乃日取新闻中之情事曲折者,重加叙述,以小说之笔行之。或本无其事,而凭空结撰,以相与骋秘争妍者,故其时报纸虽不附载小说,而已含有小说之气味矣。[②]

报刊中虽没有小说专栏,但有小说情味。因撰述者惧怕"以直言获咎",不得不"借以糊口",于是新闻中故事性强的作品被拿来重新加工叙述,或者直接凭空虚构,这反而为岭南报刊刊载虚构性作品特别是小说提供了心理环境。

其次,在新闻叙事中插入某些传统小说文体特有程式或外在要素,使读者无形中享受虚构性小说的审美。回顾并点检岭南报刊,很明显,《广报》中有一些稿件开头比较特别,如1887年11月15日的一则新闻《喜咏鹊巢》,开篇先言月老,有点像话本小说的

① 凌硕为:《新闻传播与近代小说之转型》,浙江大学出版社2013年版,第92—96页。

② 谭汝俭:《四十七年来广东报业史概略》,《香港华字日报》之《七十一周年纪念刊》,1934年。

头回，文体杂糅说明文体观念不明确。同日另一则新闻《劝息鼠牙》，以“怨不在大，亦不在小。逞血气之勇，酿莫大之仇。有从中劝解者，其功弗鲜。左太冲诗云：当世贵不羁，遭难能解纷。此所以希干木与仲连也”作为开头，有点像章回小说一开头就有“诗曰”的做法，杂糅了小说文体的要素；16日的一则新闻《客户可怜》更是直接以“诗曰”开头，也杂糅着旧体小说痕印。这样的小说情调并非偶尔出现，但也不是每则新闻都是如此，但读者已然忘怀所阅者为新闻，似乎更忘情于传统小说的奇异性或体式之定例。不过，同时期同版面的其他新闻仍然遵照开头即交代时间、地点、人物的惯例，具备典型新闻的各项指标要素，如17日的《失慎汇志》和《铺中失物》就是正常的新闻体例，“初二日两点钟时候，小东门外筑横沙洪恩桥脚，某姓木屋失慎于火……”，以及“初一日辰刻，某照相馆有衣冠者三人进内照相……”这样的写法和当时其他报刊的新闻体例比较一致。同一张报纸的同一栏中出现两种不同风格的“新闻”，可见前者之撰稿人并非不知道新闻的正常体例，而在新闻中加入个人的观点、感情，可能包含了编辑或记者个人的喜好，从中可以窥见，报刊编辑者极热衷汲取文艺元素。这一类作品培育了岭南报刊小说因子。

再次，在刊载无时效性、真实性而趋虚构性、叙事性、倾向小说情味的文稿时，尝试使用分期连续刊载的手段，解决了报纸篇幅有限而采入小说长篇的编辑技术问题。在1900年创刊的《安雅书局世说编》，已经刊载过新引进的典型翻译小说，仍然在新闻版块中刊发了很多不具备新闻典型特质、时效性很弱而趣味性、叙事性很强的作品。《近代岭南报刊短篇小说初集》即在《安雅书局世说编》有限的残页中，精选到22篇这样的作品。这些类小说的小说因子有二：一是追求传奇志怪式的小说趣味；二是有连载标记痕迹，证明连续刊载观念已经发生，为报纸篇幅有限而采入长篇小说的探索解决了编辑技术难题。

先看这22篇作品的内容与文体特征,主要追求传统小说的传奇与志异的艺术效应,荟萃了中国古代不同种类的短篇小说要素。《智醒迷龙》可见古代短篇小说以智慧使浪子回头的影子,故事讲述素封人家的陈氏女,在未成礼前得知许聘的丈夫日淫于赌博,于是请兄长教其赌博之术,出嫁时坚决不带婢媪从嫁,仅带善博的苍头。经过耐心的等待与一系列的设计,在老苍头的帮助下,终于让丈夫浪子回头。故事未完,但可以看到这个故事沿袭的是智纵浪子,以使其在绝路中幡然醒悟、痛改前非的故事模式,其戏剧性并不亚于《型世言》第十五回《灵台山老仆守义 合溪县败子回头》。《殇儿救母》是中国古代因果报应主题、鬼神现身、宣扬孝道小说的一种表现。《老尚多情》是忘年恋情、妓女情真的近代书写。《珠江狮吼》是妒妇小说、悍妻小说的具体化。《古董奇谈》是寓言、笑话小说的升级版。《同名被祟》看到志怪异小说蕴含的苍凉感。《口腹之累》是贫穷与无知的真实写照。《述鬼趣图》无疑是《搜神记》《聊斋志异》中最常见的写鬼之道以彰显人世情的模式:小说中以隐身人的身份,在某种技能(离魂、目视)的帮助下,能够以梦异或目视的方式看到鬼蜮之形,在游历地狱、鬼怪世界的过程中,折射人生社会的痛苦、贪腐或展现诉诸异世报应的意图。《烦恼秀才》是科举考试中常见的情景:高中前后,妻子和小舅子对其态度发生了颠覆性变化,从而造成了人物性格、心理上的冲突,透露出秀才无奈的苦恼。

再看这22篇作品的编排技巧。目前见到的类小说都刊登在"本省新闻"中"民情"一栏,没有明显的小说标志,用"续""未完""仍未完"这些标志,这是连载小说时最常见的标识,以提醒读者该小说所处的状态。由此看来,岭南报刊土壤中培养的小说因子已经萌芽,小说文体要发生了。

随着文艺性文字在报刊编辑中越来越突出，逐渐形成了文艺副刊，这些“类小说”才慢慢地脱离新闻性文字的遮蔽，进入文艺性文字的版块，在文艺副刊中立足、生根，逐步有了小说专栏，甚至出现了小说专刊，使晚清说部之大观成型。想要描摹报刊小说的早期形态，就要厘清其与新闻和典型小说之间的关系，报刊刊载小说的进程还涉及报刊副刊形态的形成这一同步平台。

二、1900年至1904年，岭南报刊小说刊载实现突破

1900年作为岭南报刊小说创作与刊载的突破点，有如下表现：一是创刊于该年的《中国旬报》有了“小说”专栏，刊载了岭南报刊真正意义上的小说《奉俄皇命记》，所开设的“鼓吹录”副刊，后来被转移到母报《中国日报》，使岭南报刊有了刊登小说的专门版块；二是创刊于该年的《安雅书局世说编》稍后登载了“新译泰西小说”《千一夜夫妻》，并开始征寻“小说”稿件；三是创刊于该年的《商务日报》“特把新闻事实用小说文体写出，这成为当时各报刊登小说的先导”[①]。《商务日报》已不存，无从考察。但是《中国旬报》作为期刊，《安雅书局世说编》作为报纸，同时辟出版面登载翻译小说，引人注目。

具体说来，《中国旬报》发行至第22期时，在“附刊”中设立了鲜明的“鼓吹录”，专刊载文艺作品，成为岭南报刊最早的、独立的文艺版块。伴随着文学作品专栏化或专版化的过程，小说也进入专栏，得到了显著的位置，确立了小说这一门类在报刊中的地位。《中国旬报》除了设立真正独立的文艺副刊外，它的贡献还在于在第25期、26期、27期就设立了“小说”一门，先于《中国日报》

① 李默：《辛亥革命时期广东报刊录》，《新闻研究资料》1979年第1期，第148页。

而有了“小说”专栏，与“国是”“邦交”“纪乱”“存疑”“电音”“上谕”等信息性、评论性栏目并列。从非文艺性文字中独立出来，并在文艺性文字中获得了专栏、固定时间和版面刊出的待遇，证明岭南报刊“小说”这一文体获得独立。《中国旬报》所刊载的第一篇翻译小说《奉俄皇命记》，初备翻译小说形态。后来，《中国旬报》停刊，这一附刊被迁移到《中国日报》，成为岭南报刊最早的副刊，一般在正报的第四页，主要分栏有“辑译”“新戏”“粤讴”“谐谈”“灯谜”等，专栏设置随报刊发行时间推移而有添补、更换，均纲目清晰，文体取向明了，完成了文艺性文字专栏化的使命。至此，文学作品专栏化、专版化，终于从新闻类文字的夹缝中独立出来，成为报刊重要的组成部分，这就意味着旧世纪的结束与新世纪到来的1900年前后，正是岭南报刊第一次出现真正的文艺性版面时刻，为岭南报刊小说刊载繁盛提供了必备的新平台。

《安雅书局世说编》创刊于1900年，直到1901年7月24日，《安雅书局世说编》的文艺性版块“诗章附录”还夹在“本省新闻”一栏当中，比《中国旬报》较晚获得副刊独立地位。到1901年12月底，《安雅书局世说编》才开设新栏目“杂著附录”，将文艺性文体独立在新闻的版面之外。最初推出该栏目时，有说明设置的目的：“本馆向例，每有纪述旧闻及一切游戏之作，附录报端以新耳目。但杂之新闻中，未免失于限断，兹特开杂著一门，凡小说、词章之属，咸隶焉。惟所著录皆出本馆撰拟，或得自友人来稿，从不敢剿袭前人，阅者谅之。”①这段文字对小说刊载来说，至少有如下意义：一是文艺作品编辑进入了报人思考的视野，开始自觉地、有

① 1902年1月2日《安雅书局世说编》之“杂著附录”栏目下的说明文字。“杂著附录”刊载较早篇目是《负情痴》（再续稿），当天报纸仅存一版面，无法得知日期。从未署日期标为“再续稿”，1902年1月2日标为“三续”，1902年1月3日标“四续”及“已完”看，“再续稿”当为1902年1月1日。

意识地改善文艺性文字的呈现形态;二是开始征录小说稿件以充实该门之内容;三是在稿件来源上,无论由该馆报人自撰还是来自友人,都意味着开始强调小说要有独创性,不能剿袭,版权意识正在萌芽。“附录报端”的游戏文字在“失于断限”的意识下,“小说”被岭南报刊从新闻文字中有意识地剥离,从夹杂在非文艺性的“新闻性文字”中转移到夹杂在文艺性文字中,这也是一种进步。

《安雅书局世说编》是第一个公开发起征录小说稿件的岭南刊物,其地位被定为“新耳目”的“游戏之作”之一种,与“三言”“二拍”等旧的通俗小说定性相类,可见此时并不是用“新闻”来“新耳目”,而是用小说等来承担这样的功能。果然,在残刊中,发现1902年9月27日的“杂著附录”这一专门登载文学作品的栏目中,刊载的是《千一夜夫妻》,没有署名,没有标注译者姓名及作品来源等信息,小说末尾标有“未完”字样,这是该报现存唯一真正意义的“小说”,亦是唯一的“翻译小说”,文言书写,语体雅洁。小说主要写安息国国王好色,王妃极为美丽,得到殊宠。不幸的是有人谮言王妃与内侍私通,国王便将她杀害了。此后,每立一个新妃,只宠幸一夜,即行杀害。年余,国中美女几为杀尽,害得民间女子人人自危。正在万分危急的时候,国色天香的宰相长女愿入宫为“一夜王妃”。第二天早上,在宰相家以为长女必已死去的悲痛氛围中,内侍却驾着安车来到宰相府,请宰相第二位女儿立马进宫。宰相吓得大惊失色,“一之为甚,其可再乎”?没想到来使却说,长女现在宫中无恙,并传长女“语妹子迅即入宫,毋迟毋恐”的信息。事出蹊跷,宰相疑惑不解,小说至此戛然而止,此后未见现存报刊再有续载。所存小说篇幅虽然短小,但无疑,这是阿拉伯民间故事集《天方夜谭》的开头。从翻译的题目来看,“千一夜”最符合现在通行的译名“一千零一夜”。

现在通行的文学史、翻译史认为,周桂笙1900年在《采风报》

上发表的《一千零一夜》中的节译篇章《渔者》和《国王山鲁亚尔及兄弟的故事》开了我国翻译《一千零一夜》之先河，光从刊载时间先后看，确实如此。但如果从翻译构架上看，周桂笙此时所译仅抽取精彩之片段翻译，“一千零一夜”或“天方夜谭”总体构架并未出现，也没有翻译到“一千零一夜”的书名，尚无整体意识。稍后，吴趼人编辑《新庵谐译初编》，上卷收入周桂笙翻译《一千零一夜》中的部分故事，依然没有通盘考虑，这种翻译显然是取寓言以乐趣的旨向。1903年5月6日，《大陆报》才开始连载未署译者姓名的《一千一夜》[①]，有研究者认为这是我国《一千零一夜》翻译最早使用原书名的作品。如果从《安雅书局世说编》登载的时间来看，这种说法要推翻了，因为《安雅书局世说编》连载在1902年9月27日，比周桂笙的节译故事晚一个年头，但比《大陆报》连载的未署名的译本早一个年头，因此《大陆报》不是我国最早使用原书名的译作。此前得出这样的结论，大概是因为此前并没有机会整理岭南报刊，更无人能在一片黑细模糊的字迹中，于报尾找到这短小的一幅“新译泰西小说”。且从《千一夜夫妻》开头看，《安雅书局世说编》发表的似乎是全译本，这是非常难得的翻译小说资料，可惜报刊散失过多，已经无从考究连载或翻译的完整度。

无独有偶，岭南报刊《二十世纪军国民报》也同样刊载过一篇翻译小说《一夜夫妻》(1907年第1期、第2期)，依然是以阿拉伯的《天方夜谭》故事为对象，亦是从开头开始翻译，所存内容亦有开头交待故事起因的内容。但这里却有了详细的译者信息：“美国耶路大学校化学学士陈廷端译意，报界隐者轩胄润辞。”译者信息

① 《大陆报》刊载的名称是《一千一夜》，第6期至第14期。目前学界认定20世纪头十年的《一千零一夜》的中译本数量，主要的信息来自紫英《新庵谐译》(见1907年《月月小说》第5期)，紫英提供的译本有：周桂笙本、上海《大陆报》本、商务印书馆《天方夜谭》本、连孟青《飞报》本。独因没有机会见到这些库藏的岭南报刊，而不知有《安雅书局世说编》本及《二十世纪军国民报》本。

包含译者就读的学校、译者所学专业、润饰者名号，译意者标了全姓名，润辞者则仅标笔名，并特意突出其性情：报界隐者。这是奚若1906年翻译的《一千零一夜》之后又一译本，具备全译的意识，但不知当时是否已经完成全译，如果已经全译，为何并未见于其他史料。从新发现的这两种近代岭南报刊登载的“天方夜谭”版本看，“天方夜谭”不愧是近代翻译文学作品的三大领域之一，其余两大版块为伊索寓言与侦探小说，这三大领域翻译作品的版本之繁复，亦可见一斑。仔细辨别，亦可看到这两种版本的翻译方法与翻译语言也完全不同，《安雅书局世说编》是文言，语法措辞一如古代文言小说，客观叙述耳目之外的怪奇故事，行文也相当通畅。而《二十世纪军国民报》的《一夜夫妻》使用的却是半白话、半文言，行文不甚流畅，采用的是长篇小说的架构，分章节立目；所存内容情节亦比《千一夜夫妻》多，有完整的人物关系、详细的对话、切合人物心境的心理活动等书写；更重要的是，这篇小说特意突出“专制”“暴君”之毒，呼唤为“民族独立”“自强自救”的人物挺身自救，具备了近代岭南报刊小说繁盛期的题材特征。近代岭南报刊早已意识到“以小说发达为民智之发达，吾诚不能不归功于小说，尤不能不以译本小说为开道之骅骝也”[①]，近代岭南报刊率先登载翻译小说的做法无疑是“引渡新风”理论的先导，也是办报践行理论主张的模范榜样。

虽然《安雅书局世说编》的“杂著附录”栏目不是专门为小说而开的，非常不固定而且占据的版面很少，与后来的“说部”“稗官署”“小说丛”这些明确且专门刊登小说的栏目还有一定的距离，但这是现存岭南报刊中可见的最早报刊小说（也包括诗、文）栏目，有着历史性的意义。

① 世：《小说风尚之进步以翻译说部为风气之先》，《绘图中外小说林》1908年第4期。

新闻报刊登载小说，还可能受政治因素影响。据学者考证，当时报刊言论受到清政府控制，《商务日报》(1900)“特把新闻事实用小说文体写出，这成为当时各报刊登小说的先导”[①]。《香港少年报》在“蜃楼影”一栏中刊载了署名“金人”的《劝搜罗著译小说以供同胞披阅·小引》：

当今支那之大局日益衰，强邻之吸力日益甚。或唱瓜分之主义，或行蚕食之忍谋，或阳施恩惠而阴逞其贪残，或暗借事端而实伸其劫夺……特创一社，搜罗新小说，于译著新小说，仿中西人之意，以洗我国民之脑，表我国民之心，药我国民之气，以保我国民之身家性命。虽不能澎涨于一时，亦能收效于异日；虽不能免欺凌于一时，断不致长为绝灭以终古。[②]

国家日衰，强邻日盛，日被欺凌，有“致人干竭”的趋势。“变自上作”的维新思路“迄无小补”，源于“其法之不善”。因此，转而寻求于从下开通民智为上策，其方法就是通过“译著新小说，仿中西人之意，以洗我国民之脑，表我国民之心，药我国民之气，以保我国民之身家性命”。强烈的使命感催使报人要学习西方办好报，译著好小说，既可免一时之欺凌，又可收长效。

“小说界革命”提出的1902—1904年，岭南报刊小说的刊载不是十分活跃，究其原因，一是这个时段的岭南报刊的保存状况一般，二是岭南报刊自觉刊载小说以宣传革命主张的意识还没有觉醒。不过，岭南报刊恰巧在1902年至1903年左右实现了现代报刊排版模式的转型，小说专栏亦在栏目意识得到强化的同时得到了重视：逐渐位于文艺性专栏的首位。

① 李默：《辛亥革命时期广东报刊录》，《新闻研究资料》1979年第1期，第148页。

② 金人：《劝搜罗著译小说以供同胞披阅·小引》，《香港少年报》1907年1月12日。

还可以从其他信息如广告中获得这时期报刊刊载小说的情况，如1903年的《潮州白话报》设立“八门”，其中第五门即是“小说”。《潮州白话报》已佚，但能在《岭东日报》[①]的广告信息中了解到，该报栏目为论说一、教育二、中外新闻三、潮州新闻四、小说五、曲本六、杂歌七、丛录八，评论性文字、新闻性文字早有专栏，而“小说”“曲本”“杂歌”显然属于文艺性文字，排列之间可见报刊功能在完善：评论放在前面，可见报刊的主要功能是引导舆论倾向，社论类文字应是报刊的灵魂导向；新闻性文字放在中间，先中外再本地，先后顺序的优化可见其新闻意识比较强；文艺性文字放在后，但种类多样，可见其应有的位置得到强化；最后是选录杂事，原来小说刊载是在“报尾”“附录”位置，现在已经超越其他文艺作品，列在前头了。《岭东日报》刊载的广告公布了《潮州白话报》第1期目录，“小说”的题目是《英雄爱国记》，这是自“小说界革命”发起以来岭南报刊较早出现的小说，但是这篇小说是自创的还是翻译的，篇幅如何，其详细信息都无从知晓。1904年5月10日的《中国日报》“鼓吹录”副刊下，终于有固定版面刊载“小说”一门的小说，此门继于“谐文”“白话”栏之下、“谈丛”“笑林”之前，处于版面中间地位，刊载的是驻东访员译[②]的小说《侦探美人谈》。现存1907年2月18日的《中国日报》(此前缺失部分报刊)，“谐文”“白话”等已居后，“小说”一门已列于各栏之首，刊载了长篇翻译小说《黄金藏》，“小说”在这里得到了显著位置和应有的重视。1904年创办、由广州蒙学书局发行的《妇孺报》，有小说三篇；同年创刊于香港的《广东日报》也有附刊《无所谓报》，前人资料记载该

① 《潮州白话报》广告(《岭东日报》1903年11月16日至18日)的“第一期目录预告”及《潮州白话报》广告(《岭东日报》1903年12月19日)的“本报第二期目录”。

② 冯自由《革命逸史》之《自序》有云：“及壬寅以后，陈少白更聘余任香港《中国日报》驻东记者。”由此推测，当时的“驻东访员”可能就是冯自由。见冯自由《革命逸史》，金城出版社2014年版，第12页。

报有小说栏目。《广东日报》另一副刊《一声钟》开设了“小说”专栏，现存小说5篇。岭南报刊小说专栏化并刊载小说数量较多的是“小说界革命”提出三年后的1905年。

三、1905年至1911年，岭南报刊小说进入繁荣期

1905年至1911年是岭南报刊小说繁盛期，表现如下：

第一，数量多。能够确认发表在这个时间段的小说，至少有470篇（部），1911年以前发表的小说，大概只有66篇（部）未发表在这个时段。《时事画报》一份报刊就发表了80篇（部），《香港华字日报》发表27篇（部），《中外小说林》发表49篇（部），其他即使只发行了一两年的报刊，发表小说超过10篇（部）的亦不少。

第二，质量高。像《廿载繁华梦》《洪秀全演义》《宦海潮》《几道山恩仇记》《红茶花》这样的小说，是近代世情小说、历史小说、谴责小说、翻译小说的经典代表，《时事画报》《南越报附张》《国民报》的短篇小说、微型化小说、系列化小说也十分壮观，放之近代文学史、近代小说史，可圈可点之处亦甚多。

第三，专栏固定化。岭南报刊小说是随着近代报刊副刊的发展、成熟而逐步出现、定型的。近代岭南报刊在有意识地设立小说专栏或开始登载小说之后，便多方寻求稿源，以扩大报刊的影响，满足读者的需求。像《农工商报》（《广东劝业报》）1907年各期刊发的《本报征文》征集稿件的范围包括“伟人小说、笑谈、歌谣、班本等用广东白话，不出农工商范围者”，“用广东白话”写作的、符合报刊宗旨的优秀稿件登载后“酌量酬谢以答盛情”[①]，为的就是减轻编辑压力、扩大稿件来源。

---

① 《本报征文》，《农工商报》1907年第2期。

第四，专刊化。1906年黄世仲、黄伯耀昆仲创办《粤东小说林》专刊，是岭南地区第一份以“小说”命名的刊物。小说从专栏化到专刊化，实现了里程碑式的跃进。香港发行了《小说世界》(1907)、《新小说丛》(1908)，这两份刊物以发表小说为主，广州则有《广东戒烟新小说》(1907)，这些报刊以发表各种不同类型、不同篇幅、不同语体的小说为主，大大丰富了岭南报刊小说的思想内容、风格与体式。

有意思的是，《天趣报》的小说创作有回流现象，专门刊发司花创作的“海上花”系列小说，介绍当时花界名妓，趣味庸俗化。不过，在辛亥革命前夕，从1911年5月10日开始，《天趣报》一反常态，连载小说《广东革命潮》，歌颂广东儿女的革命潮流，这是笔者所见该报最后一部小说，大约是受革命风潮影响，开始转向了。《天趣报》以趣味性选择小说，并没有刻意培养自身的小说家，所载作品多无署名，群体作战的意识不强。

四、1912年开始，岭南报刊小说激情消退，渐滋闲趣

1911年是中国历史变革之年，辛亥革命推翻了清政府的专制统治，进入民国，政治体制发生巨变，社会、风俗、民气也都随之发生突变。报刊也发生了更迭、重组现象，各报宗旨也多转向、迁移。由清末进入民国，能够继续发表小说且能坚持一年以上的报刊主要有《时事画报》《国民报》《香港华字日报》《南越报附张》。

《时事画报》1910年在香港突然停刊，既有可能是“经济原因”，也有可能是“政治原因”，1910年第2期的《特别增刊大祝典》与1912年第1期(谢)英伯的《光复辞》等表明，《时事画报》曾经勇

于承担宣扬民主、民权、民族三大主义，“打起了革命的大旗”[①]，经历了“与社会挑战之时代”和“与军人周旋之时代”[②]，拥有非常激进的革命主张，因此，《时事画报》所载小说也具有鲜明的政治倾向，在1910年前的66篇（部）小说中，讽刺、象征并直接批判社会中恶劣的赌博、吸鸦片、嫖娼、械斗、卖猪仔等腐败风气，述奇、劳人、喆等人发表的自创短篇小说直接时事，辛辣异常，甚至在清政府覆亡前最后两三年里，公开讽刺慈禧太后、光绪皇帝，像《天上之国丧》《尊制》《满街革命党满街侦探》矛头直指帝后及警察，富于革命气质，得到读者相当高的认可。1912年复刊以后至1913年停刊，与《平民画报》合并，重组成《广州时事画报》，栏目基本不变，宗旨也声称不变。但主笔办报者，除了潘达微之外，其他的参与人员几乎都变了，很难完全接续先前的思想主旨。1912年以来，所刊载的14篇小说，从内容风格看，充满了忧伤的情感基调，意绪低迷，与此前的明朗、健康、鲜明、果敢形成反差。如短篇小说《时事》通过贫者、富者与“我”对“时事”认识的差异，发出了“吾所云时事，固非此之谓。而不图获聆两君之时事甚悉，且一富一贫，若相反然，我知之矣”的感慨，惆怅无限，富翁与贫汉分别象征不同阶级，均不能领悟《时事画报》的良苦用心，作者一声长叹，无疑也正是办报者或作者没有坚定的信心、没有明确的思想方向的表现。《猴》《侠女盗》回归唐传奇小说，谈侠，人物神龙见首不见尾，霸凌者无法无天，需要替天行道者报仇，对当权者当是失望至极，渗透出淡淡的悲凉。《如是观》回归志怪之趣，谈鬼。《畸人记》《回头岸》志人，或回归六朝风流痴汉，以丑为美，或出家不归，无疑在悲慨无人为知己者。《杀人慈善会》唯有以杀人的方法“破除

① 程存潔：《〈时事画报〉若干问题辨析（代序）》，《时事画报》，广东人民出版社2014年版，第7页。

② 英伯：《光复辞》，《时事画报》1912年第1期。

世人一切烦恼”,那又是多么绝望。《水怪》只讲了一个谐闻趣事,暗讽教育之怪象。《医医》《贼！贼!》写蝼蚁者的死亡。《梅花冢》以哀怨缠绵的笔墨书写男女悲苦的恋情,开鸳鸯蝴蝶派一类的哀情、艳情、惨情、苦情之风向,这种情调在该报刊载的第一部世情小说《廿载繁华梦》中完全没有出现过,更不会见诸其他精简的短篇小说。14篇小说均缺乏1911年以前积极乐观的心态,失去了抨击、批判、呐喊的热力,因此总是染上忧伤的色调,灰暗的绝望。英雄隐退,儿女登场。暂时的局部稳定,大约刺激着市民消费的口味也发生了改变。

虽然在思想内容上有所削弱,但《时事画报》在报刊小说文体类型的试验上,却有诸多新创。短篇小说是《时事画报》的特色与强项,1912年以来,短篇小说的刊载又有新贡献:1912年第3期的“最短短篇小说”系列成为中国短篇小说微型化的最初形态。这三篇小说分别署“无”“弦”“客”,合起来是“无弦客”,意味着这三篇小说合起来是一个整体。三篇篇幅在240—260字之间,第一篇通过星洲医院与酒肆咫尺霄壤的对比,反映了社会贫富不均的现实,从物质层面否定西方;第二篇批判了与犹太人一样“有金钱而无国家”的亡国奴思想,从思想上否定西方;第三篇批判了资本家对“文明国民”的压榨,从制度上否定西方。三篇之间,通过不同的侧面反映了西方国家的黑暗面,企图引导中国民众对全盘西化、一味认为西方文明即是人类文明的思想加以反省。更有讽刺意味的是,这三篇否定西方的小说,在体裁性质上却属于典型的“西方短篇小说”。这种写法,篇幅短小,但叙事清晰,主旨明确,无题胜有题,蕴含无穷的哲思,已具有现代短篇小说的基本性质,符合胡适所说的“用最经济的文学手段,描写事实中最精采的一段,或一方面,而能使人充分满意的文章”,打破了中国古代短篇小说的创作规律，“有特别的性质”[①]。这是重组后《时事画报》对小说史最大的贡献：新创了“无题”的微型小说，且系列化。

《国民报》也经历了从清末进入民国初期的历史变革，跟《时事画报》一样停刊于1913年。1912年以来的小说，有部分在追忆“亡清记念品”[②]，带着中国文学改朝换代时惯有的沉痛心绪，小说语调染上淡淡的忧伤。《两面观》[③]更是在热闹的“民国新气象”光复纪念庆典活动中，企图告诫观者应当作“两面观”：“你应该晓得我们中华民国，革命大功是告成了，人民权利是恢复了，但是各国尚未承认，满蒙西藏，变乱未已。内政又为财政支绌，一切不容易举办，这如何是个国民卸责的时候？”因此，“这回举行光复纪念，虽然是个祝典，却也有警励的意思在里头。要是人家多像你，以为中华民国是太平无事的了，个个把担负一松，这国事那个去支撑呢？所以我对大纪念会，另有一层意思。过去一年中，费了若干精神，才能有这些进步。未来一年中，应该预备如何如何的进行手……”后文残缺，但这些文字透露出当时中国的形势并不乐观，需要警励中华国民，不能放松责任感，应该为将来计划，着眼未来。担忧未来的情绪很浓厚，可是观者并不知何以乐、何以忧，“不明真相”者居多。可见作者也恰恰意识到时代之迷惘。更多的是，百姓面对政体变革，其生活状态并未因此变得更好，甚至更糟糕，多有“奔走疲矣，形神瘁矣”[④]者，甚至在“纸世界”中，物价飞涨，三尺男子“狼忙”“穷苦”至极，仅有的一张银票，买了米，就无法兼顾柴菜，更不用说油盐酱醋，“挨饿”成为更加严肃的问题[⑤]。叫社会与作者如何不迷惘？当初宣扬只要推翻清政府就可以改

① 胡适：《论短篇小说》，见《新青年》，上海群益书社印行1918年第5号，第395页。

② 期期：《亡清记念品》，《国民报》1912年9月5日。

③ 痴萍：《两面观》，《国民报》1912年11月9日。

④ 百罹子：《大有所获》，《国民报》1912年12月2日至3日。

⑤ 废帝：《纸世界》，《国民报》1912年10月4日。

变中国的热情被生活现实打败了，失去斗志与信心。新旧之交，一方面缅怀过去的意绪很强烈，一方面担忧现实与未来的思想很明显，皆因没有找到正确的方向或光明的出路。

进入民国之后，更能反映全民狂欢，不知忧患者的小说，《国民报》还有一大批，如《相思误》《红鹃外史》《诗冢》《欲海潮》《飞絮影》等小说，光从题目就能看到浓艳的纯哀情风格，再看文字措辞，满纸"盛年玉貌""掷果潘郎""离鸾之曲""弄人""哀声动人""忧苦悲哀""亭亭之影"，市民情调毕现。岭南报刊小说独有的革命、维新与正义激情渐退，取而代之的是与城市娱乐休闲消费趋同的言情小说。

1912年是民国元年，在时势、时事节点上，正如《民生日报》所云："现今时局为我国由专制而入共[和]……世界大势之变迁……"[①]岭南报刊过去思考的时事，主要是如何推翻专制统治而获得"民族、民主、民生"，现在既然已经推翻专制，获得民主独立，"民生主义"之是否可行、如何施行，也需要提上讨论的日程，因此《民生日报》顺着这样的风潮，鼓吹"以民生为主义宗旨"，可谓应运而生。《民生日报》创刊于1912年5月4日，是专制统治倒台后最早创办的岭南报刊之一，约停刊于1913年10月31日，与《时事画报》《国民报》的停刊时间相近。显然，宗旨上倡导"民生"是比《时事画报》创刊时代的"时事"有了新发展，比《国民报》所考虑的"民"事更为具体。

《民生日报》具有"民元"的创新思维，首先表现在栏目设置更加出众，刊载位置更加固定，每期发表数量更加可观。这份新出岭南报刊在小说刊载方面，与1911年以前相比，最大的特色是，栏目设置稳定，具体为"小说"，不再沿袭带着旧小说观的"说部""稗

① 仲伟：《本报宣言》，《民生日报》1912年5月4日。

官署""人天眼"之类的名称，刊载位置基本上固定在第八页的副刊上，每日均有小说发表，时间固定，有规律可循。除了有明显的"小说"标志外，还有"小说一""小说二""小说三""小说四""小说五"，这种醒目的数字标序，无疑让爱阅小说者更加兴奋与期待，在视觉上得到安慰，让读者心理上有"这份报刊发表的小说很多，应该订阅"之类的刺激。这点，当时报人体会最为深刻："在阅报者，每视报纸为消遣品，喜小说，厌论说，嗜社会琐闻。办报者不得不为营业计，于是争以小说相矜尚。"[①]有需求，有市场，便有生产者逐利而上。

其次，《民生日报》刊载小说竟然出现"倒退的现象"：使用书页式版面刊载小说，以待连载完毕之后剪裁装订，回归岭南报刊早期的小说排版方式；内容上，在"游戏的、消遣的、金钱主义的文学观念"[②]的影响下，新写情小说涌现。让人惊奇的是，这样的小说版面不是登载在副刊（一般是第八页）上，而是排在首页，即报头下一般刊载新闻或论说处的下方。这种排版是非常显眼的，出于什么样的办报理念或小说观，才使该报如此大胆呢？《民生日报》刊载小说的这种方式，在民国时期应该是奇特的个案，待考。联合上一新创特点观察，不难看出，该报刊载小说数量之大，令人叹为观止：副刊上发表小说5篇，再加上第一页单独排版这篇，一期发表的数量就有可能达到6篇。从1912年创刊至1913年停刊，不到一年半的时间内，竟然发表了223篇（部）小说，其中翻译小说10篇（部）。这个刊载速度与长度，超越了1911年以前整个岭南报刊的总和。除了小说专刊之外，国内还没有报纸能够做到这一点。这是不是意味着，从过去要把主导篇幅留给时闻、论说，转化

① 谭汝俭：《四十七年来广东报业史概略》，《香港华字日报》之《七十一周年纪念刊》，1934年。

② 沈雁冰：《自然主义与中国现代小说》，《小说月报》1922年第7期。

为以副刊消闲为主，向读者提供、营销“闲文”如小说了呢？是不是意味着“礼拜六”意识已经潜隐于岭南报刊编辑者心中？再看所发表的部分小说题目如“春女妒”“玉郎发”“优姬慧”“薄命花”“杜鹃血”“鸳耦录”“绵绵恨”，在类型标注上的“真情”“侠情”，确实富于鸳鸯蝴蝶化色彩，言情风气已抬头。据当时报人回忆，“一旦而登至十篇以上，并开小品一栏，而皆以近于艳体为多”[①]，消闲的消费思想诱发艳体小说情味的盛行，这是民国以来岭南报刊小说最新之趋向。

再次，在思想内容上，公开倡导俄、德式革命。《民生日报》也刊载近代常见的小说类型如侦探小说、近事小说、短篇小说，与《国民报》一样，也多了追忆、记录“亡清小官”的内容，如《燕巢破》[②]就寓含着清政府如鸟巢倾覆、燕无所依这样的信息内容。但翻译小说来自俄国或德国，而不是英法。原著是“德维齐”，译者是“祝平”，标注为“革命奇谈”，小说名是“生地狱”，公开倡导俄、德式革命。学习外国的风向也转移至地理上与政体改革愿望都接近中国的俄国。从内容与情节、姓名信息可初步断定，没有明确标注原译者的“社会小说”《戎巴尔戎》也是俄、德派小说。

1911年以后的岭南报刊小说，栏目设置更稳定，刊载位置与刊载时间固化下来。但是，维新、革命的使命似乎已经完成，激情消退，转向消闲娱乐。言情风起，英雄退隐、儿女登场时，正是市民趣味渐滋之时。1911年前创办于香港的报刊，如《中国日报》《唯一趣报有所谓》《香港少年报》等，其小说以革命为主调，像《小说世界》《新小说丛》等专刊亦以革命、侦探、政治为主旋律，可是创刊于1911年香港的《妙谛小说》，登载的却多是醒世小说、滑稽

---

① 谭汝俭：《四十七年来广东报业史概略》，《香港华字日报》之《七十一周年纪念刊》，1934年。

② 飞：《燕巢破》，《民生日报》1912年6月1日。

小说、节烈小说和鸳鸯蝴蝶派小说，且以文言为主要语体。这是1912年以来岭南报刊小说消退激情、渐滋闲趣的又一力证。

此外，近代岭南报刊小说还有浓厚的报载特点：边写边登载、边译边登载。边译边登的情况与边写边刊的状况相似，如《中国日报》连载的翻译小说应该就是边译边登，证据就是在固定连载翻译小说《黄金藏》的版面处，于1907年3月6日（六十续）至8日有说明："《黄金藏》小说因译者抱恙暂停，一俟译者稍痊，即当续译。"[①]如果不是边译边登，就不存在译者生病而无法连载的情况。该报以《活地狱》小说补缺，一直到1907年3月19日才重新登载《黄金藏》（七十二续，期间报刊有佚）。同样此报所连载的《几道山恩仇记》也遇到这种情况："《几道山恩仇记》小说适因译者有事，故暂停，不日即能复刊，阅者谅之。"[②]因译者有事，只能暂停，可见当时这部小说还没有译完，所以这里用其他短篇小说暂时填补了《几道山恩仇记》的版面。《香港华字日报》1905年11月14日原连载《李觉出身传》处有语："因译者有事，暂停刊。"[③]《美人发》在连载过程中，同样也出现暂停的情况："因译员有事，暂停刊一天。"[④]《剧盗遗嘱》亦存在暂停刊的情况[⑤]。近代岭南报刊长篇翻译小说边译边刊登的现象昭然可见。

民国二年，岭南报界遭受重创，一批报人或赴南京，或逃亡海外。谢英伯即是代表："民国二年秋八月，粤局遽翻，义旗顿靡，骎骑四出，同志多走海外，余亦于十一月十四日出亡美洲，横渡太平

① 《黄金藏》，《中国日报》1907年3月6日至8日。

② 《小说暂停》，《中国日报》1907年12月17日。

③ 《李觉出身传》，《香港华字日报》1905年11月14日。又，1906年1月6日《本馆告白》："《李觉出身传》暂停刊。本馆启。"

④ 《美人发》，《香港华字日报》1906年3月19日。4月12日、5月14日、6月26日亦称该小说停刊一天。

⑤ 《〈剧盗遗嘱〉暂停刊》，《香港华字日报》1906年3月19日。

洋，为程八千海里，始达金门。自横滨放洋后，岸痕岛影，渺不复见，日惟海天一色，夜唯星光数点而已。独立船舷，狂飙陡起，风云变态，怪不可状。回念祖国，复伤身世，浩然放歌。”[①]1913年以后，像谢英伯这样活跃的资深报人，纷纷逃亡或远离报刊活动，这种形势也使得岭南报刊小说的革命性逐渐削弱，新加入的岭南报人小说家，价值取向又未能完全承接近代报人小说家的革命精神。

第三节　《香港华字日报》：新发现刊载小说的经典个案

《香港华字日报》[②]（1872—1941）是19世纪可与《中外新报》《循环日报》相提并论的中文报刊之一，创刊时间早、发行时间长、保存相对完整，在报界的地位十分重要。其刊载的小说数量较大，分量很重。但不可思议的是，竟然没有学者发现该报刊载之小说；更无人整理其所载小说广告、小说理论资料与小说书目，也就无法判断它在小说史与近代文学史上的价值与意义。

一、1872—1903：无小说刊载

早期《香港华字日报》有京报选录、电报译录、上谕电传、宪示、羊城新闻、中外新闻、时务要闻等内容。1904年后报末始有“词林”专栏刊载诗词。过去，大多数学者认为文艺作品的刊载是

① 谢英伯：《大风渡太平洋放歌》，见郭真义、曾令存主编《梅水诗丛》，广东人民出版社2015年版，第825页。

② 有的报刊史将该报称为《华字日报》，但早期全名应为《香港华字日报》，因为从1908年2月19日开始，版头才由原来的横排改为竖排，仅有四字“华字日报”，但上边栏处仍是“香港华字日报”字样，后来才逐渐变成《华字日报》，排版、结构与栏目内容变化不大，因此，《香港华字日报》全称更为妥当。

为填充报尾，以补稿源之不足。但从《香港华字日报》来看，"词林"的开创与后起之文艺副刊《广智录》《精华录》的创设，是为了"我"，为了让无法发声的主笔及学友"现身""发声""有我"。"词林"开始刊载的作品基本上是《香港华字日报》主笔老兰（潘飞声）的作品，在《广智录》刊载的文艺作品，特别是诗词，多是老兰自己及其朋友如邱菽园、郑贯公等人之作。所以说，在《香港华字日报》这份报刊里，"稿源不足"或"填充报尾"之说值得商榷。按理，作为主笔，当客观地报导新闻事实，所持言论要得当，得考虑社会效应，可是这时候该报报人多为传统文学创作者，为了让自己的旧体作品公之于众，便考虑开辟专门版面来登载。

现见1904年4月1日副刊《广智录》，专门刊载文艺作品，首载小说为《法国著名包探案红茶花》，晴岚山人译意、铁血国民润文，书页式排版，版心有"香港华字日报刊，复刻必究"字样。1907年9月30日，副刊更名《精华录》，继续登载文艺作品。现存报刊在1872年至1903年之间，小说刊载处于空白状态。1904年至1911年间，共发表小说36篇（部）。

这份历史悠久、在粤港地区有重要影响力的报刊，为什么在长达三十二年的时间里，竟然忽略或者是无视文艺作品的文学或商业吸引力，实在令人费解。要知道，彼时上海报刊中的文艺副刊早已成为日报的标配，且已经进入了小说专刊时代。即使在粤港地区，《广东日报》《世界公益报》《香港少年报》《唯一趣报有所谓》等报刊，不但刊载文艺作品，而且还将文艺作品放在首位，如《香港少年报》与《唯一趣报有所谓》等把专载文艺作品，特别是刊载小说的"谐部"放在专载新闻类、信息类作品的"庄部"之前。这份报刊作为重要的小说载体，长期被忽略、被遗忘，究其原因：一是早期长达三十二年间，几乎没有发表小说，一直到1904年才发表小说，容易被人忽略"冰山"下的宝藏；二是该报散失不少，1872

年至1897年报刊散失，不可多见，无法检索是否有小说发表，1924年至1941年报刊散失，不可多见，无法检索一共发表了多少小说、发表了什么样的小说；三是保存在香港公共图书馆的才比较完整（现存1895—1923年），内地学者或国外学者到此查访资料，多无充足的时间驻留，更无充足的时间浏览至最后二十八年的资料。

经查阅现有报刊，可知《香港华字日报》1872年至1904年3月31日，未发表小说，连小说广告都罕见。售卖其他书籍广告倒是不少，但只有2则广告涉及小说，售卖、推销的小说仅有《续七剑十三侠传》[①]这部传统章回小说与《瑞士建国志》[②]这部新刊的政治小说。这个现象与岭南报刊小说发表的历史轨迹大致同步：1900年岭南报刊才有真正的小说发表，但直到1903年还是比较少的，1905年以后才有突破性进展。从《香港华字日报》1904年开始刊载小说的时间来看，正是岭南报刊刊载小说转向的开始，即与岭南报刊刊载小说从“无”到“有”并专栏化、专刊化的时间段相吻合。

同在1872年创刊的上海《申报》，创办伊始就连续登载了三篇小说，申报馆还创办了文艺刊物《瀛寰琐纪》，刊载文言小说的同时，还有翻译的英国小说《昕夕闲谈》。虽然这算是失败的小说刊载经历，但是相比较而言，《申报》发表小说的尝试无疑有先驱性；《香港华字日报》完全不登载文学作品，更不发表小说，就显得比较迟钝。1882年创刊的《字林沪报》也在一开始创办时，即随报印赠《野叟曝言》《七侠五义》《蜃楼外史》等小说，并以此新途径为契机，大获成功。无疑，这份报刊依然领先于《香港华字日报》。

从中国近代报刊发展史来看，在报刊诞生于中国内陆的19世纪六七十年代，小说即见诸报端。作为小说传播的新兴途径，大多数报刊都断断续续地尝试过刊载翻译小说或文言短篇小说，或者

① 《又有新书》，《香港华字日报》1901年3月26日。

② 《新刊政治小说瑞士建国志广告》，《香港华字日报》1902年10月30日。

连载、附送长篇传统章回小说，但报载小说真正兴盛，则在“小说界革命”以后，1903年左右有爆发性增长，这个过程长达三十余年。《香港华字日报》在此期间，没有任何尝试，亦无改版的行动或言论，与其早在19世纪70年代初即利用“得风气之先”的时地优势而率先办报的冒险精神实不相称。该报为何在全国、甚至日本的中文报刊都已经如火如荼地刊载小说且风行了一两年后，才开始引入翻译小说，用最传统的书页式排版发行，这成了不解的历史之谜。

《香港华字日报》为什么在文艺报刊如雨后春笋般涌现的形势下，才终于“开窍”，却还一本正经地刊载着极为传统的诗词，而无操之过激的讽刺类作品呢？这其间是什么因素起了关键作用？“后知后觉”的《香港华字日报》开始刊载文艺作品，甚至小说，当然是顺应潮流需要，也为了让主笔潘飞声等传统文人的诗词作品得以更好地流传，因为此时主要作者潘飞声早已有诗集等单独发行，而邱炜萲也早已闻名南洋报界，因此，按照惯例增加副刊栏目，也是理所当然。但是，《香港华字日报》是中国报刊由传教士创办到民营机构办刊，并脱离外国办报势力的产物，由第一层次的岭南报人创办、经营，秉持着民营报刊的传统办报宗旨，为“船头货价”服务，是商业报刊，因此，办报以来在商界形成的影响力，使得该报无需以文艺作品来吸引读者；该报也不是资产阶级维新派、革命派报刊，不需要通过激烈的政治思想言论来建立自己的地位。既无“经济压力”，亦无“政治野心”，所以《香港华字日报》可以缓慢地增加、改良、发表文艺作品。

二、1904—1911：小说刊载后来居上

不过，《香港华字日报》在小说刊载上，却因祸得福，后来居上。这时候，报刊刊载小说的模式与营销理念已经很成熟，所以

首次引入翻译小说《红茶花》即获得了巨大的成功，跳过了刊载小说失败的摸索阶段。历时半年，《红茶花》于1904年10月3日（甲辰年八月二十四日）连载完毕，当天即登载广告，声称要"加工排印，用上纸钉装成帙，约十月中出板发售"[①]，在宣告《红茶花》连载成功的同时，声称将以印售单行本的方式，二次销售，以期获得更大收益。到了1905年6月3日（乙巳年五月初一日），虽然比"约十月中出板"的预计晚了半年多，但《红茶花包探案》全书新出板已成事实[②]，《香港华字日报》社本身与香港威灵顿街聚珍书楼有售。一个月后的1905年7月3日，聚珍书楼再次刊登广告，明确该书的性质为"任侠小说"，在"本书楼及各书庄发售"[③]，又一次刷新了该小说的卖点。后来，该小说竟然卖到了广州，在羊城双门底开新公司、商务书局有售。由报社到香港当时著名的聚珍书楼，再到广州的开新公司和商务书局，从地域的扩散程度与时间长度来看，都说明这部小说有旺盛的销售力。其他在1904年以来连载的《花富庐奇案》（早名《澳斯科奇案》）、《李觉出身传》、《美人发》、《剧盗遗嘱》等同样以先连载、再出单行本的方式传播，也同样获得成功。既避免了早期岭南报刊如《近事编录》《中外新报》《广报》等尝试登载类小说文字时所遭遇的尴尬，又比那些一创刊就营销小说却屡遭挫折的报刊幸运，算是后来居上。

1904年4月1日至1911年12月31日，《香港华字日报》发表小说36篇（部），有翻译小说，有自创小说，有长篇小说，有短篇小说，有连载小说，有单行本附送小说，刊登小说广告、小说理论相关文章约200篇次，约6万字。这时期，又以1908年为界，前后刊载小说的方式不尽相同。

① 《本馆告白》，《香港华字日报》1904年10月3日。

② 《红茶花包探案全书新出板》，《香港华字日报》1905年6月3日。

③ 《任侠小说红茶花》，《香港华字日报》1905年7月3日。

1904年4月1日,《香港华字日报》开设附录《广智录》,首先发表的是由“晴岚山人译意,铁血国民润文”的小说《法国著名包探案红茶花》,一直连载至10月3日结束,历时四个月。其内容为:“写英雄侠士活现纸上,离奇变幻出人意表。近时新译侦探诸书皆足开人智识。”[①]后来的广告则介绍得更详细:“写一美妇在戏院被人毒害,侠士金伯连以美人顾盼,仗义抚孤复仇,犯百难,冒九死,卒之历尽艰辛,元凶就获,使案情大白,一无遁饰。其中变幻不测,情节离奇,实出意表。”[②]侦探、冒险、英雄侠士、美人、复仇等小说元素凸出。原文未载原著作者,在1905年6月3日的《红茶花包探案全书新出板》的广告中,也未注明作者,只说原书作者是“法国之杰出者”,直到1905年7月3日的《任侠小说红茶花》广告才透露,原著作者是“法人朱保高比”。彼时,法国朱保高比还有《夺嫡奇冤》《美人手》《毒蛇饼》《火里罪人》《宜春苑》等小说被翻译成中文出版,在社会上有较大影响,上海、广州、香港等各处均有发售。

1904年10月9日开始连载《澳斯科奇案》,署名处仍是“晴岚山人译意,铁血国民润文”。后改名为《花富庐奇案》,从1904年11月24日开始连载第六回,直到1905年3月4日结束,因缺页,已无法看到作者署名等信息。直到《花富庐奇案》广告登出,才知道也是法国朱保高比所著。主要内容写“一法国世爵夫人,貌美而性荡,谋毒亲夫以畅其欲,讵被亲夫窥出,先行布置复仇之策,乃瞑目就毙,其后卒如所言”[③],侦探元素丰富。

从1905年3月10日开始连载的是《李觉出身传》,中间几次“因译者有事,暂停刊”[④],直到1906年2月14日才刊载结束。亦未

① 《红茶花包探案全书新出板》,《香港华字日报》1905年6月3日。
② 《任侠小说红茶花》,《香港华字日报》1905年7月3日。
③ 《花富庐奇案》,《香港华字日报》1905年7月8日。
④ 《李觉出身传》,《香港华字日报》1905年11月14日。

见署名，不见原著作者与译者信息。依据广告“本报近又探得欧西第一名探《李觉出身传》一卷，细心分译，此书亦同出于《花富庐》作者之手”[①]可知，此亦是法国朱保高比之作品。甚至可以推测，译者亦为晴岚山人与铁血国民。南洋华侨邱炜萲在《李觉出身传》序言亦云，译者为陆晴岚[②]。该书“所载奇才奇遇，争斗智识，机警百出，令人莫测其端倪，于听讼勘案一门，尤大有裨益，诚增长学问见识之奇文也”[③]，亦为侦探一类。

接下来刊载的长篇翻译小说是《美人发》（晴岚山人译，独立山人编）[④]、《剧盗遗嘱》（灵、虬合译）[⑤]、《红手党》[⑥]、《美人黄鹤》[⑦]、《东莲院》[⑧]，因缺页，多未能见作者、译者信息，并且首尾、中间均有缺失。这是因为常常两书轮流刊印，往往“因译员有事，暂停刊一天”[⑨]之类的事故发生，刊发时间不能集中，造成更大的散失。《香港华字日报》从1908年4月开始，采纳了“本日小说随报派送”[⑩]的运营模式，使得“散装”的小说散失更为严重。因此，以上几部小说有连载至这个时间段者，甚少完璧。

① 《花富庐一书》，《香港华字日报》1905年3月6日。

② 陈大康《中国近代小说编年史》，邱炜萲序《李觉出身传》提到译者为陆晴岚［即晴岚山人，本名陆善祥，字庆南，广东三水（今属佛山）人］，共连载三十二回，此书后来由上海商务印书馆出版，标“侦探奇书、写情小说”，署“法国嘉颇虏原著，中国三水陆善祥晴岚氏译，星洲寓公邱菽园（邱炜萲）评注改订”。人民文学出版社2014年版，第2321—2322页。

③ 《花富庐一书》，《香港华字日报》1905年3月6日。

④ 晴岚山人译，独立山人编：《美人发》，《香港华字日报》1906年2月23日至1906年8月30日。

⑤ 灵、虬合译：《剧盗遗嘱》，《香港华字日报》1906年9月18日至约1907年10月22日。

⑥ 《红手党》，《香港华字日报》约1907年2月20日至21日。

⑦ 《美人黄鹤》，《香港华字日报》约1907年2月16日至1909年2月4日。

⑧ 插荑人译，昙梦生编：《东莲院》，《香港华字日报》1907年12月12日至19日。

⑨ 《美人发》，《香港华字日报》1906年3月19日。

⑩ 《本日小说随纸派送》，《香港华字日报》1908年4月6日。

1908年4月之后，《香港华字日报》，尝试像当时其他粤港报刊一样，单独印刷小说页面，随报赠送。这时候，大约扩充了新闻类、信息类的版面，其他文艺作品数量也相对多起来。将较占篇幅的小说另纸印送，既符合“时代潮流”，又可腾出版面给其他内容。对于《香港华字日报》来说，其代价便是，1908年还在刊载的长篇翻译小说《剧盗遗嘱》与《美人黄鹤》散失严重，也就无从查考是否连载过其他小说，其数量与质量也不得而知。这种尝试使《香港华字日报》遭受了一定的挫折，蒙受了一定的损失，因此自1909年开始，又将小说挪回正张刊载。

还值得关注的是，1909年短篇小说数量上来了，主要发表的是署名“仙乎”的作品。早在1905年8月4日，《广智录》曾偶然有“说部”栏目，只发表了一篇小说《绣鞋记》，署名“花世界主”[①]，此后直到1907年2月20日左右，才在“说部”栏目发表短篇小说《红手党》，作者、译者署名信息均不见。此后，还发表了《马学士能医两妒妇》《女权砭》《中国之武士道》《疑怪》《围捕》《恶少大闹北京鼠花庄》《侦探和尚》《混闹》《官赌之怪现象》《换帖》《魔妻》《归来燕》等11篇短篇小说，数量不算少。

在翻译小说方面，1909年2月10日至1909年7月5日连载“晴岚山人译”的《法国奇书：金不换》，未完。接下来的翻译小说主要由“何斧译”，有《麻雀侦探》[②]《□□术》[③]《梨园剧》[④]《侠义之看护妇》[⑤]《天伦乐》[⑥]《黑劫》[⑦]，其他翻译小说，还有“绪贤译”《奇盗

① 花世界主：《绣鞋记》，《香港华字日报》1905年8月4日、5日。

② 何汉斧译：《麻雀侦探》，《香港华字日报》1910年1月4日至6日。

③ 何汉斧译：《□□术》，《香港华字日报》1910年1月11日。

④ 顺邑何汉斧译：《梨园剧》，《香港华字日报》1910年4月30日至7月4日。

⑤ 何汉斧汉：《侠义之看护妇》，《香港华字日报》1910年11月1日至5日。

⑥ 何汉斧译：《天伦乐》，《香港华字日报》1911年2月21日至4月26日。

⑦ 何汉斧译：《黑劫》，《香港华字日报》1911年5月26日至27日。

案》[①]《长堤苦》[②]和毓云译《无声枪》[③]。除《麻雀侦探》为短篇而完整之外，其他篇幅不太长，但均未有全璧者。

《香港华字日报》在1904年至1911年间刊载小说，长篇小说与短篇小说共存，翻译小说与自创小说共存，有如下现象值得注意。

一是从《香港华字日报》连载的长篇翻译小说来看，其时间极早。世传《红茶花》[④]单行本为1905年版，题者为“老兰”[⑤]，世亦多以为该小说最早为单行出版之作[⑥]，时至今日，方才了解到原来在单行本印制之前，早在1904年4月已经在报刊上连载，并迅速、完整地连载完毕。实际上，现存单行本是在小说连载的基础上加以润色整理编排而单独印行于世者。同理，《花富庐奇案》本亦是先由报刊连载，连载结束才出单行本。

二是这个阶段的《香港华字日报》刊发翻译小说时，采用的还是书页式排版，有版心，且从版心“香港华字日报刊，复刻必究”字眼看，已经十分注重版权。从小说类型来看，《香港华字日报》早期所载专注于侦探小说，致力于长篇，与早期中国引进西方小说

① 绪贤译：《奇盗案》，《香港华字日报》1910年7月7日至9日。

② 绪贤译：《长堤苦》，《香港华字日报》1910年11月22日至1911年1月18日。

③ 毓云译：《无声枪》，《香港华字日报》1910年7月19日至10月3日。

④ “老兰题”，正文全名为《任侠小说红茶花》，署“三水陆善祥庆南译意，新会陈绍枚卓枚润文”。前有南海孔昭鋆季修序《红茶花传奇序》，番禺潘飞声老兰《题词》，兰陵贺鬌青丹《题词》，三水陆善祥庆南自序《红茶花传奇自序》。

⑤ 彼时《香港华字日报》主笔潘飞声的字，据洪再新《艺术鉴赏、收藏与近代中外文化交流史——以居廉、伍德彝绘潘飞声〈独立山人图〉为例》（《故宫博物院院刊》2010年第2期）称，“独立山人”为潘飞声又一笔名，在《香港华字日报》中作为《美人发》的“编”者，并没有参与《红茶花》的编写或润笔，参与者为“铁血国民”，目前无资料能够证明“铁血国民”也是潘飞声的笔名之一，“铁血国民”当为“新会陈绍枚”。

⑥ 牛志威《晚清粤港小说研究》亦仅称“在单行本小说出版方面，光绪三十一年（1905）香港聚珍书楼出版了翻译小说《红茶花》”，确定出版时间是1905年，未及连载情况，当为未见《香港华字日报》所连载。牛志威：《晚清粤港小说研究》，华东师范大学2018年博士学位论文。

的主流相符:侦探的、政治的。后期才有较短篇幅者,但一如既往地主打侦探小说,依然以译作为主,与彼时报刊上短篇小说暴增的主流亦一致。总体来看,侦探类小说自创作品相对较少。

三是从保存状态看,早期连载时间集中且密集,加上单行本助力,保存得比较完整。后期,特别是1908年换主笔、改版之后,连载分散,如两部长篇相间连载、译员有事等原因,致较多停刊、断页缺失等现象,导致后期长篇翻译小说保存状态不理想,现见短篇翻译小说倒是相对更多。

三、1912年以后:小说刊载常规化,趋于消闲

1912年以后的《香港华字日报》散失严重,又因现存报刊字迹较模糊,现存小说的字迹也较难辨认,使得小说内容的确认遇到较大困难,幸好多为连载小说,否则有些小说的题名也难确认。经核查、比对现存报刊,发现但凡无小说刊载记录之日,皆是副刊《精华录》不存之时,据此可以推测,《香港华字日报》此时刊载小说的主要所在仍是副刊。目前未见有"小说另页附送"之类的文字,当也无附页刊印的情况。1912年1月1日至停刊,发表225篇(部)。进入民国以后,基本上以本土作家自作的长篇小说为主,署名"是梦"的小说有《情鬼》《侠士教孝记》《肥娘奇遇》《奇盗记》,共4部;署名"恭第"的小说有《三宝珠》《宫粉红》《鸳瓦分飞记》《桃花人面》,共4部;署名"恂"或"洵"的小说有《家庭惨祸》《孤霜遗恨》《临湘女子》《摄青鬼》《怪蒙师》,共5部;署名"灞桥风雪"的小说有《为郎憔悴》《龙堆芳草录》《孤梅家》《莲娘述语》,共4部;另有《种疯陷友记》署名"慧语";《又开赌么》署名"郑恪父";《断指》署名"毅伯译";《情义奇缘小说》无署名,从正文有"漆胎仁""禾地亚珠丽小姐"等人名称谓看,这应该是翻译小说,还保留着民国前侦

探小说的痕迹。

1912年以后最显著的变化是，小说刊载数量越来越大，几乎占去副刊大部分版面。在1912年以前的岭南报刊，日报一般是一日连载一部固定的小说，偶尔会掺入短篇小说一篇，但没有形成同时刊载两篇以上小说的定例。《香港华字日报》到了1912年后，每天连载小说两部，且在标注栏目时明确标上“小说一”“小说二”字样。到了1922年，则翻倍，同时连载小说四部，分别标上“小说一”“小说二”“小说三”“小说四”字样，这种连续方式十分壮观。再参看岭南其他报刊，发现《国民报》《民生日报》进入民国以后，也有同时连续两部以上小说的情况，最多时达六篇者[①]，这大约已经成为普遍风气，《香港华字日报》在刊载小说方面，最终与其他岭南报刊同步，跟1903年以前的作风完全不同。

第二个明显变化是，题材内容偏向儿女闲情，批判精神、革命热情在消减。小说题目中寓以“为郎憔悴”“惨”“分飞”“孤”等字样，内容上明显写男女情爱的“遗恨”为主。有“灞桥风雪”这样的文艺气十足的署名，说明书生气已经滋生，文艺性在增强，那些“病国青年”“苍生”“古之伤心人”“大同”“悲盦”等具批判性、忧国忧民气性的创作正在削弱。还有小说类型以“哀情”“奇情”“侠艳”命名者，文艺性特别明显，清代的“轶闻”“逸史”也进入作者的视野。从题材内容，到思想取向，再到署名、题名、类型界定，均向“闲适”化风格靠拢。连载少则一月，多则两年，描写、抒情文字华丽夸张，情节内容给人“没完没了”的感觉，如此连篇累牍，无疑是为了满足读者渴望“缠绵哀婉”情思的追求。总体来说，这时候《香港华字日报》风格、取向多与鸳鸯蝴蝶派小说同流，香港租界

---

① 创刊于1912年的《民生日报》，除了在副刊中刊载“小说一”“小说二”“小说三”“小说四”“小说五”之外，在新闻版面另挖出一片版面，以书页式排版，刊印第六篇小说《杜鹃血》《归英记》等。除了小说专刊，刊载如此多的作品，可谓罕见。

也沾上鸳蝴气息。

第三个变化是，这些小说很少再分章回，语言骈雅化，甚至有倒流回“剪灯三话式”文言小说的嫌疑。除《种疯陷友记》因单独按书页排版、以章回分割之外，其他小说基本上不分章回，断段划分往往仅以序号“一”至“二六四”等为标记，很少有分节标题。再考察各小说行文，确实有骈化、雅化、抒情化的倾向，甚至有直接以“骈文”界定其语言风格者，中引连篇累牍的诗文韵语，甚至有模仿“剪灯三话”的“龙堆芳草录”这样的文言小说，尽管《情义奇缘小说》是翻译小说，但是采用很雅洁的文言文，剪灯三话式风格明显。

综之，《香港华字日报》创刊早，办刊时间长，亲历了近代报刊登载小说的全过程，从“无”到“有”，再到专栏化，再扩大化到每日刊载多达四篇（部）小说，比起那些动辄停刊的报刊来说，这种经历最为全面。尽管没有经历1903年以前尝试刊载小说的曲折，却在1904年至1911年间，快速切入小说刊载的轨道，迅速汇入岭南报刊小说爆发大潮，存下36篇（部）小说，有几部影响还很大，这是岭南小说繁盛的实证。1912年以后，得民国小说时代风气的浸染，退出批判与革命的热潮，英雄变色，趋于消闲与娱乐，共谈儿女私情。参与小说传播的手段，除了在副刊中登载之外，还有“连载+单行本”的模式，也有“报刊+随纸附送”的模式，大大扩展了传播范围与传播时长。漫长的报刊史与独特的小说刊载经历，使《香港华字日报》成为岭南报刊刊载小说由近代走向现代的经典案例。

第三章 近代岭南报刊小说的作者

近代岭南报刊小说的作者问题，就是参与小说创作、接收、编辑出版工作的都有什么人、有哪些人的问题，或者是说参与小说翻译、转化原作语言文化为中国式语言文化规范与编辑出版的都有什么人、有哪些人的问题。

第一节 岭南报刊小说的署名问题

现存岭南报刊小说及类小说署名与不署名的情况较为复杂，通过综合考察，总结其主要署名方式及其意义如下。

一、四种基本署名方式

第一种情况，就是多个参与者“合力制作”，跟传统小说参与传播者之间的关系一样复杂。

1900年以前，近代岭南报刊刊载的小说只有《东华日报》的《羊石园演义》，主要内容是“吾粤数十年前大事始末原委”，“原底系私家手钞秘本”[①]，既然有“原底”，说明这是已经完结的小说，“手钞”说明此前未能正式刊刻出版，“秘本”说明市上流传不多，只有少数人藏阅。那么，原底是谁所作？手钞者为何人？秘本藏阅者为何人？既有此三个问题，说明这本小说还是传统小说。既

① 《例言》，《羊石园演义》，收入《广州大典》第五十辑，广州出版社2015年版，第393页。

然深知“吾粤数十年前大事始末原委”，说明这个作者当是粤人，或至少为寓贤，否则不可能如此熟悉始末原委，因为这本书并非是早期以“据正史、采小说”的成书方式生成的历史演义，并没有世代累积的过程。但是原创之后，经人抄写再经人藏阅，说明《羊石园演义》的参与者众多，跟《红楼梦》相似，其商业化的刊行过程也许跟“三言”“二拍”一样，有创作者、编订者与出版者混同“制作推广”。刊载的文字，跟上海的《沪报》连载《野叟曝言》性质相似，这不是新小说，只是“新瓶装旧酒”的“旧酒”。首先，据《羊石园演义》“七弦河上钓叟原本”的“原叙”提供的信息，叙者为“苏若瑚器甫”，苏若瑚，字器甫，据东华报馆刊之《本馆自序》可知，是潘伯扬的老师，而潘伯扬又是“侬影小郎”的朋友。苏器甫首次看到这部书是在“潘健庵”处，小字注潘健庵是诸生，名廷俊，是岭南世家潘氏“海山仙馆主人”第四个儿子。由此看到，潘健庵是《羊石园演义》的第一个藏阅者。浙人赵扔叔曾计划抄写此卷，未果。第二个藏阅者是李若农，苏器甫以“师”称之，但是因为李若农参与法国入侵中国之事，《羊石园演义》的整理与出版被“束之阁上”，最后没有归还潘健庵。己丑年，江西南城的谢味馀（名佩贤，乙酉举人，庚寅年成进士，入翰林）也当了咸安宫教习，赵南城（即赵扔叔）过世后，谢味馀的父亲（名甘棠，举人，曾做过主事）处理赵之后事，接手了这本小说，所以谢味馀最了解这部书的传藏情况。谢味馀于壬辰年散馆后便带着入京，叫门人抄录了一册，以供同人借抄。该小说传藏抄阅经历七弦河上钓叟、潘健庵、赵扔叔、李若农、谢甘棠、谢味馀、谢之门人数重之手，以上均为当时名人。谢味馀“抽架上已涂乙者”“以备同人借抄”，说明这部书已经有评点校勘，可能还有其他抄阅传藏者参与。这部书依赖传统的传藏抄阅方式流传。直到东华报馆刊印之时，这部旧章回小说才装进新瓶，借报刊印行，以新媒介助其刊行于世，又有了一个新的序者

"侬影小郎"。东华报馆刊本在题名下署"顽叟订定,笑翁撰述",可见该书作者署为"笑翁",订定者为"顽叟",均已无法考证其真实姓名。进入报刊领域流传之后,参与者反而仅署笔名,故无从考究。岭南报刊较少刊载已经创作完成且已经在朋友圈层中流传过的抄本小说,这估计是第一部,类此者不超过五部。既有作者,又有订定者,还有传藏抄阅者,更有原序者,还有新报刊出版时说明刊刻意旨的新序者,如此众多而复杂的参与者,在当时不多见。

彼时报人对小说署名的认知,比较宽泛与复杂,认为"自来一书之成,有撰者,有述者,有译者,有重译者,有集大成者,删订纂修,人不以孔子为陋"[①],虽然这是为了回复读者刘殷(欣)廷质疑《游艺报》重译重登他报小说而作答,但是,认为一书之成,参与者众多,至少有撰者、述者、译者、重译者、集大成者等诸多参与者,则真实反映了当时近代岭南报刊小说署名复杂的思想来源。从报刊发行频率极高的实际情况来看,确实需要多人合力,才能在短时间内制作完成一部小说。

第二种情况是没有署名。

《中国旬报》的《奉俄皇命记》(1900)没有署名,从内容、姓名、地名等推测,这是翻译小说。《安雅书局世说编》的《千一夜夫妻》(1902年9月27日)同。《潮州白话报》刊载过小说,但未见原文,据《岭东日报》所载该报广告,"第一期目录预告"中,"小说"一栏刊载的是"《英雄爱国记》"[②],"本报第二期目录"之"小说"一栏为"《最新爱国英雄记》"[③],并有括号标明为"续前",这个"续前"应该指续第1期,可以推测出,这两个题目文字不尽相同的小说应是同

① 《答刘殷廷来书》,《游艺报》1905年7月23日。
② 《潮州白话报》,《岭东日报》1903年11月16日。
③ 《潮州白话报》,《岭东日报》1903年12月19日。

一篇。仅存目,无法查考其作者或译者。

没有署名的岭南报刊小说,还有《中国日报》的《窃马贼》《情侠》《鬼王会》《打》《钱神》《无形骗》(1907—1908),《赏奇画报》的《藜杖叟》《谋杀案》《僵尸》《毒蟒》(1906),《天趣报》的《潘狄》《不要米》《某青衣女》《华十五》《某生妇》《杀妻案》《双龄》《捕熊谈》(1910—1911)。除此之外,在《近代岭南报刊小说一览表》中,署名处空白的,并非全无署名,可能是由于开头部分散失,无法看到署名而已。

第三种情况是按近代新媒介报刊的风气规式署名,但多为笔名。有些笔名可考证出原作者姓名。

从1904年开始,岭南报刊小说基本上有署名了,《香港华字日报》最早刊载的小说是1904年的《法国著名包探案红茶花》《澳斯科奇案》《花富庐奇案》,译者均是"晴岚山人",署的是笔名。连载结束后的单行本广告称,《红茶花》与《花富庐奇案》原著者为法国朱保高比[①],《澳斯科奇案》为"法国作家伊美路加波罗"[②]。1904年的岭南报刊小说还有《侦探美人谈》,署名处写的是身份"驻东访员"。此后,岭南报刊或署著者名,或署译者名,或著、译名均署,有署真名,有署身份,有署笔名,有单拈姓名中的一个字署签者。报刊小说署名意识提高后,这些基本信息成为署名的基本体例或定式。

岭南报刊小说除了署著译者之名,还在后面加尾缀,以明署名者的贡献或功用,或加地名等于前,以见籍贯国籍身份,形成复杂的署名体系。《香港华字日报》的小说署名中,"晴岚山人"是《红茶花》《澳斯科奇案》的"译意"者,还有一个叫"铁血国民"的人帮助"润文",《美人发》中除"晴岚山人""译"之外,还有"独立山人"

① 《红茶花》,《香港华字日报》1905年7月3日。

② 《本馆告白》,《香港华字日报》1904年10月3日。

"编",《东莲院》除了"插萸人""译"之外,还有一个"昙梦生""编"。当然,也有自己独立翻译的,仅署笔名,并加"译"字,如《金不换》仅署"晴岚山人""译"。这份报刊还有"毓云译""何汉斧译""绪贤译"。也有在署名前面加上籍贯的,如"顺邑何汉斧译",可知何汉斧与晴岚山人一样是顺德人。《中国日报》中的《黄金藏》署译者为"英国哈葛德原著、香港中国日报编译",原著者国籍、姓名冠于前,而《中国日报》的功用是"编译"。《活地狱》署"法国文豪威尔曼著、香港中国日报编译",这个署名标识除了常规的国籍、姓名、功能之外,还加上一个修饰词"文豪",应该有推崇、广告、借重声名的目的与功用。《唯一趣报有所谓》的《七王会》署"英国那文辖原著,励学教员白光明译意、洪亮臣润词",《鬼林》署名"英国堪士原著,励学学校同人白光明、马振声合译",《火坑莲》署名"英国威廉臣原著,励学学校教员白光明译、开智社鲜芙氏润词",原著者国别、姓名与译者姓名、分工非常明了,另外多了译者工作单位"励学学校""开智社"及其职务身份"教员""校长",还注明了合作者之间的关系"同人"和分工方式"合译"。有时候还能依据尾缀了解稿件的来源或合作的方式、合作者的分工,如"励学学校同人白光明、马振声合译",可知参与翻译者的分工是合作翻译,"译""译意"与"润辞""润词""润文""编"之间,即是分工不同,合力创作。《香港华字日报》的《剧盗遗嘱》署名是"灵、虬合译",直接注明了两个人之间的分工与关系。

第四种情况是署身份职务或来源等。如《中国日报》之《侦探美人谈》署"驻东访员译",注明身份与贡献。

报刊小说署名方式相当复杂,说明早期真正的近代报刊新小说创作需要多人合力造就,联合制作,特别是翻译作品。大约是因为有些译者的西文或中文不够好,需要合作者帮助修饰、润文,这样既能提高翻译创作的效率,又可以提高小说的艺术水平。

但多人合力造就的方法,无形中也带来了一些误解。曾有读者来信质疑《游艺报》"所译之《侦探小说》'怪兽'一段,此书现已各书坊铺有卖,名曰《降妖记》,各人亦已看过",表达了强烈的失望之情,报人回信即表明翻译之层次多有不同:"自来一书之成,有撰者,有述者,有译者,有重译者,有集大成者。"[①]"集成"一词应该最能描述近代岭南报刊翻译小说署名的形态。

二、翻译小说署名问题

《粤东小说林》(含《中外小说林》《绘图中外小说林》)每期都拨出约二十页(约占该刊四分之一篇幅)登载翻译的外国小说。从1906年至1908年,译介的外国小说主要有"冒险小说"《美人计》1部,侦探小说《加道会》《梨花影》《毒刀案》《狡女谋》等4部,离奇小说《捉鬼》(短篇)、《狡骗》等2部,"艳情小说"《难中缘》1部,"第一离奇小说"《匣里亡尸记》1部,其中有6部注明原著作者,原著作者的国籍主要是英国与美国。从署名处的标注可以看到这三种"小说林"翻译小说的翻译特点:先由其中一人翻译大意,再由其他人加以润饰,所以译者多标为"××译意,××润辞"。在翻译小说风起云涌的时代,《粤东小说林》等利用这种方式引进数量如此多、篇幅如此长的小说,相当不容易。

近代岭南报刊引进的翻译小说尚有规模的是《唯一趣报有所谓》,由当时著名的励学学校同仁白光明翻译,再由开智社成员润饰,连续刊发了3部长篇小说,其中2部标为"侦探小说"《七王会》及《鬼林》,1部标为"艳情小说"《火坑莲》。励学学校白光明翻译的另外1部小说"侠情小说"《侠痴记》则发表于1906年10月11日

---

① 《来书照登》《答刘殷廷来书》,《游艺报》1905年7月23日。

至1907年1月9日的《东方报》。《东方报》是由《唯一趣报有所谓》原班人马改组而创办的报刊。白光明翻译的另一篇"侦探小说"《艳镜》则发表在《时事画报》中，由赖亦陶润辞。

从署名处提供的信息看，近代岭南报刊小说的翻译者身份具有多元化的特点，如医生、教师、牧师、留学生、官员等。

留学生在译介外国小说中功不可没。如陈廷端为留美学生，其专业是化学，就读学校是美国"耶路大学校"，按理其关注的应是自然科学，亦应在自然科学中留下英名，但陈廷端却在近代岭南报刊上留下了2部翻译小说：《二十世纪军国民报》的《一夜夫妻》及《振华五日大事记》中的《黠者祸》，合作者均为"轩胄"。"轩胄"也是近代岭南著名报人。又如"鲁秘大学校生亚万奴"翻译的作品《腹中帛》发表在《东莞旬报》中，合作者是"求得死青年"与"邓汉伟"。因此可以推测，近代岭南报刊翻译小说的第一译者主要有两类人：第一类是在外国的留学生，有外语基础，在阅读外国小说时产生兴趣，便有意将之引入中国，因此实施翻译；第二类是在中国教授外语的教员如白光明，在教学实践中，通过翻译外国小说提升能力。这两类人翻译的作品有赖于与其他报人进行合作，才能公开发表。如《时事画报》的报人赖亦陶，除了给翻译小说润饰之外，自己也创作了大量小说。"轩胄"是《振华五日大事记》等几份岭南报刊的参与者，"鲜芙"则是《唯一趣报有所谓》的重要参与者。

翻译小说因署名复杂，引发了一些问题。很多没有署原著作者或译者姓名，或是二者均不署名，不少作品的译者署名是笔名或发行报社总名，给考证其原著、原作者的工作增加了难度，因此一些近代岭南报刊的翻译小说暂时无法确定原著，无法开展译作与原著的比照工作。同时，作品登载时亦不注明翻译所依据的版本、语言为何种，也同样无法用译本与原著加以对比，无法判定其翻译的艺术效果。

其实,不少小说算不上"翻译小说",实际上算是"改写小说",一些作品还使用了具有浓厚中国化元素的名谓。由于报刊停刊、停办或被禁行,很多翻译小说并不完整,甚至只残留部分章节,这也给研究增加了难度。无论长篇还是短篇,"不完整"的情态成为常态。同时,由于参与翻译者水平参差不齐,参与者众多,翻译的风格自然不能统一,在语言运用上,有文言,有白话。无论是文言还是白话,都未免粗糙,阅读效果并不是很好。不少中国人"创作"的小说选取了外国素材,这是从翻译、模仿到自创的必经历程。但是有些作品到底是翻译还是自创,根本没办法辨别。如《广东日报》中的《百合花》,署名处有二字"选录",仅看署名,是选录外国人作品还是中国人自创作品,就无从得知。《唯一趣报有所谓》的《千钧一发》更加迷惑人,因为署名处使用了"粗斧"二字,这是岭南报人小说家王斧的笔名,难道这是他自己创作的小说?从行文来看,无疑是他创作的。可是从故事题材内容、故事背景来看,可以断定这不是他所能掌握的。幸好在小说前面有作者识语,交待了创作的起因及故事来源:"余睹此,恍忆昔者法国驻华领事柏君所语故事,因濡笔记之。"[①]由法国驻华领事柏君讲述,王斧执笔记录,那到底算是创作还是翻译呢?按理,应该是翻译。可是在近代,著名翻译家林纾翻译的作品,基本上就是靠他人讲述外国作品(故事),林纾执笔"记之",这是最早翻译作品的基本形态及基本状态。以此推论,这篇《千钧一发》应该是翻译小说。但是从前面的识语,结合结尾的"斧曰"言论,作品又灌注着中国作者王斧的深情,不是纯粹的"译作"。《香港少年报》之《醋海波》[②]

① 粗斧:《千钧一发》,《唯一趣报有所谓》1906年2月21日。

② 亚斧:《醋海波》,《香港少年报》1906年9月1日至3日。

《偷侦探》[1]《疑团》[2]署名分别为“亚斧”“斧”“斧”，亦是王斧的笔名，题材内容与《千钧一发》相似，亦难判定为翻译还是自创。《东方报》之《指环故事》[3]署名“陆生”，但故事内容为外国题材，内容肯定也是外国的，但叙述方式亦有中国味道。《香山旬报》之《奇女儿》[4]以中国唐传奇式风格来命名题目，写的亦是西方奇事，署名为“铁魂述”，亦难判定为翻译还是创作。《南越报附张》之《血字图书》写俄事，署名“仁父”，亦难辨别。

三、考察署名问题的意义

考察近代岭南报刊小说署名情况，第一个意义是可以借助所署笔名或拈一字以作署名者，联合透视单行本序例或社员表、广告及个人传记等资料，考察到原名。《香港华字日报》的“灵、虬合译”，可以从《香港华字日报》刊载的《新小说丛序》[5]与《新小说丛》的关系及《新小说丛》的社员表[6]看到，“灵”是“李心灵”，“虬”是“林紫虬”，二人均是《新小说丛》的创办者。《法国著名包探案红茶花》《澳斯科奇案》的译者“晴岚山人”是陆晴岚，润文者“铁血国民”与《美人发》编者“独立山人”，都是当时的主笔，著名的岭南报人、书画家潘飞声。《时事画报》的《廿载繁华梦》署“小配撰”，再从《本社小说〈廿载繁华梦〉全书出版预告》[7]可知，他叫黄小配，是《时事画报》“撰述员”，还在该报发表了小说《党人碑》，他又是《社

① 斧：《偷侦探》，《香港少年报》1906年10月26日。
② 斧：《疑团》，《香港少年报》1906年11月27日、28日。
③ 陆生：《指环故事》，《东方报》1907年1月11日。
④ 铁魂述：《奇女儿》，《香山旬报》1910年第80期。
⑤ 醒芸：《新小说丛序》，《香港华字日报》1907年12月16日。
⑥ 《〈新小说丛〉社员肖像》，《新小说丛》1908年第1期。
⑦ 《本社小说〈廿载繁华梦〉全书出版预告》，《时事画报》1907年第21期。

会公报》"同人""撰述员",还印行了小说《广东世家传》。再依据其他报刊作品、社员表等一系列署名信息,确知其为广东番禺人黄世仲,别名黄小配。

考察近代岭南报刊小说署名情况,第二个意义是可以通过署名后缀或前置语区分小说稿件的来源、地域或创作心境等情形。显然,署名后有"译"字者,一般为翻译小说,小说来自国外。依据原著作者署名的前置语可知,前期翻译小说多来自英国、法国、日本,1911年前后,翻译小说有来自俄国者。后缀有"来稿"二字者,一般是非报社成员来稿,如《潮声》之《西门豹》小说作品是"杨复初氏来稿"。不少岭南报刊作品的后缀有"来稿"二字,比例最高的是《农工商报》,一共有《红毛大制造家矮克办脱致富来历记》《爱国商人弦高之伟绩》《五文钱发财十万小史》《广东忠信商家袁友信小传》等4篇小说,占小说总数16篇的四分之一。《南越报附张》亦不少,一共有8篇标明为"来稿",占1911年以前所刊小说总数45篇的五分之一强。

如《时事画报》的小说《纨绔镜》[①]署名"啸虎来稿",并且在小说正文前后有识语说明稿件的来源:

是题乃贵报龙舟歌题也。仆爱读之,读毕,辄喟然曰:《时事画报》之龙舟歌有价值矣!嘻,一般之纨绔儿,梦其犹鼾乎?警钟之声,胡弗纳也。悄然有所感,爰执笔作一短篇小说,仍贵报龙舟歌之名,直叙他人之事,敢呈待斧。呜呼!是亦一镜矣!啸虎未定草。

读者因阅《时事画报》的龙舟歌《纨绔镜》[②]有感,写了同题短篇小说,交给报社,以"待斧"于报社,并谦虚地说明该稿为"未定

① 啸虎:《纨绔镜》,《时事画报》1906年第30期。
② 浑公:《纨绔镜》,《时事画报》1906年第21期。

草”。可是这篇小说“描摹尽致”,“宛然一幅纨绔镜”,具有典型性,报刊即迫不及待地刊载出来。“兰父附识”语再次点明:

右为友人啸虎氏来稿,稿中描摹尽致,宛然一幅纨绔镜。中有少爷为梳佣睥睨语,令一般之纨绔子读之汗颜。呜呼!亚六之言论伟矣。顾亚六何以熟时事若此,即函诘啸虎。啸虎转诘张友,张友曰:“何奇?亚六为余妇近身者三年。去后,亦时相过从。子不信亚六,能信余否?”啸虎以是答,而余惑乃大解。兰父附识。[1]

附识语告诉读者,这是报友啸虎的来稿,编辑人还写信诘问过作者本人,啸虎转而诘问姓张的朋友,姓张的朋友证实了这件事。结合署名后缀与这两段标识语,联合观照,可知《时事画报》某些稿件来自读者的供稿,并非完全由报人撰写,但编辑人潘飞声(兰父)参与了点评、推介。

《新小说丛》刊载的小说中,不少标明了作者的籍贯或所在地。“星洲寓公菽园”表明作品来自寓居南洋的邱炜萲之手,“新会夏莹光子谦,黄恩煦玉垣”表明参与创作编辑者为新会人士。同理可知,“会城李子鸣、禺山郭若衡”分别为新会城区人、番禺人。《天铎》之《九点牌》署“南海罗守一”,可知译者为南海人士。

《中外小说林》之《美人局》《情天石》《孽缘公案》署名“忏痴随笔”,可以推测其创作时的心情为“随笔”,并非刻意创作。估计只有创作短篇小说才能有这样的心境,如果是长篇章回体,那必定要耗费大量精力来谋篇布局,非“随笔”能成者。

如《时事画报》的《天上之国丧》[2]署名处为“录神洲报”,可知

① 浑公:《纨绔镜》,《时事画报》1906年第21期至第22期。

② 录神洲报:《天上之国丧》,《时事画报》1908年第28期。

作品转载自上海的《神州日报》[①]，原标其类型为“短篇小说”，未署作者名，因此转载过来之后并无署名，仅标明来源。《香山旬报》1910年第70期转载《堕指录》，标“短篇小说”，作者署“鲁源，录《神州日报》”，据查，1910年8月14日、15日，上海《神州日报》刊载《堕指录》[②]，标“短篇小说”，作者署“鲁源”。

从署名前置语或后缀的变化，还可以看到小说作者在报刊的身份变化。《南越报附张》接纳了警黄、禅侦探、铁蕴、百钢少年和腾芳等多人投稿，使其作者队伍庞大且强大。早期百钢少年的作品注明是“稿”“来稿”，到了后期，就没有了“稿”“来稿”等字样，由此可知其由原来的自由撰稿人，慢慢上升为该报的固定作者。

综合起来看，岭南报刊小说多可从“译”“辑”“录”“来稿”“寄稿”几种后缀语得知岭南报刊小说的来源，无非是这几种情况：首先由本社撰述员专门撰写；如果本社成员写不出或写的不够快、不够多，就采纳一定的来稿；若采纳完散户来稿仍不足，就转载他报小说，以满足读者需求。

第二节　岭南报刊小说家群体

岭南报人往往以报刊为中心，形成了报人圈群。经过调查他们的政治倾向，可知资产阶段改良派的报刊活动主要在北京、天津、上海、日本与美国，所发表的小说也多集中在这些城市或国家所创办的中文报刊。在岭南发行的《广仁报》《知新报》《岭海报》

① 《天上之国丧》，《神州日报》1908年11月21日。

② 1910年10月11日、13日，旧金山《中西日报》再次转载《堕指录》，标“短篇小说”，作者署“鲁源”。1910年10月16日至23日，台北《台湾日日报》又转载《堕指录》，作者署“鲁源”。

等并没有发表小说，也无法通过小说来考察该党派的小说倾向与岭南化特质。相反，资产阶级革命派的报刊集中在香港、广州发行，发表小说数量最多，影响最大，岭南特质非常鲜明，地域化倾向明显。大概是这时候革命派正处于上升阶段，利用岭南远离京城的地理位置优势，积极开展舆论宣传，因此，《世界公益报》《广东日报》《唯一趣报有所谓》《时事画报》《东方报》《香港少年报》《广东白话报》呈现出团体作战、屡禁不止的趋势。据黄榛统计，以上这些报刊的编辑者，几乎都是同盟会会员：谢英伯担任过同盟会香港分会会长，黄世仲担任过香港分会庶务，潘达微、高剑父担任过同盟会广东分会负责人[①]。他们积极地鼓吹政治革命，而小说是其宣传的重要手段。以资产阶级革命思想为共同导向，由此形成了一批以小说批判社会黑暗、讽刺维新误国、揭露立宪骗局、鼓吹文明之战的小说家群体。

一、以郑贯公所办报刊为中心的小说家群体

郑贯公参与编辑、撰述、创办的报刊有《中国日报》《世界公益报》《广东日报》《香港少年报》《唯一趣报有所谓》。《东方报》创办时郑贯公已逝，但是该报主创成员还是《唯一趣报有所谓》的阵营，因此，该报小说家亦归入这个群体。

《中国日报》发表小说11篇(部)，除了翻译小说，几乎没有署名，因此无法考察小说家的群体特性，但可以看到该群体对法国小说家的推崇。该报分别连载了威尔曼、亚历山大·仲马的作品《活地狱》与《几道山恩仇记》，其中《几道山恩仇记》的译者“抱器室主”，是香港中国同盟会会长陈少白(1869—1934)，广东新会人，原

① 黄榛：《〈时事画报〉所刊文学作品研究》，暨南大学2019年硕士学位论文，第26—27页。

名闻韶，后改名白，字少白，号夔石、葵石[①]。此外，连载了英国哈葛德的《黄金藏》与霍尔克尼的短篇《厌世之富翁》。有6篇为自创，从批判对象与激扬对象可以推测，这些小说家具有民族革命倾向。

《世界公益报》无可考察的现存小说，亦不见小说家痕迹。《广东日报》有署"伟"的《一掴血》与《樱花梦》，这是该报仅见的小说家，无法推测其身份、职业与创作、思想倾向。《朱一贵》无署名，从小说主旨可以推测，作者有强烈的革命情绪。

《唯一趣报有所谓》《香港少年报》的作者最能反映该小说家群体的特征。这个群体以强烈的革命感创作小说，以文体革新与革命思想结合的方式弘扬时代思想主旋律，产生了王斧、杨计伯两位岭南报人小说家，为近代岭南贡献了至少67篇（部）小说。

郑贯公，现不见报刊有其单独发表的小说。但是他于1904年编辑出版的《时谐新集》，分文界、小说、诗界、歌谣、粤曲、南音、小调、班本、传奇九类，辑录报刊作品200篇，是最早的报刊作品集，其中选录小说27篇，也是最早的报刊小说汇编。郑贯公于岭南小说，除了这个作品集，最大的贡献是为众多兼具时代与地域特色的岭南小说家提供了发表的平台。

萍初四郎，在《唯一趣报有所谓》发表民族伟人小说《阎应元》，纯用粤语写成。

死国青年，在《唯一趣报有所谓》发表《郑生》。

侠，在《唯一趣报有所谓》发表《新妇智》。

白光明，岭南报刊重要的小说翻译者，与之合作的有洪亮臣（宸）、马振声。《时事画报》1906年第27期至1905年第5期的《艳镜》，署"白光明译意、赖亦陶润词"。《唯一趣报有所谓》发表小说《七王会》，署"英国那文辖原著，励学教员白光明译意、洪亮臣润

① 牛志威：《晚清粤港小说研究》，华东师范大学2018年博士学位论文，第164页。

词”;《鬼林》,署“英国堪士原著,励学学校同人白光明、马振声合译”;《火坑莲》,署“英国威廉臣原著,励学学校教员白光明译、开智社鲜芙氏润词”。《东方报》1906年10月11日至1906年1月9日发表翻译小说《侠痴记》,署“英国基路毕原著,励学校长白光明译”,而发起该报的“各同志”中有“光明”,依据该报与《唯一趣报有所谓》的关系,疑即白光明。《岭南白话杂志》第3期、第4期“洁净局”栏目下有署“白光明”的《避疫说》一文,介绍防治瘟疫的办法,属于科普文章。《时事画报》发表《艳镜》时,白光明尚未署职务,但到《东方报》发表《侠痴记》[①]时,其职务变成“励学学校校长”。再联合一些报刊广告,可知白光明与励学学校最早的关系是“义务在校掌教”,但此时因其回澳守制,要另请人执教;又因该校经费支绌,白光明还给学校“认捐银三百”[②]。在报界,白光明是报人、翻译员、撰述员,在学界,是英文教员,还当了校长。

杨计伯,多署“计伯”,又署“计三郎”,同盟会会员。他在《香港少年报》发表《生死恨》《芙蓉血》,翻译《蒸人甑》。在《中外小说林》发表《并蒂莲》。在《广东戒烟新小说》发表《断头香》,在“同人一览表”中,撰述员有“计伯”,并有署“计伯”的“绪言”《论二十世纪系小说发达的时代》一文,论述二十世纪中国小说发达之情状[③]。

《香港少年报》还有署“狄生”“嗤”“朕”“金人”“神父”“弟”的,因资料缺乏,无法考察其身份、职业与创作思想倾向。

《东方报》的小说作者有陆生、破迷、斌次郎,也因缺乏资料,无法考察其生平、身份与创作思想倾向。

骆汉存,又名铁汉、汉父,同盟会会员。在《东方报》发表小说《虚无弹》,属于翻译小说。

① 英国基路毕原著,励学校长白光明译:《侠痴记》,《东方报》1906年10月11日。
② 《催收捐款广告》,《香港少年报》1906年7月14日。
③ 计伯:《论二十世纪系小说发达的时代》,《广东戒烟新小说》1907年第7期。

这个群体最著名的小说家无疑是海南王斧，其小说作品数量较大，创作特色很鲜明，笔者将在本章第四节对其小说创作概况加以论述，在第四章第三节将其作为融合传统与现代因子于一体的小说创作艺术个案。

二、以《时事画报》为中心的小说家群体

以《时事画报》为中心的小说家，组成了时事入小说、短篇小说系列化与微型化的试验中心，小说插图专业化有赖于画家参与报刊运营和小说创作。这个主创群体的政治倾向体现了他们的个性，以及求变、敢为的性格，又为他们的报刊、小说增添了别样的风采。这份画报中的小说几乎没有才子佳人这类题材，从数量上看，以短篇小说为主，体现出灵活多变、紧随时事、手法新颖等特点；从质量与影响力看，又以长篇连载的小说传播力更为持久。这个群体主要作家有黄世仲、亚剑、述奇、喆、剑、劳人，为近代岭南贡献了不少于92篇(部)小说。

《时事画报》小说家群体，往往身兼数职，除了写小说，或是美术同人，或是编辑员，或是撰述员，或是美术编辑，同时还创作了其他政论、时评等报章体作品，以及用粤语书写的粤讴、班本、南音、龙舟歌等地方性作品，还有传统的诗词作品[①]，几乎成为“全能型”小说家。该报小说家发表非小说类文学作品的具体情况，可以参看黄榛硕士学位论文《〈时事画报〉所刊文学作品研究》之“附录(三)”“附录(四)”[②]。

依据《时事画报》的“美术同人表”，对照所发表小说的署名情

① 程存潔：《〈时事画报〉若干问题辨析(代序)》，《时事画报》，广东人民出版社2014年版，第2—5页。

② 黄榛：《〈时事画报〉所刊文学作品研究》，暨南大学2019年硕士学位论文。

况，可知参与小说创作或评述者有如下这些。

陈树人（1884—1948），广东番禺人。名韶，字澍人，笔名多用树仁、树人，号拈花微笑子，又号葭外渔子、十一郎、二山山樵、得安老人、哲、亚哲、衬哲、讱生、陈晋、猛进、美魂女士，或美魂女史，或美魂。《时事画报》"美术同人表"如此介绍："陈韶，字澍人，花卉翎毛。"[①]美术上专攻"花卉翎毛"。实际上，"美魂女士"是用其女儿之名作笔名，还有署"若明女士"的，则是用其妻子的名义发表。如《时事画报》1906年第4期的班本《荷兰华侨叹苦》，1906年第6期的粤讴《炸药世界》，1906年第23期的班本《学界热诚祝立宪》，1906年第26期的剧本《自强员佛山演说》，署的都是"美魂女史""美魂女士"或"美魂"。其在《时事画报》发表的小说有1907年第21期的《健蟀》、1909年第1期的《鸡谈》。其在《国民报》"小说丛"发表长篇小说连载《二滴血痕案》《社会主义果实行》《飞絮影》，均署"树人"，前两部为翻译小说；《佳人运命》，署"树"；《大盗来》，署"若文女史"；《春怨》，署"美魂女史"。这些小说一改1912年以前在《时事画报》以寓言小说讽刺时局时人的态度，或为长篇的侦探小说，或为艳情小说。从题目"春怨"可见哀艳小说的风息开始浸染了1912年以前充满热血与激情的小说家。风气之所趋，可见一斑。在专门为拒约运动创办的《美禁华工拒约报》（又名《广州旬报》）"社员题名"中有"陈树仁"。

邓尔雅（1884—1954），广东东莞人，生于北京。原名溥，又名万岁，字宠恩，又字季雨，另署敷、季毓、季郁、季蔼、大雅、山鬼、邓陈、病夫、绿绮台主等。《时事画报》介绍为："邓溥，字季雨，人物，铅笔。"[②]美术上专攻人物与铅笔画，在《时事画报》发表小说《精卫冤》《女昙花》，署"溥"，在该报尚发表不少史论、杂评、粤讴、班本

① 《本报美术同人表》，《时事画报》1905年第7期。

② 《本报美术同人表》，《时事画报》1905年第7期。

诸文类作品，还有其他诗文，尚有友人与之游赏唱和之作，尚待发掘统计。参与《赏奇画报》的创办，在该报发表小说《韦髯》《完婚》，署“季毓”。

何剑士（1877—1915），名昺，原名华仲，号剑士，又号南侠，广东南海人。《时事画报》介绍为：“何昺，字剑士，人物。”[1]在该报发表班本、粤讴、杂文、讴歌、龙舟歌诸类作品。1906年第4期的小调《十送豺狼》（仿十送情郎调）还注明曲谱。从该报1907年第3期的《优世界会社告白》得知，他是优世界会社的“总监督”，在该报发表的小说有《无私会》《医之神用》《鬼侦探》。牛志威博士认为署“示武”的短篇小说《捉贼》也是何剑士作品[2]。

潘达微（1881—1929），广东番禺人，又名心微，字铁苍，号景吾、影吾、冷残、寄尘，笔名觉、铁、醉微、铁苍十二郎、剑灵女士、冷道人、中国无赖等。《时事画报》介绍为：“潘达微，字铁苍，花卉，铅笔。”[3]美术上专攻花卉与铅笔，在该报发表小说《长辫梦》《色魔》，其他文学作品尚待统计整理。在专门为拒约运动创办的《美禁华工拒约报》（又名《广州旬报》）“同人题名”中有“潘心微”。

依据《时事画报》首见“社员表”[4]成员，结合小说创作，可以整理出另外一批小说者。其中有一份社员表为：“编辑员：毅伯。撰述员：兰父、情侠、拔剑狂歌客、浑公、痴汉、温文狂侠、陶陶、愤子、磨剑少年、嘎嘎、小配、赖孚。兼图画总辑员：剑士、铁苍。”这些社员中，小配、陶陶、剑士在该报发表小说较多。

小配即黄世仲，字小配，在该报发表过小说《廿载繁华梦》《党人碑》《野蛮怪状》，详细论述见本章第四节。

① 《本报美术同人表》，《时事画报》1905年第7期。
② 牛志威：《晚清粤港小说研究》，华东师范大学2018年博士学位论文，第191页。
③ 《本报美术同人表》，《时事画报》1905年第7期。
④ 《请看本报陆续改良之特色》，《时事画报》1905年第15期。

赖应钧，广东顺德人。署陶陶，又署赖亦陶、赖陶陶。据该报1907年第3期的《优世界会社告白》得知，他是该社"总理人"，该年因有事还乡，不能兼任社务，将所有财政权责交付布君接手。1907年第7期小说《色魔》有署"陶志"的按语，当为陶陶之手笔；1907年第16期的小说《错认夫婿》也有"陶陶氏曰"开头的评语，批判"吾顺德""不落家"之风的恶劣后果；1907年第19期的小说《秀才娘》有"陶陶曰"开头的评语批评"科举毒"之害；还给翻译小说《艳镜》作过"润词"。在该报发表小说《科举梦》，还发表过杂文《春恨文》、短评《铁路认股真踊跃哉》等。在专门为拒约运动创办的《美禁华工拒约报》（又名《广州旬报》）"同人题名"中有"赖亦陶"。

以上小说家既是《时事画报》的美术专创人员，又是《时事画报》文艺作品的主要撰述员，艺术上的创见为人所熟悉。结合其岭南画派骨干成员的社会身份，再挖掘其背后所代表的党派与思想倾向，联合起来，便发现他们在近代岭南的价值与意义更大。

依据《时事画报》所发表小说的署名情况，结合该报其他作品的署名及其他报刊所发表的小说署名来考察，也可以整理出一批小说家。

啸虎，应该是该报忠实读者，在《时事画报》发表小说《纨绔镜》，1907年第10期有杂文《唁潮乱文》，署"啸虎来稿"，1907年11期有《代妓女候情郎笺》，其他未能一一罗列。《香山旬报》1910年第72期发表的"谐薮"《敬祝香山旬报出版两周年纪念（剧本）》署"啸虎来稿"。

朱浣白，于《时事画报》1905年第5期发表的"时论"有《女界生祭马潘夏感言》，1906年第2期发表过南音《春有乜好》，1906年第22期有白话《劝女仔入女学堂读书》，1907年第5期有社说《女学堂尊孔问题》，关心并影响了岭南女学界。在该报发表小说《老妪泪》。在专门为拒约运动创办的《美禁华工拒约报》（又名《广州旬报》)"同人题名"中有"朱浣白"。

燕红生，又称中国燕红生，仅知姓王。翻译法国小说《一夕之险影》，发表在《时事画报》1907年第3期。在1907年第1期的"社说"栏目中发表过《法文不可偏废说》，认为法文具有"洽条约"的功能，称拉西诺、方德纳、福禄特尔、卢梭、孟德斯鸠、圣西门等学说风靡全球，要更好地"得其全体之精神"、便外交，法文不应该偏废。这篇社说说明燕红生是熟悉法国与法国文化之人，翻译这部短篇法国小说，正是他所提倡观点的实践。1907年第10期诗界中还有诗《舟中有感》与《舟行看山口占二绝》，1907年第24期有《说山水》，1908年第21期在"时论"中发表《哀社会篇》。而1908年第30期刊发其收到法国某生的信，谈"留学法国情形"事。

高奇峰(1889—1933)，广东番禺人。名嵡，字奇峰，高剑父五弟。发表小说时署"述奇"，《时事画报》之《棋贼》《骗之骗》《骗又骗》《骗上骗》《冯秋绮》《孖指印》《玉蟾蜍》《烟猪》《错认大婿》《秀才娘》《晏起》《中国魂》《封女摊》等13篇为其作品，还有连载的长篇《箱中尸》，其中既有寓言化、象征性强的作品，也有反映岭南地区社会时代问题的短制，还有当时流行的侦探小说。另外还发表过一批班本、南音等富于岭南地方性的文艺作品，不一一罗列。

喆，发表系列化短篇小说《警警警》《械斗》《蒙馆》《争花》《女权》《兄弟》《技勇》《竞渡》《贱格鬼》等9篇，既有社会现实性，又具象征意义。"社会小说 尚武精神"系列短篇微型化倾向明显。1908年第2期发表了《滑稽习画帖序》，为铁苍(潘达微)近来的一套《滑稽画》教科书作序，用粤语写成，采用四六句式；当期还有杂文《浪子箴言》，采用四六句式，粤语化；"谈丛"之《花薄命》。1908年第6期有时评《国耻》。还有粤讴、南音等其他作品，曾与潘达微游拉同山[①]。

劳人，在《时事画报》1908年第15期"时评"栏目发表过《反对

① 《五月廿七日潘铁苍过访拉同山行二首》，《时事画报》1908年第16期。

立宪之益》，还发表了其他文学作品。从1908年第21期开始写“社会小说 活地狱”系列化小说，反映社会现实之顽疾。主要小说有《七夕谈》《国会潮》《公堂》《烟窟》《三绝》《过去及现在》《军装》《现在及将来》《满街革命党满街侦探》《轮船》等10篇。

蔡有守（1879—1941），东顺德人，乳名玉郎，后更名守，字哲夫、奇璧。别号寒琼、寒翁、寒道人、茶丘生、茶丘居士、茶丘残客、樗散画师等。“少琼”疑为其笔名之一，发表小说《驱鬼》《吞产案》。他在《时事画报》也发表过其他类型的文学作品。

非，去非，去非子。在《时事画报》发表过短篇小说《家之盗》，也发表过其他类型的文学作品。

谢英伯（1882—1939），原名华国，号抱香居士，广东嘉应人。在《时事画报》发表《小说家言自序》（一名《小说学之研究》）。在专门为拒约运动创办的《美禁华工拒约报》（又名《广州旬报》）“社员题名”中有“谢英伯”。

其他尚待考证的作者有亚退、振聩、哲、救人、子民、佛仇、自觉、苍生、中国无恙、中国真如室主等，因发表小说仅一篇，且该报其他地方未见如此署名文章或未有相应交游文字，待考。

综合起来考察，《时事画报》所刊小说往往用富含血性、勇猛、坚韧或反映时代理想的笔名，如剑、亚剑、铁苍、啸虎等有坚韧的血性，中国无恙、中国燕红生、救人、子民、自觉、苍生、振聩、劳人等表达了对挽救颓败时代风气的深切感受，饱含战斗、抗争的激情。

从纵向来看，1912年以来，《时事画报》发表小说的笔名则多用“承露”“挹露”“香草”“升平”“大悲”“尘根”“自在”等，这些笔名有一个共同的特征：悲情与遁世思想浓厚，作品也渐入消闲之趣，哀怨多于呼号，意味着“从刀枪变成了草木”[①]。

① 刘晓宁：《清末岭南画报中的小说及创作群体——以〈时事画报〉为主要考察对象》，《百色学院学报》2017年第3期。

从横向来看，1906年创刊的《赏奇画报》政治立场不鲜明，与办报主旨提倡的“注意实学”“审慎立言，凡干涉闺阃政界，不轻阑入”[①]编辑倾向相一致。小说家的创作也受到这种取向的指导，没有激进的行为。《赏奇画报》跟《时事画报》相比，最大的特点就是远离时事、去革命化，专尚“奇”趣。以季毓、钜鹿六郎为主创的小说家，倾力于创作类似六朝志怪和唐传奇侠义、谋杀、奇情等消闲题材，多为短篇，文言化，小说回流现象明显。“季毓”原名邓溥，是该报的主创人员，又是《时事画报》的主创人员，其他署“钜鹿六郎”“湝沃”“槎客”者，无从考证其真实姓名、身份与思想倾向。

三、以《农工商报》为中心的小说家群体

这个小说家群体不一定属于资产阶级革命派为主的阵营，但提倡工商实业，批判社会现实，主张开通民智，客观上有助于提升当时中国民众的文明水平，也有进步意义。

以《农工商报》为代表的报人小说家群体，反映了岭南人务实的价值观，塑造了一批商人及实业伟人形象。《农工商报》创刊时叫“商工旬报”，从第2期开始改为此名，1908年第55期开始，改名《广东劝业报》。小说署名主要有“侠庵”与“陈铁庵（铁庵）”。“侠庵”应该是《农工商报》创始人江宝珩的笔名，因为在“发行人”处署“侠庵江宝珩”，即是此人。江宝珩后又接续《广东劝业报》，改作《光汉报》，兼发行人与编辑人，均署“江侠庵”[②]。“铁庵”有可能是《农工商报》的一位读者，因为在《农工商报》1907年第4期中有《来函》一封，这封读者来信是“陈铁庵上言”，自称是“耕田公脚式”，广东南海人。

① 《赏奇画报缘起》，《赏奇画报》1906年第1期。

② 《本报原名农工商报》，《光汉报》1911年11月16日。

“明园主人”“明园”作品也较多，其余为谭鼎来、李鼐、文屏、铁汉的来稿，张石朋遣词的小说，还有署“亦农”的一位小说家。这个群体为近代岭南贡献了19篇(部)小说。

张石朋，广东番禺人。原名张廷鎏，字石朋，笔名顽石[①]。曾是《商务报》主笔，后任《半星期报》撰述员，于该报发表《时杰八咏》诗歌，署“石朋稿”。《振华五日大事记》1907年第4期“词苑”中有署“琼瑛女史”的《送石朋夫子之新宁教席》与署“张石朋稿”的《和内子原韵》，由此可知，其曾到新宁任教，其妻号琼英女史。1907年第49期“学理”发表署“张石朋来稿”的《化学分析术》，可以推测出张石朋具有化学专业素养。《砭群丛报》有友人“啸公”赠诗《送张君石朋赴缅甸》[②]，由此可知，1909年张石朋去了缅甸，是华侨报刊《新宁杂志》的主要撰稿人。

明确提倡实业的报刊，还有《振华五日大事记》。《半星期报》承其宗旨，编辑人员亦由该报转移而来，宗旨上要求“改良社会、维持实业、共图公益”[③]，在《振华五日大事记》上未连载完毕的稿件也转移到《半星期报》上刊载。

黄轩胄，广东香山人。笔名辕系、轩辕之胄。同盟会会员。曾是《二十世纪报》主笔[④]。与黄鲁逸、欧博明、卢骚魂、黄世仲、李孟哲等在澳门组织“优天影”戏班，是粤剧第一个“志士班”。在《振华五日大事记》发表《黠者祸》《醋案》《浪淘珠》《侠报》《海镜光》《奇际》。在《香山循报》发表《直报》。在《二十世纪军国民报》上发表《一夜夫妻》，该报还发表黄轩胄的其他作品，第一期“时事

① 据《家用财政学》署“番禺张廷鎏石朋草”得知籍贯姓名所字。见《半星期报》1908年第5期。

② 啸公:《送张君石朋赴缅甸》,《砭群丛报》1909年第4期。

③ 《本所要告》,《振华五日大事记》1907年第1期。

④ 李默:《辛亥革命时期广东报刊录》,《新闻研究资料》1979年第1期至1980年第2期。

评”之《悲哉徐锡麟之友》一文，述枪杀恩铭后，株连亲友之痛事；“粤讴”之《唔系易》写做官之难处，有讽刺意味。

陈廷端，广东顺德人。美国耶路大学校化学学士。与报界隐者轩胄合译《黠者祸》发表于《振华五日大事记》，与报界隐者轩胄合译《一夜夫妻》发表于《二十世纪军国民报》。

而优，生平事迹难考。在《振华五日大事记》发表小说《收师傅》《新妇智》《强中强》《专制魔》，关注妇女婚恋近事与妇女生存智慧。

缕述，生平事迹难考。在《振华五日大事记》上仅发表《恶因缘》，反映社会现实婚姻问题。

铁樵，生平事迹难考。在《振华五日大事记》上仅发表《孽镜花》，反映婚姻孽因果。

辛令，生平事迹难考。在《振华五日大事记》上仅发表《骗骗》，反映社会现实中局骗现象。

大同，生平事迹难考。在《振华五日大事记》上仅发表《荡花风》，反映当时社会上的淫逸风气。

治惧，生平事迹难考。在《半星期报》上发表《一落千丈》《偷儿术》《双冤记》。

嚼梦，生平事迹难考。在《半星期报》上仅发表《镇宅符》，提倡“实业兴家”的思想。

《砭群新报》也声明要“发扬道德、鼓吹学术、提倡实业”[①]，所发表的小说围绕报刊宗旨，多抒写理想的新人形象或新的国民生活场所。以下为该报小说家。

古之伤心人，生平事迹难考。在《砭群丛报》上发表小说《亚东潮》《致富术》。

---

① 《砭群新报发行章程》，《砭群丛报》1909年第1期。

悲盦，生平事迹难考。在《砭群丛报》上发表《中国穑者传》《乌托邦之豪杰》。

天南僇民，生平事迹难考。在《砭群丛报》上发表小说《照胆镜》。

《香山旬报》也“提倡实业”[①]。以下为该报小说家。

李涵秋（1873—1923），名应漳，字涵秋，号韵花，别署“沁香阁主人”，扬州人。在《香山旬报》上发表翻译小说《奇童案》，属于短篇小说。在其他著述中，该小说又名《奇童记》。

醒广，生平事迹难考。在《香山旬报》发表小说《萍水缘》。

方容均，广东香山人，寓居上海，从《香山旬报》捐助人名单与文章署名可知，他是该报重要的资助人与投稿人。在《香山旬报》发表小说《杨女士》《三韩泪》。

晓峰，为《香山旬报》创办人，但生平事迹难考。在《香山旬报》发表小说《情天恨海》《耳语奇闻》。

其他作者如陈思仲、警鹤生、绛树、侠我、然者、醉墨、宏道、（香山）本立主人、醒庵、铁魂、中兴等仅见署名一次，生平事迹均难考。

四、以《香港华字日报》《新小说丛》为中心的小说家群体

这两份报刊的小说家交叉明显，经历了近代香港报刊从普通日报刊载小说到小说专刊化的历程。现存小说至少71篇（部）。

晴岚山人，本名陆善祥，广东三水人。字庆南，号晴岚、晴岚山人。作品有《香港华字日报》的翻译小说《法国著名包探案红茶花》、《花富庐奇案》（曾名《澳斯科奇案》）、《李觉出身传》、《美人发》、《金不换》。翻译法国贾波老的小说《情天孽障》，发表在《新小说丛》。

① 《本社简章》，《香山旬报》1909年第4期。

铁血国民，本名陈绍枚，字卓枚，广东新会人。参与《香港华字日报》翻译小说《法国著名包探案红茶花》、《花富庐奇案》(曾名《澳斯科奇案》)的润辞工作。

何汉斧，顺德人，在《香港华字日报》的译作有《麻雀侦探》《□□术》《梨园剧》《侠义之看护妇》《天伦乐》《黑劫》《智囊》。

邱菽园，福建海澄人，原名德馨，更名炜变、炜萲，字菽园，号星洲寓公，新加坡华侨巨商。在《香港华字日报》发表小说《金牙记》，还在该报发表与四大名著等相关的理论文章约80篇，数量较大，将另文论述。其在《新小说丛》发表小说《两岁星》，自称“星洲寓公”。牛志威认为，其在《香港华字日报》1911年12月28日还发表小说《记未卜先知术》，在《新小说丛》第1—3期发表的《亡羊归牧》所署“枢垣述意”者为邱菽园，“枢垣”与“菽园”确实因同音有关联[①]。

卢醒父，笔名星父、仙乎、森符等。在《香港华字日报》发表小说《中国之武士道》《疑怪》《围捕》《归来燕》等4篇。在《南越报附张》中发表小说《妒剧》。在《时事画报》1908年第4期的“杂文”栏目中，有《拟政府向日本谢罪文》。

毓云，在《香港华字日报》发表小说译作《侦探和尚》《无声枪》。

绪贤，在《香港华字日报》发表小说译作《奇盗案》《长堤苦》。

毅伯，在《香港华字日报》发表翻译小说《断指》，在《广东戒烟新小说》发表小说《昙化影》。同时是《时事画报》的“编辑员”，并在该报发表大量政论文。因受其《梦记》启发，赖亦陶创作了署名“陶陶”的《剪辫梦记》。

在《香港华字日报》，“花世界主”“佩述”“插萸人”“昙梦生”“自孙”“非非”“博郎”“寄公”等署名仅见一次，无法考察生平及其

① 牛志威：《晚清粤港小说研究》，华东师范大学2018年博士学位论文，第185页。

小说创作情况。另有“毛凤翔”来稿小说《官赌之怪现象》1篇、“唐臣”来稿小说《银行失窃案》1篇。《花酒梦》《魔屋》两篇无署名。

《新小说丛》的作者与《香港华字日报》的参与者有密切的交往，且《新小说丛》的代售处即是“香港华字日报、威灵顿街聚珍书楼”。

如法国作家朱保高比的小说，既被翻译发表在《香港华字日报》，也被翻译发表在《新小说丛》。发表在前者的是《红茶花》《花富庐奇案》《李觉出身传》《剧盗遗嘱》，发表在后者的是《八妳秘录》，翻译者为李心灵与林紫虬，在“新小说丛社员肖像”图片中，有二人名像。而李心灵与林紫虬曾合译小说《剧盗遗嘱》发表在《香港华字日报》，署名各取姓名后一字“灵”“虬”，是“合译”。

尹文楷（1870—1927），广东东莞人，字端模。在“新小说丛社员肖像”图片中，有其名像。发表小说时署“文楷”，在《新小说丛》发表《补情天》《破堡怪》《盗尸》。

王星如，以“星如”之名发表小说《窍书》，与李英圃合作《波兰公主》，二人还共同翻译了英国“弥士华”小说《奇缘》。在“新小说丛社员肖像”图片中，未见有“王星如”相联系的信息，但有“王德光”名像，不知是否为同一人。查《新小说丛序》所列创始人名单中，亦未见“星如”可联系者。据香港大学图书馆藏《新小说丛》第3期，署“星如译”的有“丛录”之《欧美小说家传略》和《恶梦》。

李英圃，字均培，广东云浮人。在《新小说丛》中，与王星如合译《奇缘》《波兰公主》。

区凤墀，广东南海人，本名逢时，字锡桐，号凤樨，又号稿叟。“述意”与“稿叟”“演词”合作《亡羊归牧》。

夏莹光，广东新会人，字子谦；黄恩煦，广东新会人，字玉垣；二人合作《血刀缘》。在“新小说丛社员肖像”图片中，有二人名像。

新会城李子鸣与禺山郭若衡合作翻译英国屈敦的《奇蓝珠》，

在“新小说丛社员肖像”图片中,有李子鸣名像。郭若衡,广东番禺禺山人。

该小说家群体以岭南人为主,又有一个突出的非广东人邱菽园,以南洋为创作中心,频频寄稿回香港,大大地丰富了《香港华字日报》这份发行时间很长的日报和《新小说丛》这份香港小说专刊的小说史料。

五、《南越报附张》《国民报》为中心的小说家群

这两份报刊创刊于1912年以前,停刊于1919年之前,见证了辛亥革命前后岭南报界的变化,成为研究政治形势影响创作热情与创作思潮的经典案例。此外,两份报刊的小说家也有相当大的交叉。

黄小配,见本章第三节相关内容。

拍鸣,欧拍鸣,在创作小说时,多署“拍鸣”“拍”“鸣”。在1912年以前的《南越报附张》中,欧拍鸣发表短篇小说《困新城》《兵上谈纸》《后周游》和长篇《东游记》《四奸案》《义骗》6篇(部),既有寓言讽刺的短篇小说,又有影射社会现实的长篇连载小说,还有涉及重大法律问题的侦探小说。1912年以来,发表小说有《无脚公案》《箱中尸》《水流柴》《椟龟柙虎》《醉美人》《十二龄童子》等6篇(部)。欧拍鸣还在《时事画报》1905年第1期发表南音《南楼秋画》、粤讴《时事画报》,在第4期发表南音《港中分别》、粤讴《饯秋》,其他未能一一罗列。在专门为拒约运动创办的《美禁华工拒约报》(又名《广州旬报》)“社员题名”中有“欧拍鸣”,在“粤讴”中发表《真正闹热》1篇。

苏稜讽,《南越报附张》的主编,辛亥广州光复后,登报辞职。在小说中往往署“稜”,在该报发表小说《托塔》《掷石狗》《三叩首》

《官官相卫》《谈话会》《加快引》，几乎都是短篇寓言小说，讽刺、批判社会现实。

芳郎，在《南越报附张》发表小说《邂逅缘》《埋香冢》。在《广东戒烟新小说》发表翻译小说《面包党》。该报“同人一览表”中，撰述员有“芳郎”[①]。在《南越报附张》中发表其他作品，如剧本《镜影钟声》、粤讴《冤孽债》、冷评《熊成基之死》等。

汉钟，又书“汉宗”，在《南越报附张》发表小说《侠盗》。

警黄，在《南越报附张》发表小说《官引梦》《纨绔儿》《闺恨》。慧觉发表《宿姻缘》（曾名《惨鸳鸯》），铁蕴发表《开谈判》，禅侦探或禅侦探子有《闷葫芦》《田鸡东》《选举镜》《恶姻缘》，腾芳发表《鸦怪》。这几位署名后，多有“稿”字，可知这些人是报社以外人员。这几位小说家作品的关注点，多为讽刺社会现实或正在进行的政治或党派活动丑剧。

岑学吕（1882—1963），广东顺德人。原名寿龄，字鹤侣，后改名学吕，笔名华亭过客。给《廿载繁华梦》作过序。在《南越报附张》中发表过连载的长篇《莺花梦》，署“学吕”；《学蠹现形记》署“鹤唳”，有《社会小说学蠹现形记出版》广告可以作证：“今岑鹤唳君又撰是套小说，补新闻所不及，摹写而警醒之，时则冷嘲热骂，时则正论庄言，暮鼓晨钟，益人不浅，欲改良教务者，不可不读此一部奇文。”[②]似与《时事画报》撰述员“鹤唳”同为一人，发表过不少政论时评，以及富于地方特色的班本、粤讴作品。

瀛客，或误为“瀛各”，在《南越报附张》发表小说《新情史》《过路环》《孔诞观》。其中《过路环》写澳门被殖民国家抢夺的历史及近来重要的国际国内政治军事事件，具有地域性与时代特色。

春，在《南越报附张》发表小说《铲穿地球》《江上英雄》《群鬼

① 《本社大改良》，《广东戒烟新小说》1907年第7期。

② 《社会小说学蠹现形记出版》，《南越报附张》1910年5月3日。

会》,多为短篇讽刺小说。

百钢少年,在《南越报附张》发表小说《客观梦》《哭亡泪》《自残同种》《浮海奇谈》。

仁父,在《南越报附张》发表小说《血字图书》《贼报报》。

去庆虎、光、隐明、茳、芳畹、振、遁、述者等作者在《南越报附张》署名仅见一次,无法考察其真实姓名与生平事迹,更无从考察其小说创作倾向与思想艺术成就。

《国民报》的撰述员李孟哲与卢博郎合办《南越报》,且《国民报》之作者多与《南越报》重合交叉,二者关系密切,是同一报人小说家群。

李孟哲,广东番禺人,字哲郎。在《国民报》发表小说《电一通》《一文钱》,署"哲"。

这两份报刊创刊于由清朝进入民国的政体变革前后,有着新旧过渡、新旧交替、新旧融合的历史经历,这种特殊的经历折射到小说上,反映了时代的精神面貌:既有辛辣的短篇讽刺小说,又有哀婉动人的长篇小说,还有中国化的翻译小说。小说的类型丰富,小说的数量很大,小说的艺术特色富于时代特点,这些都得归功于这些报人小说家,除了一些老资格的小说家如黄世仲等依然保持旺盛的生产力之外,还引入更多新的小说家如苏稜讽等人以补充创作力量。可惜,时处特殊的年代,小说家多署笔名,详尽的生平史料难以考证。

在近代,还有不少创作数量较多或影响较大的报人小说家,恰好可以考察到一定的资料,虽然目前还没发现其圈群特点,但是其自成一亮点,也值得讨论。

叶楚伧(1887—1946),江苏昆山人。原名宗源、宗庆,字卓书,笔名叶叶、小凤,楚伧是笔名,早期南社诗人。著有《世徽楼诗稿》和《楚伧文存》,另著有章回体长篇小说《古戍寒笳记》《如此京华》等。曾在上海做了几年小报记者，在"粤港等地方，在鼓吹革命的旗帜下创办报纸，为了达成鼓吹目的，就以写小说为此达此目的的工具"，"在'礼拜六派'小说史中是占有相当位置的"，小说中较好者为《古戍寒笳记》[①]。在汕头《中华新报》(《新中华报》)发表小说《盗窟》(署"楚伧")、《破碎江山》、《中秋》[②]。在《中华新报》之"词苑"栏目中，有署"楚伧"之《岁暮怀人》诗，诗前有小序："余自苕溪散学后，漫游浙东西者半载，所至与其名士□交，辄如旧识。嗣后一年，黄歇四载，胥江步兵之青眼屡垂，予之诗邮长隔矣。十二月二十六日轻雪窥帘，兽炉未尽，怀人诗若干章，不知天涯沦落人，固同此感情否也。"[③]从序中可见，叶楚伧青少年时，于浙江北部的苕溪学习，曾到浙江各地漫游，结交朋友。诗中提到所怀之友，有在京师的"赞臣"、陕西的"志万"、日本的"冕百"、四川的"明逸"，这些朋友籍贯生平与交游亦待考。

罗守一，广东南海人。翻译英国花志安《九点牌》发表于《天铎》报。在《天铎》报的"职员一览表"中，"罗守一"与"云公""泽民"同是"翻译者"。他在该报还发表其他文体的作品，不一一罗列。

钱冷眼，江苏昆山人。在叶楚伧办的汕头《新中华报》发表合译小说《小女佣》，署"英国爱姆卑勃娄原著，元和冷眼口译，由拳张生可笔演"，未完。

张生可，由拳(浙江嘉兴)人。在汕头《岭东日报》发表与人合译的《千里马》，署"英国柏尔伦原著，遁声口译，生可笔述"；《盗巢艳迹》，署"美国白福庇笔记，不才笔述，生可参辞"。与钱冷眼合译《小女佣》。

其他署名多难考，有待将来深入发掘与研究。总体来看，在

① 安英：《民初小说发展的过程》，《新东方杂志》1941年第3期。
② 牛志威：《晚清粤港小说研究》，华东师范大学2018年博士学位论文，第210页。
③ 楚伧：《岁暮怀人》，《中华新报》1909年1月27日。

恶劣的社会现实环境下,在残酷的压迫清剿活动中,一些报刊还是希望远离政治漩涡中心,以求生存,因此,不署真名成为风气。

第三节　黄世仲、黄伯耀小说家群体的创作

黄世仲与其兄黄伯耀利用报刊作为平台,联络了不少岭南报刊小说家,形成了以这几份报刊为中心的报人小说家群体。当然,他们在岭南其他报刊也发表过小说,拓展了二人的小说交流范围。

一、以黄世仲、黄伯耀为中心的小说家群

黄世仲(1872—1912),别名小配,一字配工,号禺山世次郎,笔名有黄帝嫡裔、世、世次郎、棠、棣孙、隶、荛、亚尧等,广州番禺人。晚清资产阶级革命家、宣传家、小说家。黄世仲早期与兄黄伯耀到南洋谋生期间,受《天南新报》办报思想影响,思想上偏向改良派,常向该报投稿,后成为该报记者。约在1901年后受到革命党人尤列的启发,开始走上资产阶级民主革命的道路,成为重要的宣传呐喊者。1903年春,回到香港,开始利用革命报刊宣传革命主张,先后参与过《中国日报》《世界公益报》《广东日报》《唯一趣报有所谓》《时事画报》等笔政。陆续创办了《香港少年报》《粤东小说林》《中外小说林》《绘图中外小说林》等,活跃在《广东白话报》《社会公报》《南越报》《岭南白话杂志》等报刊中。辛亥革命,广东独立,黄世仲创办《新汉日报》,后任广东军政府枢密处参议、民团总局局长、军团协会副会长。1912年5月3日被陈炯明罗织罪名杀害。除了在报刊上连载过的小说,还有《宦海升沉录》

《大马扁》《陈开演义》《镜中影》《广东世家传》《新汉建国志》《岑春煊》等闻名。

黄伯耀(1863—1940?),黄世仲哥哥,名耀恭,笔名有耀公、病国青年、光翟、耀、翟、耀光、光、放光、老伯、伯、公等。在南洋谋生期间,加入中和堂,同时为当地华文报纸撰稿,曾担任星洲《大南报》编辑。黄世仲回香港参加《中国日报》编辑后,黄伯耀仍在南洋任《天南日报》记者、《图南日报》编辑。1905年回到香港,协助办好香港同盟会机关报《中国日报》,还参与《世界公益报》《广东日报》《唯一趣报有所谓》编辑工作。又与黄世仲一起创办《香港少年报》及《中外小说林》。1907年12月,黄伯耀创办《社会公报》,并任主编。黄伯耀与欧博明、黄世仲一起创办的白话小说杂志有《粤东小说林》《广东白话报》《岭南白话杂志》。

黄世仲兄弟创作力非常旺盛,“他俩自身的作品常常占了《中外小说林》一半的篇幅,若非精力过人,才思敏捷且富于使命感者,是断然办不到的”①,二人在南洋谋生期间进入报刊编辑、撰写文章的领域,回到粤港,也参与粤港报刊的笔政,并合力创办了几份报刊。在报刊管理与经营之余,还带动一批岭南报人,创作了大量富于战斗性的作品,这是中国近代报刊史上难得一见的一对兄弟。

以黄世仲、黄伯耀兄弟为中心的小说家群体,中、外小说的创作与翻译、引进、模仿、创新自成一体,催生了“近事小说”,其中《廿载繁华梦》《洪秀全演义》《宦海潮》《黄粱梦》等章回小说均在岭南报刊上连载过,随后因影响很大、阅读量大,出版单行本。这个群体为近代岭南贡献了至少118篇(部)小说。

1906年《粤东小说林》、1907年《中外小说林》、1908年《绘图

① 胡志伟:《序一》,见黄世仲、黄伯耀编著《中外小说林》,夏菲尔国际出版有限公司2000年版,第2页。

中外小说林》的署名依次为世次郎、玛利士雀庐、树珊、拾言、计伯、大璞士、张公勇、亚斧、斧、放光、雅纪祈连、公勇、水共六郎、佩铿、钜鹿六郎、褒扶备、厉剑四郎、斐加士雄、亚猛、公裕、亦然、荔浣新、业、连著贻、老奕、忏痴、耀、敕、俊叔、愚公、伯耀、希路、荛、耀公、凿、乱劈、细、伯、太岁、意等40种。除了名字之外,还注明在该小说中所起的作用与功能,为著者、译意、润笔、著、评、译、撰、原著、润辞、随笔、译述等11种。注明国籍籍贯的有亚洲、英国、美国3种,但生平或作品数量可考的小说家并不多。

谭荔浣,广东南海人。名汝俭,字荔垣,笔名荔浣。曾任广州《岭海报》主笔,倡导维新。后历任《安雅书局世说编》《商务日报》《羊城日报》等笔政。在《中外小说林》发表《妇孺钟》。出版小说《片帆影》初集、二集[①]。1934年,发表《四十七年来广东报业史概略》,回顾广东报业兴衰史。

欧博明(1872—1942),广东三水人。在《岭南白话杂志》有署名文章。在《岭南白话杂志》发表小说《学海潮》,署"著者欧博明"。在《羊城日报》发表小说《珠玑巷》。另有《空即色》《情天孽警》《上炉香》小说,以及合著小说《风花雪月》[②]。

另外,王斧、杨计伯生平与创作活动已见于其他群体,此处不作赘述。

二、黄世仲报刊小说编年叙录

黄世仲兄弟利用报刊与小说作为革命武器的事实,颜廷亮先生《黄世仲革命生涯和小说生涯考论》有翔实的考证,解决了很多悬疑问题。本节主要从时间维度出发,针对黄世仲兄弟借用报刊

① 《片帆影二编出版广告》,《羊城日报》1909年8月4日。

② 《惟一趣致新书出版》,《羊城日报》1909年8月4日。

这一新媒体对近代小说所作的贡献进行具体而专门的梳理。

1905年2部

黄世仲最早创作并由报社刊印的小说是《洪秀全演义》。《唯一趣报有所谓》1905年6月4日创刊时，声称该报“另附《民族小说洪秀全演义》一篇”[①]，未见署名，正张亦未见该小说，当是在附张连载而送阅者。第二年声称，“本刊所载《民族小说洪秀全演义》屡荷阅者赞赏”。在《有所谓》“竟以无妄歇业”之后，《香港少年报》暂停刊载正在附张连载的《学界现形记》，改移载《洪秀全演义》，“爰自六月初六日由三十回起，逐日随登”，从三十回起载，虽说“为本报社员所撰”，但没有给出具体的作者姓名[②]。1908年香港中国日报社出版单行本，书首有章炳麟序。直到1910年，《国民报》还在登载售卖该书卷一卷二的广告，“每册银四毫”[③]。现存《洪秀全演义》亦仅有上册，未完。

《廿载繁华梦》，署“小配撰”，连载起于《时事画报》1905年第7期，止于1907年第26期。连载尚未结束时，该报同仁顺德赖应钧已为之作序推广，以免“见嗤于俗人”[④]。不久后《时事画报》登载了《本社小说廿载繁华梦全书出版》预告，称“准九月内出版，分三大册，价银九毫”[⑤]，似乎未能如期出版，因为在《香港华字日报》1907年11月7日(丁未年十月初二日)广告，又称“廿载繁华梦全书出版”，“四十回，分三大册，准于十月初十日出版”[⑥]，不久之后，

① 《请看请看》，《唯一趣报有所谓》1905年6月4日。
② 《本社要告》，《香港少年报》1906年7月26日。
③ 《洪秀全演义》，《国民报》1910年7月13日。
④ 顺德赖应钧：《廿载繁华梦小说序》，《时事画报》1907年第17期。
⑤ 《本社小说廿载繁华梦全书出版预告》，《时事画报》1907年第21期。
⑥ 《廿载繁华梦全书出版广告》，《香港华字日报》1907年11月7日。

"廿载繁华梦小说定期本月初十日出版"[①]"廿载繁华梦已出版"[②]这样的广告证明,《廿载繁华梦》小说已出版单行本,书首有"华亭过客学吕""曼殊庵主序"。《中国日报》也代理过该书,标价为"每册九毫"[③],与预告价格相一致。

1906年4部

《黄粱梦》,起载于《粤东小说林》1906年第3期,止于1908年第11期。署"世次郎",标注为"近事小说"。

《美人计》,起载于《粤东小说林》1906年第3期,止于第8期。署"著者玛利士雀庐,树珊译意,拾言润笔",可见该翻译小说为多人合作者。颜廷亮先生认为"拾言"[④]即是黄世仲的笔名之一,标注为"冒险小说"。"树珊"又与"青井"合译《女奸细》,发表在《新小说丛》1908年第2期。《新小说丛》第3期存目有署"树珊"的《一羽媒》、"丛录"之《广文略译》40条。

《狡骗》,载《粤东小说林》1906年第8期,署"佩铿",颜廷亮先生认为该小说亦是黄世仲所作[⑤]。

《宦海冤魂》,载《香港少年报》1906年9月22日至10月5日,署"棣",为文言短篇小说。

1907年6篇(部)

《黄粱梦》,从《粤东小说林》中移载而来,署"世次郎撰",标注为"近事小说",发表在《广东白话报》1907年第1期的"大笪地"栏目。

《宦海潮》,1907年第5期起刊载于《中外小说林》,止于1908年第11期。署"世次郎撰",标注为"广东近事小说"。

① 《廿载繁华梦小说定期》,《时事画报》1907年第26期。
② 《廿载繁华梦已出版》,《时事画报》1907年第27期。
③ 《代理新出书报》,《中国日报》1908年1月11日。
④ 颜廷亮:《黄世仲革命生涯和小说生涯考论》,人民出版社2012年版,第22页。
⑤ 颜廷亮:《黄世仲革命生涯和小说生涯考论》,人民出版社2012年版,第448页。

《党人碑》,1907年第22期起刊载于《时事画报》,止于1908年第17期。标注为“近事社会小说”。连载时未见署名,但在该报广告中,作者明确为“本社撰述员黄君小配”,并且声称“前著《廿载繁华梦》一书,其笔墨价值,久已有目共赏,今此书实后来居上”①。

《寒丐》,载《社会公报》1907年12月8日、12日,署“荛”,标注为“短篇小说”。

《幻境》,载《社会公报》1907年12月19日、20日,署“荛”,标注为“理想小说”。

《广东世家传》②,由《中国日报》《社会公报》广告“另附刊章回新小说《广东世家传》”得知,实未见原文。

1908年5篇（部）

《野蛮怪状》,1908年第20期起刊载于《时事画报》,止于1909年第1期。署名“小配著”,标为“风俗小说”。

短篇小说有:《大觉悟》,署“荛”,标注为“离奇小说”,《绘图中外小说林》1908年第1期;《无名之富翁》,署“荛”,标注为“短篇小说”,《绘图中外小说林》1908年第5期;《沈醉生》,署“荛”,标注为“趣致小说”,《绘图中外小说林》1908年第8期。

《装愁屋》,载《岭南白话杂志》1908年第2期至第5期,第二期署“亚乐”,第三期署“亚乐译意,亚荛砌词”,“亚荛”当是黄世仲又一笔名,标注为“顶怪诞嘅小说”。

1910年3部

《朝鲜血》,又名《伊藤传》,连载于《南越报附张》1910年2月14日至5月7日“说部”栏目中,署“世次郎”,标注为“近事小说”,长篇。

① 《本社小说廿载繁华梦全书出版预告》,《时事画报》1907年第21期。

② 《快看快看社会公报出世》,见《中国日报》1907年11月28日;又见《社会公报》1907年12月2日。

《十日建国志》，连载于《南越报附张》1910年11月1日至30日"说部"栏目中，署"世次郎小配"，标注为"最新历史小说"，长篇。

《鸳鸯瓦》，连载于《国民报》1910年6月19日至23日"小说丛"栏目中，署"荛"，标注为"艳情砭俗"，长篇。

1911年5部

《孽债》，连载于《南越报附张》1911年10月27日至11月13日的"说部"栏目中，署"世次郎"，标注为"近事小说"，长篇。

《五日风声》，1911年6月14日起连载于《南越报附张》，署"世次郎"。

《妾薄命》，1911年1月18日起连载于《南越报附张》，署"世次郎小配"[①]，标注为"奇情小说"。

《梨春梦》[②]，见《绘图中外小说林》创刊号介绍《宦海潮》的一则文字。

《新汉建国志》[③]，见《新汉日报》创刊号的《本报唯一小说出世预告》。

黄世仲署名"世次郎"时，作品多为长篇小说。近代历史演义代表《洪秀全演义》与世情小说《廿载繁华梦》均面世于1905年，在近代，这种小说创作能力罕见。

黄世仲将南洋报人的经验带回省港，进行大胆的实践，参与或创办了《中国日报》、《时事画报》、《粤东小说林》（含《中外小说林》《绘图中外小说林》）、《广东白话报》、《岭南白话杂志》等岭南著名报刊。他试手南洋，大展身手于省港。《天南新报》的经历，是其回粤港后全力投入报刊与小说创作的前奏。而回粤港后爆发

① 颜廷亮：《黄世仲革命生涯和小说生涯考论》，人民出版社2012年版，第227页。

② 颜廷亮：《黄世仲革命生涯和小说生涯考论》，人民出版社2012年版，第698页。

③ 《本报唯一小说出世预告》，见颜廷亮《黄世仲革命生涯和小说生涯考论》，人民出版社2012年版，第697页。

性地贡献了24篇（部）小说，正是《天南新报》积聚的必然结果。其小说艺术特点、文学价值与贡献，颜廷亮先生《黄世仲革命生涯和小说生涯考论》有详细的论述："黄世仲多方面的文学成就中，以在小说领域的成就为最突出，他本人也以之名世"，"自觉地以小说为武器，高唱时代的主旋律，为民主革命事业呐喊助威，是黄世仲小说创作最为突出的特点"，"黄世仲的全部小说，无论是以什么为题材的，都无不直接或间接地和近代中国民主革命紧密地联系在一起"，"黄世仲无论在民主革命小说史或整个近代小说史上都占有十分崇高的地位"①。

三、黄伯耀报刊小说编年叙录

黄伯耀与黄世仲在南洋同为报人，黄世仲回到香港后，黄伯耀不久亦回到省港，投身于报刊编辑与创办，同时也创作了相当数量的小说。

1906年2篇

《回生术》，载《粤东小说林》1906年第3期，署"放光"，标注为"短篇小说"；《强骗》，载《粤东小说林》1906年第8期，署"放光"。颜廷亮先生认为这两篇小说为黄伯耀之作②。

1907年7篇

《好姻缘》，载《中外小说林》1907年第12期，署"耀"，标注为"艳情小说"，短篇小说。

《巾帼英雄》，载《中外小说林》1907年第16期，署"耀"，标注为"义侠小说"，短篇小说。

---

① 颜廷亮：《黄世仲革命生涯和小说生涯考论》，人民出版社2012年版，第700—711页。

② 颜廷亮：《黄世仲革命生涯和小说生涯考论》，人民出版社2012年版，第448页。

《烟海回澜》,载《中外小说林》1907年第18期,署"伯耀",标注为"社会小说",短篇小说。

《文明战》,载《社会公报》1907年12月13日,署"耀",标注为"短篇小说"。

《女侠》,载《社会公报》1907年12月14日,署"耀",标注为"短篇小说"。

《恶姻缘》,载《社会公报》1907年12月21日至25日,署"耀",标注为"短篇小说"。

《淫贼》,载《社会公报》1907年12月27日至30日,署"耀",标注为"近事小说"。

1908年9篇

《长恨天》,载《绘图中外小说林》1908年第1期,署"耀公",标注为"短篇小说"。

《双美缘》,载《绘图中外小说林》1908年第2期,署"伯耀",标注为"艳情小说",短篇小说。

《侠女奇男》,载《绘图中外小说林》1908年第3期,署"伯耀",标注为"义侠小说",短篇小说。

《宦海恶涛》,载《绘图中外小说林》1908年第4期,署"伯耀",标注为"近事小说",短篇文言小说。

《恶因果》,载《绘图中外小说林》1908年第5期,署"伯耀",标注为"近事小说",短篇小说。

《猛回头》,载《绘图中外小说林》1908年第6期,署"耀",标注为"讽世小说",短篇小说。

《凶仇报》,载《绘图中外小说林》1908年第7期,署"耀公",标注为"侦探小说",短篇小说。

《片帆影》,载《绘图中外小说林》1908年第8期,署"伯",标注为"冒险小说",短篇小说。

《奸淫报》，载《岭南白话杂志》1908年第2—5期，署“耀公”，又署“伯”，标注为“近事小说”，长篇连载，用粤语写作，未完。

从现存小说来看，黄伯耀小说创造力不如黄世仲，一是数量上没有黄世仲多，只有17篇短篇小说和1部连载未完的长篇小说，载于《社会公报》与《中外小说林》《岭南白话杂志》，发表报刊的面不广；二是质量上不能超越黄世仲，大约是因为没有创作过长篇小说，且多用文言创作，以传统的传记式手段来写作“侠女奇男”，多为短篇小说，文言化、寓言化、警世、通俗倾向明显，虽偶有时尚题材如侦探、翻译等，但依旧以传统的语调来劝诫吸鸦片者浪子回头或抨击淫恶者；三是没有像黄世仲小说那样，对历史与现实进行毫无保留的揭露与批判，思想上不如黄世仲激进，所起到的先锋模范性不如黄世仲。当然，黄伯耀耗费在经营、编辑、办报管理事务上的精力更多，自然也无法分出精力来创作，无法像黄世仲那样创作出时代与地域特色皆具独特性的小说。

第四节　王斧的小说创作[①]

与黄世仲兄弟关系密切的小说家群体中，贡献最突出的是《唯一趣报有所谓》《香港少年报》的小说作者王斧。

王斧（1880—1942），原名王家春，又名王鋆，号斧军、玉父，广东琼山（现为海南省）人。1901年开始，结交岭南报人陈少白、黄世仲等，缘此结识孙中山后，即加入同盟会，一生积极参与中国近代报刊活动，宣传资产阶级民主革命思想。冯自由《革命逸史》[②]、

① 本节属于《近代岭南报人小说家王斧考述》之内容，已经发表在2019年第3期的《明清小说研究》。

② 冯自由：《革命逸史》，中华书局1981年版。

沈裕民《王斧先生传》[①]、陈耿《王斧:乱世“海南王”》[②]、陈耿《用舆论叫板清廷,开民智屡历艰险　王斧:以笔为戈向革命》[③]、程丽红《清代报人研究》[④]均提及,他是著名的报人,是资产阶级革命派的斗士。但一直未为世人所知的是,王斧还是个书法家,润格不低。据《广东日报》广告《亚斧写字》可知,王斧“夙擅书,其笔法古峭,诚于诸名家别辟蹊径者”[⑤]。他是除黄世仲之外,近代岭南创作文体最丰富、作品数量最多的全能型报人。

一、辛亥革命前王斧的报刊活动与文学创作

从王斧的一生来看,在辛亥革命以前,他的主要工作是追随孙中山,投身资产阶级民主革命,报人是其具体的职业身份,以文学创作为革命武器,参与革命宣传工作。辛亥革命以后,以国民革命见证者身份献身国民事业,仍积极承担岭南地区的军政活动,并慢慢成为国民党南京中央政府的一名监察员,期间参与征集孙中山等早期革命家的资料,是一名古玩鉴定家与收藏家。

辛亥革命以前,作为报人,王斧自动承担了近代报人的使命:抨击、反对清政府,谴责社会上各种不良风气,反对外国侵略者,与维新(保皇)派论战,革命活动与报人活动同行展开,相得益彰。在郑贯公创办的《唯一趣报有所谓》(又称之为《有所谓报》,

① 由王斧外甥莫维健先生提供,见《琼山县志续修资料第一集》(初稿),仅见复印件,未能核查原书。

② 陈耿:《王斧:乱世“海南王”》,http://www.hainanren.com/news/201408/21/652.html。

③ 陈耿:《用舆论叫板清廷,开民智屡历艰险　王斧:以笔为戈向革命》,《海南周刊》2011年4月25日。

④ 程丽红:《清代报人研究》,社会科学文献出版社2008年版。

⑤ 《亚斧写字》,《广东日报》1906年1月1日。黄棣荪、劳慧公、郑贯公、陈猛进介绍,1月6日以后的广告,同启人增加易次乾。

1905年)的"本社同人题名"中,"王亚斧"是"名誉记者",他撰写和发表的文稿极多。于"风雅丛""滑稽魂""小说林""博议""新鼓吹""落花影"等庄、谐专栏中均发表过作品,主要署名为"斧""亚斧""父斤""粗斧",几乎包揽了所有"小说林"的小说创作。在黄伯耀主办的《香港少年报》(1906)中,"名誉撰述员"之一为"王亚斧"[①]。于"骚坛帜""故事丛""粤人声""新舞台""新说部"等专栏均发表过作品,主要署名有"阔斧""斧""亚斧",其小说作品占了该报所发表小说的一半多。1907年赴新加坡,参与《中兴日报》笔政,与保皇党报刊《南洋总汇报》展开笔战,据1908年5月6日第二版载张永福、陈楚南的《本报启事》可知,王斧曾"自愿报效,分任附张文字",应该做过编辑工作。1908年5月离开《中兴日报》之后,即前往泰国,任《华暹新报》[②]主笔。据辜美高先生说,在《中兴日报》任主笔的王斧非常重要,"斧军、天汉世民为这个时期的重要小说家。斧军,即主笔王斧,是个多产作家,当时报社登报推销其作品时,声称他是个凿轮老手,有20多年的小说写作经验"[③]。王斧还先后在《民报》《人报》任过主笔。王斧更名、使用笔名的起因,他自己有解释:"斧之名字,确曾用'釜'字。且不但曾用釜字,若'父''黼''虎''苦''斧军''斧斤'等等,亦尝用之,盖辛亥前后,予为新闻记者,日于报纸上发表著作,常用之一种笔名也。呼牛呼马,原听自由。"[④]据考察,在现存岭南报刊中,未见"黼""苦"(均为粤语中"斧"的同音)署名。

---

① 《看看少年报出世之广告》,《唯一趣报有所谓》1906年5月12日。

② 笔者2016年1月至5月在泰国查访汉文报刊时,发现泰国华侨崇圣大学图书馆整理了收藏于泰国国家图书馆的汉文报刊,其中有一份是《华暹新报》,可惜现存最早年份为1922年,已无法查考王斧在该报的活动与作品。

③ 辜美高:《新加坡〈中兴日报〉的小说初探》,《中国古代小说研究》2010年第4辑,第288页。

④ 王斧:《王斧覆友人书》,《京报副刊》1926年第377期。

这些革命活动与报刊活动可以与冯自由《革命逸史》互相印证，据《开国前国内外革命书报一览》可知，王斧曾是《华暹新报》(1905)、《有所谓报》(1905)、《中兴日报》(1907)的参与人。《香港同盟会史要》提到，王斧是乙巳年(1905)入香港同盟会的第一批报人。《革命诗人廖平子》有挽廖平子诗，中有“去夏香江吊亚斧，今秋渝市哭苹庵”句，原诗末尾有注释：“亚斧系监察委员王斧别号。”《民元临时稽勋局小史》说“由各省议员调查员推举各省及海外各埠曾参与革命诸役之同志”名单中，有“王斧”之名。其他命令、公文等资料也反映出王斧的职务变动与授受情况。

王斧前期的文学创作活动十分集中且丰富，在1905年至1908年短短的几年间，创作了大量优秀的作品，其题材之广泛与创作时效性之强，可见其才思之敏捷，作品中激荡着的斗士之气，反映出他具备了报人全能型写手的特征。

王斧作品涉及小说、粤讴、班本、论说、诗词、杂文等，是近代岭南报刊典型栏目刊登的典型文类，也反映出除了新闻采访外，近代岭南报刊文稿制作的方式是非常相似的：几位主笔分别撰写不同类型的文稿，署不同的笔名，发表在不同的栏目中。从整份报刊的版面来看，来稿多样化，栏目设置多样化，作者层次复杂化，但实际上不过是几个主笔化身不同声口，制造了呼声一片的现象。再从现存《中兴日报》能够辨别署名的作品来看，王斧作品主要有以下几个类型：

班本4篇，词林4首，短评1篇，秽史1篇，论说9篇，时评1篇，史谈21则，小说5篇分7期载，谐谈65则，谐文19篇，粤讴1篇，杂评2篇，杂文20篇，其余2篇无法归类。

王斧发表在该报的第一篇作品时间是1907年8月20日，1907

年12月之后，他的作品突然间消失了，到1908年5月，又突然出现了他的作品，并在1908年5月6日的报纸上出现了被解聘的启事，最后发表文章的新闻纸是第203号（1908年5月2日）。在这不到一年的时间里，王斧共发表作品155篇，平均每期发表0.8篇。但从王斧在《中兴日报》实际工作时间看，平均每期1.7篇，最多的期号发表了4篇。王斧在《中兴日报》实际工作的时间大约半年，可以从1908年5月2日该报刊载在“秽史”栏目的《总汇报记者何虞颂之丑相》“斧按”的长篇说明中得到印证，这篇说明自称于半年前因病没有参与《中兴日报》的工作，从现存报纸看，以“虎军”署名的最后一篇作品《狗后先生历史》出现在1907年12月10日（新闻纸第91号）的报刊上，直至1908年5月1日，一直未见其作品，前后长达半年，与他自己的说法一致。从数量上看，除了已经辞职的“天汉世民”“沧桑旧主”和“玄理”之外，数他的作品最多，这说明王斧是多产作家，是《中兴日报》的得力写手。

从作品类型看，他主要负责论说、谐谈、杂文、谐文、史谈这几个栏目的撰稿工作，一如在《唯一趣报有所谓》的风格：主要承担“滑稽魂”这样的谐部栏目，且创作多为富于讽刺类的文章，在《中兴日报》时也发挥嬉笑怒骂的特长，多负责这样的栏目。还发表了5篇小说，其中1篇在前3期中连载。同时涉足粤讴、班本等富于岭南地域特色的作品。当然，也有私人化的作品如词，这些词作也与历史时事相关。

从署名情况来看，斧13次，虎37次，父1次，虎军59次，军42次，君1次，凿2次。其中“君”与“军”同音，再结合作品的文体风格与写作特点，可以初步判定为王斧作品。陈大康先生认为“凿”亦是王斧的作品，这里采其说。在“谐谈”一栏中，相连两则作品同是王斧所作的时候，其署名方式与其他岭南报刊相似，即同一期、同一栏目有两篇文章时，上一篇署“虎”，下一篇署“军”，如《唯一趣报有所谓》"猛进""莹初"亦经常在同一期的同一栏目相邻的两则文章中分别署"猛""进"或"莹""初",这种署名方式有助于辨认字迹模糊的相邻两则作品的署名。这种署名规律为研究近代报刊署名问题提供了一条实用的线索。

王斧辛亥革命前的报人活动与革命活动在中国香港、新加坡和泰国之间展开,这只是岭南报人辗转岭南、东南亚与欧美宣扬革命理想的缩影。他的事迹说明岭南报人小说家的活动范围十分广阔,也非常活跃,王斧与杨计伯、黄世仲、黄伯耀一样,是比较典型的岭南报人,反过来亦说明岭南与东南亚报刊有交流互动的关系,报人往来于岭南与东南亚进行报刊活动,这是其中最直接的一种表现。

二、辛亥革命后王斧的社会贡献

辛亥革命后,王斧作为收藏家、监察员,也同样承担着自己的责任,他的文学创作与收藏活动集中体现在《京报副刊》《艺风》《星华》等刊物的文章与报道中,他的职务变动主要来自政府公报的信息。此前研究近代报刊或王斧事迹的,多关注其辛亥革命前的活动及《香港少年报》《唯一趣报有所谓》与《中兴日报》的文学活动,《艺风》等文学刊物与政府公报的信息较少人关注、采录。

首先看政府公报,1922年《政府公报》有内务部致国务院公函,"准众议院咨开:广东议员王釜更名为斧"[①],这里以官方的名义承认了他的名字"王斧"。稍后,可以看到他在南京的职务,"王斧"等人成为监察院监察委员[②]。从1942年《中央党务公报》之《特

① 《内务部致国务院公函》,《政府公报》1922年第2383号。

② 《国民政府令》,《监察院公报》1933年第18期。

恤王斧同志》可以看到，王斧的革命活动与报人功劳得到了政府的肯定："监察院监察委员王斧同志，早岁追随总理奔走革命，卓著勋劳。近年宣勤监察，良多献替，贞风亮节，殊足矜式，不幸于本年五月二日病逝中央医院，遗妻一、子女四，身后萧条。爰经中央第二〇一次常会决议办法三项如下：一、函国民政府明令褒扬。二、特给一次恤金三万元。三、事迹交党史史料编纂委员会。"[①]这条信息提到他于辛亥革命前取得的功劳、逝世的方式、逝世后子女与经济情况，还做出了三条决定，其事迹要作为史册编写的材料。

再看文学刊物，作为收藏家的王斧，主要从《艺风》等刊载的相关文字与图片得到印证，从中可知他组织的活动、他提供的照片和他撰写的论文都与之相关，且在收藏活动中悟出革命真理。他是清室善后委员会的顾问，因沪案而发起"国伤合救集宝展览会"。1933年《艺风》第3期刊载了王玉斧先生珍藏的《龙瓶》图一幅。1933年《艺风》第10期发表了王斧赠照《王玉父先生女琼儿、缺儿、负儿三人》，另刊王琼画作2幅。1934年《艺风》第12期载王玉父照片，并附福熙文字："王玉父先生名斧，鉴别专家，收藏甚富，计有瓷铜玉石(依时代之迟早而论)三千件，欲全部义务的送入国家博物馆而未得其门。"这些照片、活动与说明文字是王斧作为一个活跃收藏家的明证。1935年《艺风》第1期刊载了他的三个子女王琼、王缺、王负三人的照片。另外一个刊物也对王斧收藏古玩的爱好和古玩家的身份作了披露，即是署名"庶园"的作者在1937年《星华》革新9号中报道，《一群爱古玩的要人　在监委王斧军家中赏玉》。从王斧撰写的论文类作品也能看出他在努力探索宝物考据与资产阶级民主革命的关系，《宝的见解和藏的打

① 《特恤王斧同志》，《中央党务公报》1942年第11期。

算》[①]介绍了“宝”的打算，通过考证宝、藏的历史说明自身的清白，再以小说品格的姿态展现了他的家世、子女名字的含义，如此富于鉴古精神的论说竟然有小说趣味，又具斗争精神，并附王玉父藏圭、璧、璜、璋图四幅，可谓形象生动。《钱者刀之残也》[②]通过对古钱器的考证，阐释孙总理遗训下“我中华民族”相关的“钱币革命”，弘扬中国文化。《中国究竟是什么东西》[③]同样通过考证古玩来阐释“中”“国”的国家观念，在严密的逻辑之下，配以图片和平易的文字，形象生动地展现了孙中山提倡的民族思想，颇有创见。以上3篇论文均反映了他深沉的忧患意识和挽救民族危亡的精神。

王斧曾奉命到孙中山的故乡收集相关的革命史料，撰写了《总理故乡史料征集记》[④]。这项工作也得到了相应的肯定，1937年《星华》革新号11期上发表的《党史馆中的王斧军珍藏革命史料》(署名“而已”)提到他是收藏家，也是革命文献的收藏者，所收藏的部分文献是“唯一珍宝”，对革命史料的保存作了不可磨灭的贡献。

辛亥革命后，王斧的文学作品主要是诗歌。1935年《艺风》第1期发表了廖苹庵与王斧唱和的作品10首，王斧所作5首诗歌已经不如辛亥革命前那样激烈与忧愤。同时有《刘季平三萧纫秋萱高曙青鲁王玉父斧四监察与李朝霞夫人召明孝陵探梅》[⑤]、陈树人《老友行赠王斧军》[⑥]等他人作品。陈树人是重要的岭南报人及小说家，这些诗歌是王斧日常交游活动的折射。

---

① 王斧:《宝的见解和藏的打算》,《艺风》1933年第1期。

② 王斧:《钱者刀之残也》,《艺风》1933年第2期。

③ 王斧:《中国究竟是什么东西》,《艺风》1934年第12期。

④ 王斧:《总理故乡史料征集记》,《建国月刊(上海)》1931年第1期。

⑤ 《刘季平三萧纫秋萱高曙青鲁王玉父斧四监察与李朝霞夫人召明孝陵探梅》,《南社湘集》1937年第8期。

⑥ 陈树人:《老友行赠王斧军》,《民族诗坛》1939年第6期。

三、王斧的报刊小说创作

王斧是一名专业的报刊小说写手，对近代岭南短篇小说创作的繁荣作出了极大的贡献，为探索岭南报刊短篇小说的创作技巧做了充分的实践试验，是中国古代短篇小说向现代转型的先锋。陈大康先生《中国近代小说编年史》收录、统计了这位报人小说家的大部分小说：

1.《近代小说著译者及其作品一览表》“王斧军（凿）”有小说4篇：《打贼》《花月痕》《快梦》《孽因蘖果》[①]，全部见于《唯一趣报有所谓》《香港少年报》《中外小说林》；“王亚斧（亚斧、斧）”有小说27篇：《巴上刀》、《醋海波》、《附骨疽》、《肝胆镜》、《海底针》、《加道会》（与张公勇合译）、《锦囊》、《巾帼魂》、《茅店月》、《媒祸》、《美人墓》、《闷葫芦》、《南无阿弥陀佛》、《鸟媒》、《牛背笛》、《葡萄酒》、《天涯恨》、《听》、《偷侦探》、《秃》、《匣里霜》、《新中国之摆伦》、《醒狮》、《熊》、《疑团》、《蚁阵》、《贼》[②]。《加道会》、《匣里霜》见《粤东小说林》，此处之《新中国之摆伦》，查原文实为《中国之摆伦》，其余亦均可在《唯一趣报有所谓》和《香港少年报》中找到原文。

2.《近代小说转载情况一览表》“锦囊”：光绪三十二年八月二十六日《香港少年报》刊载，作者署“亚斧（王亚斧）”，光绪三十三年八月十六日新加坡《中兴日报》刊载，作者署“斧”[③]。

3. 广州《粤东小说林》第三期连载《加道会》，标“侦探小说”，署“张公勇译意，亚斧（王亚斧）润词”。另刊载《匣里霜》，标“艳情

① 陈大康：《中国近代小说编年史》，人民文学出版社2014年版，第2691页。

② 陈大康：《中国近代小说编年史》，人民文学出版社2014年版，第2691—2692页。

③ 陈大康：《中国近代小说编年史》，人民文学出版社2014年版，第2867页。

义侠冒险小说”,作者署“斧(王亚斧)”[①]。

4. 新加坡《中兴日报》(The "Chong Shing" Press)副刊《非非》开始连载《想入非非》,标“意匠小说”,作者署“斧”[②]。

值得注意的是,同样署名“斧”的还有近代著名报人张丹斧,他在上海《竞业旬报》以“斧”的名字发表了不少诗词、俚歌、论说与小说。《竞业旬报》创刊于1906年,主持者为傅钝根、谢诮庄、丁慧仙、胡适等人,亦是同盟会报刊。《竞业旬报》第三十期刊载《学问贼》,标“翻译短篇小说”,译者署“斧”。第三十三期刊载《饯后人的话》,标“短篇小说”,作者署“斧”;刊载《仿佛维多利亚》,标“短篇小说”,作者署“斧”。第三十四期《赵飞燕》,标“短篇小说”,署名“斧”。镇江《扬子江白话报》第七期出版,原刊未署年月,刊载《少年》,标“时事小说”,作者署“斧”[③],目前并无资料显示琼州王斧曾在该报工作,倒是“丹斧”在此报上刊载过《扬子江道情》[④]等论说、历史作品,可见该小说作者为仪征之张丹斧,非为琼州之王斧。虽然二人均创作过富于民间气息的作品,但王斧以粤讴、南音、班本为其本领,而张丹斧以道情、俚歌为其主要题材,如《长江十八摸》。更为让人惊讶的是,上海《庄谐杂志》第一期附刊刊载《万籁声》[⑤],标“短篇小说”,作者署“斧”,这篇小说的开头、结尾与行文风格跟琼州王斧的小说极为相似。《庄谐杂志》编辑与张丹斧有密切关系,又苦于无琼州王斧曾在《庄谐杂志》工作或投稿的证据,笔者曾一度误判这篇小说是张丹斧作品。后来比照原文,

---

① 陈大康:《中国近代小说编年史》,人民文学出版社2014年版,第1102—1103页。

② 陈大康:《中国近代小说编年史》,人民文学出版社2014年版,第1309页。查《中兴日报》1907年8月20日创刊号,其副刊《非非》于“杂文”栏后的“小说”栏目即开始连载署名“斧”的“意匠小说《想入非非》”,第一号至第三号。

③ 陈大康:《中国近代小说编年史》,人民文学出版社2014年版,第935—936页。

④ 丹斧:《扬子江道情》,《扬子江白话报》1909年第1期。

⑤ 斧:《万籁声》,《庄谐杂志》1909年第1期。

发现这就是琼州王斧的作品，不过发表时换了一身马甲而已。题目由《听》换成了《万籁声》，小说人物由具体的“亚杰”变成了“主人”，其他字段结构没有变化，就是个别文字作了调整。不过转而再看南洋《中兴日报》移载王斧在《香港少年报》的两篇小说亦改署名或题目、文字[①]，这就不足为奇了。两位近代报人小说家，大约同时使用相同的笔名，实属罕见。此处将二人作品与风格进行了相对详细的对比与甄别，有利于后人进行具体研究，以免将二人混为一谈。

王斧几乎包办了《香港少年报》与《唯一趣报有所谓》大部分小说的创作，《唯一趣报有所谓》共发表小说16篇，其中长篇翻译小说3篇，余13篇为王斧作品，署名有三种：亚斧、斧、粗斧。《香港少年报》共发表小说27篇，其中16篇是王斧作品，占了过半。可见王斧几乎包揽了这份报纸的小说创作。《粤东小说林》之《加道会》的“润词者”署为“亚斧”，《匣里霜》署“斧”者亦当为王斧之作。牛志威博士认为，署名“凿”的小说《孽因孽果》《快梦》《花月痕》是否为王斧作品，存疑[②]。

另外，《中兴日报》除了发表过王斧的5篇小说外，还曾刊发过“天声社”的广告《斧军说部出版广告》[③]，据此可知他有小说集命名为《斧军说部》，共列小说25篇，其中18篇篇名或事迹可与《唯一趣报有所谓》《香港少年报》《中兴日报》互证，尚有《奈何天》《咸家铲》《双莺梦》《五十年世界》《宝罗》《智报》《竞马》7篇，未见于现存报刊。据现有文献可知，《斧军说部》的价值在于，这是岭南最

① 《中兴日报》1907年9月10日发表小说《喜怒哀乐爱忠欲》，1907年11月24日《阮古》，分别为《香港少年报》的《听》和《熊》。可见，《听》这篇小说至少被《中兴日报》《庄谐杂志》转载了两次。

② 牛志威：《晚清粤港小说研究》，华东师范大学2018年博士学位论文，第197页。

③ 《中兴日报》1908年2月13日、14日《斧军说部出版广告》，3月26日、27日、28日又有《斧军说部经已出版》的广告，两者内容相同，后者只是增添了约售处。

早的报人小说集。虽然郑贯公的《时谐新集》不仅收集了报刊小说,还有报刊诗歌等作品,但不是专门的报刊小说集。可惜的是,至今未见《斧军说部》原书。由此可以确认为王斧小说共43篇(部),3篇存疑。

第四章第三节个案《融传统性与现代因子于一体的王斧小说艺术》将详述其小说在艺术上具有继往开来的特点,评估其小说创作的贡献。

第五节　岭南报刊小说家研究的思考

以上,集中讨论了近代岭南报刊小说作者的署名问题、群体化倾向及小说创作的基本情况。在给小说家勾勒小说创作面貌时,不可避免地要对其生平游历等事迹进行一定考察,但这项工作并不容易,原因如下:一是小说家多署笔名,要找到相对应的真实姓名,很难,且一个小说家往往不止一个笔名,这就更难;二是这些小说家,除了黄世仲兄弟外,无人整理其作品,没有留下单独传抄或印行的个人文学作品集,很难发现其文学创作的特色与成就,也就少人去挖掘创作背后的经历与文学活动及其关系;三是除了黄世仲兄弟、吴趼人、梁启超以及新被发掘的王斧、梁纪佩等之外,几乎没有人做岭南报刊小说家传记,更少人做岭南报刊小说家交游考,研究尚未形成规模,也没有系统地呈现于学界。这就是为什么曾有这样的认知,晚清岭南"代表性作家极其有限,真正称得上大家的人物恐怕只有吴趼人一个而已,其他作家不同程度地出现了图解政治的毛病"[①],这是针对单行本岭南小说而言,

① 管林、陈永标、汪松涛、谢飘云、左鹏军、闵定庆:《岭南晚清文学研究》,广东人民出版社2003年版,第262页。

有一定的合理性。可是，如若全面考察岭南报人小说家创作的话，这个观点应该会得到修正。

对于学界来说，要找到很好的途径进行有效地挖掘与深入，困难颇多。

首先，这些小说家非传统科举文人，在乡里的影响很难与晚清以前文人相比，在地方志、家谱留下痕迹者鲜，阻断了从地方志、家谱发掘的路径。正如岭南著名报人谭汝俭所言，编写报业史，“则难定体”，因“从编年之例，则年代不详；从纪传之例，又行谊不著”[①]，报人小说家亦然，出生年月、参与报刊活动年齿、离职时间、停刊时间均难从行谊中剔出汇聚。

其次，这些小说家又非民国时期的报人小说家。进入民国以后的小说家，能够以职业的便利，造出名气，名正言顺地出版那么多专著或编辑作品集，因此可以从回忆录或专著中入手研究。有的晚清小说家寿命短，也未曾有意识撰写报界活动回忆录，阻断了从作家文集或回忆录中考证的路径。

再次，晚清政治迫害严重，无论是维新派还是保皇派的小说家，都要考虑生存与生命问题，不少参与小说创作的政治家不敢公开自己在此领域的职业与身份。资产阶级革命派小说家虽不怕死，但因为形势逼人，不得不集中精力投身于繁忙的报刊创办事务或小说创作中去，无暇或来不及艺术化地处理自己的作品。

有些岭南报刊小说家在报刊登载的作品虽有规模，但十分分散，想要全面整理，需要耗费大量精力与时间，单凭学者个人一时之力，也难在短期内见规模化的初步成效。本章在钩沉小说家事迹时，借用了报刊自身携带的新材料，使不少小说家如张石朋、白光明、欧拍鸣、邱菽园、王斧等生平事迹渐渐明朗，但依然不足。

① 谭汝俭：《四十七年来广东报业史概略》，《香港华字日报》之《七十一周年纪念刊》，1934年。

在整理与研究过程中,学者可以通过近代报刊自身自成体系的文献库中找到出口,获得岭南报刊小说家丰富的、立体化的、取之不尽用之不竭的史料。

一是报刊社员一览表。这是最好的文献资料,但是因为报刊断残严重,未必能找到创刊号,有的报刊甚至没有刊布社员一览表,因此很难找到原迹。

二是报刊人员辞职、聘用、代登润笔、产品研发等广告,这些新发现的材料于报人小说家研究之助极大。

三是报载笔战文章,特别是政论中揭露对方事迹的文章,有助于研究报人小说家的社会影响与社会地位。

四是报载诗词文传统文学作品中的唱和赠别之作,往往在题目或在小序中有交待小说家之间的交游。

五是报载粤讴、班本、龙舟歌、南音、剧本等地方性文体的签署信息。

六是报载化学、翻译、农林工商等实业文稿中的签署信息,这也是新视角。

七是岭南报刊小说前言、按语或中间插词,均有提供同行小说家信息的实证材料。

八是报刊理论文章是发掘报刊小说家创作思想与理论的第一手材料。

以上八条途径是文体互动交流的内部证据,是最有生气的原生态、立体化文献资源。限于篇幅与体例,有关岭南报刊小说作者的讨论暂告一段落,待他日另立专题研究:岭南报刊小说家传。

第四章　近代岭南报刊小说的传统性与舶来要素

近代文学具有“继往开来”的时代特点。从文学发展的目光来挖掘，多重其革新性、过渡性的历史意义，热衷于勾勒其如何“革新”及如何“过渡”到现代文学的过程，往往撇开近代文学家或文学作品中无法抹去的、根深蒂固的传统烙印不论，似为不妥。既然称近代报刊小说是“异质化合”孳生成的新种，那么，这“新旧”异质是如何化合的，不得不详加考察。

近代岭南报刊小说亦不例外，那些从内容到形式，能令人从视觉上到心理上皆耳目一新的“新体小说”，固然值得特别关注，但是继承旧传统获得新生命的小说也当得到关注。否则，削去“继往开来”中的“继往”这上半截，便不算完整，纵使“开来”再漂亮，也没有了生命的依托。近代岭南报刊小说传统性的存在，无疑是在对照传统小说、对比新小说的过程中得出的结论，传统性的继承与现代性的试验，以及中国元素与舶来要素的融合，应当同章并议、相提并论。

第一节　相对固化的创作与阅读习惯的继承

中国古代传统小说在文体生成的漫长过程中，形成了中国独有的一些创作行为与审美阅读习惯，使其固化成一些外在特征。这些传统特性往往一目了然，例如秉持传奇志异的创作理念，追求“拍案惊奇”的审美阅读效果，汲汲于繁复的“有诗为证”，固定的篇章回目开头、结尾与过渡等。近代岭南报刊小说在时代变革中依然活用这些传统要素。概括起来，即如知新室主人在翻译《毒蛇圈》时的“译者曰”数语云：

> 我国小说体裁，往往先将书中主人翁之姓氏来历，叙述一番，然后详其事迹于后；或亦有用楔子、引子、词章、言论之属，以为之冠者，盖非如是则无下手处矣。①

这段话本意带批评，但实际上却概括了古代小说两种开头程式的特点，前一种开头主要是短篇文言小说使用的多，后一种主要是章回小说采用得多。这两种开头方式均能反映我国小说具有“程式化”“套路化”的传统特性。

一、在题材内容上，继承了传奇或志异的取向

近代报人认为，中国小说分类，不外乎“英雄、儿女、鬼神”三大派，然一书中仍相混杂②。这六个词高度概括了中国古代小说的题材内容，统摄这三大流派的核心精神便是追求传奇、志异的审美取向。

中国古代小说多传侠客(英雄、儿女)的奇异经历或志事件的怪奇经过，变化的人身，奇幻的经历，突出其精神闪光处的一面或一点，如红线、聂隐娘、虬髯客任侠的性格，或如《聊斋志异》灵魅精怪幻化成的人世之情，不出“英雄、儿女与鬼神”之限，但一些小说难分英雄、儿女或鬼神，有时候三种题材混杂其中。

近代岭南报刊小说不乏这三类题材内容。《赏奇画报》主要刊发传奇与志怪两类作品。《藜杖叟》《韦髯》《静禅》不出常见的唐传

① 法国鲍福原注，上海知新室主人译：《侦探小说毒蛇圈》，《新小说》1903年第8期。

② 侠人：《小说丛话》，《新小说》1905年第1期。

奇剑客故事的套路，同时也跟唐传奇一样喜欢借用时事以逼真其奇异性：一是将故事发生时间背景设置于乾隆中叶，二是将故事场景置于洪杨倡乱金田的岭南之域。《僵尸》《毒蟒》《怪兽》是志异物的笔记小说，或记录了令人惊悚的僵尸与错过宿头的夜行客较量的过程，比《宋定伯捉鬼》更扣人心弦；或记录剿杀毒蟒的过程，比《幼女斩蛇》还要精彩而令人毛骨悚然；或记录在异域遇奇兽、得异宝的经历。《完婚》《谋杀案》是侠义与公案的结合体，传案件之异。《名妓知义》如其题，传人物之奇。《烹珠》是南方有奇物的博物体小说，传命运之奇异。《海外萍因》折射出下南洋中国百姓的海外奇遇，及其艰苦与辛酸的历程。不难看出，令人拍案惊奇的传奇或志异类故事，也是近代岭南报刊小说垂青的对象。

在古代长篇小说中，对帝王将相、英雄豪杰或历史风云人物加以传扬，历史演义、英雄传奇都是突出的题材。近代岭南报刊在欧风美雨的侵袭之下，正处于风潮激荡的时代，无疑也处在造英雄的时势当中，"本朝之豪杰"亦入小说，"侠女奇男"等题材不断出现。《洪秀全演义》以充沛的景仰之情描绘了被迫起义的、以洪秀全为领袖的英雄大起大落的一生，甚至在其他作品中还描摹了洪秀全后代矢志不悔的革命精神："洪继全，广东花县人。前六十年汉族大革命家洪秀全后，自天国不祚，少子逃亡于日本，安居已三世矣"，与"郑道通，自称广东香山人，亦为福建郑成功后"为志同道合之人，二人面对"祖国山河，竟非吾有"的形势，"积懑已久"[①]，尚思救国图存之良策。《廿载繁华梦》《宦海潮》《黄粱梦》以浓墨渲染了少年失意，一朝成为权倾内政外交的政治人物如周庸祐、张任磐、和珅（以上三位人物均据实有人物事迹为蓝本）。《钢茅记》歌颂了为挽救民族危亡、建立平等自由国家而大声疾呼的

① 死国青年：《郑生》，《唯一趣报有所谓》1905年12月8日、10日。

英雄儿女。《朝鲜血》等作品更是将近代中国历史上的重大事件串联在作品中,在重大历史面前揭示了形形色色的各阶层各种人物的精神面貌。近代岭南报刊小说除刻画内政外交的“帝王将相”外,“革命志士”也成为时代的英雄,大部分岭南报刊小说大声疾呼,呼唤着顶天立地、力挽狂澜、救亡图存的弄潮儿,梦想着建立一个自由、平等、民主的新国家。

二、在写法上,继承了“起局必平正”的开头、结尾等程式

中国古代小说脱胎于史传,残存着史传的某些特征,如以“记”“传”二字命名的纪传体小说,喜欢在开篇点明朝代、籍贯、人物出身等,结尾有“××曰”等语评论,或标明遗迹,或点明创作缘由,或以征其实。如《莺莺传》以“传”为题,文前有数语介绍朝代、人物出身、性情、品格等:

贞元中,有张生者,性温茂,美风容,内秉坚孤,非礼不可入。或朋从游宴,扰杂其间,他人皆汹汹拳拳,若将不及,张生容顺而已,终不能乱。以是年二十三未尝近女色。

时间为唐代贞元年间,主要人物为张生,其性情以数语介绍,挑明他为什么在二十三岁这样大的年纪还没有结婚的原因。结尾也有话语征实并点明创作起因:

贞元岁九月,执事李公垂宿于予靖安里第,语及于是。公垂卓然称异,遂为《莺莺歌》以传之。崔氏小名莺莺,公垂以命篇。

再次强调时间为贞元某年九月,知情人之一为曾寄宿在家的

李公垂，李公垂认为此事十分奇“异”，因此作了一首《莺莺歌》来记述，以“莺莺”为名，是因为小说的女主人公叫“莺莺”。又如《聊斋志异》，大多数小说文后有“异史氏曰”为引首语引出评议，这与《史记》之“太史公曰”一脉相承。

近代岭南报刊短篇小说的开头方式、中间叙述方式、结尾方式亦多继承这种程式。从外部特征来看，开头以“××者，××人氏也。性……本……”方式开始，结尾有作者“××曰”或“按”语，中间讲述人、物、怪、精故事，继承的是传统短篇小说的写作手法，程式性比较明显。如糅合了彼时中外流行的“艳情”“义侠”“冒险”诸要素的小说《匣里霜》[①]，开头即是这样的句式：“叶芍农，秦之故家子。貌韶秀，性温雅。年十七为邑名士，以居父丧，故母未为之求凰。会……”姓名、家世、相貌、品行、年纪、地位以及父母婚姻，一语道齐，接着用“会”字引出核心故事，进行具体的叙述。写传统的才子佳人遇合故事，采用这种模式比较得心应手，也符合审美需要。可是像《回生术》这样的故事，写的是巴黎故家子事，属于译写性质，却也在开头运用这样的句式：“文先者，本巴黎富家子，性挥霍。父母亡后，性益纵，家遂中落。而文又不事家人生产，昔之高车驷马，今则裘敝衣鹑。只余一仆，仆亦颇善词令者。”[②]借外国故事写人生哲学，发迹变泰与人生遇合之情寄托在国外一个败家子身上，败家子则看透世情，愚弄大众，揭露了众生相的丑恶面貌，内容与程式中国化。诸如“某甲，富人子也，新承父业，名噪一时”之类的句式常被用于近代岭南报刊小说的叙事之中，在开头作为交待背景的文字。

同样，在小说中需要发表正文未尽之言论，进行社会舆论导向的引申时，也喜欢采用传奇或笔记小说的评论方式。最常见的

① 斧：《匣里霜》，《粤东小说林》1906年第3期。
② 放光：《回生术》，《粤东小说林》1906年第3期。

是另行低两字或小一号字印刷按语，按语前有标识“按”“按曰”“评曰”，或在按语后加上“××识”“××附识”等标签，以示与正文的叙事不同，特意提醒这是评论。评论的往往是故事人物行为的得失，点出故事的中心主旨，或申详创作的指向与意图，或回溯题材的来源。如：“按：中国女学未兴，软弱无才，恒为夫累，复多其奴婢。以一人劳动，供数人给养，已属力疲。况家庭细故，亦妇人天职。既不了家事，每假人为，又何必多一赘瘤耶？”[①]“按：此是何景像？其俄之莫斯科狱耶？法之巴士的狱耶？抑一般之革命党狱耶？然彼犹能于监牢里，与其亲戚朋友，偶一相见。以视吾国牢狱中之所谓革命党，一入狱门，则惟以秘密主义死之者，其相去为何如也？然而其他之狱，欲相见狱者，仍不免通门头矣，况党耶？甚矣！野蛮国之制度，无一而有人道。”[②]这种表达方式，在《国民报》各篇小说中多有采用，因该报小说多采用独特的寓言化、戏剧化叙述方式，无法在正文中洋洋洒洒地发表言论，所以不尽之意，只能通过在文末附加评语的方式加以拓展。

这种“太史公曰”的评论程式，在近代岭南报刊小说中也有与时俱进的表达语，报刊从业者之一记者，可以在小说末尾以“记者曰”为开头引导评论，如：“记者曰：陶朱公在几千年前，经商之才已如此。如果俾佢生在今日，本事当点样呢？其生意不过在陶埠，发达已如此。如果俾佢在现在之广东，致富又富点样呢？陶朱公真古今经济的伟人矣！诸君诸君，有为者亦若是，既生在咁好嘅广东，何不立志为第二之陶朱公，使后世钦仰无穷呢？”[③]可是这个“记者”还不完全是当今的新闻从业者的称呼“记者”。有时候，强行介入小说叙述的作者身份，不再是谦卑的“小子”“在下”

① 《手足奴》，郑贯公《时谐新集》，出版者不详，1904年版，第80页。
② 岁：《会客》，《国民报》1910年7月18日。
③ 侠庵：《陶朱公致富来历记》，《农工商报》1907年第3期。

"说书的",而是"记者":既有报刊从业者称呼之义,如:"当时有某报记者,与亚模谈论,请问佢做生意嘅学术……"[①]亦有记录者的意义:"距闹捐事出现之数夕,记者行经县衙。时鼍更冬冬,方传子夜。头门以外,麕聚百余人。记者于此,不禁愕然惊也。"[②]有的则在开头使用"记者"的名号凸显叙述者的声音,"记者灯窗无事,偶翻旧牍,因尽悉是案缘起曲折,而演为小说体例如左"[③]。

长篇小说中,章回的开头、过渡也与传统小说相同。1910年《砭群丛报》第5期说部开始连载的《鲸窟寻亲记》,最能反映近代岭南报刊小说继承传统小说程式。首先是以"记"名篇,"鲸窟"二字是文言用语。作者在开头的《小叙》讲述了创作之缘起:"予"小时候与父执孝子孙缦卿先生有交,因故不能亲自听其讲述行孝事,至孙缦卿先生死后,其婿始来岭表为"予"带来先生遗著《闽归集》。"予"在《闽归集》记载事实的基础上,"参以所闻","用平话演成章回小说十回,以告天下之为人子者"。说明缘起之后,还将目录列在书前;目录之后才开始"演说";"演说"的开头又长篇大论天下风气如何关乎国权;在回与回过渡之间依然有"要知后事何如,且看下回分解"这样的字眼。这种程式化的回与回过渡套式,遵循的是传统章回小说的惯例。《砭群丛报》第5期开始连载的《碎珠圆镜录》篇名用"录",无疑也是文言小说的帽子,正文中亦用文言叙述,文字古雅,甚至高于古代"通俗小说"的浅显程度,但各部分之间用"第几章"来标示,文言与西方分章方式结合,在继承中又有新变。说书人的历史情怀与口吻表现在字里行间,如《致富术》的作者"古之伤心人"在小说"缘起"结尾说,在"一连访他谈了十余日"的前提下,把尚友新所说的话"一句不增,一句不减,分了

① 铁庵:《兽肉霸王亚模小传》,《农工商报》1908年第47期。

② 然者:《温犀影》,《香山旬报》1910年第63期。

③ 阿斡:《踱幕淫锋记》,《南越报附张》1914年8月7日。

段落，用笔写了出来，竟成了三十回的平话小说，从此以后，一回一回的演将出来”[①]，还严肃地宣称自己采用的是传统小说家“据正史、采小说、通好尚”的创作思维，保存着古代小说家的“演义”思维、“好古”思想。

总之，接受过传统教育的近代岭南报刊小说家在创作小说时，不可能不受中国传统小说的滋养，这种“起局必平正”、过渡必有套式、结尾也有惯例的程式化思维，不可能全部抛弃。在新时代创造性运用、变通性化用，很好地传承了古代各种小说的优秀思维结构与语言要素，值得关注。

三、在文本上，不刻意抹去“有诗为证”等外在标识

“有诗为证”是中国古代章回小说具有民族性标志的叙事要素。但近代岭南报刊中的大部分小说，已经不再动辄“有诗为证”，在人物出场的时候，也不会马上引用一首“西江月”来形容人物长相外貌，在遇到环境或场景描写的时候，也不再动不动用一首赋来渲染。可是，不少小说在安排情节时，根据人物性格或抒情的需要，也会在恰当的时候引入一些诗词歌赋，在章回式小说中，常在篇首引用诗歌以引出主旨。

《廿载繁华梦》[②]篇首以“诗曰”引入的是：“世途多幻境，因果话前缘。剧梦三千里，繁华二十年。人间原地狱，沧海又桑田。最怜罗绮地，回首已荒烟。”采用五律形式的诗歌，与“廿载繁华梦”的题旨一致。在回与回过渡之间，也有过渡的程式性韵语：“正是：良缘未订闺房乐，苦口先陈药石言。要知后事如何，且听

① 古之伤心人：《致富术》，《砭群丛报》1909年第3期。

② 小配：《廿载繁华梦》，《时事画报》1905年第7期至1907年第26期连载完毕。以下凡引用长篇小说在第一次出现时作注释，此后不再一一详注。

下回分解。”(第二回末)连载结束，小说末尾也有一首诗总结评判，还引用了“时人又有诗咏马氏”的七律，专门评判马氏生平功过，行文中间引诗则相对比较少。《廿载繁华梦》是比较严谨地模仿传统章回小说套式的报刊小说，但诗词引用的数量却大大降低，唯保存着开头的篇首、结束的结尾及部分过渡中采用的程式性诗歌。长篇自创的小说《党人碑》[①]开头的篇首引了一首词，以“词曰”为起首引入，回与回之间的过渡采用传统的“欲知后事如何”套语，未连载完毕，故无法考察其结尾是否引用了诗歌。《野蛮怪状》[②]《国侠魂》[③]与前两部长篇小说一样，在开头、回与回过渡之间使用诗词，位置、功能与效果一致。而翻译小说《黄金藏》[④]《活地狱》[⑤]《几道山恩仇记》[⑥]《七王会》[⑦]《鬼林》[⑧]《火坑莲》[⑨]《艳镜》[⑩]《钢茅记》[⑪]等小说，则采用西式章回分段法，用“段”“章”标识，不再使用对偶双回目或单回目，而是使用两字或一句话作标题。

① 《党人碑》,《时事画报》1907年第22期至1908年第17期。

② 小配著:《野蛮怪状》,《时事画报》1908年第20期至1909年第1期。

③ 《国侠魂》,《时事画报》1909年第3期至第15期。

④ 英国哈葛德原著、香港中国报编译:《黄金藏》,《中国日报》1907年1月15日起连载。

⑤ 法国文豪威尔曼著、香港中国日报编译:《活地狱》,《中国日报》1907年3月6日起连载。

⑥ 法国亚力山大·仲马著、香港中国日报译:《几道山恩仇记》,《中国日报》1907年9月9日起连载。

⑦ 英国那文辖原著、励学教员白光明译意、洪亮臣润辞:《七王会》,《唯一趣报有所谓》1906年2月19日至7月3日。

⑧ 英国堪士原著、励学学校同人白光明、马振声合译:《鬼林》,《唯一趣报有所谓》1906年2月20日至3月3日。

⑨ 英国威廉臣原著、励学学校教员白光明译、开智社鲜芙氏润辞:《火坑莲》,《唯一趣报有所谓》1907年7月9日起连载。

⑩ 白光明译意、赖亦陶润辞:《艳镜》,《时事画报》1906年第27期至1907年第5期。

⑪ 英国索士比亚著,中国真如室主译:《钢茅记》,《时事画报》1909年第16期至第18期连载,未完。

为了情节需要而引入诗歌的情况也常有。《时事画报》之《无私会》[1]的结尾如下：

惊疑间，大声又发，如天崩地塌，诸客亟出视，前山已不复见，黑翳消灭，楼阁尽渺，眼前现大光明。盖幻象已隐，迷惘亦一昼夜矣。客乃大喜，悟幻境之魅人，相与入祠尽毁其像。题诗壁间，循大路而返。诗曰："莫道无私显见私，旁观谁复任维持。一场泡影冰山倒，可见文明有复时。"（已完）

"已完"是报刊连载完毕一篇小说之后的标识，标明这篇小说在报刊的连载状态。可是末尾以"诗曰"引出一首七绝评判故事，重申宗旨，正是传统小说的做法，可见部分近代岭南报刊小说还是没有完全摒弃传统小说创作的某些要素。像《中外小说林》之《双美缘》[2]插入莲美赠黄瑞生上京赶考的诗、回复的绝命诗七绝，《佳人泪》《天涯恨》《鸟媒》等才子佳人类小说的才子与佳人之间互相题赠诗篇，是为情节需要，更不可能抛弃这种简便表达情感思想的手段。

《中外小说林》所连载之《并蒂莲》，每回末之后，均有大璞氏评语，类似传统章回小说的回末评。《冰炭缘》后亦有"记者曰"等字眼提示，对思想、内容、主旨加以提点。有些小说不再分回，以"章""节"为单位划分段落，章节之序后不再是对偶的回目，而是两个字的标题，但在各章节末尾结束时，仍有"且听下回分解"的套语，如《难中缘》《毒刀案》等。

---

① 剑：《无私会》，《时事画报》1906年第33期。

② 伯耀：《双美缘》，《绘图中外小说林》1908年第2期。

第二节 从外在形式到内在思路的舶来

近代岭南报刊小说舶来外国小说的“西洋技法”之后，小说体裁、叙事模式、情节结构与环境、心理描写方面都发生了较大变化，远不是“旧瓶装新酒”所描述的那么简单。无疑，知新室主人在翻译《毒蛇圈》的“译者曰”中所说的“西洋小说起局必奇突”[①]是“欧西小说家之常态”，这种奇峰突起的故事结构方式影响到了中国近代报刊小说的程式。原文先引入于此：

其起笔处即就父母问答之词，凭空落墨，恍如奇峰突兀，从天外飞来，又如燃放花炮，火星乱起。然细察之，皆有条理。自非能手，不敢出此。虽然，此亦欧西小说家之常态耳。爰照译之，以介绍于吾国小说界中，幸弗以不健全讥之。[②]

外国小说的开头有如天外飞来的奇峰，或如燃放花炮一样突兀、四散，看似无序，实际皆有条理，如果不是创作的高手，很难驾驭，但这种方法却被外国小说普通创作者掌握。尽管翻译者害怕习惯了“千篇一律”的中国小说文体的读者，不能“共知”《毒蛇圈》表现出来的这种起首方式，还是照书译之，介绍给中国读者，希望读者不要讥笑。确然，正是近代中国引入了大量这样与“中”不同的外国小说之后，中国小说创作者才在继承传统的同时，注意引入富于西方意味的小说要素，在创作实践中加以试验，所以有了“新

① 侠人：《小说丛话》，《新小说》1905年第1期。

② 法国鲍福原注，上海知新室主人译：《侦探小说：毒蛇圈》，《新小说》1903年第8期。

体小说”，近代岭南报刊正是这些“新体小说”最强大的试验场。

一、题材内容上，化公案为侦探

在近代翻译小说引入以前，中国只有公案小说，并没有侦探小说，侦探一门是西洋小说专长。1896年，《时务报》刊登译自柯南道尔的《英包探勘盗密约案》，标志着中国侦探小说正式起步。侦探小说跟政治小说、科学小说在近代一并被介绍到中国来，在短短的时间内，“为中国有报以来所未有，举国趋之，如饮狂泉”[①]。此后，侦探小说从翻译、模仿、改造到自创，在清末民初小说中取得了数量第一的惊人成就。在“学贯中西”的创作理念指导下，近代报刊小说家一边冲破公案小说的思维，一边又打破侦探小说的局限，使侦探小说滑稽化，附带辛辣的讥讽意味，实现了侦探小说的中国化。

创侦探小说这条文学之路的开辟，一般认为是从1906年吴趼人搜集了中国古今奇案数十种结集成《中国侦探案》开始，曾被“译作能手”周桂笙称之为“中国侦探案有记事专书的滥觞”[②]。但不可否认的是，《中国侦探案》在思想观念与文体模式等诸多方面注入西方侦探小说的元素，与公案小说有着本质的区别。在“当时一边倒的崇拜外国侦探小说的声浪中，他转而力图从传统清官文化中‘恢复旧道德’，从旧公案小说中追寻侦探小说之根”的风气中，“在理论和创作两方面均开启了侦探小说民族化之路”[③]。回顾当时的创作情况，近代报人小说家开始自创侦探小说，出于

① 任公：《本馆第一百册祝辞并论报馆之责任及本馆之经历》，《清议报》1901年第100期。

② 吉（周桂笙）：《上海侦探案·引》，《月月小说》1907年第7期。

③ 杨绪容：《吴趼人与清末侦探小说的民族化》，《华中师范大学学报（人文社会科学版）》2010年第2期。

两个考虑：一是过度"崇拜外人"现象使中国自信缺失，二是任何一种题材的文学作品在传播过程中为了受众的兴趣起见，必然要经过民族化的改造。中国近代小说家只不过更加自觉地思考这个问题，所以，一旦发生疑难案件便想到福尔摩斯探案的这种观念必然要慢慢消除，以便提高民族自信。从热衷于翻译侦探小说到自著《上海侦探案》(1907)，在"输入新文明"的过程中，周桂笙"将西方侦探小说歌颂侦探与法制的模式，一变为致力于暴露中国社会与司法的腐败，揭露侦探的贪渎颟顸，并将侦探小说与传统的公案、谴责等小说品种合流，开创了侦探小说本土化的先声"[①]。

近代岭南报刊中的自创侦探小说，也在某种程度上"力图从传统清官文化中'恢复旧道德'，从旧公案小说中追寻侦探小说之根"，但是公案小说在模仿、模拟中与西方侦探小说遇合，产生了化合作用，由此滋生出来的岭南侦探小说，一直释放出民族上的自我肯定与自我认同信号。

《唯一趣报有所谓》之《海底针》[②]是岭南报刊侦探小说试图迈出比较大一步的公案小说侦探化的实例。首先，这篇小说表现出对福尔摩斯侦探技巧的肯定与赞羡之情，这个假设肯定是在福尔摩斯翻译热潮的背景下不自觉的布置。小说开头写"予"因消闷而出游，看到一个怪异场景："遥见洋楼一座，高矗一隅，闼四面，障以纱，栏数曲，绕以花。一少妇斜倚骑楼，俯首俯注，下立一少年，彼此眉目送情，似有所会。"开头平淡，环境幽美，运用描述性语言，设置少妇与少年这组人物，似乎是中国寻常小说的寻常套路，甚至在绵密的环境描写之下，会误以为是才子佳人类小说，一点也不像公案小说的埋伏：采用卦语或诡异的氛围预言命案在即

① 杨绪容：《周桂笙与清末侦探小说的本土化》，《文学评论》2009年第5期。

② 亚斧：《海底针》，《唯一趣报有所谓》1906年1月29日至2月7日。

的做法。再往下看，小说制造的悬念开始升级，逐步打破审美习惯："予怪之，故缓步以觇其异，忽闻钟声一响，少妇急入内，少年亦遁去。一贵客乘三人车，风拥而前。□停车，客遂拾级登楼。"此处突兀，有如外国小说的起局，使读者心中疑窦顿生，"予"马上想到"安得福尔摩斯其人，一侦此中情状"？"福尔摩斯"是西方神探，富于正义的象征。所以，在下文回忆其在癸卯客厦时与南普陀寺的忏尘和尚交往中，发现某夜寺中有一奇花不翼而飞，"予"再次表明："此事出离奇，惜无福尔摩斯，一为侦探。"对福尔摩斯的膜拜已经达到了极高的程度。可是，这种假设很快就被打破，接着又设置一个情景来否定福尔摩斯，认为并不是唯一的神探，忏尘和尚回应曰："子心目中只有一福尔摩斯，如得我友邓某，此案亦不难破露也。"忏尘之语在为"吾国向乏侦探家"的论断辩护，也是通过借忏尘之口引出邓碧山这一中国"侦探"者形象："其侦探术，诚神出鬼没，不可思议。"证明中国也有自产的侦探，且绝不亚于福尔摩斯，言下之意，不必过度膜拜西方正义维护者，企图通过构建一个中国神探者形象来建立自信。

其次，这篇小说能够成功塑造一个不亚于福尔摩斯的侦探形象，其秘诀在于将邓碧山展露其神技的舞台设置于一个特殊的地理环境中：叻产台湾籍人。邓碧山出生于南洋，受业于外国学堂，屡考西学列前茅。与同乡马福如是朋友，马福如就是凶案的受害者之一，与嫌疑者阿三是介绍人的关系，邓碧山出于友情与正义感，才有动力投入全力去侦破案件。人物关系背景设置在南洋，才有说服力：南洋是西人出没的地带，也是中国华侨海外生存的重要基地，二者在此生存、交流、生活，再与本土人往来，邓碧山才能接受西方科学精神主导下的教育，是其习得科学侦探手段的前提。邓碧山也是福尔摩斯的拥趸，在命案发生后，他检出《福尔摩斯传》翻阅，"深羡其侦探之神。自念人生学问，半由读书，半由阅历，何不一竭脑力，侦探阿三，一可以忠于朋友，二可以试己聪明”，于是自荐于警察长丹加泥，自觉承担侦探凶案的重任，于是《海底针》将邓碧山塑造成一个忠于朋友、学以致用、聪明勇敢的初涉侦探者。忠于朋友是中国传统道德要素之一，读书与阅历结合是西方教育的理想，二者加诸其身，使其融汇了行侦探事必备的素质。

再次，设置了一个英国人警察长丹加泥作为邓碧山破案的助力者，是邓碧山得以施行侦探术的又一前提。因为其与受害人是朋友关系，又与警察长素有旧交，所以能够到现场勘查，根据现场贵重物品孑然无存的状况做出了初步判断：这是谋财害命，并非挟仇凶杀。在得到警察长丹加泥的认同之后，一边登报出赏购凶，一边随警察长到阿三住处，找到阿三家乡来的信件，即行出发到阿三家乡惠州侦查。在惠州侦查数月无果，偶然的机会，发现一张照片与命案人物相关，即刻返叻与警察长商量，找到了马福如夫妇的原媒，找出了破案的关键：马福如及其妻子赵宝姑与前所配之人杨某有关联。在媒媪处套出实情，再次到漳潮，发现真凶：马福如之妻赵宝姑与戏子某有私，合谋杀害马福如与阿三之后，伪装成阿三杀害马氏夫妇后携款潜逃的假象。自始至终，警察长对命案并没有什么破解的行动，仅仅怀疑受害者最亲近的邓碧山是嫌疑人，被邓碧山道破之后，唯一的功能就是协助邓碧山勘查案件，本应该由其承担维护社会治安秩序的职责并没能完成。相反，邓碧山充当了维护社会稳定与维护正义的民间执行者，他仔细观察案发现场，收集证据，讲究推理，又在实践中反复搜求、验证证据，排除不合理的推测，可以说，邓碧山极符合福尔摩斯的社会背景与形象特征：在法律尚不完善的时候，施行了警察的职能；个人具备了良好的侦探素质，思维缜密，有很强的分析、采证能力；有锲而不舍的品质与勇敢的道义精神。邓碧山神探形象的塑造在某种程度上驳斥了"谁谓我国无侦探耶"的论调。

但是,在这篇小说中,邓碧山为了理清马福如与赵宝姑的关系,设酒戏弄媒媪套出实情的片段有公案小说的影子。故事最后,利用中国妇女迷信神权的社会风俗,假扮道士沿街托钵,为戏子某祈禳的情节,纯粹采自中国公案小说中最烂熟的手段。这篇小说有"神授"而无"清官",虽非"福尔摩斯"而有"侦探","公案"之套基本上解体,侦探的雏形已经建立。

《中外小说林》的《凶仇报》[①]塑造了一个具有独立侦查、推理破案能力的中国侦探者形象:受害者植氏的外甥黄生。黄生侦破舅母被害的过程,充分运用了西方侦探小说中常见的侦探术,现场勘查,借用心理学推测、引诱罪犯现身。黄生"侦探案情"时善于现场取证,发现线索后并未"草率以行事"。后来在严密的推理和严谨的取证之下,黄生通过"借刀削蔗"的试探确认真凶即是少年无赖何永。黄生正义、细心、公正、机警、谋略有加的形象也逐渐有了翻译侦探小说名侦探形象的影子。这篇小说在塑造黄生时,将之与官府吏员、乡练局绅在案件中的功能加以对比与对照,相比较而言,此小说对代表官府法律执行者的表现比较满意:"县官委员勘验,勘得死者惨受小刀致命,深入四寸。墙傍一吼〔孔〕,决非来路,系狡贼故作疑案,以示贼之穿逾,俾籍以惑人,以见贼之外来者。如此,在清国委员论,亦颇细心者矣。少顷,村中更练,又报昨早有衣裤各一,在村西塘基执获。验之,的是何英衣物。委员一一存案,仅以缉凶二字,暂为慰藉已矣。"县官所委之人现场勘验比较仔细,得出的结论也比较合理,排除了贼自外来的假象。村中更练提供的证据——遗落在村西塘基的衣裤也是假象,被黄生识破伪作的痕迹。何永指证何丙为真凶时,乡绅不

① 耀公:《凶仇报》,《绘图中外小说林》1908年第7期。

敢怠慢，即时拘捕。不过在真相大白后，即时释放了被诬扳的何丙。小说赞扬黄生的同时，也忍不住感慨："幸该乡绅耆公正，力为禀供，乃将何永正法。而后诬扳之疑凶可免，而植氏被杀之冤仇可雪。凶仇果报，其信然哉！"小说引入了具备私人侦探素质的黄生，又设置了几位相对清正的官方人员参与案件。黄生只是案件的分析者、侦探者，并不行使执法权，拘捕罪犯还是要借用中国体制内的力量来实施，验尸、勘探现场、拘捕、押解、鞠讯、正法等行为还是通过官方执行，自己并没有参与或介入。此篇小说中的官吏与缙绅相对清明，但事实上，中国因长期以来实行保甲制度，不少地方缙绅无赖成为把持狱讼的恶棍，趁机勒索苦主的现象屡见不鲜，《宦海恶涛》[①]中的何维新是典型形象：未授官职以前是地方恶棍，无恶不作，四处兴风作浪，与官府串通，合力谋害众多苦主；至其实受职事之后，也主动地接受地方乡绅恶棍的贿赂，甚至迫切地暗示乡绅以金钱交易来制造冤案的愿望。何维新从未正常行使过治安权力。可以想象的是，若是遇到真正的凶案，不可能依赖官方力量侦查、拘捕罪犯，案件不可能得到公正的审判。

中国法制体制历来有欠缺，依赖人治的清明已经无法维护当时的社会治安，官吏的法治能力无法保障社会秩序的稳定。在近代西方侦探小说的普及之下，中国人羡慕西方日渐完善的警察或司法制度，开始正视中国社会治安存在的隐患，努力思索，企图寻找一条有效维护社会稳定的法治道路。《赏奇画报》之《谋杀案》[②]就提出建立司法侦探专门学的必要：

> 中国司法无侦探专门学，凡命盗巨案，除证供确凿外，其稍涉疑似者，率凭南面者任意判决，方针偶误，流敝无极。间或寄耳目

① 伯耀：《宦海恶涛》，《绘图中外小说林》1908年第4期。
② 《谋杀案》，《赏奇画报》1906年第4期。

于吏胥,此辈嗜利如命,亦不可恃。故案情稍幻,辄废推究,而卤莽用事,祸桑树以烹老龟者,比比皆然。捶楚之下,何求弗得?此警察一科,所以不可不实力研究也。

中国司法的弊端在于官、吏的无知与专断,体制缺憾引发的腐败行为也会影响案件的破获。没有科学、认真的勘查,单凭严刑逼供,势必导致冤狱错判,随意判决则流弊无极,利用反面说理的方法,得出了警察一科不可缺少实力研究的结论。《谋杀案》正文就像《凶仇报》一样,通过具体凶案,由误捕、误判,到请出高明人士重新侦查,经过详细的取证、推理,获得充足的证据,最终真相大白,真凶受法,冤主得雪。当事者、旁观者赞服侦探者高明的破案手段之时,实际上也表达了希望中国有真正的侦探、建立侦探学来科学地解决疑案的愿望。近代中国翻译公案小说或模仿的侦探小说,一方面塑造神明的侦探,并赞赏其高超的侦探技术,另一方面以羡慕的目光观察、学习其科学的破案手段,间接批评以非理性的清官神授方式破案的中国公案小说。《振华五日大事记》之《醋案》[①]通过"辕系曰"的方式表达了这种思想:

辕系曰:西国政治家,每诮中国官吏无理讼法,吾恫其言。夫外人只知中国无理讼法,在才略上耳。而不知吾国官吏之玩视案件,等人命如草芥为尤甚也。彼肉食者,以挟妓、叉麻雀为消日,何有小大之狱,必能用情哉?徒见其衣冠巍巍,有若木偶。甚然者,直以货赂为曲直,以意气为用事,则沉冤于覆盆之下者,何怪乎比比然也。差役皆是虎噬狼贪,一遇命案,动多牵涉,一若罗织冤狱为己之天职也者,即彼被冤者偶白,亦已半毁其躯矣。呜呼!何斯民之不幸,处此政治之下也。李瑞麟虽两次疑差,亦庸

① 辕系:《醋案》,《振华五日大事记》1907年第1期至第6期。

中之佼佼者矣。使其不遇张纫公于江门，媪之冤其能白耶？虽然，陆瑞之行，有出乎天理人情之外者，以仇报德，亦狼毒之尤者哉。

《醋案》通过一个具体案例，让受害者凭借自身的能力侦破案情，自我雪冤，说明若自身无能者，必为官吏所草芥。小说批判了官员、差役的无能与腐败，认为官员的腐败无能与差役的狼狠不但使凶案无法得到破解，还会导致无理讼法，其后果更严重，反过来证明科学侦探、官吏公正是必要的。近代岭南报刊侦探小说在呼唤福尔摩斯式中国侦探出现的同时，还企图提高政府官员依法治理社会犯罪的能力，或建立完善的警察制度。

但是，模仿西方法制体系建立的警察制度似乎并不是中国社会治安的有效保障，社会治安并没有比无警察制度时好，各种刑事案件也没有得到有效的侦探，并未能将罪犯及时绳之以法。《时事画报》之《贼！贼！》[①]小说发表时，已经是民国二年，新式警察制度似乎已经初步建立起来，也有了“法律意识”，但治安环境并没有得到改善。相反，那些贫窭之人却因此受到更加严酷的迫害。这篇小说采用的是“新体小说”的手段，以白描式的开头，通过场景的设置，片断化、寓言化，强烈地讽刺了警察的威福：如何迫害一个因贫穷而几日没有进食之人。第一个场景写的是“璀璨其衿章者数辈”如何强势追捕没命逃跑的“寒乞般”的“盗贼”，二者的力量、穿着等对比鲜明；第二个场景写的是警察官与盗贼的辩论：

警官曰：“汝非贼耶？赃物俱在，本官固英明者，盗何能狡脱？”盗曰：“小人不食数日，乞大人怜悯。”警察官曰：“汝饿胡不死，吾恶能怜汝者？”盗曰：“能死不致如是矣。”警官曰：“汝何必为

① 不文：《贼！贼！》，《时事画报》1913年第12期。

盗?”盗曰:“不盗何为?吾侪小人,焉能如大人不盗而得多金乎?”警官曰:“咄!死囚!”

盗曰:“何致于死?苟吾有多金,尚可赎也。”警官曰:“原告在此,汝之所为,法律岂能恕汝?”盗曰:“法律亦许人自卫,吾不盗且死,是盗即自卫也。”警官曰:“汝固自卫,恐富者无立足地矣。”盗曰:“大人只为富者忧,不为贫者一想。贫者若不盗,岂能留此残喘供富者牛马?”

警官曰:“贫而牛马分耳。苟不自立而死,于政府何损?于国体何碍?汝乃欲以死动本官耶?”原告曰:“彼既自认,罪有应得。上官……”盗疾声呼曰:“罪乎!吾良心上、公理上实无所谓罪,汝等妄用强权,此仇会当雪也。”时观者愈众,闻铮铮声,一警察持铁链出。盗仰天大哭,晕极倒地。

“大官”与“小人”的立场与观点大相径庭。第三个场景是:警察将濒死的“盗贼”锁拿带下,此时“见一二点血映旭日作殷红色。警官起立,微伸其体,力搓双手入,众亦散去”。不禁发出了“现世纪屠人之肆,在此作自由贸易也”的慨叹。这篇小说以形象的寓言手法戏剧化地揭露了警察制度的弊端,这种“能力出众”的警察与古代之“能吏”无异,这种“不能恕”的“法律”跟古代的“官字一把口”没有差别,只不过执行人换了服装与称呼而已,新的“公理”并不能敌过“强权”。“盗贼”说“法律亦许人自卫”,可是现在并不能自卫,更何况是“保卫”?这篇小说将警察制度的理想建构摔得粉碎。因为西方的警察制度也是有很大缺陷的,要不然像福尔摩斯这样的私家侦探就无用武之地了。君不见,福尔摩斯探案中的许多警察也是腐败、无能之辈,那些官方侦探也往往装模作样、自高自大,面对复杂的案情也束手无策,最终还得求助于福尔摩斯吗?案情告破之后,也经常居功自傲,霸占福尔摩斯的功劳。

近代岭南报刊某些侦探小说是西方侦探小说中国化与中国古代公案小说近代化的合体，是模仿走向独创的产物。《时事画报》的《箱中尸》[①]是符合中国侦探小说走向的创新代表，题目的起名方式就直接采用了“尸”字，能引人联想到谋杀成功才有“尸”体出现。“箱中”即将结果与过程关在了暗闭之物体内，箱中尸体无法言说死亡原因、过程，要解出此谜，精明侦探的出场是必须的。好奇之心使读者有了阅读的期望，希望能够打开箱子，找出原委，捉到真凶，这正是侦探小说必须通过文字引导读者达到的效果。开头通过众人寻臭，发现臭气来自行李堆中一个木箱，木箱被当众找出，发现臭气来自箱中死者，死者是一西人妇女。于是围绕箱中尸，开启了侦探之旅。小说详细地描写了发现臭气、找到臭气来源的过程，也仔细地描述了有臭气来源的木箱子的外观，这点符合西方侦探小说不厌其烦地“厚描”的倾向。小说开头运用“怪了，怪了！何处得此奇臭？此臭何奇？此奇臭果何来者？”这样的开首句式，重复的文字、递进的语气，顶针、续麻的修辞手法，加深了侦探小说必备的要素：奇异、怪异。下文又结合“咄”这样的语气词，还有众人与木匠罗臣、船主等人的对话，铺排的手法具有现代意味，已经远离了《凶仇报》开头“何朝英，粤之禺山县人也。椿萱早谢，怙恃俱无。兄弟四人，均以雇工觅食。英居次，娶妻植氏”[②]这样的史传式开头。也不像《谋杀案》一样，先来一段议论说教，再进入“陕省某县民韩某，年逾六十，孑然只身，无妻、子。然行踪怪僻，时而裘服辉煌，时而鹑衣百结”[③]的正文叙述。

像《南越报》之《四奸案》[④]，冠之为“法律侦探小说”，是近代中

---

① 述奇：《箱中尸》，《时事画报》1907年第22期至第33期。

② 耀公：《凶仇报》，《绘图中外小说林》1908年第7期。

③ 《谋杀案》，《赏奇画报》1906年第4期。

④ 拍鸣：《四奸案》，《南越报附张》1910年7月21日至11月30日。

国自创侦探小说中少有的长篇。开篇手法与《箱中尸》相似，抹去传统公案小说的痕迹："贼！贼！贼！"三声，一声急似一声，听到呼喊之后，老者庞得上楼，发现十五六岁的孙子被一蒙面"女子"以色饵之，致其下体受伤流血不止，后发现此"女子"实为"胡须连鬓"的男子。这些奇异之事，到底何为？到底为何？这就是这部长篇小说要解开的谜团。不仅开头方式不同，写法、解法也不再是公案小说的套路。《香山旬报》的《红粉青燐》[①]亦趋于这种倾向，但语言却是文言化的，这种中西结合的写法在岭南报刊小说已经不算罕见。

近代翻译侦探小说书写侦探案件时，以侦探者的科学手段为基础，在大胆推测之下，加以实地勘察和机缘巧合，才能真相大白。不像中国公案小说，夹杂着道德的色彩或套上皇权枷锁。中国公案小说重的是结果，西方侦探小说重的是过程。近代翻译小说在中国的二次发展，应该是仿写翻译小说的大量出现。模仿侦探小说，以侦探为题材，或者是借"侦探"二字上位而实际上是讽刺小说、谴责小说的作品不在少数。有些侦探因子影响到小说作家起的笔名，如《南越报附张》有一小说作者叫"禅侦探"，也影响到小说起名，如"鬼侦探""烟侦探"[②]。《时事画报》中的侦探小说，是变味了的侦探小说，几乎变成了借侦探之面具而行其讽刺、劝导之精神的"新民"载体。"趣致小说蠢侦探"系列小说有三篇，《军装》《满街革命党满街侦探》《轮船》立了一个讽刺的主题："蠢侦探"，分别通过街上火拼、互相设计诱捕、轮船上乞求三个场景，讽刺了"如两弁者，亦谓之侦探乎？是直设阱陷人者耳"、"如此亦曰

① 侠我：《红粉青燐》，《香山旬报》1910年第60期至第62期。

② 《绘图中外小说林》之《烟侦探》与《广东戒烟新小说》之《烟侦探》，虽贴上侦探的标签，但实际上是寓言小说，讽刺受鸦片毒害之烟鬼及借禁烟之名欺压、敛财的"烟缉捕"。

侦探乎？是直捕风捉影而已”、“如此亦曰侦探乎？是直哀乞耳，恳求耳”三种行为。这种侦探故事内容已经与西方侦探小说相去甚远，关系已十分疏淡，仅借侦探之名，写中国近代政府疯狂的特务行为，对百姓的人身安全造成极恶劣的危害。《侦探毒》[①]中的侦探，已经演变成具备特务性质的恶毒人群。甚至有一些署中国人名的小说写的是西洋侦探相关人事，命名、类型标注是侦探小说，但实际上记录的是西方名侦探的奇闻轶事，这些小说行文流畅异常，与当时翻译小说风格不相类，倒极有中国自创小说的品相。如《香港少年报》之《偷侦探》[②]及《疑团》[③]两篇，均为岭南琼州报人小说家王斧的作品，前一篇写法国侦探非士与英国侦探啤泥斗侦探术事，后一篇写英国侦探古尼与其有离魂病的弟子巴士顿保护红宝石引发的轶事，侦探显扬本领的技术与其他翻译侦探小说亦极相似。

二、写法上，借用“起局必奇突”的开头方式

中国小说受西洋小说倒叙方式开头影响的例证，学界多举吴趼人的《九命奇冤》(1904)[④]，胡适也说过：“《九命奇冤》受了西洋小说的影响……这种倒装的叙述，一定是西洋小说的影响。但这还是小节；最大的影响是在布局的谨严与统一。”[⑤]《九命奇冤》独具匠心地在开头运用了倒叙的手法，开局奇突，是不是受到《毒蛇圈》的影响？这是有可能的。吴趼人曾点评过《毒蛇圈》，在《毒蛇

① 神圣：《侦探毒》，《南越报附张》1914年9月10日。

② 斧：《偷侦探》，《香港少年报》1906年10月26日。

③ 斧：《疑团》，《香港少年报》1906年11月27日、28日。

④ 亦是报刊小说，最初发表于《新小说》1904年第1期至第14期。

⑤ 胡适：《五十年来中国之文学》，《胡适文集》第3册，北京大学出版社2013年版，第246—247页。

圈》译作出现后，只过了四期，吴趼人的《九命奇冤》开始在同一杂志《新小说》里连载。因此，有充分的理由相信，《毒蛇圈》译文对《九命奇冤》开头的对话写作有直接影响。现将《毒蛇圈》开头与《九命奇冤》开头简单比对一下：

“爹爹，你的领子怎么穿得全是歪的？”

“儿呀！这都是你的不是呢。你知道没有人帮忙，我是从来穿不好的。”

“话虽如此，然而今天晚上，是你自己不要我帮。你的神气慌慌忙忙，好像我一动手，就要耽阁你的好时候是的。”[1]

“唅！伙计，到了地头了！你看大门紧闭，用甚么法子攻打？”“呸！蠢材！这区区两扇木门，还攻打不开么？来，来，来！拿我的铁锤来！”砰訇砰訇！“好响呀！”“好了，好了！头门开了！呀！这二门是个铁门，怎么处呢？”……[2]

《毒蛇圈》是对话开头。《九命奇冤》作为章回小说，不是“先将书中主人翁之姓氏来历，叙述一番，然后详其事迹于后；或亦有用楔子、引子、词章、言论之属，以为之冠者”，而是以对话为先声，打破了传统章回小说的结构程式。整部小说仅仅围绕这一个命案展开叙述，情节曲折紧凑，场面惊险，逻辑推理严密，惊心动魄，不像一般暴露、谴责小说那么散漫或迟缓。作品受到时人及后来研究者的关注，普遍认为这是学习西方小说创作技法的实例。其实，类似的“突兀”开头在近代岭南报刊小说俯拾即是，是戏剧化

① 法国鲍福原注、上海知新室主人译：《毒蛇圈》，《新小说》1903年第8期。

② 吴趼人：《九命奇冤》，见《吴趼人全集·社会小说集》，北方文艺出版社2019年版，第3页。

创作手段的运用，特别是短篇小说，其革新步伐更大。《时事画报》不少小说比较早地运用了西方小说创作手法，但像早期的《中国日报》《广东日报》《真光月报》《女界灯学报》那种“某某者，某某人也”“话说某年某日”“从前有个……”这样的开头仍然比较普遍。《香港少年报》以王斧的创新性创作为较大面积的试验，此后一些报刊的小说慢慢借鉴这种方法，特别是粤语小说作品，更为典型。经过五六年的酝酿与实践，到1910年之后，《南越报附张》《国民报》这些报刊的小说，西洋式起局突兀的开头方式越来越普遍、常见，越来越成熟、稳定。无论是越来越长的长篇连载，还是越来越短的短篇之章，“突兀”的开头方式几乎以一种常态踞于报端，曾经引人注目的西洋化“突兀”开头，便以这样稳固的身份面貌出现在中国近代小说中，对于现代文学作品来说，已经不是新鲜话题了。

首先，引入了对话式开头，或采用拟声开头。《南越报附张》之《扫庆》[①]，以拟声开头，把师爷造作的形象描绘得绘声绘色：

“劲劲！定定！咳咳！”师爷到，直入内，脱其长衣，手摇草扇，乃登楼。

趾高气扬，伸手卷袂，坐长案侧，露一种羞笑意。

一童，以茶烟进。

乃啜吸，并谓童曰：“尽持今日之新闻纸来。”

童如言，一夹一夹，置其前。

一手持烟筒，一手捻其须，且吸且视。

阅一纸，扬言曰：“诚者，不出吾所料。”哑然笑，意甚高庆。

又阅一纸，复扬言曰：“异哉！彼仍学刘四之骂人耶？”观其妄自尊大之形，亦意甚高庆。

---

① 去庆虎：《扫庆》，《南越报附张》1910年6月25日。

咳嗽声使人未见其人先闻其声，令人猜想到这是一个体质不太强壮的师爷形象，长衫、草扇的装扮，趾高气扬的举止行动，先茶烟后看报，可见其“从容不迫”的迟缓，跟此前的咳嗽声相对照，再次使人猜测其为文弱之人。这种突兀的起局，确实打破了此前的写作惯例，如果是继承传统小说写法的话，这篇小说开头应该是：“某师爷，某某人也，体格孱弱，性本高傲……”对话、拟声开头的创新将重点放在王斧的个案研究与粤语小说的艺术风貌处论述。

其次，白描式开头。通过环境的简洁勾勒，把当时故事发生场景的主要特征提炼出来，又能抓住影响故事发展的环境氛围的核心点。《时事画报》之《棋贼》[1]，题材内容是传奇侠义盗贼，但开头采用的却是白描手法：

> 夜静风寒，樵楼冬冬报四鼓。一室寂然，竹帘低下。两人对桌坐，一主一客。有纸平方，线画经纬，中界以河，盖棋盘也。残棋数子，客沉吟许久，始下一着，主人则频敦促之。璀璨灯花，为其所敲落者数矣。月影低沉，露下无声。帘外隐隐一人影，闪缩而前，为蛇行，为鼠伏，踩灯花而入。帘钩轻动，铮然有声，贼也。幸二人对弈，全神注视局中，目不旁瞬，并不之觉。

时间、地点、人物、环境、场景，一目了然，被提炼成漫画化的简笔画：静夜书室中，两个人对着桌子上的棋盘认真思索，这时候，焦点稍微转移，灯影中有贼偷偷闪进了这个书室之中，由于二人过于专注棋盘，贼行并未被发现。至于后面的故事如何发展，在开头的白描中没有预示。夜深人静、月影低沉的环境与二人“全神注视局中”的人物活动是贼能够轻易进入室中行窃的关键。《时事画报》中还有《骗之骗》《冯秋绮》《孖指印》《烟猪》《警警

① 述奇：《棋贼》，《时事画报》1907年第2期。

警》《封女摊》《谁薄幸》《争花》《蒙馆》《女权》《竞渡》《公堂》《满街革命党满街侦探》《杀人慈善会》《水怪》《医医》等至少16篇小说这样开头。《广东戒烟新小说》之《烟侦探》,《中外小说林》之《烟侦探》《猛回头》《飞侠》,《振华五日大事记》之《浪淘珠》《奇际》《恶因缘》,《香山旬报》之《女丐》《三韩泪》,《南越报附张》之《掷石狗》《谈话会》《开谈判》《客观梦》《田鸡东》《选举镜》《阴寒世界》《哭亡泪》《自残同种》《后周游》《孔诞观》《浮海奇谈》《魍魉影》等等,越来越纯熟地运用这种故事场景引出人物活动,类似"长夜漫漫,鬼声啾啾。灯影幢幢,斗韵呜呜。一枕横眠,默不作语"[①]、"野店秋高,霜气欲滴,午间人静,隐隐闻邻鸡粥粥声"[②]、"浓烟罩山径,作淡黄色。野花满目,青草茸茸。溪水作潺潺声,几点残星带月沉"[③]、"晚云低垂,天甫薄暝"[④]、"半角夕阳,江山残照尽。燕子将归危幕里,暮气沉沉逼人,寖假而遍城黑暗矣"[⑤]这样的起首文字比较多,简单明了地铺垫,对塑造短篇人物故事有比较大的帮助。

到了近代后期,《南越报附张》《国民报》发表的小说,无论是对话式开头,还是白描式的开始,尽管作者不一,但是开头技术、叙事技术或寓言化的写作,都比较成熟,运用得比较独到,成为真正的现代、西化得较有中国味的"小说"。二者亦在1911年前后发行,发表的小说无论从时间上看,还是从艺术手法上看,都是岭南报刊新旧交替的代表,成功从"旧小说"过渡到"新小说"的行列,实现了"烂调小说"向"新体小说"的转换。追寻1911年前后小说的变化轨迹,即能透视近代岭南报刊在实现跨越式的转变过程及其转变后的形态。

---

① 敕:《烟侦探》,《绘图中外小说林》1908年第3期。
② 述奇:《冯秋绮》,《时事画报》1907年第7期。
③ 辕系:《奇际》,《振华五日大事记》1907年第23期。
④ 意:《飞侠》,《绘图中外小说林》1908年第11期。
⑤ 棱:《掷石狗》,《南越报附张》1910年3月22日。

三、选材构思上，从外国小说或中国其他作品得到灵感

如前两节所述，受翻译到中国来的外国小说作品滋养是近代岭南报刊小说的时代要素之一。《时事画报》之《肉枕》[①]，就受到当时流行的、辐射力很强的林译小说的启发：

吾闻泰西说部，有林畏庐所释哈葛德《吟边燕语》中《肉券》一则，欠人钱债，到期不还，则割肉以偿，窃以为奇矣。何居竟有所谓肉枕者，供吾短篇小说之资料，以支配彼肉券之奇闻，不使之专美于前，殆所谓物必有偶耶？

姑且不论《吟边燕语》是否为小说集，但割肉偿还钱债这种新奇的故事元素无疑触动了阅读者的心弦。受到这种奇特的思想行为启发，"振聩"由读者变身为作者，构思了这篇"肉枕"，认为这部短篇小说可以跟肉券的奇闻相提并论，"肉券"的神奇专美于前，"肉枕"的故事将会使之成偶。《肉枕》以顺德"不落家"这一粤俗为背景，写一丈夫屡次催接清明于归的妻子而被岳家阻拦，后来心生一计，写一封信，表达了"你不回来可以，但要把枕头先送回来，否则我终夜无法入眠"这样隐秘的情感。岳父母无法理解这种暗语，看信后觉得十分好笑，当他们了解清楚所谓的"枕头"就是女儿的手臂之后，终于明白夫妻二人是如何相亲相爱，其丈夫能确"保我女不为人所虐，不死于非命"，因此即行送归，与丈夫团聚。借用"肉券"的思维结构，编写了这个令人解颐的"肉枕"故事，结构相同，但寓意却不同："肉券"是要惩恶扬善，"肉枕"却批判了"有姊妹行、无夫妻乐"这一违背人伦的愚行。由此可见，近

① 振聩:《肉枕》,《时事画报》1907年第3期。

代岭南报刊小说家在接受外国小说创作新思维的同时，也进行了适当的改造。

1909年第1期的《砭群丛报》有一篇传记式小说《中国穑者传》，作者为“悲盦”，小说正文前有作者识语，表明其取材受到外国小说的影响。原文如下：

绎本《穑者传》颇脍炙人口，然于我中国无与也。我国近颇注意农业矣，而士大夫世居城市，往往不知乡村之情状与稼穑之艰难，老农老圃者流，又知之而不能言，言之而不能尽。此言农学者所之以多枘凿也，作《中国穑者传》。

这段短短的识语至少提供了两个信息：一是此篇《中国穑者传》小说受到译本小说《穑者传》的影响，吸取西方涉农小说元素；二是近代中国受到外国重视农业生产思想的影响，关注农业的转变，提倡实业以救国民之穷成为有识之士的热议之题。不过这篇小说仍采用纯正的文言结构行文。受外国小说启发而进行创作构思最显著的近代岭南报刊小说是侦探小说，这已在《从公案到侦探》一节中有详细论述。

总之，近代岭南报刊小说受外国小说的影响，在小说体裁、叙事模式、结构与描写手法等方面均发生了较大变化。在环境描写、语言通俗化、对话形式等方面，外国小说对清末民初小说的近代化均产生过影响，这是由“新小说”实践向“现代小说”进化的重要环节与因素。

第三节　个案：融传统性与现代因子于一体的王斧小说艺术①

近代岭南诸多小说家有各自的创作特色，除了活跃于上海的吴趼人、活跃于世界各地的梁启超，就是以岭南为主要活动中心的黄世仲。黄世仲在长篇、短篇及小说理论方面均有建树，但是以传统小说形式见长，在内容与思想上成为岭南报刊小说魁首。在近代岭南报界中，能够专治短篇，又巧妙地将传统性与现代元素结合，由很强的传统性逐步走向很强的现代性的历程清晰，共性中充分体现个性的小说家，要数琼州报人王斧。现以王斧的报刊小说创作为例，探讨其小说如何在继承传统的同时，贯注了时代因素。

王斧一生积极参与中国近代报刊活动，宣传资产阶级民主革命思想。王斧曾任职于《唯一趣报有所谓》《香港少年报》《民报》《人权报》及新加坡《中兴日报》、泰国《华暹新报》，在《广东日报》②发表过文章。共发表小说43篇(部)，出版报刊小说集《斧军说部》一部，以短篇小说为胜。从题材内容看，有爱情、侦探、侠义、传记，其中爱情、侠义与侦探是当时最流行的小说种类。从创作手法看，有史传式，有寓言式，有戏剧化，有对话体，还有传奇体。从艺术上看，则是丰富多彩的，他将古典情绪与现代笔法结合，成为

---

① 本节属于《近代岭南报人小说家王斧考述》之重点内容，已经发表在2019年第3期的《明清小说研究》。

② 1906年1月5日《广东日报》“杂文”栏下有“父斤”的《拟水坑口妓女与石塘嘴妓女书》，1906年1月20日“风月谈”下《代石塘咀妓女答水坑口妓女书》署“斧斤”，1906年1月11日“谐谈”下《金钱主义》署“斧”，从署名、文体特点判断，当是王斧作品。该报还有黄棣荪、劳慧公、胡骏男、郑贯公、陈猛进、易次乾推荐王亚斧字的广告，如1906年1月1日《广东日报》有《亚斧写字》广告。

当时岭南报刊小说创作的先锋，其创新性最具文体学意义。

一是摄取传统小说的各种要素，以近于无痕的创作技巧镶嵌了这些小说要素，成为全新的作品，如《熊》[①]写阮古迷于风水，在寻找龙穴的过程中，被熊捕捉，同行被撕食，他本人则在十分惊险的情势下，利用羊皮掩饰而有幸逃生。回家后依然后怕不已，继而与人寻迹，踪影全无。这篇小说600余字，却可以看到志怪、志人、唐传奇、《桃花源记》、《补江总白猿传》、《陈巡检梅岭失妻记》(《清平山堂话本》)等多种文学作品嫁接、移植、变形的影子，可谓浓缩了话本、唐传奇、笔记小说、叙事散文、寓言散文各种文体的叙事方式：在偶然的机缘中，在化外之地，以半限知的视角，讲述了一个惊险、惊奇的耳目之外的怪奇经历，再寻无踪的结尾给人留下遗憾的心理体验，又提升了审美趣味。稍后，这篇小说被《中兴日报》转载，名《阮古》[②]，署“虎军”。

二是在继承上述传统气质时，注入新时代之精神，雅正气息中贯注着新活力。传统与现代之间，清晰的是旧精神，可见的是新痕迹，不过新痕迹只是符号，如借人物之口或结尾处的议论提出“自由婚姻”“救国新民”等当时热议的时代主题。还有一种就是翻新才子与佳人小说，给唐传奇之侠义精神注入新酒，在“情”与“侠”的传统题材中灌输与时代需求相一致的民族精神与救国情怀，如《佳人泪》《天涯恨》《茅店月》《闷葫芦》等多篇小说留存着唐传奇遗风，但作者更多想表达“情”失败后与“侠”成功后的出路：杀民贼以报国、锄贪虐以为民。给婚恋失败或身家性命受到威胁的青年男女指明了一条积极上进的新路，不再如贾宝玉一样只能削发为僧，不问世事。正如王国维所说：“美术之务，在描写人生之苦痛与其解脱之道，而使吾侪冯生之徒，于此桎梏之世界

① 斧：《熊》，《香港少年报》1906年10月22日。

② 虎军：《阮古》，《中兴日报》1907年11月24日。

中，离此生活之欲之争斗，而得其暂时之平和，此一切美术之目的也。”[①]《红楼梦》写出了人生之极大痛苦，但并未给叛逆者提供具有可行性的“解脱之道”，到了近代，王斧为人物设置了具有可行性的出路：献身于国家、民族事业。从艺术上看，王斧小说有古代散文雅正的气质，作品情调充满古气，情节结构布局合理，似乎是在严肃地创作散文，如《牛背笛》[②]提倡三国精神，富于民族气质，牛背与笛声的形象，有古雅气质。又如，《专制果》[③]有人物汉慕虬，“汉慕虬”这一意象就有古意，其职业又是医生，在古代为雅事，足见书香气质十足的人物教养与性情。《肝胆镜》[④]描写人物所在环境是清幽之所，人物气质与环境描写均见古雅气质，韵语之后，有散文的句法作补充，很精雅，文笔十分流畅，可见其文学上的涵养。精心结构的布局、精约的人物环境描写与考究的文字、浏亮的文笔，与当时为连载而匆匆下笔、不及布局与修饰、看着十分粗糙的报刊小说相比，王斧创作短篇小说时的态度是十分严谨的。同样是在短时间内创作，而发表于日日需按时更新稿件的报刊中，却能够达到这样的水平，可见其文学造诣很高，创造功力十分强大。

三是能够以重大历史事件为背景，叙写小人物受到大事件牵连而改变了的人生与命运，如此大、小相对的时空配置，造成虽然写的是区域性的人物行为，却能营造出一方百姓受难而全国百姓同不幸的艺术感染力，时代精神与地域气质融合。如以岭南人写东北事，有《美人墓》《女贼》《鸟媒》《锦囊》《天涯恨》《媒祸》。以《美人墓》[⑤]看，时下最重大的事件莫过于“东三省既夺于俄罗斯”，

① 王国维：《红楼梦评论》，《教育世界》1904年第77期。

② 亚斧：《牛背笛》，《唯一趣报有所谓》1906年2月16日、17日。

③ 粗斧：《专制果》，《唯一趣报有所谓》1906年6月29日至7月4日。

④ 斧：《肝胆镜》，《唯一趣报有所谓》1906年5月28日至6月2日。

⑤ 斧：《美人墓》，《香港少年报》1906年11月16日、19日。

"留俄学生陈宗彦，愤俄强横也，毅然归国"，在途中不幸又遇强贼，只得只身丐食，同时还写了爱桃(续载时姓名为碧梅)卖身为妓，漂泊江湖的悲惨人生。时代的悲剧与转移的地点信息交叉呈现，渗透物是人非的凄凉。同样，《鸟媒》[①]虽写人鬼恋，鸟作媒，但是背景却为"日露之役，李生慧芝，自旅顺逃归，将近复州，资斧断绝，因止于金花村"，正是小人无端受国祸之难的时代。《茅店月》[②]亦写"庚子拳祸，浙人柳若陶，仓皇自津门附轮逃归。登岸，夜已深，去里门尚远，暂宿逆旅。回忆枪林弹雨，幸庆生还，不禁惊定而喜"的国难下，百姓只能苟且偷生。其他不一一列举。王斧这类小说也是精心结撰的，艺术水平较高，整体的、综合性的成就远胜长篇连载小说，有现实的背景，有血肉真切的人物，有家、国与个人身体命运的真实反映，字里行间时时隐含着警示同胞的气息，国难即是家仇，个人命运与国家、民族的兴亡息息相关，当受到外国侵略时，应该奋起反抗，保卫切身利益。这比梁启超等人的政论小说要富于感染力。那些纯政治性的演说体小说，读起来十分无味，因其艺术性被政治性湮没，读者不能产生强烈的共鸣。也不像吴趼人等人的长篇小说，充满官场的腐臭味，给人以绝望的心理冲击，很多读者汲取了消极的精神侵蚀，并不能自警，相反极有可能会沉沦不起。其实，于国家民族全面沦陷的时代，这种揭露并无多大的积极意义。反而是王斧这种结构精致、融合古今中外优秀因素，故事性、趣味性与职业精神又融合得很紧密的短篇小说，感激人心的艺术效果更显著。

四是净化了侦探题材小说，引入外国人物事迹，具有国际眼光，但弘扬的依然是中国精神。如《葡萄酒》《偷侦探》《疑团》具有国际眼光，利用现代科学技巧破案，冲破了中国古代公案小说清

① 斧：《鸟媒》，《香港少年报》1906年10月29日、30日。

② 亚斧：《茅店月》，《唯一趣报有所谓》1906年2月10日、11日。

官神明、神授昭雪模式的樊篱。较之其他翻译的长篇侦探小说，王斧这类作品往往是一案一篇，简洁明了，又能结合中国实际，引导读者在享受阅读外国侦探、奇案乐趣的过程中，思考中国的现实问题。《千钧一发》[1]通过巴黎"古刺氏以一学生，卒能雪仇歼贼，巧获娇妻，坐享安乐"的故事，说明"冒险"是安乐的导线，当此之时，"吾国丁此深仇未雪，民贼待除，吾民欲寻安乐，非冒险其何从"？因此，呼唤"同胞同胞，曷打醒精神，以求安乐"。《中国之摆伦》[2]引入外国人的事迹，德人朱臻士因为汉人深受清廷之祸毒却不自醒而忧愤不已，"满清献东三省于俄"之后，"料中国必一亡而再亡也"，终日郁郁不乐，直接自戕，并留书以使中国免责。发出"摆伦死，而希腊独立；朱臻士死，而中国不能光复"的浩叹，以唤醒中国人的自我救国热情。这类以外国人故事表达中国人理想愿望的小说思维结构模式，值得借鉴。

其革新性方面，除了上述过渡性的优势外，最大表现即是戏剧化的创作，开拓了小说创作的新天地，引来视觉冲击。王斧发表在《唯一趣报有所谓》的小说还多以史传式开头，或者以通俗小说的议论式开头，趣旨上也多唐传奇遗风，情节也比较完整、曲折，有中篇化倾向，属于被胡适称为"滥调小说"的范围。但是《香港少年报》的短篇小说有了全新的面貌，创新性、创造性凸显，近乎被胡适称颂的"西方的短篇小说"："用最经济的文学手段，描写事实中最精采的一段，或一方面，而能使人充分满意的文章"[3]。

第一个表现是以白描环境开头，以精要的字句设定情境，打破了中国古代通俗小说以诗词开头的惯例，也改变了文言小说首先点明时间、地点、人物的史传式开头，基本上具备"经济""精采"

① 粗斧：《千钧一发》，《唯一趣报有所谓》1906年2月21日至3月3日。
② 斧：《中国之摆伦》，《香港少年报》1906年11月1日。
③ 胡适：《论短篇小说》，《新青年》1918年第5期，上海群益书社印行，第395页。

的要素。白描开头主要采用散文句式，往往每小段独立，另行排版，以成熟的编辑形态展现视觉新变的同时，更以情境取胜。《蚁阵》[①]开头是："阴霾四布，狂风怒号。"八字排作一段，一下子就把当时的环境与情境同时呈现，接着才详细描述了蚁群向大蛇复仇的悲壮故事，环境描写和情境设置与故事中心基调相融。《锦囊》[②]开头也是："一灯如穗，唧唧蛩鸣。/贾生兀坐萧斋，觉窗外明月绕庐，秋风瑟瑟。"人未见，灯光带来的视觉冲击，与虫鸣带来的听觉效果给人非常具体的感受，这种描写与下文所写故事的感情基调一致，不再只是篇首诗之类的程式需要，程式感降低，实在感提升。再看人物，寂坐书斋，独自看书，感受秋风之萧瑟，触觉与心理体验也在短短的两句话中全面呈现。如果没有这两句话，如果不读这两句描写环境的言语，很难体验小说所说到的"不能光祖国，逐满胡，一为同胞洗却数百年奴隶羞"的悲凉之情。

其次是拟声、对话开头，通过突兀而来的声音，使之在视觉上、听觉上产生双重冲击的功效，这仿似戏场观剧，以锣声开道，有很强的现场感、可视感。如《女贼》[③]：

冬！冬！冬！此何声？此何声？樵鼓声也。

柳生，冬夜笼灯自他归，此际雪花片片，风寒砭骨。踯躅间，闻呜咽声与鼓声相杂，讶而照之，瞥见一青衣女，掩泣路侧。

生愕然问曰："卿迷途耶？遇劫耶？抑别有他故耶？何霜寒如许，更漏已深，而独自伶仃道左耶？"

女默然不答。再问，女始吞声曰："继母不仁，欲鬻妾勾拦去。自忖家门清白，岂可为人摇钱树，以争蝇头耶？故妾宁死不

① 斧：《蚁阵》，《香港少年报》1906年10月10日。
② 斧：《锦囊》，《香港少年报》1906年10月13日。
③ 父：《女贼》，《香港少年报》1906年9月12日。

作茧，夤夜逃出也。”

生曰：“噫！卿固坚贞自操者。然夜深将安适？倘不以男女见嫌，寒舍不远，可以暂憩。”

女闻言似喜，振衣起，相率回家。入室，微睨之，虽裙布荆钗，类贫家女，然柳眉缀翠，樱口含丹，举世更无其匹。

生狂喜，逊坐进茗。女含羞谢曰：“跋涉半宵，蒙君下榻，何以报德？”生曰：“怜卿飘泊，聊尽博爱耳，何谢为？”

谈间，女质弱衣单，寒不自禁，齿震震有声。生为之凄然，急出狐裘衣之，女稍安。

既而相对寂然，女忽秋波一瞬，生神魂为之颠倒，遂归寝。既醒，四肢酸痛欲折，启目不见女。

惊而起，则四壁仅存，财物已空，顿悟遇贼，懊悔欲死。盖女登榻时，实以蒙药迷之也。亟出赏购捍，终无所获。

开头即是三声鼓响，一声急似一声，紧迫中带点凄厉。引出冬夜匆匆归途的人物，携带着灯笼，这光亮与雪花映照，视觉上的搭配使读者目光迅速聚焦到彼处，触骨寒气这样的体验起到增愁的效果，再有与鼓声相杂的寒虫助悲，又引出黑夜中孤独的女子泣哭，读者的眼、耳、心和整体器官都被调动起来，感受这紧张的场景。再通过对话、动作、行为与神态的描写，紧凑地将女贼设计盗窃的过程，以及柳生被哄动怜悯之心后反而被盗的故事呈现，“惊”“起”“悟”“悔”这四个词语，以动作与心理活动作为与开头的鼓声相混合的余响，一气呵成，绝无旁逸。如此简洁、“精采”的一段或一面，应该足使人“满意”了。《南无阿弥陀佛》[①]开头亦是这种方式：“‘南无阿弥陀佛，南无阿弥陀佛。’此何声？此何声？梵音也。/‘钞，钞钞，钞钞钞。’此何声，此何声？钹音也。”重叠的“南无

① 斧：《南无阿弥陀佛》，《香港少年报》1906年10月9日。

阿弥陀佛”，连续两次设问，“梵音也”三字作答，简明有力。第二段为三声重复而重叠递进的声响，又加上连续两次设问，也是“钹音也”三字作答，短短两句话，对称中又有一定的变化，艺术气质就固化了。正文再描写一个贪婪的和尚，象征着吞没世界、吞没中国的怪物，也使用声音、重复、重叠这种既对称又有变化的句式，营造出前所未有的寓言效果。到了《附骨疽》[①]，小说所写的声音，纯粹以对话完成，更接近戏剧：

“我——知到你系瞰样嘅呀，十世冇老婆都唔驶恨。”

“噎吔！重讲便宜说活添，我死都唔忿你！我死都唔放手过你！”平零崩冷——平零崩冷——咄！此何声？咄咄！此何声？此室人交谪，悍妻施威之争斗声也。

开头以粤方言对话书写，对话、物体摔破的声音与设问句式相结合，声效感更强，悍妻施威的争斗场景很强烈，给读惯传统小说的读者带来了全新的体验。

第三个表现是场景布局合理，构架清晰，寓言性的戏剧化更明显。王斧发表于《香港少年报》中的小说场景设置与转换都十分简约自然。《醒狮》[②]设置的几个场景十分有逻辑层次感，第一个场景是狮子酣睡的情态，第二个场景是一群儿童想叫醒睡狮的系列动作，第三个场景是儿童为狮是睡是死进行争论，第四个场景是持论狮睡的儿童叫醒睡狮的行为，第五个场景是无法接受狮死事实的儿童滴血醒狮的场景，第六个场景是睡狮醒后气势逼人的场景。六个场景有对称意味，睡态、醒之不醒、争论、醒之不醒、滴血醒狮、醒狮大吼这过程场面化，而“狮子吼”是时代的呼声，是时

① 斧：《附骨疽》，《香港少年报》1906年12月20日、21日。

② 斧：《醒狮》，《香港少年报》1906年10月12日。

代欲振奋的象征，不同的场景连贯性地进行了寓言式表达。《蚁阵》[①]设置的是两个场景：蛇吞蚁、蚁复仇。两个场景的贯联由第三者见证：樵夫这一形象。樵夫静观战斗，见证了弱小的蚁民失败、失败再失败后，战斗、战斗、再战斗而复仇成功的几个回合。剧情集中、冲突明显，动作简练，没有过多的台词，如哑剧般的场景，却能给读者（观者）带来震撼性的启示。有学者认为："短篇小说……就其行动描写而言，更接近戏剧，而非长篇小说。"[②]这个观点正好说明，王斧在《香港日报》的小说作品越富于戏剧性，就越接近西方"短篇小说"的真义。

曾有学者总结晚清岭南小说创作存在的问题中，有一点是："小说创作缺乏艺术精品，普遍存在艺术上粗糙、欠打磨的情况，小说人物的性格扁平、单一，不够丰富、鲜明，故事情节普遍缺少戏剧性张力、起承转合呼应不够周全。"[③]显然，从王斧这一个案来观察，就知道至少"故事情节普遍缺少戏剧性张力、起承转合呼应不够周全"这个结论不妥当，那只是单看单行本小说、未考察全体报刊小说，尤其是未考察"新体"短篇小说的情况下，所做的结论，现在应该改写这个结论。如果向传统大型章回小说如《三国演义》《水浒传》《西游记》《红楼梦》等巨著看齐，岭南小说确实无法超越，因为晚清以后至现代，也难有超越者，要岭南小说超越，当然是强人所难。可是从现代小说来看，尤其是短篇小说来看，岭南报刊小说具有先锋性的特点，其创作追求，志不在结撰复杂的情节结构与注重人物的丰富性，而在试验性地以精警的语言、白描的手法、场景化、戏剧性地写出最精彩的瞬间。

① 斧：《蚁阵》，《香港少年报》1906年10月10日。

② 贝茨(H.E.Bates)，朱宾忠译：《现代短篇小说回眸》，《英语广场（学术研究）》2012年第8期。

③ 管林、陈永标、汪松涛、谢飘云、左鹏军、闵定庆：《岭南晚清文学研究》，广东人民出版社2003年版，第262页。

这成为近代小说家追求的创作时尚。《香港少年报》中不是王斧作品的小说，如《硫磺马》（狄生）、《走狗》（嗤）、《西狩》（朕）也在拟声开头、戏剧场景化创作方面有突出贡献，这说明《香港少年报》在刊载近代短篇小说方面，注重选取重实践、重试验的作品，体现报刊独特的艺术取向，体现报刊善于培养具有本报刊特色的小说家，为现代短篇小说实现转型作出了应有的贡献。

要之，近代岭南报刊小说最大的贡献是引起小说叙事模式与创作手法的革新：戏剧化创作营造的人物冲突使情节紧凑，对白化与场景化明显，有很强的舞台性，戏剧品性浓厚，具有文体革新意义；开头以拟声或环境渲染引入故事的创作，得到很好的实践，以心理、触觉、视觉等进行体验式讲述故事，成为新的创作模式。

第五章　近代岭南报刊小说的时代性

近代岭南报刊小说时代性突出，这与报刊的功能密切相关。《时事画报》撰稿人“隐广”认为，历史家言过去之事，哲学家言未来之事，界于二者之间的则是时局之事，“中国生死存亡问题，决于今日”是最大的时事[①]。那么，为报刊宗旨服务的岭南报刊小说，是如何应时局需要而反映时代内容的呢？本章主要揭示的是普通岭南报刊小说的时代内涵。

第一节　近代岭南报刊小说的主题与文类倾向

作为普通的岭南报刊小说，与其他地区的报刊小说存在共同之处，至少反映了社会历史中一些共性的东西：抨击社会不良风气，鼓吹符合时代潮流的精神，在社会变革中，建立怎样的社会国家，如何建立。这些正是近代报刊小说努力探索的着力点。

于是，关注时局、批判现实、谴责社会、提倡革命、开通民智成为近代岭南报刊小说的重大主题。在报刊这种新媒体平台的支持下，近事小说激增。为了配合主题，以及适合新媒体平台排版发行要求而创设的小说文体，则是多寓言、讽刺小说，无论是传统章回小说还是翻译长篇小说，都不得不以分期、逐日连载的方式呈现于世，完整性受到潜在破坏。为了弥补时间紧张、版面有限的不足，短篇小说应运而生。主题与文体相生共存、相辅相成。

---

① 隐广：《时事画报缘起》，《时事画报》1905年第1期。

一、关注时局、批判现实、谴责社会倾向

近代岭南报刊小说创作的主题或主旨能够与报刊同步同调，毕竟报社成员创作的小说必须与报刊的言论互相彰显，才能实现自己的办报理想或办报宗旨。外来小说稿件亦需与报刊的宗旨相一致，才有可能被采用发表。批判现实首要任务是监督当时的清政府，用小说加以渲染，让民众了解事件的前因后果、来龙去脉。

关注时局，密切联系国际国内大事，在报刊新闻、评论中提倡相应观点，以小说补充报刊的思想主旨，这是近代岭南报刊进入20世纪以来的重要特点。

一是大时局，即中国在国际上所处的形势：被列强瓜分的形势和中国即将亡国的事实。《过路环》[①]写“吾粤近日所发生的重大事件，令人可悲可痛可愤可异者，就是怎件事呢？这件事实属紧要得狠，不止关系吾粤前途匪鲜，尤关系吾国前途匪鲜”，诸如“妄逞兵威，蹂躏我领土，炮毙我良民，侵夺我主权”，澳门之过路环[②]事件是外交大事，因为这会导致中国走到“极危险”的地步。当然，这部小说在描述中国与葡萄牙争夺过路环之时，也写到美国与英国等国际列强争地的大历史背景。

二是在大时局影响下所发生的重大事件。如粤路事件、拒约风潮、立宪风波、新军革命等几个重要大事件。《珠江镜》对当时轰动全国的粤路事件加以报道的同时，还附录小说《铁路世界》，关注“粤路情形”，而“如秦镜温犀，无隐不烛”[③]，可见现形“死嗑”的态度与决心，与报刊“于铁路一事，尤竭力维持，以尽天职”的宗旨

① 瀛客：《过路环》，《南越报附张》1910年8月22日。

② 过路环（Coloane），20世纪结束之前，位于澳门氹仔南面的一个海岛。

③ 《珠江镜报广告》，《唯一趣报有所谓》1906年5月22日。又见《香港华字日报》1906年5月25日。

相一致。因关注粤路事件而受到影响的报刊,广东地区有《亚洲报》《亚东报》《时敏报》《时事画报》四家,香港有《珠江镜》《唯一趣报有所谓》《中国日报》《世界公益报》《香港商报》《香港少年报》《东方报》七家。

《时事画报》几乎经历了以上几个时段的所有大事,创办之初,正是拒约风潮正剧之时,"溯吾画报出版之初,正值乙巳拒约风潮正剧之时,奸商善棍,肆意罗织,挟亡清罪恶旧官吏之魔力,马、潘、夏三君,锻炼成狱,炙手可热,犯颜者有死亡之忧。本报同人,不甘屈于威武,独伸正论于天下,人心不死,群起而争,大狱幸以不成,虎狼因而避道"①,这是跟"社会挑战"的时代。《时事画报》在创办的六年中,经历了海内外有关自由、民主、独立的重大事件:"萍醴之革命、钦廉之革命、云南之革命、潮惠之革命、徐锡麟之刺恩铭、吴樾之炸五大臣、安徽之兵变、吾粤新军之变乱。外而土耳之革命、波斯之革命及无政府党之炸烈弹、女选举党之风潮。"②吴樾、徐锡麟、马达臣、潘信明、夏重民等都是革命者,而岭南地区彼时有关革命的惨剧、壮剧和悲剧,如"钦廉之革命、新军之变乱、潮惠之革命"等是感染群众的革命事迹,这些事件层出不穷,都关乎百姓的"民生、民权、民族三大主义",既是报刊的宗旨,又是时代的潮流,还是革命的理念。

关注时局的同时,还以报刊题目标注小说类型的方式,把小说批判现实与谴责社会的主题或主旨旗帜鲜明地展现出来,这是传统小说所不具备的眼光与手段。传统小说在主要题目之前,也有一些类似广告的修饰语,以展示小说的主题或主旨,如"新刻""新雕"等展示了版本关系,"绣像"说明有插图,"批评"说明有名人观点或手迹,"第一奇书"说明小说的性质。这种标注,一般在

① 英伯:《光复辞》,《时事画报》1912年第1期。

② 《特别增刊大祝典》,《时事画报》1910年第2期。

题签页中完成，并不能在每回每节中实现，对读者的刺激没有那么强烈。也因为古代传统小说制作昂贵，数量、刊刻、流传有限，从文本阅读的角度来看，这种思想倾向与内容主旨的增广手段，对普通民众的影响有限；而从“听”书的角度获得的感受，是另外一种效果。

近代报刊小说则截然不同，即使有些小说的样式、语言、主题与传统章回小说差别不大，但是，因为以报刊媒体为手段，以数量大、传播广、密度繁、价格低廉的优势，对普通民众造成极大的影响，“看”文本的机率大大地提高。排版精美、讲究的小说题名标注，能够很好地吸引读者，在视觉上造成冲击，接受时能激化人心脑力。

以《唯一趣报有所谓》《香港少年报》为例，在报刊功能分区上，率先改革，一改报刊排版时先庄后谐的常态，竟然先排谐部，再排庄部。小说自然属于谐部，且在栏目安排上，以花边装饰，圈成明显的“小说林”或“新说部”，左侧即有大字“佳人泪”题目，题目上方是较小于题目字号两竖排的“艳情小说”，接着标注了与正文字体一样大小的署名“亚父”，如果有续载，则往往标注几续几续，如“初续”“二续”“续第三期稿”等。这种排版方式，每期或每日排版相同，逐日或逐期程式均同，读者则会受到视觉上的刺激，“艳情”二字，便可深入读者脑际。

那些集中批判现实、谴责社会的标注中，最常见的是“光怪小说”“警醒小说”“涤垢小说”“箴规小说”“滑稽小说”“警世小说”“盲情小说”“怪诞小说”“辟疫小说”“讽时小说”“寓言小说”“狡骗小说”“砭俗小说”“警嫖小说”“冤情小说”“戒烟小说”“社会小说”“现形小说”“顶怪诞嘅小说”“党祸小说”，这种“××小说”的“××”，实际上挑明了创作的主题或倾向，其逻辑思维，大致是社会多怪象，有的怪得滑稽，如盲情、浪嫖、吸鸦片、骗抢等普遍现象，也有特殊时期的党祸等，使光怪陆离的社会怪诞现形之后，要针砭、警醒、规劝，寄寓一定的道理。这种创作理念貌似与传统的警世、通俗的追求相通，但实际上，近代岭南报刊小说的批判与谴责要具体而强烈得多，完全是“活画社会上的丑态”，像“《孽海花》《官场现形记》《文明小史》之类，描写入神，可谓穷形尽相”，可是作者一点也不觉得批判与谴责的“刻薄”有什么不妥①。

近代岭南报刊小说除了在题目前后标注类型或主旨之外，还有一个传统小说所不具备的手段：广告。广告鼓吹的力度与广度，是传统小说难以望其项背的。

《片帆影》小说的宗旨，“专摹写社会腐败之现状，注意社会根本之观念，冀收改良社会之效”②，这种观念很突出。对社会现实中的嫖赌饮吹加以批判，目的是要警醒世人。

专就嫖赌饮吹四界而言，分门别类，推陈出新，以滑稽为谏勉，以嬉笑为棒喝，可诵可歌，可惊可泣，可作座右铭，可作苦海航。并插触目警心图画数幅，诚近日新书中之别开生面。③

很多小说出版广告，都强调警世、劝过，追求棒喝的效果。如《欢喜果》是融文、谈、歌、曲、小说、诗、讴于一炉的集子，建议骋豪于花酒者人手一篇：

内容资料诙谐，激刺味道浓沃，专从嫖饮界着笔，的确无一不可以作警迷钟，亦无一字不可以作当头棒。导人改过之功，而无

① 中国无恙：《官样》，《时事画报》1909年第16期。

② 《片帆影二编出版广告》，《羊城日报》1909年8月4日。

③ 《快看快看四淫齐出版》，《香港华字日报》1907年11月18日。又见《中国日报》1907年11月19日。又见《社会公报》1907年12月16日。

引人入胜之弊。①

近代岭南报刊小说不遗余力地批判嫖、赌、毒、卖(猪仔)、骗等各种歪风邪气,以警醒世人,这是从反面来强化,多以寓言、讽刺的手法展开。因此,短篇小说《纨绔镜》的创作目的就是要作"警钟之声"②,批判纨绔少爷的境界还不如梳傭。而《错认夫婿》也以小说的形式,与谐画、谐文同声相求,批判粤地"不落家"之风的陋俗③,"假夫妻"摹写的是"梳傭之怪现状"④。

如果说描摹旧习与恶俗是对中国传统文化的糟粕加以批判揭露的话,那么部分小说则对"西学"与"新风"之邪恶加以谴责。《学蠹现形记》⑤呈现了科举制度废除之后,"新学堂"师生种种恶劣行径与各种滥竽充数、不学无术的丑态,教师抽鸦片、赌博、鸡奸学生,学生勒索他人,等等。在现形官场界之外,有了"学界现形记",专门讽刺新学。

总之,近代岭南报刊小说充分地阐释了近代小说两个基本内涵:时代的镜子、批判现实主义的倾向⑥。

二、提倡革命、开通民智倾向

近代岭南报刊小说的主题或主旨与报刊言论同步、同调的第二个表现,就是在主旨偏向上,将报刊提倡的民主、革命、平等、自

① 《快看快看唯一趣味杂著欢喜果出版》,《香港华字日报》1908年5月26日。
② 啸虎:《纨绔镜》,《时事画报》1906年第30期。
③ 述奇:《错认夫婿》,《时事画报》1907年第16期。
④ 《假夫妻小说出世》,《天趣报》1911年4月4日。
⑤ 鹤唳:《学蠹现形记》,《南越报附张》1910年5月4日至7月5日。
⑥ 时萌:《发展中的近代小说——〈小说集·导言二〉》,上海书店出版社1999年版,第99—105页。

由等观念灌注于小说中，以激励国人，这是从正面来塑造可以作为模仿对象的榜样，宣扬革命理念，歌颂革命者，旌扬革命事迹。

《时事画报》当然也直接刊登革命小说，歌颂革命英雄，甚至连《水浒传》这样的作品，也拔高为“元世之革命党杂志”，施耐庵则是“故国飘零”“腥膻逼人”之世奋起作书，以“醒斯民之酣梦，作斯民之模范，使一国之人，皆有是心，有是人，而后可”的志士[①]。《国侠魂》小说就是要“罗取近年侠客，或男或女，不下数十人”来表彰其“仗义急难”的精神，这种仗义急难的精神，已经上升为“国家思想”，当然要大加鼓吹[②]。歌颂像伊藤博文这样的“近世政治家”，渲染其“勋业炳于东洋竹帛”的功绩[③]。

哪怕是做法上比较保守的《中外小说林》，亦不外乎“人”“情”“时”“世”，企图在小说中寻找可以复兴民族国家的“侠骨”“民族”“道义”精神。近代岭南报刊小说类型标注多为“盲情”“艳情”“言情”“写情”“贼情”“冤情”“哀情”“侠情”“侠义”“侠侣”“豪侠”“义侠”“任侠”“复仇”“民族”“伟人”等，寄寓的是儿女英雄强国、复仇、兴邦、富民的豪侠情怀，这些情怀往往可以化为救国救民的动力，追求平等自由的武器，激化成伟人为国家民族献身的复仇行动。因此，最常见的类型或主旨标注有“尚武精神”“侠烈小说”“任侠小说”“民族伟人小说”“政治小说”“冒险小说”“复仇小说”“奇遇小说”“侠情小说”“家庭教育小说”“快意小说”“理想小说”“军事小说”“逼迫小说”。

《唯一趣报有所谓》的宗旨是“监察政界之现象，改良社会之魔氛，伸民权、抒公理，淋漓大笔，慨慷悲歌，体备庄谐，赏兼雅

① 钱：《书水浒传》，《时事画报》1907年第30期。

② 《快看快看新小说国侠魂出现》，《时事画报》1909年第3期。

③ 世次郎：《近事小说：朝鲜血》，《南越报附张》1910年2月14日至5月7日。

俗”[①]。因此，“民族小说”是要大力提倡的，如《洪秀全演义》[②]，“为近代民族上最有关系之纪念”，《唯一趣报有所谓》无妄歇业，《香港少年报》即暂停《学界现形记》这种暴露为主的小说，优先移载这部小说[③]，可见民族革命在报刊舆论上的地位。至于那些于社会进步有碍，“不足以移人之智慧”的“荒诞不经者”“无稽之言”如《鬼林》，则要摒弃，马上割爱弃载[④]。《香港少年报》的宗旨，自然也是“开通民智，监督政府，纠正社会，提倡民族”[⑤]。由《唯一趣报有所谓》原班人马改办的报刊《东方报》也声称提倡民族，主持正论[⑥]。

要革命，要强国，就要有强健体魄的国民，因此，有些报刊像《南风报》，就提倡军国精神：“灌输世界智识，发扬军国精神”[⑦]，前者是从智力上提升国民素质，后者是从体魄上提升国民素质，希望内外兼修，改善中国人气质。这种思想意识传承自一年前创刊的《南报》：“军国主义为纲，世界、民族两主义为目。”[⑧]既强调在内以军国主义提高中国国民的国家意识，也强调在外以世界眼光与民族视角相对照，提升国际胸怀。这种思想意识越来越强烈之后，付诸行动，便成了推翻清政府腐朽统治的辛亥革命。

至于那些反映革命事迹的小说，往往被报刊即时采纳，以“花界”为主要服务对象的“闲报”《天趣报》，竟然也刊载了小说《广东之革命潮》，因有感于“革党起事，焚毁督署，数日之间竟尔烟消云散”的悲愤，详加调查此事始末，作为“广东之大事记”，刊载于

① 《请看请看》，《唯一趣报有所谓》1905年6月4日。
② 《请看本报小说之特色》，《唯一趣报有所谓》1906年2月20日。
③ 《本社要告》，《香港少年报》1906年7月26日。
④ 英国堪士原著、励学学校同人白光明、马振声合译：《鬼林》，《唯一趣报有所谓》1906年3月3日。
⑤ 《看看少年报出世之广告》，《唯一趣报有所谓》1906年5月12日。
⑥ 《看看本报停工紧要广告》，《东方报》1907年1月13日。
⑦ 《本报简章》，《南风报》1911年第1期。
⑧ 《南报简章》，《南报》1910年第1期。

报[1],可见鼓吹革命风潮的意识是很强烈的。在小说出世广告中,也鼓吹党人革命,因为“于社会有绝大关系”[2]。

有些小说对俄国虚无党大加赞赏,中国青年男女受到这些小说歌颂的英雄事迹所启发,顿生效力中国社会之志气:

他日乃演讲虚无党小说,谈及俄国政府之暴虐,西伯利亚之惨酷,百姓受苦之惨无天日,女则秋波如裂,粉脸泛红。继谈及虚无党之宗旨,美人党之离奇,女乃慨然曰:“使妹而生长俄国,则亦美人党之一会员也。”生笑曰:“妹盍思之,我国比俄国,相去几何?”女曰:“兄勿见笑,今羽翼未丰,安可以高飞? 久之,当使兄见妹之志耳。”生曰:“吾以妹为一柔婉淑静之佳人耳,不知其英风伟质,即须眉男子,亦逊一筹,殊令余起敬。”[3]

由张生伦谈虚无党、美人党之宗旨、离奇,因而刺激潘步莲的感情,顿生敬仰之心,恨不得生长于俄国而效行。张生伦再次引导潘步莲思考,比较中国现状与俄国的差异,得出的结论是,可惜目前羽翼未丰,不能高飞,不能像虚无党、美人党一样实施复仇宗旨。但这种志气,又使张生伦对潘步莲产生了敬爱之情,赞其有“英风伟质”,进而互相崇拜,结下深厚情根。如此,跟古代小说宣扬女子温柔婉转的弱质相比,发生了变化:鼓励与赞赏那种有革命精神与暗杀等武力气质的女子。甚至连恋爱誓言,也有了现代化的表述:“即使地球破裂,人类灭绝,我灵魂仍旧是念念不忘了你。”[4]用典上,对象名称已经上升到“地球”这个认知,“人类灭绝”这个宇宙观念已经可以灵活地运用于日常谈论,具有这种观念、

① 《广东之革命潮出世》,《天趣报》1911年5月4日。
② 《又有新小说出世名党人碑》,《时事画报》1907年第21期。
③ 慧觉:《惨鸳鸯》,《南越报附张》1910年4月8日至9日。
④ 芳郎:《埋香冢》,《南越报附张》1910年5月9日至7月13日。

情怀与能力之人,无疑就是新人之一种。

小说家认为,20世纪的国民想要"享共和政治之幸福者",是"国民心理自然之趋势也","翘企之不得,乃继之以提倡,提倡之不从,乃继之以竞争,竞争之无效,乃继之以剧烈,而惨剧出矣,而良果收矣"[①],革命是实现理想的激烈手段,论证了革命的必然性,要反对维新、保皇、立宪。牛志威博士认为晚清粤港小说两大地域特色之一是"革命性异常突出",而以"宣传排满革命为主题的小说,很难想象会大量出现在清政府的京城——北京。另外,上海作为晚清商业性的大都市,其革命性的小说亦不多,而是以谴责小说和消闲娱乐小说为主"[②]。这有赖于岭南在地理上远离清朝统治中心这个优势,但更多的是源于岭南小说家的想法,他们认为,小说具有教育功能。这虽不是岭南报刊小说首倡,但不顾社会现实对报刊的威胁与压迫,毅然刊登《青衫泪》这种宣扬革命、歌颂革命者的小说[③],是因为深刻地认识到"转移社会,小说之力最大",具有能够"发启国民之意识"的功效。

小说一道,离奇变幻,体用兼赅(施),最宜于今日社会。泰东西各国至奉为教育专科,其价值可见。近世纪中国人士沐染新风,稍知小说之益,故东京、上海亦有《说部丛书》等问世。惟吾粤阙如,同人等深以为憾。爰组织此社,特聘出色小说家多人,分门担任,或著述近事,或翻译精本,如冒险,如侦探,如艳情,错综杂出,或章回,或短篇,或传奇,务臻美善,附以外书、谐文、白话、讴歌、杂俎、噱谈等等,按期排刊成帙,颜曰《粤东小说林》,以饷我同

① 世次郎小配:《十日建国志》,《南越报附张》1910年11月1日至30日。
② 牛志威:《晚清粤港小说研究》,华东师范大学2018年博士学位论文,第130页。
③ 《请看本报改良小说广告》,《赏奇画报》1906年第17期。

胞,以导引文明,启迪社会为方针。[①]

以东西各国为参照,详述小说体、用方面的价值;再以近代中国东京、上海为参照,考察受小说新风沐染的概况;说明小说有“教育专科”的功能,《粤东小说林》的创办,目的是“导引文明,启迪社会”。报刊提倡革命、鼓吹新风的宗旨,小说正好有这种能力与功效,所以岭南报刊小说不遗余力地围绕报刊宗旨宣扬革命理念、歌颂革命者、颂扬革命行为。

近代岭南报刊除了提倡革命,还竭力开通民智、鼓吹新风。“输进文明,启迪社会”常成为报刊宗旨,《东方报》是其中一种[②]。“小说为开通民智之一大助力”,几乎成为共识,认为《粤东小说林》一出,“当获社会欢迎”[③]。《亚东报》也声称“以开通民智为宗旨”[④]。

开通民智的第一种方向是,使国民了解中国社会现实,唤醒国民的爱国精神,以达到救国的目的。《国民日报》就是为了“唤醒国民精神而发起”者,以“爱国思想为主义”[⑤]。《醒国魂报》直接以“醒国魂”为名,“以救国为宗旨”[⑥]。

《孔圣会旬报》(《孔圣会星期报》《孔圣会报》)的宗旨,则用一系列三字句表达了批判与开通民智结合的理念:保宗教(孔教),挽颓风,醒国魂,开民智,平私议,无党界,无教界,兴实业,振学务,正论说[⑦]。除了“保宗教”“无教界”为该报独特主张之外,从

① 《粤东小说林出世》,《香港少年报》1906年9月24日。又见《香港华字日报》1906年10月1日。又见《东方报》1906年10月2日。

② 《快看快看》,《香港少年报》1906年7月24日。

③ 《羊城将有小说报出世》,《香港少年报》1906年9月22日。

④ 《看看亚东报出世广告》,《珠江镜》1906年6月1日。

⑤ 《国民日报出世》,《香港少年报》1906年10月29日。

⑥ 《快看快看醒国魂报出世广告》,《东方报》1906年10月26日。又见《香港少年报》1906年10月28日。

⑦ 《本报宗旨》,《孔圣会报》1910年第104期。

“挽颓风”到“正论说”，则全面总结了近代报刊创办的基本目的、宗旨与功能，这些宗旨充分反映近代的时代精神与理想愿望。

在提倡革命、开通民智的宗旨指导之下，鼓吹新风，推举新人，介绍新鲜事物。《时事画报》甚至还以小说的形式，赞颂“性好奇”的“鬼侦探”罗姓美术家，该报的同人，经锲而不舍的调查与追踪之后，终于辟谣，闹事的原来不是“鬼”，而是人。谣传的鬼，不过是半夜偷情而装神弄鬼的人而已。详见本章第二节、第三节。

三、寓言、讽刺与政治、侦探和白话等文体交叉倾向

晚清谴责小说重在“目睹”“现形”，揭露之后，对如何改善与改变这种社会现状，没有提出设想与计划。岭南报刊小说首先是揭露与批判，这点与晚清谴责小说相一致。可是，近代岭南报刊小说并不仅仅停留在揭露与批判的层面，更重要的是提出了改变与改善的设想与计划。梁启超的《新中国未来记》开创了“未来体”，吴趼人的《新石头记》开创了“科幻化”，这两种小说文体类型的重心放在提倡革命、鼓吹新风方面，这类小说往往更能鼓舞人心。在思想层次上，要比谴责小说高一筹。

在寓言、讽刺方面，短篇小说具有代表性。《时事画报》现存小说80篇（部），其中71篇为短篇小说，无一例外，都有短小精警的特点，而讽刺的意味很浓。《烟猪》《瞒瘾》《晏起》《烟窟》讽刺鸦片鬼，《国会潮》《尊制》《天上之国丧》《现在及将来》等讽刺清廷的虚伪与国丧的轻佻，《秀才娘》《科举梦》讽刺科举制度，“社会小说 尚武精神”系列小说讽刺弱国国民的内斗与内耗，“趣致小说 蠢侦探”系列小说讽刺淫狱，《吞产案》《家之盗》《摄青鬼》象征中国被列强瓜分的历史现实。《广东戒烟新小说》的短篇小说基本上围绕吸鸦片者的丑态组织小说情节结构，批判与谴责的味道浓厚。《唯

一趣报有所谓》《香港少年报》《社会公报》《中外小说林》代表了20世纪前十年岭南报刊小说的成就，其主题也不出此列。《南越报附张》《国民报》现存1910年以后的作品，也无非是批判这些社会现实，象征性更强，讽刺性很明显。在批判现实、谴责社会时，运用了讽刺、寓言手段，并提出了改变这种现状的手段：开通民智、提倡革命。

在写清廷黑暗专制之烈时，将之塑造成“龙钟衰惫”“十八学士”，身躯腐败秽臭，气味令人作三日呕，衰朽达到极点，绣花针就能贯体。以寓言的方式书写，寄寓了“铲穿地球”[①]的革命理想，以求“文明自由”之日到来。如某“富翁”无姓字，“以外方酋长，至内地游牧”实指清廷为少数民族入主中原之历史。所创“一园”指“颐和园”。“老奴”指那些为清廷效力，为之卖命的汉族大官僚。“劫富”“施济”“均富”的思想反映当时的革命理想，志士想推翻富翁的国度“欲另置一部落”而不可得，隐寓着对革命失败的痛惜[②]。

在小说人物与地名命名时，也使用了比喻、寓言手法，如“黄汉生”之“黄”姓暗指黄种中国人，“汉”指华夏中原的正统汉族人，“黄汉生”就是华夏汉族所生之正宗中国人。黄汉生所在的国家名“东方病夫国”，显而易见这个国名喻指当时的中国。黄汉生结交的志士“黄兴”，实际上寄寓了黄种中国人要复兴的理想[③]。弟弟“胡为人”这个名字，实际上寄托了作者对该人物的讽刺：哪里是这样做人的啊；哥哥“胡成人”，实际上也寄托了作者的思想倾向：哪里能成人啊；兄弟所居之所为“芙蓉城”，实际上就是指吸鸦片之地，甚至指整个中国[④]。象征痛惜之情或寄寓理想愿望的小

① 春：《铲穿地球》，《南越报附张》1910年8月27日至30日。

② 莞：《无名之富翁》，《绘图中外小说林》1908年第5期。

③ 伯：《片帆影》，《绘图中外小说林》1908年第8期。

④ 耀：《猛回头》，《绘图中外小说林》1908年第6期。

说人名交杂、散存于各篇(部)小说之中。

《客观梦》[1]标注为“喻言小说”，确实有寓言性质，且以“梦境”的外层结构作为结撰的套路，但是却以科幻的面貌出现：

雾雾濛濛，飞沙重重。人声空空，炮响隆隆。不见天日，不知西东。仰见一物，忽隐忽现，若上若下，随风飘动，状若无魂。噫！此何物欤？遥观之，身首庞大，门户洞开，探步前行，注目细察。

噫，文魁阁耶？何层数之多也？上天桥耶？何级数之多也？约百级一层，十层一□，愈高愈少，愈分愈清，层级井然，不能稍混。再谛视之，高坐者一小子，年极幼。次二三人，再七八人，以次遽加。忽至一层，界限严明，如泾与渭，如水与火，如炭与冰。时或一二老物擒上，然界限尚未融和。每觉足如发麻，隆然塌下，故下级者欲上，亦不敢前。

疾闻闹声，自下层出。视之，层级较多数百，人较多数万。时或升上，时或塌下。骈肩累足，毂击肩摩。抗衡排挤，如丝撩乱，而界线亦严。下者欲上，上者更下。

再细视之，下者待上，奴颜婢膝，媚语谄容，以取其悦。而对下则手椎足蹴，秽语污言。级级如是，层层如斯，煞是难看，煞是奇怪。

最下一层，人类亦多。手足茧缚，口若钢铁。鹑衣百结，体无完肤。火热水深，羹残饭冷。孤灯饮泣，其凄苦莫可言状。

呜呼！此地球之十界乎？何层之多也？观日峰之梯乎？何级之多也？狐种耶？何工于谄媚也？獍种耶？何昧仁心也？

思之既久，茫无头绪。忽见中下层级，风起水涌，金物鼎沸。数千怪人，蓬蓬勃勃，直上第一层，推小子于下层。束手无策，淹淹垂毙。忽下层数人，待为策画。轰然一声，怪人已渺。于是层

① 百钢少年:《客观梦》,《南越报附张》1910年7月20日。

级如故，谄媚如故，残忍如故，且较昨尤甚。虽屡有创钜，亦少顷即平。时或数十物怪，沿级纷下。或攫财，或掠美，其颠连苦状，甚不忍观。

闹犹未已，忽有数人，来自门口，炮击刀挥，手椎足践，咆哮而去。可怜此物，肉碎瓜残，分剖已尽。哀声遍地，冤气攻天，自此更不忍观。而下者尚酣睡未醒，秽气侵人。余欲上前，遍洒甘露，救出生天。奈独力难持，不如归，商之同志。于是寻故道而归。

不料风云掀天，山岳摇撼。黄尘扑地，白浪滔天。声如地球裂，黑若太阳亡。余悚然而惊，茫然而恐。忽然卧在榻上，乃知为梦。时灯影离离，虫声唧唧。回思梦境，恍然尚在目前。不禁抚膝大叹曰："怜哉此物也！愚哉此物也！残忍哉此物也。吁！"

这个空间并不确切，或以为是文魁阁，或以为是天桥，或以为是地狱之十界，或以为是观日梯。"多""复杂""隐晦"的特性很明显，但这个"存在"的空间却不为民众目力所及，又显得扑朔迷离。正是这点，混淆视听，达到寓言的效果。"高坐者一小子，年极幼"使人一目了然，分明暗喻光绪皇帝或宣统皇帝。"次二三人，再七八人，以次遽加"又可以对号入座，分明暗喻清廷自上而下的权力大小层级差异，各个阶层之间，界限泾渭分明，难以冲破阶级限制。"老物"普泛化地暗喻偶然有机会越级者，但却难以与上层磨合的社会现实。而那些为了想要越级升迁而奴颜婢膝者，丑态万千，正是晚清官场的原生态生存现状。最下层的百姓水深火热，生不如死，极劳苦之状，也是对生活本真的折射。最后两段分明又写清朝统治时期风起云涌的起义与残酷的镇压运动，"推小子于下层"暗指光绪帝被软禁，"数十物怪沿级纷下"的抢夺，正喻指官僚腐败与野蛮，"可怜此物，肉碎瓜残，分剖已尽"又暗喻列强入侵中国、割据瓜分的形势，"下者尚酣睡未醒"暗喻中国民众的愚味麻木。总之,详细地构建了晚清中国社会各层关系与国际形势关系。从"怜哉""愚哉""残忍哉"三种评价,可见作者态度:哀其不幸、怒其不争。这个不分明的怪物,正是"老大帝国"形象的生动写照。

这种人种分层、时空互相折叠、上升通道有限、竞争激烈的社会结构关系,要比现代科幻小说《北京折叠》[①]所建构的上流、中产、底层阶级社会体系早近百年,且层级间的错杂与空间升沉要复杂得多。《客观梦》篇幅短小,即能完成这种复杂的时空结构设想,得益于寓言、讽刺手法的合理运用,结构精巧,其创造思维具有先驱性。从中可见曾被沉藏故纸的岭南报刊小说在文体创作上做的那些尝试:揭露、批判时使用了寓言、比喻的手段,使小说的哲理与历史意味更耐人寻思,且开"科幻"之先路。

在政治与侦探方面,长篇连载小说,尤其是有单行本印行的小说,最为明显。《瑞士建国志》作为"新刊政治小说",其目的是要"激发天良,精神奕奕,明古今兴亡之理,羡英雄豪杰之用心",以达到"足以惊风雨而泣鬼神也"的效果[②]。这概括了政治小说的文体特征:激发天良、使人明白古今兴亡之理;以英雄豪杰的举动振奋国民精神;追求惊天动地的政治效果。

即使像《红茶花》这种典型的翻译侦探小说,也不忘注入"英雄侠士"的事迹[③],后来干脆加上"任侠小说"四个字,以示对革命豪杰的偏爱[④]。而相当一部分小说为了突出其时代新内容,不惜拔高自身文体的兼容性与交叉性,如翻译自英国大文豪霍士爹核士的《五命离奇案》,在出版广告中强调"侦探、艳情、风俗、历史、

---

① 郝景芳:《北京折叠》,见《孤独深处》,江苏凤凰文艺出版社2016年版。

② 《新刊政治小说瑞士建国志广告》,《香港华字日报》1902年10月30日。

③ 《红茶花包探案全书新出板》,《香港华字日报》1905年6月3日。

④ 《任侠小说红茶花》,《香港华字日报》1905年7月3日。

法律、辩才悉兼而有之”，当时流行的主题与元素都被拿来美化该小说，以副“最近小说之杰出者”的称号[①]。题材交叉融合，使得文体的纯粹性受到破坏，但在思想内容上却得到强化。

翻译的侦探小说流行广、影响大、艺术特色显著，岭南报刊小说家自创的侦探小说也有佳者。据李梦玲统计，近代岭南至少有34种报刊刊载了至少101篇（部）翻译小说和1部寓言故事集，单行本翻译小说也多达40种[②]。但是，更多的岭南报刊小说家借用侦探的外衣，行讽刺之实。《时事画报》之《军装》是“蠢侦探”系列之一，讽刺的是“设阱陷人”的“侦探捕侦探”之荒谬，《满街革命党满街侦探》讽刺的是“捕风捉影”的“不辨是革党捕革党，抑侦探捕侦探”的可笑，《轮船》讽刺的是无底线“哀乞”的“无术”之侦探。题侦探而无侦探之结构思路，更无侦探之离奇曲折，亦无侦探之思维与胆识、智慧，这是外国侦探小说进入中国之后，发生的“破体”现象，文体倾向，由侦探之类型变而为讽刺之手段。于是，变成了《侦探之侦探》[③]这样的文体。为什么变成了“侦探之侦探”呢？以俗语而言，“侦探之侦探”就是“狗咬狗”。因为“在官者，能设侦探以防党人，在党人，亦能设侦探以防官”，跟《时事画报》所讽刺的“侦探捕侦探”“不辨是革党捕革党，抑侦探捕侦探”同理。究其原因，又是因为像“罗雄、罗桂等作侦探这等人，本无侦探之资格，不过借端诬捏，侥幸杀得几个人头，遂居然膺了上赏”而已，侦探无术又与《时事画报》“哀乞”的侦探一样无底线，“借端诬捏”式侦探，不过是告密者的变体，根本没有福尔摩斯的智慧、正直与普世情怀。主题类型上倾向于侦探，而文体上却变异成讽刺小说，这是岭南报刊小说家自创侦探小说的文体特色之一。

① 《快看快看第一离奇小说出版》，《中国日报》1907年11月16日。

② 李梦玲：《近代岭南报刊翻译小说研究》，暨南大学2020年硕士学位论文。

③ 太岁：《侦探之侦探》，《广粹旬报》1909年第11期。

在近代岭南报刊小说中,反映文体类型倾向的标注有“喻言小说”“短篇小说”“章回小说”“最新短篇小说”“近事小说”“白话写生小说”“寓言小说”“白话小说”“传记小说”“滑稽小说”“怪诞小说”“政治小说”“侦探小说”“最新历史小说”等。“喻言”“寓言”“滑稽”“怪诞”是从创作艺术上强调其文体特征,有长篇连载,也有短篇小说,但以短小精警见其优势。“短篇”是从篇幅上强调文体特征,不再是“章回小说”的天下。“政治小说”“侦探小说”从内容上强调文体特征,可以是长篇连载,也可以是短篇小说,但以长篇连载见其优势。“白话小说”是从语体上强调小说文体特征,虽不是岭南首倡,但却是近代岭南报刊小说语体追求的特色倾向。“最新历史小说”则是从小说史观上强调其文体特征,这是综合时事小说、近事小说、现世小说交叉结合成的报章体小说。

思想内容、文体类型交叉,又对某些传统文体或外来文体加以改造,在报章中以“破体”的面貌见于世,正是为了更好地为关注时局、批判现实、谴责社会的时代思潮推波助澜,表达开通民智、提倡革命的时代理想。

第二节　游学外洋：塑造新民的途径

19世纪末20世纪初,中国正处于“内患日滋”与“外患日亟”之时,时彦意识到中国积弱源于国民缺乏国民性格,得出了“欲维新吾国,当先维新吾民”[①]的结论。但“若以今日之民德、民智、民力,吾知虽有贤君相而亦无以善其后也”,因此“新民为今日中国第一急务”。而所谓“国民”就是“有国家思想,能自布政治者,谓之国民”,“新之义有二:一曰淬厉其所本有而新之,二曰采补其所

① 《本报告白》,《新民丛报》1902年第1期。

本无而新之”。能够使国民独具一种气质，即是“国民独具之特质，上自道德法律，下至风俗习惯、文学美术，皆有一种独立之精神”。具有这种独立精神的国民才能建立自由富强、平等民主的国家，因“苟有新民，何患无新制度，无新政府，无新国家”[①]，依此推论，有新国民才可以成国家，“新民”是建立“新中国未来”的前提。这种高层次的思想革新可以依赖文学革新的手段来扩大影响，以达到最终“新国家”的远景目标。梁启超总结戊戌变法失败的经验教训时，归结为“民智未开”。若想开通民智，依据日本经验，办报与施行“小说界革命”是最有效的手段。所以他在《新小说》杂志的《论小说与群治之关系》中提出：“今日欲改良群治，必自小说界革命始，欲新民，必自新小说始。”[②]正式竖起了“新小说”以“新民”的旗帜。力图倚仗小说独特的魅力开通懵昧的民心，《新中国未来记》显然开创了探索“新民”途径与构建“新民”图景的风气。早在明末，冯梦龙、凌濛初就注意到小说有“感人之捷且深”的效果，梁启超更是郑重地阐释了小说具有“支配人道”的“熏”“浸”“刺”“提”四种艺术感染力，从冯、凌的经济效益追求，提高到了能改变政治格局与改良群治的高度。“新民”思潮成为时代的主旋律，也成为小说家争相描述、构图、设想、反思的主题。一时间，“新民”成为近代岭南报刊小说浓墨书写的思想文化景观。

一、近代岭南报刊小说呈现的新人形象

近代岭南报刊小说书写“游学外洋”这一社会现象突出，仅《唯一趣报有所谓》的19篇小说中，就有10篇小说涉及游学外洋的描写，其中2篇小说所写的人物去了南洋诸岛，2篇小说去东洋

① 中国之新民：《新民说》，《新民丛报》1902年第1期。
② 梁启超：《论小说与群治之关系》，《新小说》1902年第1期。

日本,4篇小说去欧美,2篇去“外洋”。其中又有5篇写人物到过2处以上的地方游学。有人利用佣于德国某邮船的机会,游历过德京柏灵、俄京圣彼德堡、瑞士、英京伦敦等欧洲各代表地[①]。在书写游学外洋现象的时候,着力塑造了一群特立独行的“新人”形象。这群新人游学外洋的主要原因在于,在旧的体制之下备受摧残,只有出洋才能彻底改变命运。这群新人出洋的原因与方式主要有这三种:

一是留学,在文明智力上改变旧地位。经历婚姻、恋爱失败或磨难之后,有的毅然出洋。“涉洋”是婚恋磨难后实现人生价值的寄托,他们不再如贾宝玉那样无望地削发为僧。以一定的时间系统地学习新知,意在归国之后,施行教育兴国、教育开民智等实践方略,因为“中国人久失教育,无爱国心”,若能使国民以强壮的体魄、健全的精神灵魂出现在世人面前,则有望成为“中国他日主人翁”[②],成为主人翁后,就有机会、有能力自主婚姻。这是最常见、最普遍的出洋形式。留学地以日本、欧美各国为主,与清政府派遣青少年留学的主要国家一致。

二是务工,在经济上改变旧状态。经历家变、身受苦难的挣扎之后,有的毅然出洋。求生无门、求财无能的失败者,本着改变命运的意图,挺身而出。如《广东劝业报》之《信义商家朱紫弃传》[③]的主人公,原名朱紫贵,从名字可以看到,其家族对其寄托了多大的期望:成就家业,他日得朱紫之贵,以光门户。可是朱紫贵空有其名,多年屡试不举,转而业商,又以失败告终。愤而改名朱紫弃,寄寓放弃追求朱紫之贵的愿望,到新加坡帮理,改变了“猪屎屁”的厄运。在国内经历科举失败、经商失败后,有的男子意在

① 止戈:《戆旅行》,《珠江镜》1906年6月7日。

② 亚斧:《天涯恨》,《唯一趣报有所谓》1905年7月31日至8月7日。

③ 文屏:《信义商家朱紫弃传》,《农工商报》1907年第13期。

到外洋冒险从业，以图改变家庭、自身的生活境遇，获得自由或成功。这种方式主要是到南洋诸岛经营各业，或到美国营生，在工商实业实践中开发智识。

三是旅行，在精神上洗涤旧风尘。为了从内心上、精神上提升自我、塑造神圣的灵魂，有的放弃优越的家庭生活环境，毅然出洋。花牡丹[①]，本是粤产，从小没有父母，不得不委身优伶之界，学艺精深，得班主及观众之深爱。可是正当红的优伶，却"舍身欲游东洋"，无人能劝阻。因为花牡丹意识到"我黄帝子孙也，牺牲一身之旧名誉，以求一身之新名誉"，在倡优界中无法实现新名誉，唯有自觉地"只身飘然出，而东洋，而西洋，而南洋群岛"，才能实现自新。花牡丹没有婚恋之变，亦没有家仇、身恨，而能以一优界女子，奋力图强，自我觉悟、引领技艺、警醒同胞、服务公益，这是自我觉醒的表现。《中外小说林》之《片帆影》[②]的主人公黄汉生，深恶八股试帖，认为这是"消磨壮志之具"，深所适意的是能够游历"六洲之中，五洋之外"的世界。某日毅然携资，抛开旧的名誉地位，以七尺男子的昂藏之躯，不惜万苦，亲历南洋。在游历之旅中，见识自然风景的美艳与文化开明之健康，洗涤身上充斥的腐气，开阔了眼界，是主动开眼看世界的代表。《昏庸镜》[③]书写了海外旅行的一个特例：叶名琛，官至两广总督，擢授体仁阁大学士，是一个只知礼佛、极力仇外、捏造胜仗证据的昏庸高官。外人思报复，调集战舰，排海而来，终于攻下陀城。叶依然高坐佛垫，束手就擒。随即被外人带到印度，因为像他这样的中国官员"不谙外交，阻吾商务，特迎公莅止，一睹此间风气耳"。这是被动旅行，但能"稍知我文明风景"。为有昏庸无知、掩耳盗铃、闭关自守思

① 《花牡丹》，《中外小说林》1907年第18期。
② 伯：《片帆影》，《绘图中外小说林》1908年第8期。
③ 亦然：《昏庸镜》，《中外小说林》1907年第5期。

想的清政府官员开出了要走出去看世界形势的良方。

这三种方式有时候互相交叉，如留学之少年男女在航行中会游观外洋胜迹，在务工的行程中也会随航观览异域的奇山胜水。在旅行的过程中，也有可能决定在异域留学或找到合适的行业、职业而从之。他们在渐行、渐观、渐学中不断进步，选择一条适合自己追求人生理想的道路。如黄祖荫[①]因家仇被迫逃难南洋，在南洋结识李生，李生资助他到日本“贩购新书”，又得中国留学生会馆某君相助，“调查新书，分类定办”。闲暇时，“适各学校，与学生辈，谈论日本教育政治，考察农工商业，以广见识”，这是逃难、经商、旅行结合的典型。不久之后，黄祖荫在南洋经商有方，各书畅销，得厚利。闲暇时唯读书，学问日进。又过不久，看到中国形势不佳，毅然放弃经营之业，剖分书肆之利，“就东邻游学”。在逃难南洋中找到了经营之业，在经营中又借旅行考察日本各行各业，最终动了游学日本的念头，并实施计划。可见留学、务工与旅行三种方式互相交叉。游学外洋的新人，从外到内，有与众不同的特征：

在外表上，表现在剪头发、换洋装、放缠足的态度坚决。长辫满服是清政府入主北京后以暴力推行的“国制”，持续了二百多年。如今，这批新人以异常决绝的态度毅然抛弃。少年男子出洋前“预购数式西衣，剪去野蛮辫子，为文明之公装”[②]，女子则毅然放足，成为“西装女郎”。伴随着剪辫易服与放足的行为，男性放弃了唯一能够获取功名的科举八股之业，女性则从后院跑了出来，随着情郎上学堂、出外洋。他们的所作所为都指向一个目标：为力的塑造与智的提升做准备。但奇怪的是，剪去辫子、穿上洋装的少年男女在体质上的磨砺，竟然是学习传统武艺，如《三韩

① 亚斧：《天涯恨》，《唯一趣报有所谓》1905年7月31日至8月7日。

② 伯：《片帆影》，《绘图中外小说林》1908年第8期。

泪》所赞赏的幽兰女史，“生平好驰马试剑，且幼随妾父读兵书，颇谙韬略”[①]，能够单人独剑“舍身为韩报仇”。被捕之后还能坚忍各种酷刑；幽兰女史所慕之郎君亦是“壮士”，能够单身独力入狱救出幽兰女史，逃逸无踪。又如《侠女奇男》[②]中的少年男女到日本之后，选择柔术作为课余所修之功，回国后能飞檐走壁，杀民贼于无声，为父母报仇，全身而退。

在思想上，毅然抛弃科学八股，纷纷看新报、博览欧亚群史、善谈新学，广见识。少年们通过报刊、新书，通读中西兴亡史，熟悉《民约论》，爱《革命军》，以“挽祖国，拯同胞为己任”[③]。因此他们都有购买、订阅报章的行为习惯，哪怕是像贾宝玉一样的许宝玉[④]，讨论男女情缘是喜是悲、何去何从时，引证的也是报刊上正在登载的言情小说，小说中像林黛玉的陆月珠看许宝玉“所看何报，转视时，原来系旧年《广东报》，计伯所著之《离恨天》”，通过追问《离恨天》中娟娘的结局来探寻他们未来的出路。自由恋爱的男女在交流时，看对方与自己是否为志同道合者，就看对方是否了解时事、是否阅读欧美小说，如潘步莲与张生伦关系十分融洽，因为潘步莲近来也购阅了两份报刊，因此“亦颇知世事，不复前时之愦愦矣”，二人谈论时事，“应对甚有条绪，且信口评骘，亦颇饶卓识”，于是张生伦离别前再次勉励与督促潘步莲：“暇时请阅余所遗书，且有外国小说数部，为欧美名家所著，最能陶镕人性质。”[⑤]男子给女子的赠礼，变簪钗为小说，正是新人新事。张生伦对小说的认识，也不再止于“闲书”或“盗淫”，而是充分认识了报刊

① 容均:《三韩泪》,《香山旬报》1910年第74、75期。
② 伯耀:《侠女奇男》,《绘图中外小说林》1908年第3期。
③ 彰武:《情侠》,《珠江镜》1906年5月27日至6月5日。
④ 亚父:《佳人泪》,《唯一趣报有所谓》1905年7月20日。
⑤ 慧觉:《惨鸳鸯》,《南越报附张》1910年4月6日。

与小说的教育功能。女志士们亦读报，《肝胆镜》[①]女主人公阿玉白天在鼓浪屿演讲，“发言以爱国为主义”，晚上又“探首购买日报”。更有先进的志士，纷纷办报，以求开通更广的民智，如秋瑾，沥尽心血办《中国女报》，欲“办得长长久久，替二万万同胞姊妹造福”[②]。

在实际行动上，有主动游学外洋归国救民于水火的信心。少年男女们一旦做出决定，就会即日治装附轮出洋，到外洋后又如饥似渴地饱学新智。归国之后，要成为“雄武风流”的“英雄”，以“报命民族”“报命国民”来“影响乎社会”[③]。如花牡丹历经各地，学得各种技艺，最后决定交学费学马戏。学成，出资购买马、象、狮、驼等各一而归。经过精心的准备，一复登场，技惊万众，实现了“新名誉”理想。这压倒全场的表演，其实是一出警醒同胞的寓言剧：沉睡之狮的领地被驼、象等不断侵占，欲求不足，最终激醒睡狮，睡狮震撼全场，威胁余类。睡狮正是中国之喻，其他动物则象征了侵占中国领土的列强。

“新人”追求自由平等的婚姻与爱情，但不再仅注重个人“金榜题名时、洞房花烛夜”的个体利益，追求的主要是既符合强身健体的个人需求，又达到强国、富民的目标。古之士民，有三不朽，“立德、立功、立言”是也，这是古代立身的三条主要途径。事实上，唐以后，特别是明朝以来，科举成为唯一立功之途，“北上秋闱”是男子主要的人生追求。“北上游学”以求功名的母题成为唐传奇、明清小说争相渲染的佳话。然而，清政府统治下的天朝上国的风气却悄然发生了变化，不是微风细雨式的潜移默化，而是狂风骤雨式的激荡，让中国士子在惊愕中，不得不被动应对。绝大部分是在哀叹举业不再、求生无门的悲凉中丧失了人格，而对

① 斧：《肝胆镜》，《唯一趣报有所谓》1906年5月28日至6月2日。
② 庐：《女侠血》，《广东白话报》1907年第7期。
③ 亚父：《佳人泪》，《唯一趣报有所谓》1905年7月20日至28日。

于一部分有识之士而言，却是莫大的机缘，在末世的一切尚在摸索、混乱的欧风美雨中，打开了新思路："经商南洋""留学东洋""崇尚西洋"，以开通民智，以挽救民族危亡。当时如火如荼的留学风潮，使不少先驱之士获得了有甚于"北上秋闱"的成功或骄傲，"谈论新学"成为最高尚的行为，"游学外洋"为最流行的新潮，即为"利禄计，亦是捷径"[①]。"今者全社会属望最殷、崇拜最切者，非所谓东西洋之留学生乎？"[②]留学生是游学外洋的主要构成人群。中国少年"游欧美，欲以所学，归饷祖国"，是时代的呼声，也是近人幻想的未来世界之中国士民应有的精神觉悟。

"新人"实现理想的圣地变成"外洋"。这个外洋不是模糊的、没有世俗影子的"桃花源"，此时之外洋实是三个方位感很强的存在：南洋、东洋与西洋。这三地象征着民智开化的文明国度，代替北帝之都，成为理想的彼岸。东洋日本是游学之一途；到南洋诸岛新加坡等地游历或经商，也是以实业求富强国民的一种途径；而西洋则是各种先进文明的代表，是留学、游历、经商学实业都可选择的圣地。因此，近代岭南报刊呈现游学外洋新人形象时，专注于这样的描述：少年们附轮而东，到沪上，再附轮东去日本；或者南下香港，再回广州，或由广州到香港，再下南洋，亦可折而西航欧美诸国或折而东去日本。于是由"北上秋闱"求功名的单向、单一的"北游记"，变成了选择多样化、故事神奇化的"东游记""西游记"与"南游记"三重奏。曾经固若金汤的"坐北朝南"的帝都地位开始动摇，曾是出产富贵者的名利场，现在却变成了"京华梦"梦醒之地。

从近代岭南报刊小说刻画的游学外洋现象来看，归国后的新人确实有了很大的进步，力、智、德三个方面都有了提升。有的坚

---

① 伟：《樱花梦》，《广东日报》1905年7月28日。

② 抱香：《敬告留学生》，《时事画报》1908年第22期。

持自由婚姻，挣脱了父母之命与媒妁之言的桎梏。有的从文弱书生或软弱的闺中女子变成了有力量报家仇、杀民贼、泄国恨的新人。有的则由婚恋、生活、家庭的失败者变成了革命志士，兴办教育，筹办进步报刊，开启民智。

遗憾的是，近代岭南报刊小说描写新民“游学外洋”美景时，往往骤然停笔，就像“公主与王子过上了幸福的生活”一样意犹未尽。《贼》[①]写到，受迫害的李翁使其子与同样受迫害的张某之女结婚，二人婚后“鱼水甚得”，“同往南洋”设馆，夫教文事，妇授武艺，“得修金颇丰”，二人最终“解馆游德京”，似乎是过上了“幸福的生活”。可是二人游学归来了吗？带回救国良方了吗？这篇小说未能及之。当时的小说家们面对满目疮痍的老大中国，并没有找到有效的救国良方，只是初诧于东西各洋的文明与富裕，以为彼即中国之未来，在小说中奋力构建了只要学贯了东西各洋的文明或文化就能强国富民的图景而已。

二、“新人”游学外洋风险障碍极多

实际上，在游学外洋时，新人要经历旅途各种灾难、异国风险。想出洋自新，会受到来自家庭、社会、经济等多方面的阻碍。在出洋的过程中，会有旅途风波之险。虽然冒险之后多有意外的大收获，但是舟覆人亡的危险显然潜在。过南洋会遇到“汽舟覆，幸扳一竹簏，漂泊终夜，挂木而止。援岸方升，有浮尸继至，则阿纤。力引出之，已就毙矣”的危险，类似这样殆将同丧鱼腹的情况时有发生[②]。做生意者在中途也难免“遇雾触礁，轮船沉破，货物

① 斧：《贼》，《唯一趣报有所谓》，1906年3月23日至26日。

② 轩胄：《侠报》，《振华五日大事记》1907年第7期。

浸没”[①]者。有船于大海中被风浪摧残，船主与大副均已经没于风浪中，只有机师一人不足以主众，致使船上的人自相残杀：“一舢板已入海，舢板愈少，争者愈烈，至以手枪相轰击，死者累累。比舢板皆下，则以争梯挤于海者，又不知几何人。舢板既满，不得上者则攀其舷，而已登者复共推之入水……”[②]航海中危机四伏，风浪可恶，人心亦可畏。如此看来，近代岭南报刊小说反复描写游学外洋新人屡遇艰危，大概在暗示着一个新生的哲学命题：新人到外洋获得新生之前，有可能已经“胎死腹中”了。滋育新人，需要建立在无数的“沃土”中，而浇灌这些沃土的有可能是无数的尸体与血泪。

即使排除了出洋前的阻挠，有幸冲破风波，终于到了外洋，可是弱国之民在异域会受到各种诱惑或不平等待遇，对他们来说风险更大。有商于“三佛兰昔士哥”十年的商人，“作贾于美之旧金山也，息交绝游，夜眠早起，贸迁有无，权衡子母”，以求“将来回华，一生吃着不尽”。可是，现实的诱惑却很快让其堕落了，“久之而倦于作事，又久之，而乐于闲行，将平日创业成家之心，置之脑后”。在闲行之间，被人诱至“佳境”“芙蓉城”一游，从此“迷乱于此”，“自兹游以来，不能自已”，“从前一切经营，至此不复”。旁人劝导无效，而益陷溺其中。被鸦片诱惑迷乱意志的旧金山商人并不止此一人[③]。因为在彼岸修炼、救赎的过程中，不可避免地存在各种变数，旅途的艰险和弱国之民的异域遭际有苦难言。在美国跟随堂兄探矿的华工在深山崖际间不幸坠下深谷，当同伴发现的时候，已不知几时坠落、于何地坠落，其兄派“同行中年力颇健者，

① 文屏：《信义商家朱紫弃传》，《农工商报》1907年第13期。

② 悲盦：《乌托邦之豪杰》，《砭群丛报》1909年第3期。

③ 《琉璃世界》，《安雅书局世说编》1901年9月25日、27日。

各荷利刃，持长矛戟，沿途高呼”，“大索三日，渺无踪迹”[①]。蜀人张忠，据资游美，却被关吏阻止上岸，并关押数月。归国途中过太平洋时，遇上飓风，全船覆没，张忠死力抱着一块船板，漂流一昼夜才到了琼州，得渔人相救而生还。可是身无分文，只得向孩童乞食，其中辛酸，张忠体味至深不忘[②]。张忠被美国海关关押木屋，驱逐回国的情节，不禁让人想起近代外交家张德彝在日记中写其从柏林乘车到巴黎时的情形：被勒索小费，受人白眼，被车站人员驱赶，一夜三换车，“男啼女哭，无异逃难”[③]，惶恐凄楚。官员出使尚获如此待遇，平民游历的艰辛可想而知。游学外洋并非全是通途，彼岸之花并非人人能摘。特别是美国禁约华工浪潮出现之后，除了真正的大商外，禁止其他一切工役上岸，设立税关刁难商人，设立验眼医生为难登岸者，设立木屋关押、审讯中国人。《宦海潮》第十八回《谒古墓题诗怀俊杰　入沐房关吏辱钦差》就详细描写过华人到美国时遭受的种种责难：“更有不幸的，因船上有人或死或病，到埠时，凡各搭客及行李例要用硫磺熏过……种种苛例，不一而足。”张任磐作为钦差出使四国，是大外交官，在中国威风凛凛、风光无限，但到了美国口岸，即便有美国领事、美国总统说情，也免不了一场羞辱，在美其名曰“法律所关”的美国口岸，体面无存，那么像张忠这样的普通蜀人被关木屋后遣回，也就在所难免。《宦海潮》第廿二回《赴纽约老客诉残苛　游巴黎旅途闻喜报》通过一个赴美做工六十余年的老华侨之口，揭发了在美华工的不幸遭遇及其遭受不平等待遇的原因：

美人开国，没一事不靠华人之力。从前开采矿务，采伐森林，

---

① 治惧：《一落千丈》，《半星期报》1908年第2期。

② 亚斧：《牛背笛》，《唯一趣报有所谓》1906年2月16日、17日。

③ 张德彝：《稿本航海述奇汇编》第五册，北京图书馆出版社1997年版，第605页。

垦辟荒芜，统通是靠华人的。因美人自畏山岚瘴气，又利我们华人工值较廉，就请华人到来，做他的开荒牛马。可惜中国没有什么工艺安置国人，就令国人要流离异国。今美国商场盛了，工人多了，一切事业可不必再靠华人，就把我华人来驱的驱，虐的虐，种种苛残，是说不尽的了。只恼我们中国做官的没点子心肝，替我们华侨争点气，任令外人鱼肉，岂不可叹！

美国开垦国土，辟垦荒芜，得益于廉价的华工，可是当其经济发展到一定程度之后，就开始驱赶、虐待华人，视之如仇寇。老华侨的话语正刺中了近代中国的痛处：这种歧视根源于中国国力不强，当官的又没心肝能力。

中国人身体上与心理上都要承受严重的“水土不服”。出洋前，清政府以及留学生和随同的官员都没有做好足够的准备，说到底就是国力不够强大，无法与西洋各国平等对话，生活、经济、军事、思想水平完全不在一条线上，中西之间的差距造成了游学外洋人员的各种失衡与失态。如“南游于叻”的“我”，“始到人地生疏，旅况萧条”[1]，凄绝之情扼腕可叹。陈生[2]蓄志远游，直抵南洋，得遇西方美人解救，在躲避仇人之时，与女附轮欲游瑞士，却不幸在风浪中覆没。佳人已随流水，而陈生漂泊至荒岛之上，危机重重，得附荷兰轮船返港，回想“前尘如梦”，伤心世间情缘，自号“萍因子”，每日仅诵“无可奈何花溅泪，不如归去鸟催人”诗句以排遣。可见，即使能够获得意外之财而骤富，改变了贫穷的际遇，如陈生般的海外经历亦未必是游学外洋者的终极追求，反而成为心中永远的痛与恨。

在游学外洋的过程中，往往伴随着生命、财产、婚姻的伤害，

① 神父：《粉侠》，《香港少年报》1906年12月29日。
② 钜鹿六郎：《海外萍因》，《赏奇画报》1906年第5期。

期间充满无限的“佳人泪”与“天涯恨”。《中外小说林》之《凶仇报》[①]写粤人何英，少失怙恃，娶妻植氏，“以失业故，勉筹资斧，奔赴南洋”，因此引发了更大的家庭悲剧。植氏独守家中，得到何英寄回的钱、信后，请人代读。在植氏与何英通讯数次之后，“消息通传，便有的说谎附和者流，竟误传何英附银数百回家，一时鼠贼觊觎，不无涎想。而只以同乡耳目较近，未敢遽行其贼手段”。经过几个月的图谋，剧贼在某日深夜将植氏杀死、抢去钱财，造成一大冤案。可见，无论是南洋发财梦，还是救国理想，在外漂泊者有在外的痛苦，在家守候之人亦有无限的辛酸。受骗到南洋做猪仔的“烟猪”[②]被奴役、压榨；被不断吓失的“中国魂”[③]随处漂荡，无所归依。《回头岸》[④]试图以佛教思想来使迷失的先驱“豁然顿醒”，以救赎中国失落的灵魂。可是，自我灵魂觉醒的代表花牡丹已死，谁人继之？[⑤]

三、“新人”品格塑造的失败

如果说在外洋，主要是身体上、精神上与西方“水土不服”的话，那么回国后主要是制度上、文化上的“水土不服”。《情天恨海》“客美洲”成功的某氏[⑥]，后因“美洲苛禁事起，华商困难，多思归故乡”。此时女儿正当婚龄，要是与美洲男子结婚，就无法回国；可是若回家，染上欧风想自由结婚的女儿，势必难以择婿。父母二人经过商量，认为“近日中国风气开通，不似从前之锢蔽，婚姻事

① 耀公:《凶仇报》,《绘图中外小说林》1908年第7期。
② 述奇:《烟猪》,《时事画报》1907年第15期。
③ 奇:《中国魂》,《时事画报》1907年第27期。
④ 尘根:《回头岸》,《时事画报》1912年第8期。
⑤ 《花牡丹》,《中外小说林》1907年第18期。
⑥ 晓峰:《情天恨海》,《香山旬报》1910年第73期。

不甚专制，儿女辈亦得参预”，回国后应该可以让女儿自由择婚，有个好结局。可是在“风气开通”的中国，依然上演痴情女子负心汉的悲剧。其女遇上一个“喜谈新学”的少年才俊，“两相投契，遂订密约”，以为得善果。可是，如此覆盖着新学外衣的男子，却是懦弱的已订婚的情郎。其女最后烈火攻心，“猛将食指啮破，鲜血淋漓，大书‘女儿毕竟为花亡’七字，遂瞑目而逝。”“女儿毕竟为花亡”，这是多么震撼人心的呼号。《天趣报》之《某生妇》[①]写一刚“自东瀛归”的某生，对父母说，在“率皆平权自由”的世界，“勿以中礼见责”。父母号泣，不以为子。某生妇听闻，即以其人之道还治其人之身：按东瀛礼节，父母平权，夫妇亦可平权；子出不必告父母，妇出亦不必告夫。因此，每日出外饮酒，或约少年到家中聚饮，互相握手交谈，亲密逾于中国常礼。某生看见，怒火中烧，数次责问其妇为何不守妇道，败坏其缙绅家族的名誉。其妇反唇相讥，夫妇平权，其夫没权利对其加以任何声色。并扬言，要是其夫再干涉其自由，就要“明日同游东瀛，归法院判之”。最后，其夫被制服，意识到错误，即刻到父母跟前认错，于是“父子夫妇，欢乐如常”。后到岳家饮酒，发觉那些与其妇有“不检”之举的少年男子，不过是“其妻弟内侄”也。读者至此必莞尔一笑，但这个案例却说明，游学之子并未将外洋的“文明”真义吃透，若“东施效颦”，机械化地理解“平权自由”，不看对象任加施为，焉能不适得其反？

游学外洋当中，规模最大，最有组织保障的要算留学生了。可是有国家政府作为后盾的留学生，也无法完全适应外洋生活。主要原因有这几方面：一是少年心性未定，外洋风俗流弊多端；二是旅途艰难，生死难料；三是落地后无法适应当地生活习惯与学习环境。清政府因此不断作出修正，于1881年7月停止派遣留美

① 《某生妇》，《天趣报》1910年12月16日、17日。

计划，理由是“外洋风俗，流弊多端，各学生腹少儒书，德性未坚，尚未究彼技能，实易沾其恶习，即使竭力整饬，亦觉防范难周”[①]。后来又多次派遣留欧学生、留日学生，可是弊端依然很多。有学者探讨丁文江富于传奇色彩的留学日本经历时，就提到过留学生质量问题，“值得说明的是，这种名不副实的‘留学’在当时留日界具有相当的普遍性。清末的东瀛，由于特殊的地缘政治背景和地理位置，成了现代中国革命运动的大本营，留学生们无心读书，有心救国，整天忙于集会、讲演、办报办刊、写文章”[②]，“有心救国”，却“无心读书”，学识自难提升，救国成空想。

游学外洋“异质化合”不成功，孳生的有可能是“变种”，并非进化的“新种”，时有变形与扭曲的“新民”假象出现。也就是无法实现“新民”的第三层次，德力塑造全面失败。最直接的表现，就是出现人所共愤的“假洋鬼子”，他们仰仗外国人的庇护，以西装、短发为武器，横行街头巷尾，“假志士”“女学生”等贬义词也随着欧风美雨夹裹而来，“反心贼”[③]仗势而生。从外表乍看，从外洋留学归国的学生仿佛就是国家、民族的希望，因其“断发易服，文明装束，高视阔步，徘徊申道，俨然一新人物”。但是，如此“高视阔步”的骄气，却无法掩盖“俨然”二字的揶揄之态。正如章太炎所说，一剪子就可以把头上的辫子剪掉，可是心里的“辫子”却仍在作恶。再从行为上看，也一派新奇：“口有谈，谈种族；志所向，向民族。”故此，人声鼎沸，皆称“救国志士”“民族大家”“伟男子”，各种称誉纷然而至，可是内心潜藏的却是金钱至上的恶念。果然，“见顶子思血染，见金钱思卖命，宗旨一变，为虎作伥。昔日热血

① 陈兰彬：《奏陈驻洋肄业局情形折》，见中国科学院近代史研究所史料编辑室、中央档案馆明清档案部编辑组：《洋务运动》(二)，上海人民出版社1961年版，第165页。

② 李兆忠：《从东洋到西洋——丁文江的留学生涯》，《书屋》2008年第4期。

③ 自觉：《反心贼》，《时事画报》1909年第10期。

家，今日凉血物”。为了“金钱”“顶子”，他们可以为虎作伥，残害真的志士。更有甚者，文凭是花五十金买来的，这就算了，还做起残害同胞、发国难财的勾当来。《振夫纲》小说描述如下：

(其夫)在东京时，曾结识一革命党，该党潜回内地，为我所知，乃跟踪至内地，密告地方官捕之，受赏千金，补六品顶戴。方欲衣锦还乡，忽忆在日本某病院时，与某看护妇私，即复东渡，约之还国，备小星列，即此日本姬人也。佩欧闻言，乃大悟曰：“君已厕身政界，无怪昨先满口本夫邪说等名词矣。然为时仅阅一年，竟能造成学业，财发千金，既得为官，复立功绩。计十二阅月，由卖书佣骤升六品官，且取同胞性命如拾芥，真人杰矣哉！斯诚社会上之新生计，亦预备立宪时代之大人物也。”言毕，倾慕不置，而黄阳刚之气乃大伸。[1]

这篇文字反映出当时留学东洋者也有宵小之徒，假文凭、假文明，出卖革命同胞，借此升官、发财、娶妾。佩欧的丈夫只用短短一年时间，就从家人妇子尚不见容的书佣，瞬间变成了视同胞性命如拾芥的“人杰”，成为“预备立宪时代之大人物”。且其原配不以为耻，反以为荣，这才是最可怕的“新民”毒瘤。其原配本是标榜自由平等的女志士，开口闭口都是欧美学理，可是婚后却阃令雌威四出，丈夫游学东洋，携日姬回国作妾，还与丈夫缔结了五条“平等条约”，以免日后起争端，看来十分严正，事实上却对先前蔑视之极的丈夫青眼相加，对其丧尽天良的行径大加赞赏。可见，新民之“新学”，有时候只是幌子，成为泥沙风雨中的杀人利器。还有留日学生以“嫖日洲妓者”以“博英雄之誉”，“谓

① 笙：《振夫纲》，《南越报附张》1910年9月2日至6日。

复仇主义”者流[1]，道德廉耻沦丧如斯。以“日吸洋烟”为“深得洋务秘诀”者，诋诽“革履操衣，或西装者”为“用夏变夷”者[2]，昏愦如此。

留学生种种恶习为人所见，“有购伪文凭者”，“有走门路者”，“有讲堂之上自炫其钦赐进士之荣于学生者”，“有归国之初，同胞开会欢迎，而彼酣醉过时始到，而后则动辄斥中国人为无学问者”，这是《时事画报》之《敬告留学生》[3]所意识到的社会问题，《振夫纲》小说描写情节与之相符。一度曾是“全社会属望最殷、崇拜最切者”的留学生，有可能腐化、变质，“以出洋为终南之捷径，鬻道为曳进之阶梯。举人进士，引为莫大之荣；学位报红，视作非常之宠。此则既忘一己之责任，复坏全体之名誉。吾知昔日属望崇拜者，将易为唾骂愤詈也”，成为害群之马。更何况，虽然中国人才匮乏，但清廷并不一定真正任用留学生或者采纳留学生的主张，“以苏民国之困”。《时事画报》在《留学生问题》[4]一文作过专题讨论，粤人中留学前辈得最高官者，当为外部侍郎梁敦彦与奉天巡抚唐绍仪，但前者仅为一“高等翻译官”，后者不过“伴食”而已，于是得出结论：“不用则学而无用，而名尚完全无缺。用而无权，与不用等。”不禁感叹“最旧之留学生尚如此现状，何况今日之新少年哉”？无用武之地的留学生，无法施行新民手段。

1910年有篇小说开始全面反思东西各学派对东亚病夫国是否有疗效。《南越报附张》的《浮海奇谈》[5]，写濛濛天日，漫漫汪洋中，有朽舟行于海中央，眼看着即将被风浪吞没，忽然有一条大轮船乘风破浪而来。朽舟之上的乘客一看，料是“留学外洋，功成回

① 春：《群鬼会》，《南越报附张》1910年9月20日至26日。
② 《烟生》，《绘图中外小说林》1908年第6期。
③ 抱香：《敬告留学生》，《时事画报》1908年第22期。
④ 亦陶：《留学生问题》，《时事画报》1907年第32期。
⑤ 百钢少年：《浮海奇谈》，《南越报附张》1910年10月14日至16日。

国,修驾朽舟之伟人、之志士”。正当朽舟之客欢呼之际,大轮之上的伟人却没有立马施救,而是“围坐密谈”“攘臂高谈”,由于风大声微,朽舟之客只听到“英、美、日、法、工商、法政”等字眼。风浪稍息之后,又听到“东学党”“西学党”互相攻讦,互相驳难,争辩不已。两党未辨雌雄,愈喧愈闹,至争竞加剧,“或云我游学英吉利,故为范党。或云我游学美利坚,故为美党。或云尔游学法兰西,不应侪吾意大利党。或云他先游学东洋,后始留德意智,何得为德党。或云尔虽与吾辈同国,而地方及学校不同”。国别党争未完,又分工科党、法科党、农科党等等。煌煌大言,犹如宋朝之金兵已抵城外,而士大夫们还在议论纷纷的情景。笑谈、争论是无法解决现实问题的,小说以“梦亦真,真成梦”之语来结束,认真反思了中国彼时游学外洋的教训:带来了更多空讲无益、不实干的浮夸之风。“留学派之互相水火,徒发分门别户之空言,不干救国救民之实事”,误国殃民的危险也并不亚于未留学的本国愚民。

游学外洋归来的“他日中国之主人翁”并未实现“汉族可以兴矣”的政治理想。少年汉蔚与少女王凤嫦携手游学[①],奋力学成归来后,面对“大势岌岌,不可终日”的现状,只得“遂相与入山,隐以待时云”。“隐以待时”,这种留白的结束方式,从文学上看,走的又是唐宋传奇侠士的归隐之路,为韬光养晦提供了空间。从政治愿景来看,这是另辟蹊径,为审时度势的考量准备了时间。

当然,历史证明,新兴的资产阶级革命派想要推行的社会政治体制无法使中国走上民主独立的道路,“新民”任务也未能达成。随着近代报刊过渡到现代,“晚清”进入民国,迎来了“五四”,出现了“恋爱加革命”式的新人,更新的社会力量在兴起,更新的

① 彰武:《情侠》,《珠江镜》1906年5月27日至6月5日。

"新人"形象也出现了。直至新中国建立,才彻底实现了近代以来即提出的新民思想,出现了"社会主义新人"形象——新中国的诞生是彻底新民的前提。"新人"是一个发展的形象群体,近代报刊小说塑造形象时所走的弯路,与社会观念的进步程度息息相关,因此必须要追溯历史,追溯历史上的文学作品,才能理清历史上"新人"形象发展的每一个阶段,才能以史为鉴。

第三节　用"新中国未来之梦"建构的理想国

近代报人担忧总有一天会"神州陆沉"。世界大势就像一片风云变幻的汪洋大海,经过几千年的航行,中国已经变成了老旧而即将颠扑的朽舟。想要救国于危亡中,必须认清现实,还要找到建立新世界的理想境界,设置一套文明的社会政治制度,安置国家,安置民众,塑造新灵魂。隐居避世曾是中国古代士人对社会现实失去希望后的选择,"桃花源"曾是他们心中的理想国。至于建立新世界之后,如何将之改造成文明的理想国度,政治家们有过反复的设想与讨论,在近代也引发长时间的争辩,报刊是政治家或有识之士发表政见的有效载体,"新中国"是重大主题。

报刊小说受到乌托邦理想国观念的影响,不惜长篇幅地摘录政论中关于新民、理想、国度与制度等观点。经过小说加工后的理想社会,或理想国度,比政见中的更加清晰,但也比较虚幻,毕竟小说是虚构的。构设未来新世界的文学思路,受到"南柯一梦"创作结构的激发,但并未在梦醒后即时中止叙述,而是给人物安排一个逃离尘世的尾巴。在理想国建立的图景中,一是改造了封闭的桃花源式世界,二是模拟了鲁滨逊式的乌托邦。

一、以梦境鉴照现实

“南柯一梦”利用入梦前—入梦中—入梦后的模式构架小说情节，通过入梦前的境遇与心态，对比梦中的境遇与心态，在梦醒后得到人生如梦的哲理升华，因此看破世情，远避尘世。这种文学结构方式，并没有打破现实腐朽，不能打造理想生活，因为“梦中”幻境只是理想。“南柯一梦”传达的是消极的精神。“南柯一梦”经过岭南报刊小说改造，将做官之梦变成救国、救民之梦，再将人生富贵无常之梦变成对社会黑暗、国家将沉沦的担忧。此时的“南柯一梦”是积极的，企图唤醒昏昏沉睡的子民奋起抗风破浪，驶达世外桃源或乌托邦的新天地。

首先，入梦前的现实环境与醒梦后的场景安排，是高度浓缩与概括性很强的描述性文字。《南越报附张》之《后周游》[①]在入梦前，人物环境设置为安宁静谧的秋日午后：“秋窗午静，凉风袭人。一枕羲皇，蘧然作梦。”这种开头方式，语言简约凝练。醒梦后，仅有白描般的一句交待：“吾闻其声，吾猛惊醒。侧耳细听，则学堂生列队往祝孔子圣诞，沿途唱祝孔圣诞歌也。擦目细视，则仍身在秋窗。”学生所唱孔诞歌声是醒梦的外界因素，而“擦目”二字，证实梦醒后所见之真。《南越报附张》之《幻想记》[②]，入梦前也是白描：“一夕寂寥甚，困倦无聊，伏案而见朦胧之秋月。”伏案假寐或“沽酒，据案独酌，随酌随思”[③]的行为，往往成为入梦先导或诱因，梦醒后，特意安排清明的场景，因经过梦中洗礼，可坚定其扫除障碍的决心，“惊定，一望，正值月明窗外，一无所有”[④]，方知

① 拍鸣：《后周游》，《南越报附张》1910年9月30日。

② 光：《幻想记》，《南越报附张》1910年10月11日。

③ 凿：《快梦》，《绘图中外小说林》1908年第6期。

④ 耀：《文明战》，《社会公报》1907年12月13日。

"南柯一梦",入梦前的焦虑已经平复。

其次,入梦后抵达的境地,除了像《南柯太守传》"大槐安国"与《枕中记》"大唐国"这样的异域世界外,还有梦回尧舜时代的清明世界、梦到未来的理想国度或"地狱"等异境。梦回圣明时代,遇见甲胄之尊黄帝与箕子相对哭诉,痛恨炎黄子孙"重于利禄,习于苟安,薄于国家思想","不知思创国之苦,结团体以御外人。今一段锦绣山河,送于人手"①。梦中,黄帝等先贤所责之事实,即是近代中国大好河山被外人侵吞、割据的境遇,告诫当政者不要"眠于薪上,困于牢中",子孙不要"望祖之灵魂,救尔子孙",要靠自己。将理想与责任讲述清楚之后,黄帝与箕子驾着圣主之光芒消失了。入梦者醒来,"睁目视之,乃觉卧于榻上。时月净如银,风吹铁马。急起床,只见竹影条条,刻压栏外,雅韵铿锵,颇足悦耳",同样一片清明,像吃了定心丸一样,梦前的忧伤与梦中悲愤的哭诉已经化去,与入梦前的"金风萧瑟,雨露惨凄,星□月冷。叶□林□,满□□灯……鸣,独立山间,凄寒满目"之一片忧愤,形成对照。梦虽虚,而二圣所述的中国近状,却很真切。《社会公报》之《文明战》②梦到文明大国战胜了野蛮大帝,为建立新世界、新秩序打下了基础。《时事画报》之《烟窟》③"梦里至一处,乌天暗地,气象愁惨,使人不寒而栗",如此阴寒之地是何地?原来是吞火地狱。那么吞火地狱惩罚的是哪些人?当然是烟精。在这个梦中,现实的黑暗并不亚于梦中诡异,通过梦中地狱般的异境展露,折射出现实黑暗的景象,企图证明吸食鸦片不是享受,而是炼狱,利用梦境的异相来劝导禁烟。

---

① 百钢少年:《哭亡泪》,《南越报附张》1910年9月8日至10日。

② 耀:《文明战》,《社会公报》1907年12月13日。

③ 劳人:《烟窟》,《时事画报》1908年第23期。

二、桃花源理想境域的设想

桃花源是中国古代士人为逃避乱世而在文学作品中构建的理想境界。近代是“末世”，更是“乱世”。此时，寻求中华黄帝轩辕为精神庇护的炎黄子孙后裔，需要在乱世中寻找一片宁静的土地，可以生存、繁衍、壮大力量，“保国存种”的意念很强烈。在中国百姓的集体意识中，世外桃源是最好的去处，所以，近代岭南报刊也曾在小说中构想过桃花源般的农村领地。《闷葫芦》[①]的桃花源设立在广西桂林“西行十余里，至一深山”之境，不过没有像陶渊明一样把桃花源写成封闭的界限，而是增添了可与外界接应的途径：在中国，可通香港、广东；在国外，可以联系安南，还可以赴欧洲留学，这是改良过的桃花源。可是如蓄辫牧鹤之奴所临之地，犹如仙境，但并不是桃花源。“精舍数楹，竹篱周折，柴扉俨然，内植梅树万株，花开正盛，清馥袭人，伫听久不闻人声。从篱隙试窥，见飞者、鸣者、行者、立者，羽衣回翔，一白如雪，皆鹤也”，如此清脱之境虽是可“睹风景之清妍，吸文明之空气”[②]之地，但终究只是一梦而已，不是中国之未来。

当然，也构建过一座世外桃源式的海底世界，成“宋朝遗民”，实则是“中华民族”的理想居所。宋元之交，赵宋王师与蒙古军队在广东崖山海域发生了中国历史上规模最大的海战，以宋军覆灭为结局。自此，“华夷当道”，“华夏不再”。宋师水军覆没之后，是否有遗民，成为历史之谜。近代国家主权受到严重威胁的时候，有识之士从宋室反抗元朝的战争中，寻找到极大的精神支柱，宋

---

① 亚斧：《闷葫芦》，《唯一趣报有所谓》1905年11月20日至12月2日。

② 铁苍：《长辫梦》，《时事画报》1906年第34期。

军王师的民族气节深深地感染着后人[①]。《崖门余痛》[②]用小说家的笔法，小说家的心眼，想象了一个海底世界，来安置这些备受称道的遗民。主人公赵玉因寻找丢失的铜镜，在辽阔的广海深处，发现了一个海底洞天：

……（赵玉）持镜四照，见石侧有穴，大可尺余，照而窥之，另有天地。此时疑甚，不敢入，亦不欲即行。无何穴内有人伸手夺镜去，乃放胆蛇行而入。举首四望，全为平地。石穴之水，流向小河去。正徘徊间，有人自背后呼曰："尔何人，擅至此地？"回首视之，其人古装者，持镜而立……"赵安……曰："吾祖若父，皆宋水军。当日船沉，以为必死，幸有数人精于泅水，苍皇间，寻得此地。是以昔日水军，多居此者。迄今千百年来，养生送死，子孙藩衍，此间乐，不复思人世矣。当时著史者，必谓全军无一生存也。此盖天之所为设此地以位置我辈者乎？"陈曰："海底世界，原属常事，探险家每多遇之，特人不知之，以为奇耳。"安曰："今为何时？"陈曰："自异族窃据宋土，有明崛兴，驱之。不料二百余年，今复为异族窃据，其间兴亡痛苦，异日当详告也。"谈已，安乃带陈及女，遍游其地，数日始尽。

偶至异境，得遇逃难至此的古民，该地风景纯朴，安居乐业，不知今日为何日，不复思人世，正是《桃花源记》式的叙事结构。赵玉能够带着陈生第二次找到这片海底世界，与桃花源不能寻访踪迹的结局不同。设置这样的情节，大概是想通过描绘海底世界的奇异经历，以憧憬能够与深知兴亡痛苦的古宋遗民共同起事，

① 宋室遗民精神对文学作品书写影响的具体情况，可参看左鹏军《崖山记忆与岭南遗民精神》《崖山记忆与岭南遗民精神的发生》，见《岭南文献与文学考论》，中山大学出版社2016年版。

② 崖西六郎：《崖门余痛》，《珠江镜》1906年6月20日至7月3日。

弃此乐土，以复国仇。可惜，起事仓促，事情败露，赵玉夫妇被迫逃居此间，再次来到心中的理想居所，这时候才给小说以“不知所终”的结局。这个“不知所终”，才是桃花源式古宋遗民的最终结局。

“乱世”之民有寻求平静之地的迫切心理，所幻想的世外桃源是在原有国度或原有世界基础上辟出的一角化外之地，社会秩序的维持还是靠黄帝、周公的爱民思想。而“末世”情怀则会强烈地要求建立新世界，在推翻旧世界的基础上，重新建立理想之地，有新土地以安身，有新制度以维护社会的正常运转。岭南报刊小说在航海时代的文化场域中，构筑了与时俱进的世外桃源：处于海洋深处的孤岛。全面重建孤岛独国的设想，显然受到鲁滨逊世界的启发。孤岛生态环境好，生存条件平和，人伦关系处于原始的空白，从无到有地建造，可能更容易，既可淡化割瘤般治理现有社会种种疑难杂症带来的隐痛，又符合理想家的纯粹。在自我觉醒的精神指导下，开拓全新的天地。海洋新世界的想象，得益于轮船时代的到来，只有像哥伦布一样富于冒险、创新精神，才有资格参与这种新境界的构建。马车时代的桃花源，是逃避的、被动的选择，一箪食、一瓢饮足以，营造的是自给自足的生态空间。而孤岛世界，是主动积极追求的结果。

《绘图中外小说林》之《片帆影》[①]编织了一幅中国少年冒险海外游历奇观的理想国图景。小说首先介绍“哥仑航海，始获美洲，遂成今日之繁华新世界。足迹遍寰宇，眼界空古今”的大背景，接着开始引出主人公黄汉生，此人居住在东亚病夫国。显然，“汉生”之姓名、与“东方病夫”之国名的设定，有寓意。再写黄汉生如何具有与众不同的思想境界：怕八股试帖“消磨壮志”，时常考虑

① 伯：《片帆影》，《绘图中外小说林》1908年第8期。

的是“人生世上，具有耳目。六洲之中，五洋之外，必有我所适意之地，岂能郁郁作辕下驹哉”？在强烈的自我觉醒意识驱使下，某日私自携资出游。行程与方位与近代岭南报刊小说描写新民的常规路线一致：先到香港，遇到“曾经沧海”南洋诸岛的黄兴，经其游说与介绍，到了南洋，再由黄兴介绍的华裔引介游历。“黄兴”与“华裔”无疑也是有象征意义的人物。黄汉生海上旅行，目光所见和心中所想，如中国版的《鲁滨逊漂流记》或近代版《桃花源记》，实为进一步描摹理想国埋下了铺垫。比如，由海中遇到了使人惊奇的鲸鱼，由此想到“祖国同胞，所谓劳动者流，不下千百数，转叹内地政治不良，教养并失，以至无业之民，不惜险涉重洋，以求生活，因是枨触无量恶感”。一路上随航线转移，逐步展现了不同区域、不同时间看到的“海外神山”般新奇、文明的广阔世界。最触人感动的文明，无过于黄汉生在去仰光和缅甸的途中，亲历迷雾、飓风后无意间看到一座海岛。海岛居于九天云外：

古树撑天，有鸟猿三两，在此嬉戏，一见生人携枪至，惊啸而遁。汉生至其处，见石台石椅，天然光洁，坐而少憩。由复林内转过山坳，又见有山鸡对舞焉。见汉生至，其遁也如故。俯视山岩，现一皮壳，如龟背模样。生检视之，有明光光的宝珠数粒，大如鸽卵。

此段文字所描写的自然天景，稍见桃花源的影子。《鲁滨逊漂流记》般的天真世界，在黄汉生的行进中逐渐浮现真貌：

远瞥一大松林，似有茅寮数间，撑木为架者。然茅茨不甚齐整，似非人为。汉生疑极，意谓此处并无人间烟火，何得有此茅屋？奈眼帘所见定非幻梦，乃大壮其胆，前往探视。将至屋傍，见有男女数人在焉。汉生暗忖曰：“是岂人类耶？”到此时，转悔自己少年气盛，逞一时之游兴，必为野人所害矣。而转念身已到此，虽悔何为？加以手枪自携，即果遇野人，或尚有抵御一线之路，放胆逼进。寮中人似惊讶人来者，群啸出视。汉生倒退数步，右手提枪，眼见寮中人，类是新嘉坡中吉宁人种，而面略黑，身上略有毛，通体并无衣裤，不啻还复天然真相者焉。汉生不胜惊异，而可幸寮中人见汉生来，并无恶意。且察彼情形，若有莫大之欢迎者。汉生斯时，胆更壮，遽前以手把枪作揖，微示敬礼状，寮中人亦如之。汉生知其可与近也，心生一计，就探出怀中带来面包干饼，与之。寮中人大喜，群相食。汉生以言问之，则各以笑口相迎。惟不辨其何语，此真如哑旅行之对面着笔者矣。寨中人将面包等食毕，其老者，在山穴中，探出大珠二颗，视顷之所得者更大，举以与汉生，若示酬谢者焉。汉生接受，方欲与坐，俾细探一切，忽闻汽筒乱吹。汉生不及久留，乃向寮中人作辞别状。寮中人嘻笑，若不舍。汉生转欲停顿之，不忍遽去。

浑然天成的生活环境，无拘无束的生活状态，自由自在的人际交往，致使人已离开海岛，身已到仰光的黄汉生还念念不忘。彼时黄汉生不禁思量："虽非世界文明繁族，然优游居处，浑忘甲子春秋，且享自由权利，视祖国同胞之屈处于不自由地位，而任人敲剥者，相去为何如耶？吾恐昔之所谓避秦桃源，尚无此超脱也。"这个故事有现实的土壤：现实的世界形势是文明繁荣的时代，彼时的中国却处于没有自由权利、任人敲剥的境地。在此基础上，虚拟了一个世界，想象了另外一个世界，在这个无边无际的海洋世界中心，构建一个可以维系生存的岛屿，这个岛屿的文明制度可以从无到有地建立，因为这不受任何旧世界、旧秩序的污染、束缚，可以像在白纸上画画一样自由发挥，按照作者的理想来描绘。在建立新世界之前，必须要推翻旧世界，而在当时的世界大势与中国实情下，要推翻旧世界，除了在推翻封建官僚体制上存在困难，根除国民心理中积淀的文化思想上的桎梏更非一日之功可就。或许正是在现实的外洋新民之梦失败后，近代岭南报刊小说另开新路，企图在茫茫海洋中构建美好的新世界，这新世界的民众如黄汉生所遇之人，自然也是天然的、全新的，无需再破除思想旧习，即是符合新世界需要的拥有自由权利的民众。

三、乌托邦理想国度的中国视角

《时事画报》曾刊登过一篇杂文[①]，构想过新中国的新气象：

> 俄见一城，雉堞参云，巍巍万仞。联袂径入，则见：道路则坦平浩荡，屋宇则层叠嵯峨。国旗扬风，军乐动地。马车如龙，单车如水，电车之线密于蛛丝，汽车之烟漫于春雾。他如自由之钟，声闻海内。独立之厅，高耸神州。议院规模，甲于万国公园基址，广逾百城。学校陋亚士弗（英国大学校），报馆埒泰晤士（亦英国最大之报）。工厂之烟囱多于电竿，轮船舶集等于蚁赴……

物质高度文明：城市总体风貌好，道路平坦，屋宇高大，国旗与军乐呼应；交通十分发达，有自由独立的行政、法治制度，有良好的教育环境，能够与英国相比，有良好的舆论媒体，亦能够与英国相比，其他各行各业均繁荣昌盛。这样的新国度无疑有可能是“中国他日之现象”。

如何能够建立、到达那样的新中国之境界？从杂文设想看，是要经历过新旧之交的恶战：“途次，见枯骨积山，腥血涂野。少年顾谓予曰：‘适才子所观之恶战者，即新中国与旧中国过渡之时

① 去非：《梦游新中国记》，《时事画报》1908年第1期。

期也。'”杂文省略了“新旧之恶战”的过程，仅以“枯骨积山，腥血涂野”一语略过，但新中国建成的过程，无疑是十分艰辛的。要冒险探索，才能在海外建一座自由新世界，实现乌托邦的理想。

《砭群丛报》的《乌托邦之豪杰》[①]写了探寻孤岛之遇。中国古代涉海描写，一般是传说、想象，如东海蓬莱神仙之境，秦朝徐福带领三千童男童女到东洋寻找长生不老之药一去不返的故事；有些涉海故事虽有实事却不免神异化，如郑和下西洋，郑成功、郑芝龙到传说中金银财宝堆积的大昆仑岛。《乌托邦之豪杰》将这些传说镶嵌在一部小说中，还引入《鲁滨逊漂流记》冒险、荒岛小说的叙事结构与乌托邦概念，以中国豪杰金中一冒险涉海的经历为线索展开。金中一海上遇风暴，得西人巫士功相救，同时遇救的还有两个仆人程胜及黄亚忠。后遇一荒岛，发现是秦人徐福曾到之地，有石刻及徐福宫为证。除此之外，明人郑成功之子郑芝龙亦曾到，并刻石为记。此岛物产丰富、遍积金宝。四人相约互助，成功得脱困境之后，按比例分配财物。四人在岛上探险猎奇，成功自救，骤然得富；归国后散财开通民智，以救国救民于水火。小说连载未完，但从已有文字来看，这样的结构及创作理想精神已经大致可拼接出来。“海上冒险遭难—绝处逢生—意外收获—回归现实成巨富”，冒险历程与鲁滨逊漂流的基本框架相似。

海岛生活景象是乌托邦式的理想国度：海上孤岛，远离人类文明社会制度的侵扰，符合乌托邦地理上、制度上的基本特征；风景优美，物产富饶，遍地堆积金银珠宝，这是乌托邦居所的基本物质条件；到访者自由居住，自由开发，不受他人的威胁，这是乌托邦的生存状态。《乌托邦之豪杰》的海上昆仑岛，基本符合以上的外在形态。但是在鲁滨逊式航海奇遇的外衣之下，在乌托邦理想

① 悲盦所著：《乌托邦之豪杰》，《砭群丛报》1909年第1—5期、1910年第7期。

国的幻象下，蕴藏的却是中国式的财富处理方式，即采用西洋小说历险的框架，却渗透着中国式的分配思维：《鲁滨逊漂流记》要战胜孤独、独据财产；《乌托邦之豪杰》要结成同盟，给财产以合理去向，让豪杰“立德以济世”。

从《乌托邦之豪杰》捏合中国历史传说因素的技巧和运用西方冒险小说的结构能力来看，有传统性与舶来要素。小说未完而能知道财产的最终去向，获得道德认同的秘密在于，采用了“起局突兀”的倒叙手法：在“窗帘半启，炉火微红”的新式旅馆中，侠公收到一份报刊《公是报》，报上有好友金中一的公开信，约他到立德路的存园相见，谋商一件大事。这件大事实际上在《公是报》的长篇广告中已经透露出来了，就是要以巨财筹公益，成就豪杰伟业：一曰学校酬报会；一曰孤儿教养会；一曰商业褒益会；一曰奴妓脱籍会。接着，侠公到金中一处，了解其“致富何以如此之速”的原因，金中一便讲述了“奇特不可思议”的寻宝经历。倒叙开头，这是融汇中西技巧的第一种情形。第二种情形是借用了秦朝传说：大神徐福承天命下治人间，在三神山间以神力驯服虾夷，止王其地。复得一小岛，岛上“黄金银遍山谷，多璆琳琅玕，海中明珠珊瑚瑇瑁犀贝之属甚夥”。第三个情形是整合了明稗史中有关大昆仑岛与郑芝龙曾到此间，获金银财宝以敌国的传说。第四种情形是西人巫士功听金氏讲述了徐福故事之后，不禁赞叹：“徐福为古今环球第一殖民家。”《鲁滨逊漂流记》为代表的殖民视角，被这篇小说引入。第五种情形便是在正文中采用了第一人称叙述视角，虽然不是鲁滨逊的日记式第一人称叙述，但“我”就是故事的主人公金中一，以“予”“吾”的视角讲述故事。

直到17世纪之前，乌托邦一般被置于地理上遥远的国度。随着欧洲航海探险发现新大陆，开拓了更新的世界，这个形象逐渐为世人所熟悉，从那时候起，想象乌托邦所处空间的视角，开始转移到外太空，如月球之旅，或海底世界，如发现传说中沉没于大西洋的大陆文明，或者地壳深处底下的世界。凡尔纳小说是描写乌托邦世界的代表作。中国接受这些设想滋养的表现是，利用荒岛余生故事及冒险小说的情节结构，将人物放置在乌托邦般的国度或境域中生存，完成冒险，获得新生。外太空式的月球旅行故事未见于岭南报刊小说，海底世界已见于《崖门余痛》。有别于遥远国度、海底世界、月球之地，有小说开拓了另一片乌托邦境地：深山绝境中。《半星期报》的《一落千丈》[①]即是。小说写广东恩平人谢允，“生平颇慕旅行”，“每闻乡邻有西洋经商满载而归者，心倾羡之”，于是诀别妻母，决计远行。有族兄谢佳在美利坚经商，经营矿业，谢允投奔其处，得以善待。某日，谢佳带领百余人入深山开掘新矿，谢允力弱掉队，不幸坠入万丈深渊，即是题目“一落千丈”名字的来历。谢佳等搜救三日无效。谢允历尽万劫，九死一生，学会了孤身在人踪绝迹的地方与野兽生存的各种技能——很像鲁滨逊的经历，不过一在海岛，一在深山。直到十几年后，得游猎营队解救，始得生还。此时谢允已遍身长毛，语言能力尽失，能爪劈生兽，徒手狩猎。归寻族兄谢佳，已然物化数年。又思桑梓，回到恩平，其妻得夫坠入深渊不知所终的消息后，再遇良人，结为夫妇，生育二子，其乐融融。在这篇小说中，艳羡海外暴富的精神如同西洋航海大开发时期资产阶级原始积累时的热情，在绝处中求得生存“智识技能”。这种冒险经历，有荒岛余生的影子，应该说是符合当时的创作、模仿潮流的。但是，谢允在海外历二十年才归国，妻子与邝求再婚生育了两个男儿，这个道德伦理问题如何解决？小说结尾便又得遵循中国式道德思维的安排，邑令判定：谢允大志四方的精神可嘉；其妻钟氏不算重婚——判断的依

① 治惧：《一落千丈》，《半星期报》1908年第1期至第12期。

据是，“据文明国法，配偶者之生死三年以上不分明，时当在离婚之列”；邑令判谢允、邝求各承一子以继各自家业。以其妻钟氏含羞自缢身亡，解决了不能一妻事二夫的悖常行为。又以过继的方式解决了“不孝有三、无后为大”的难题。这篇小说在西洋冒险小说、乌托邦小说情节的框架下，装上中国道德思维的清水。

第四节　追求时效的“近事小说”

戈公振先生认为新闻必备之性质为“时宜性”，新闻之“新”，“由时间之距离而起”，“故现在发生之事件，在新闻价值上言，当然首屈一指”[①]。“时宜性”以时效为第一要义，时间越短，时效性越强，就符合时宜需要。在当今网络时代，新闻的时宜性能够做到即时。可是在近代，由于受交通与通讯技术的限制，“新闻”的时效性则不可能达到现代意义上的新闻时效性。一般来说，近代获得新闻的途径靠驻地记者或通讯员，传达消息比较常见的交通工具是轮船或火车，传递形式主要是书信。随着通讯技术的发展，开始出现电话与电报，因此，一些重大信息可以通过电报或电话快速地传达到报馆，于是不少报刊开设“电音”一栏，专门刊发现代通讯技术支持下的新闻。若是日报，时效性已经很强：可以即日刊出标题式新闻。但若要得到详尽事宜，尚需等待随后而来的详细通讯稿。早期中国近代的国外新闻，还依赖翻译西方报刊上刊载的新闻，其时效性更弱。若能够做到“近”的层次，已经是比较先进的了。

① 戈公振：《中国报学史》，上海古籍出版社2014年版，第9页。

一、早期新闻追求时效的结果：述近事

早期报刊新闻性最强的，即是做到刊发“近事”，如1857年创刊于上海的第一家中文报刊《六合丛谈》，介绍近来发生之事，采用“区域（地域）+近事”的方式命名栏目，如“泰西近事”“印度近事”“金陵近事”“粤省近事”“南洋近事”“澳大利亚近事”“中华近事”“南海近事”“日本近事”等。在无法追求到即时的情况下，报刊从业者做到报导“近事”就是努力的最好结果。又如1897年在澳门创办的《知新报》也多以“近事”标其栏目：“京外近事”“亚洲近事”“欧洲近事”“非洲近事”“澳洲近事”等。从词汇学意义来看，依然是以“近事”为核心，以“澳洲”等地理为限定。但是从新闻业的追求与阅报者的焦点看，事件发生的时间是远是近，或是事件发生的地点在哪里才是中心，这里“近事”已经有了反偏为正的趋势。因“新闻之价值，不止一时间条件可以决定，且须满足读者之感觉，而引起其兴味……材料不必限于现在发生之事件”[①]，新闻文学化，使得新闻善于利用文学叙事增强感染力，所以能够“满足读者之感觉，而引起其兴味”。那些与“现在发生之事件”在时效上稍差的“近事”，即文学题材多样化，向新闻性发展，增强真实感，也有可能引起读者兴趣。

报刊采用了“近事”材料，一方面可以满足读者的好奇心，另一方面解决了新闻采写无法实现全部材料都是“现在发生之事件”的难题。有些报刊直接以“近事”命名，如1863年香港罗郎也、王韬负责的《近事编录》与1864年的《香港近事编录》、1884年广州的《中西近事汇编》，都是近代著名的报刊或报刊汇编。“广译五洲近事”，“详录各省新政”，是新闻报刊事业的职责所在，“新”与

① 戈公振：《中国报学史》，上海古籍出版社2014年版，第9页。

"近"相生，时效的追求是非常明显的。除了新闻、消息用"近事"外，叙事类、非新闻类的"小说"等文艺作品亦开始使用"近事"作为标类，"近事"成为"小说"的限定，核心是"小说"，但令人醒目者是"近事"二字，与报刊这一载体有关。后来，"班本"等其他文体亦开始使用，如1912年《民生日报》除了新闻消息部分有"佛山近事"外，还有"近事班本"与"即事板眼"，不管是消息类，还是偏向于娱乐、劝导、新民效果的小说、戏曲、传奇等文艺作品，都曾狂热地追求这种效应。

近代岭南报人认为：

报纸者，过去之明征也，现在之历史也，未来之宝鉴，国民之代表，舆论之公仆也。[①]

报纸记录过去之事实，是现在的历史，还鉴照未来，是国民、舆论的载体。《砭群丛报》创刊的目的是"取中西史乘之纪载上古、近世、现世之社会情状，两两比较"[②]，在"近世史"中，"十八世纪之法兰西大革命，为近世史之一大纪念"[③]，指出十八世纪法兰西大革命为"近世史"之标志性事件，对中国革命有启示意义。

在"近世史"逻辑的启发下，往前推，可追溯上古情状，往后推，可以下寻"现世史"，即书写当下时事，书写作为未来历史的现在。《现世史》报刊创办于1908年，即本此思想观念，记作者"所见世"之"吾国政治之隆替"[④]史，这是因为"读上世史不如读近世史，读近世史不如读现世史"，又因"吾国向无成书，现世史之名遂以

① 璇三郎：《东莞旬报叙例》，《东莞旬报》1908年第1期。
② 《砭群新报广告》，《砭群丛报》1909年第1期。
③ 振译：《钻石丑闻》，《南越报附张》1911年10月31日至11月3日。
④ 《现世史序》，《现世史》1908年第1期。

报纸当之”[①],当时著名报人谭汝俭曾有此识:“报纸为现世史。”[②]报人的史识与观念,使得其将报刊当作记录当下历史的平台,要求所载作品具有真实性。

这是新闻意识与历史意识共同作用的结果。

二、近事小说成为文体类型的原因:近世史观

“近事小说”成为一种文体类型,有如下原因:

第一,取材现实政治生活的创作理念是开创“近事小说”创作先河的直接原因。黄世仲兄弟最早着力于创作近事小说,二人创作小说的主要类别是“近事小说”。黄世仲、黄伯耀兄弟将取材于现实社会生活和政治生活的小说多称为“近事小说”,如1907年发表于《中外小说林》的“近事小说”《宦海恶涛》《小复仇》《恶因果》《花月痕》《黄粱梦》和“广东近事小说”《宦海潮》,1909年香港实报馆排印本有“近世小说”《宦海升沉录》,以及约于1909年连载于《南越报附张》的“近事小说”《朝鲜血》和1911年的《孽债》《五日风声》,这些小说的主人公“是近代史上的关键人物。小说以他们一生的遭际为主轴,贯串以十九世纪末叶到二十世纪初叶一系列外交内政的重大事件”[③],于作者生活与创作的年代都非常“新”或“近”,当然,“最新历史小说”《十日建国志》也属于“近事”:反映1910年葡萄牙共和革命。其他近代岭南报刊小说以“近事”名之者,约有70种,这源于报人深刻地意识到小说须得“有益于人群之进化者为近是”,从近代报刊小说创作实情来看,也确实响应了这样的呼声:“吾国近年小说家之卓有名誉者,虽不数觏,而风气丕

① 《现世史例言》,《现世史》1908年第1期。

② 谭汝俭:《四十七年来广东报业史概略》,《香港华字日报》之《七十一周年纪念刊》,1934年。

③ 欧阳健:《晚清小说史》,浙江古籍出版社1997年版,第315页。

动，波起云属，或溯历史，或纪民族，或写艳情，或述战争与近事[1]。”“战争与近事”与历史、民族等其他种类的小说，共同承担着这样的时代使命。黄世仲兄弟组织粤东小说社方法之一即是“或著述近事，或翻译精本”，黄伯耀亦说，“今日小说界上大放光明”之两种是“中国近事，东西洋译本”，二者“无以异也”[2]。在黄世仲等人的倡议与实践之下，“近事”精神得以发扬。

第二，“近世史”“现世史”观为“近事小说”的繁盛提供理论指导，并提供刊载平台。“以史为鉴”观发生于中国封建社会，为统治长久，为政者要“知兴替”而治天下。中国封建社会的史观，越久远越有权威性。在近代报刊中，则是越近越有借鉴与参考意义，观照“近世”，是一种思路。有鉴于此，像《亚东潮》又名《中国近世之秘史》，之所以称为“近世”，是因为取材自“近三十年中之甲午、戊戌、庚子之三大事”，经作者“穷源竟委成此一书”，其目的是要“征实可作信史”，“激起国民”思想[3]。“项城袁世凯”是“近世史之枢纽”，在赞颂此人外交权力强大之时，贯通乙酉时代、甲午时代、戊戌时代与庚子时代的近代中国史[4]。循史观，小说“虽属子部，而其性质具含稗史，实与史部中之杂史相出入”，编为“稗史”[5]。《过路环》[6]则是典型的现世史，主要回溯澳门被侵占、割让的历史，重点围绕过路环事件而展开。

第三，统治者对新闻的控制是“近事小说”兴盛的现实原因。近代报刊兴盛之时，清政府对新闻舆论的控制十分严酷，也是催

---

① 棠：《中国小说家向多托言鬼神最阻人群慧力之进步》，《中外小说林》1907年第9期。

② 粤东小说林社：《粤东小说林出世》，《香港少年报》1906年9月24日。

③ 《砭群新报广告》，《砭群丛报》1909年第1期。

④ 天南僇民：《近世史之枢纽项城袁世凯传》，《砭群丛报》1909年第1期。

⑤ 《现世史例言》，《现世史》1908年第1期。

⑥ 瀛客：《过路环》，《南越报附张》1910年8月22日至11月30日。

生新闻性小说文体的客观原因。1900年创刊于广州的《商务日报》，因“当时清政府对言论控制甚严，该报只得把新闻事实用小说文体写出，这样就成为当时各报刊登小说的先导”[①]，这种判断应该是比较符合实情的，且反映了报刊混合文体的变革意义：这是从新闻向小说演变的过渡性文类，冲破这条界限，便是1902年后，在“小说界革命”思潮下兴起小说导民的思想意识。

近事小说是从新闻到小说的最好结合，它既能满足追求时效性的需要，又能与故事性审美要求相一致，取新闻、时事、近事入小说。“以新闻近事入书，是晚清小说极为普遍的现象”[②]。资产阶级革命派与保皇（立宪）派之间，发生过不少冲突，如戊申年（1908）保皇党假振武善社，开政闻社成立大会，革命党员孙眉、田桐、邓子瑜等，统领数百人到场，破坏了演讲，还打伤了康有为的徒弟徐勤[③]，为世界各报所关注。这个新闻事件即被革命党人写成小说，一是1907年11月22日、25日《中国日报》发表的“辟疫小说”《打》，以此为题材，《时事画报》1908年第20期之“没头没尾的小说”《国会潮》亦写了这件事，《绘图中外小说林》1908年第3期发表的“短篇小说”《现形妖》，以此事为原型构思。不过这三篇小说视角各有不同。选择观测的心理角度独具匠心，篇幅短小，意味深长，进行过相应艺术构思的小说比新闻稿件更有艺术感染力。事实上，近代报刊小说与新闻之间，有血缘关系，互为表里。《南越报附张》曾言，1910年的报刊增添新闻栏目是“学界”，很受社会欢迎。可是新闻仍有不足之处，因此，借助鹤唳君撰写的《学蠹现形记》“补新闻所不及”，其目的是“摹写而警醒”“学界中之野

① 史和、姚福申、叶翠娣：《中国近代报刊名录》，福建人民出版社1991年版，第310页。

② 欧阳健：《晚清小说史》，浙江古籍出版社1997年版，第29页。

③ 冯自由：《革命逸史》之《中和党小史》，金城出版社2014年版，第421页。

蛮腐败”。从揭露“魔障”方面来说，新闻有及时、真实的优势，但从“冷嘲热骂”“正论庄言”的艺术效果来看，新闻显然不如小说，小说在“改良教务”上的功效显然有力于新闻，因此该报大力推行小说[①]，以期新闻为小说鼓吹风气、小说为新闻助力宣传。

在近代有将曾经的“近事”变成报刊媒介时代的“故事”者。《香港少年报》署名“斧”的“故事小说”《媒祸》[②]，小说末尾注明，写的是香江三十年前盛传的社会新闻事件，因此称之为“故”，而不以“近”为取向。《南越报附张》之《跛幕淫锋记》[③]小说前有言：

是编，为吾粤前清咸丰末年奸案。此中情节，反覆离奇，淫妇奸夫，惨无人道。呜呼！痛抱棘薪，几陨子规之泪；凶腾莲幕，畴怜卫朔之冤。幸其后卒为广州府梅启照所破获，而谳乃确定。记者灯窗无事，偶翻旧牍，因尽悉是案缘起曲折，而演为小说体例如左。

案件发生之时，距作者写小说之时并不久远，亦可算入“近事”之列，作者已经不在题目、类别上追求“新近”的新闻效应了，甚至声称是灯窗无事时，翻阅“旧牍”，熟悉案件之曲折，于是把新闻写成小说。这时候的小说风气大约已经变向，就将构思的重心放在离奇、冤泪这些要素上。又或者随着近代报刊小说创作水平的提高，不再一味依赖时效性来保证其阅读量或影响力，已经有能力把“旧闻”做成“新闻”的效果来，如《假夫妻》所写的故事，“这件却是二十年前的事实，那上海某画报还把他画了出来呢，作者只记得个大略而已，我想看官大约不嫌他是旧闻罢。那二十年前的旧闻，到了今天也算新闻了”。[④]取材于二十年前上海画报

① 《社会小说学蠹现形记出版》，《南越报附张》1910年5月3日。
② 斧：《媒祸》，《香港少年报》1906年9月14日至18日。
③ 阿幹：《跛幕淫锋记》，《南越报附张》1914年8月7日。
④ 大悲：《假夫妻》，《天趣报》1911年5月2日。

的故事，结合广府不落家等种种婚姻陋俗，经过重新结构、编排，赋予新宗旨，“旧闻”化为小说这个新面孔面世。可见“近事”之“近”或“新”，其尺度与时代同伸缩。

三、“近事小说”是“报章体”的典型代表

报章讲究时效，而小说讲究虚构，二者结合成了报章体小说。但是，“近事”仅是小说之一种，小说之“叙事”，对事的讲述方式有多种，如“纪”“写真”。“事”之性质，有“近”“轶”“时”“正”“实”“现”，如“近事”“现事”“时事”“实事”“轶事”“正事”等。近代报刊将近来的事情与最新的事情共同登载其中，强调其时间的“近”，这是报刊对小说创作影响的表现之一，小说创作不再是世代累积而成的“演义”之天下。

小说创作与发表几乎与时事新闻评论同步。如《南越报附张》1910年10月3日（庚戌年九月初一日）发表“文界”《代上海报界上蔡乃煌革职颂》[①]、“冷评”《蔡乃煌为报界功臣》[②]、“清歌”《蔡乃煌革职》[③]、“粤讴”《挞你落马下》[④]的文章，讽刺、评论蔡乃煌残害报社及记者的行为，此时前后，其他各地报刊均有报导上海道台蔡乃煌因残酷禁报被革职的事件。而当时该报发表《贼报报》[⑤]，即以场景化描写一梦境，梦中蔡道台因“竭九牛二虎之力”封禁《民呼日报》《民吁日报》被革职，醒来收到电报，果如此，“贼报”者终受报应。小说在开头还作粗暴的艺术处理称为“某道台”，中间则写作“蔡道台”，最后竟然毫不掩饰地点名是“沪道蔡

① 健儿：《代上海报界上蔡乃煌革职颂》，《南越报附张》1910年10月3日。
② 健儿：《蔡乃煌为报界功臣》，《南越报附张》1910年10月3日。
③ 拍鸣：《蔡乃煌革职》，《南越报附张》1910年10月3日。
④ 拍鸣：《挞你落马下》，《南越报附张》1910年10月3日。
⑤ 仁父：《贼报报》，《南越报附张》1910年10月3日。

乃煌革职”，这种与新闻时评同步的小说，无疑是“现世史”，在艺术上强调“是电是梦，同一事”，现实与梦境相同、新闻与小说相同，作者的情感基调亦毫不掩饰：喜不自胜。即时“纵笔纪其事，编入说部，俾作蔡道台铁史观”，以时事入小说，作某一人物之“铁史”。新闻与时事、小说与铁史共存，新闻时事供小说材料，小说、铁史艺术化新闻时事，二者相得益彰，这是新闻与小说关联的又一组织关系，“近事小说”现世化明显。又如《南越报附张》在孔子诞辰前后，发表《后周游》[①]《孔诞观》[②]《加快引》[③]，就是要揭露“现”在之“象”，这个相，就有历史写真之所指，这种真实，跟历史真实的追求一样，追求的是现世之真实，依然有新闻时事观念影响的痕迹。当时还有“清歌”《恭祝圣诞》[④]（板眼）等其他文体制造舆论，宣扬相类似的观点。这种现世史观念另外一种表达是“最新历史”，像《十日建国志》书写两个多月前爆发的葡萄牙革命，与时事大致同步，反映政治军事大变动，即冠以“最新历史”[⑤]，这是“现世史”的最好案例。

① 拍鸣：《后周游》，《南越报附张》1910年9月30日。

② 瀛客：《孔诞观》，《南越报附张》1910年9月30日至10月4日。

③ 梭：《加快引》，《南越报附张》1910年10月8日。

④ 芳郎：《恭祝圣诞》，《南越报附张》1910年10月3日。

⑤ 世次郎小配：《十日建国志》，《南越报附张》1910年11月1日至30日。

第六章　近代岭南报刊小说的地域性

近代岭南报刊小说的地域性，主要指其反映近代珠江流域历史、地理风貌与时局，即以报刊小说书写岭南之人、岭南之地、岭南之事、岭南之风俗、岭南之历史变迁等岭南总体的自然、历史、社会、人文风貌。

第一节　岭南报人及小说家的“岭南”地理意识

岭南报人关心乡梓、保护地方的理念很强烈，但是这种地方观念不是狭隘的地方主义思想，而是通过扎实地立足本土，更好地眺望京城、通览全国、面向世界，把好时代脉搏。从岭南报人及其小说家阐释的“岭南”地理观，可见“居岭海之间”的岭南人的岭南地理意识之一斑。

第一，从行政区域视角出发，持有的广东、广西等观念。

岭南人一般自称广东为“粤”。梁佩兰曾言：“吾粤人人自成面目，不在天下风气之内。”[①]是指广东因经济、地缘等要素具有特殊性，能够自创或维护其独特的文学风格，但这是以不能融入“天下风气之内”为代价的结果，也就是岭南文学不能与中原文学风气完全同步。可是，进入近代以来，广东处于近代政治、经济、文化与军事斗争的前沿，岭南“风气”发生了变化，由地理“边缘”变成了思想政治改革的中心，开始引领风潮。岭南著名报人吴趼人

① 梁佩兰：《东轩诗略序》，见梁佩兰撰，吕永光校点补辑《六莹堂集》，中山大学出版社1992年版，第420页。

曾言,"自从通商之后,中国二十二省之人,莫不异口同声"地称"广东得风气之先"①,这个风气从哪里来？从"天下"而来;天下是哪里？彼时天下是欧美的天下。这是岭南报人较早考虑地域性的一种艺术化表述。"广东"而"天下"的关系构成,广东是天下风气的汇聚点,又是散发点,广东的地理位置在近代被拔升为具有全国性、世界性的高度,岭南报人盛赞"广东之革命潮"②,因广东革命具有代表性,且能引领其他地区追随。

广东报人郑贯公曾言,在历史地理上,"广东之地势乎,濒海要地,可辟通商口岸者";在文化根本上,"相传有广东开化最先之说,开化既先,则保全自立之程度,必较为膨胀矣";在人物影响上,"广东之人物,亦颇于历史上有光辉、有名誉者也","大有特别影响于中国汉种也"。由此推出,"广东之地势,俨然自成一家,声音服饰、起居嗜好无论矣。远游之开化、耐劳之特色,亦俨然一将兴之材料矣"。在物质方面,广东鲜明的人事、地理特征表现为声音、服饰、起居、嗜好等方面自成一家,在精神方面,则表现为远游之开化、耐劳之特色。"为而汉族恢复之特别降殊也者,是则我广东同胞"也,特殊的地理时代环境,造就广东特殊的历史使命。郑贯公明确地指出,广东人民远游之开化、耐劳之特色的精神对于中国开化文明、保全自立和种族存亡都有"如是其重且大"的意义。③在"吾粤"思想观念形成、概念使用的过程中,不可避免地描绘了粤地的某些自然地理环境特征,当然这些特征也促成了某些人文地理的生成或文化景观的出现。《南报》指出,近邻交趾支那之失,是安南之亡的发端,引发了对广西战略地位的思考:"广西

① 吴趼人:《发财秘诀》,见《吴趼人全集:社会小说集(下)》,北方文艺出版社2019年版,第189页。

② 佛云:《广东之革命潮》,《天趣报》1911年5月10日至6月13日。

③ 贯公:《广东人于中国汉种之关系》,《广东日报》1904年4月30日。

地塞而民稀，内虚而外逼，政府漠视，士夫忽意。中国而不亡则已，苟其亡也，则广西即一发端地。”[①]从内外形势分析，总结广西对亡国与否有重要的地理意义。近代岭南报刊小说也浸染着这样的思想言论，也在思考与宣传岭南在挽救、建设近代中国的地理战略性。

第二，从水系区域出发，所持有的珠江、西江等地理观念。

正如《珠江镜》报所言，其目的“一曰镜珠江之政治，二曰镜珠江之人物，三曰镜珠江之风俗”[②]，在岭南报人的地理意识中，以珠江水系为同一区域，政治、人物、风俗可相提并论。“政治”“人物”“风俗”正好概括岭南报刊小说展现岭南地域性的方向：粤事、粤人、粤地、粤俗。又如黄伯耀在创办《社会公报》时所言：

珠江流域，天险素称。新风鼓荡，劲气磅特。铁路之怒潮未已，国权之挽救竞争。近纪粤闻，关心桑梓。[③]

这个地理意识也与《珠江镜》相同。第一句，提炼了岭南的自然与历史特征：在古代，岭南自然气候素来是抵拒中原统治南来的天险，海洋又是抵御外侮的天险。第二句，总结了近代岭南受到新风鼓荡所展现的劲气磅特的人文特征，但是随着航海时代的到来，这种天险变成了地利，列强利用坚船利炮首先逆着珠江流域扩散，其“副作用”便是刺激了珠江流域百姓的革新思想，在猛烈的欧风美雨中，知识分子想要化为可以浇灌中国腐朽土壤的甘露。第三句，以铁路风潮这个具体事件作为岭南新风鼓荡的表现，举国上下目光集注，将此类事件上升到国权挽救、在天演竞争

---

① 《南报出世辞》，《南报》1910年第1期。

② 觉时：《珠江镜慨言》，《珠江镜》1906年4月28日。

③ 耀：《社会公报内容之解说》，《社会公报》1907年12月5日。

中要争取独立自主的高度。第四句,归结于岭南报刊关注粤地桑梓的宗旨。这四句话总括了近代岭南报刊小说地域性的四个方面:珠江流域的历史地理风貌,近代岭南的人文社会特征,粤地政治军事思想风潮,关注本土人事与时局。"吾粤"的乡梓之情与"二十世纪之广东"的时代意识交织在言论中,正好从空间上的岭南与时间上的近代两个维度,提炼了时代与地域两种特性如何交汇在报刊小说这种文体中。《东莞旬报》《南报》等所刊政论也讨论过岭南地理位置对岭南本土,乃至全国有重要的作用,因此,要发挥地理优势,办好报刊,为开通民智、扼住门户作出相应的贡献。《东莞旬报》第1期的《本报出世弁言》[①]曾说:

> 扼西江之险要,阻惠府之上游,我东莞之地理,诚地理上之特色哉!……
>
> 我东莞之地理,为吾粤之门户;我东莞之民族,为吾粤之翘楚;我东莞之物产,为吾粤之重要。东莞之关系于吾粤可知也。
>
> 曷言乎?地理为吾粤之特色也,吾粤为西江流域。西江之门户有六:曰崖门,曰横门,曰磨刀门,曰焦门,曰虎跳门,曰虎门。六门之中,以虎门为最险要。凡巨轮之入西江者,必经虎门,虎门之于西江,犹崇明岛之于扬子江,三峡之于黄河也。我国之盛也,洋舰之入粤者,必在虎门缴舵。今则无此盛典矣。而虎门之炮台犹足雄视一方也。故吾虎门失,吾粤必失。虎门为吾粤之喉咽,而虎门又在东莞地界也,是无虎门则吾无粤,即无东莞则无吾粤也。不特此也,由潮惠而入广州者,必经东莞,虎门寨有提督驻焉,一则以守虎门军港之要,二则以塞潮惠交通之冲矣。其地理上之特色为如何哉!

① 侠仁:《本报出世弁言》,《东莞旬报》1908年第1期。

东莞处于西江流域的必经之地，东莞虎门，是粤之六大门户之一，其地理位置有类于崇明岛之于扬子江、三峡之于黄河。东莞及虎门之重要，对外而言，在于能够扼守洋舰入粤门户，若虎门失守，粤地将不存。近代中国第一次鸦片战争失败已经证明虎门对中国存亡有战略意义：鸦片战争失败便是以英舰从虎门入踞广州开始，广州失守，便宣告清朝闭关锁国的治国理念被粉碎。对内而言，又是潮州、惠州入广州的交通之塞，其军事意义与交通意义都十分重大。一份地方性报刊，能深明东莞作为珠三角地区、西江流域地区门户，地理上有区域性、局部性战略地位，能透视“不特关系于吾粤，且关系于吾国也”的民族大义，具有战略眼光，其精神觉悟已不止维护一方水土这么简单。

第三，从历史地理方位出发，持有的南越、岭南等区域地理观念。

《岭海报》《岭南日报》《岭南女学新报》《岭南白话报》当取岭南处于五岭以南、靠近海边的自然地理关系为刊名，“岭南”作为一个整体区域的观念深刻地烙印在报人脑中。《七十二行商报》曾连载小说《岭南潮》，因报刊散失，已无法查考其所持岭南地理观如何，但是“岭南潮”之名中，“岭南”标明地理方位，“潮”标明时代意识，空间的地域性与时间的当下性结合，共同构成了岭南而中国、岭南而近代的时空关系。“高呼于五岭以南，而冀人民之及早警觉”[①]，这也是岭南报人立足岭南地方而心怀天下人民的表现。《广州平民日报》虽然以广州命名，但是“发刊于庚戌九月，为内地第一革命机关日报，以提倡大举暗杀为目的，发挥人道大同为宗旨，阅日仅百，风行内外，识者称为五岭以南思想界为之开一新纪元”[②]，“五岭以南”的地域思想与“新纪元”的时代精神结合，“人

① 鲁达：《画报复活感言》，《时事画报》1912年第1期。

② 《广州平民日报添招股份简章》，《时事画报》1912年第2期。

道""大同""风行内外"的理想具有普遍性。

《南越报》曾公开声明命名为"南越"的缘由,"盖为五岭以南之文化,既渐开明,二十世纪而后之风潮,又当剧烈,惟笔代舌,展能民声,剪纸填词,冀伸公论,此非徒发桑梓之感情,以作草茅之坐论而已",南越即是五岭以南之地,《南越报》要以笔代舌,抒写二十世纪后五岭以南的风潮、文明、民声、公论,既能发桑梓之情,又能发时代之风气。这个"桑梓"不局限在广州或广东,而推广至"五岭以南",这种区域地理观念以历史上的国名"南越"指代。实际上,地域的,即是全国的。《南越报》亦言明,"报虽名夫南越,而志实在中原",站在南越的视角,"旷观全国,怅望神京"[①],脚踏实地,又胸怀中国,关注的是京城、全国,这种地理观念不是狭隘的地方主义。因此,《南越报附张》所载小说,也有这样的觉悟。如《过路环》专写香山过路环岛被葡萄牙人借名捕贼扩大侵占领土,这件"损国体,辱主权"的外交军事事件,"不止关系吾粤前途匪鲜,尤关系吾国前途匪鲜",能够透过事件的现象,看到事件对整个中国的危害,因此"可悲可痛可愤可异"的程度就很高[②]。

近代著名报人郑贯公的一篇"言论界"文字颇有代表性,能够精要地概括近代岭南这一地域意象的意义:

吾粤位中国之南,以七十余县之土地,三千余万之人民,俨然一欧洲可以富强之小国也。溯种族则黄帝之血统,问户口则数百万有奇。人烟之稠密,土壤之膏腴,加以滨临大海,航路交通,扼南海道之冲,拥珠江流域之盛。交通最早,开化最先,一如地理家所谓"其地近河流最迩,则发达必先,输进文明必骤"也者。然则我广

① 《本报创刊一周年纪念文》,《南越报》,转引自李默《辛亥革命时期广东报刊录》,《新闻研究资料》1979年第1期。

② 瀛客:《过路环》,《南越报附张》1910年8月22日。

东地势之于中原，在上古之时代，则以蛮貊边鄙目之。而于近世交通时代，则一天然最可贵可重之要区也。不宁惟是，自海禁大开后，吾广东同胞，骤膨胀其冒险之性质，发达其远游之思想，致引出今日禁止华工之大问题，是则吾粤同胞，既著大名于世界工商社会，复具特别性质人格于中华大地上也，言念及此，将何以答上天降殊之地势。黄帝特遗之良种哉，愿我同胞，勿自放弃。[①]

近代广东以“扼南海道之冲，拥珠江流域之盛”的优势，成为岭南地理、交通上的核心重地，“于近世交通时代，则一天然最可贵可重之要区也”，又是政治、军事上的管辖中心，以广东之地理位置代指近代岭南在中国之地理位置，未尝不妥。郑贯公言广东人民在近世交通时代的精神上之奋进及其富于冒险精神之论精当，称赞广东人民在世界工商社会界中具备昭著人格的言理甚足。

鲁迅曾言：“有地方色彩的，倒容易成为世界的。”[②]于岭南报人及其小说家而言，地域性的，就是中国的，世界的。岭南报刊在关心广东、广西、岭南、南越、西江、珠江时，也无时无刻不在记录“中国地理大势”“欧洲地理大势”，分析“陕西形势”，立足地方，关注所在区域，同时胸怀中国，眼望世界。

第二节　以粤语书写的报刊小说

近代白话文运动形成于“戊戌变法”前后，黄遵宪、梁启超等人倡导白话文运动，以浅显的文言白话来“新民”，在这样的背景下，落实到报刊界，就是用白话文办报。白话报的创办和发展，扩

---

① 贯公：《敬告广东同胞诸君》，《广东日报》1904年6月2日、8日。

② 鲁迅：《致陈烟桥》，《鲁迅全集》第13卷，人民文学出版社2005年版，第81页。

大了白话在社会上的影响,形成了一种白话氛围,全国各地创办白话报成为时代风尚。这为胡适等人在"五四"新文化运动时期发动更高层次上的白话文运动,创造了社会条件,培植了舆论空间,培育了运动主体。

岭南报人响应时代潮流的呼唤,用白话文办报,倡议以白话小说新民,因时值"二十世纪开幕,为吾国小说界腾达之烧点。文人学士,虑文字因缘之未能普及也,曾组设《中国白话》,而内附小说,以谋进化",以期"渐而化之,会而通之,其即沐浴社会、改革社会之龙象力哉"。所谓"白话小说者,则又于各体小说之外,而利用白话以为方言之引掖者也"[①]。办粤语白话报、写粤语白话小说萌发于这样的思想背景。"粤语"这种白话,基本上通行于珠江流域。

一、粤语小说的刊载情况

岭南地区主要有四种白话报刊:《潮州白话报》,1903年底创刊于潮州,主编杨守愚;《广东白话报》,1907年5月2日创刊于广州;《岭南白话杂志》,1908年1月于香港创刊;《桂林白话报》,1910年创刊,在广西桂林发行,原刊现已不存。典型的粤语白话报主要有《广东白话报》和《岭南白话杂志》两种,被《中国早期白话报汇编》[②]收录。《香港少年报》《唯一趣报有所谓》《东方报》及《农工商报》和由其更名成的《广东劝业报》,亦多刊载粤语写成的稿件,亦算是不用"白话"命名的粤语报刊。

从总体上来看,报刊上的粤语小说有三种形态:一是在粤语

① 老伯:《曲本小说与白话小说之宜于普通社会》,《绘图中外小说林》1908年第6期。

② 陈湛绮:《中国早期白话报汇编》,全国图书馆文献缩微复制中心2009年版。

报刊中发表的粤语小说,如《广东白话报》刊载的5篇短篇小说都用粤语作为主体语言创作。二是用粤语创作,发表在普通岭南报刊中,如《香港少年报》《南越报附张》等报刊中的部分小说,虽然整份报刊不全用粤语写就,但是有部分小说采用粤语写就,如《西狩》[①]《冤业》[②]《阎应元》[③]《东游记》[④];《农工商报》与《广东劝业报》大部分小说为粤语,多弘扬古代或外国伟人的工商伟绩,类似传记,别有风韵。三是整篇小说的主体语言是文言,对话亦不全用粤语,但是使用了很多粤语词汇或语句,如《附骨疽》[⑤]《本地状元》[⑥]《文明战》[⑦]《女侠》[⑧]《官官相卫》[⑨]等,仅某些内容用粤语写作。

当时人认为,"杭州、福州、山西皆有白话报,独广州无之,实为报界之缺点",听闻有"广州白话旬报"将出,这对于报界来说,"别开生面"。这个"广州白话旬报",当是《广东白话报》,又叫《广东白话旬报》。白话小说追随白话报刊而生,这源于白话报追求"行文显浅,务令妇孺及粗识之无者,均能言下领悟"[⑩],白话小说能够达成这种目的。即使像北京《商务报》这种专门类的报刊,也声称搜辑古今商界伟人遗闻轶事,"用白话演成"小说[⑪]。《广东白话报》与《岭南白话杂志》确实做到了。而倡导实业的《农工商报》《广东劝业报》,也爱用白话写成的小说。

---

① 朕:《西狩》,《香港少年报》1906年11月15日。
② 逖生:《冤业》,《香港少年报》1906年11月26日。
③ 萍初四郎:《阎应元(白话)》,《唯一趣报有所谓》1905年8月8日至21日。
④ 欧拍鸣:《东游记》,《南越报附张》1910年2月21日至4月6日,未完。
⑤ 斧:《附骨疽》,《香港少年报》1906年12月20日、21日。
⑥ 《本地状元》,《珠江镜》1906年6月6日、11日。
⑦ 耀:《文明战》,《社会公报》1907年12月13日。
⑧ 耀:《女侠》,《社会公报》1907年12月14日。
⑨ 棱:《官官相卫》,《南越报附张》1910年4月2日。
⑩ 《喜喜将有广州白话报出现》,《香港少年报》1906年11月24日。
⑪ 《北京商务报》,《岭东日报》1904年2月21日。

粤语小说的出现，伴随着粤语其他文体的兴盛，如论说、粤讴、南音、班本、龙舟歌等文体、专栏的普遍出现。无论是早期的《中国日报》《中国旬报》，还是《时事画报》这样的画刊，或是《中外小说林》这样的小说专刊，还是其他没有刊载小说的报刊，都刊载过这样的粤语白话文，与粤语小说形成同声相应的风气。如《妖魔声》[①]，用"讲三水话的""讲新宁声的"人影射康有为、梁启超为首的保皇党徒众，哭诉其党彼时如何不受岭南人待见，很有戏剧性。除了用小说声讨其党徒的虚伪，还用其他文体加入这场声讨："谁不知重弊吓添，两间报拍住拖嚟驳，甚至谐谈、谐文、粤讴，一哋都系闹我嘅。至弊系《□益报》哋画丫，第一日将我反覆小人两便面嘅妖形画出嚟，第二日重当我系蛤添。"这段话说明《中国报》（当是《中国日报》）与《□益报》（当是《世界公益报》）采用谐谈、谐文、粤讴和图画等形式对康梁等人的行为加以驳辩，尖锐地揭露其"反覆小人两便面嘅妖形"。这种全面开火的舆论模式，在岭南报刊中比较突出：同一事件，运用不同文体，不同文章，在同一报刊上连续一段时间形成舆论阵势，穷形尽相，使对手或新闻抨击对象无法逃遁。

1905年6月，《唯一趣报有所谓》创刊之初，广州发生了长寿寺僧"恃势毁学"案，此案关系重大，"倾动全国之耳目"，引起社会公愤，长寿寺被两广总督岑春煊查封。该报创刊号上即在"要闻"首条中报道了此事，第二天即在"社会声"栏目中以粤讴的形式讽刺了花和尚的恶势力，此后每期均有追踪报道，密集地跟进两广总督岑春煊查封长寿寺后的事态发展，新闻报道和文学作品同时刊载，直到8月的"博议"《毁长寿寺之慨言》一文的刊出，才算寝息。不过，到了1906年，有关海幢寺和尚为非作恶的事态又有了

① 庐亚：《妖魔声》，《广东白话报》1907年第5期。

新的苗头，似乎比长寿寺的更恶劣[①]，报刊又开始关注此事。该报在长期报道长寿寺事件中积累了素材、明确了宗旨，王斧以此为题，创作了寓言化的小说《秃》[②]，并在小说末尾的按语中申述了创作的缘由、观点及对官员作出评判：

斧曰：天下最可恶最无用者莫如秃奴，不耕而食，不织而衣。拥万姓之资产，供一己之挥霍。假慈悲以惑世，托佛教以骗人。每一谈及，未尝不痛恨切齿。去岁长寿寺凶秃毁学，旋遭查封。吾闻之方喜当此天演时代，此等无用秃奴，必渐淘汰。此次虽不能驱除净尽，然一般秃奴，亦必稍知警惕，安守本分。不意今日竟有此特别秃奴出现，竟有此自称伍佐臣，冒穿文明公装，戴金丝眼镜，垂金链长尺许，周身花柳，专买美货之秃妖，忽变其魑魅魍魉之相，出现于光天化日之下，掩映于吾人之眼帘中。大胆哉，海幢寺之秃妖！阔绰哉，海幢寺之秃妖！可与(别流)前后辉映矣。虽然，吾甚为一般粤吏惜。何惜乎？惜其每办一事，则左捐右剥，而不能化无用之秃产为有用也。呵呵，秃妖！呵呵，粤吏！

这段话传达了以下这几个观点：一是“天下最可恶最无用者

① 主要作品有：1905年6月5日“社会声”之《花和尚(粤讴)》，1905年6月7日“博议”之《查封长寿案平议》，1905年6月10日“落花影”之《哀长寿寺赋》，1906年6月12日“风雅丛”之《新童谣(讽长寿寺也)》、“短评”之《四月戊午两广总督岑春煊查封长寿寺》，1905年6月14日“落花影”之《拟陈塘妓妇与长寿寺僧启》，1905年6月17日“博议”栏目《哀哉长寿寺秃奴之末路》，1905年6月21日“金玉屑”的《长寿寺考古(原名长寿庵)》，1905年6月27日“博议”之《哀哉长寿寺秃奴之末路》，1905年8月6日“社会声”之《长寿佛》(粤讴)，1905年8月8日“博议”之《毁长寿寺之慨言》。1906年5月18日“短评”之《长寿寺僧之与马潘夏》，1906年6月5日“社会声”之“粤讴”作品《花和尚》，1906年6月10日“落花影”之《花和尚传》。其他非文学作品未统计。

② 亚斧：《秃》，《唯一趣报有所谓》1906年3月19日。

莫如秃奴,不耕而食,不织而衣。拥万姓之资产,供一己之挥霍。假慈悲以惑世,托佛教以骗人”。二是“天演时代”,和尚必须淘汰,驱除净尽,长寿寺和尚的下场就是大势所趋、人心所向。三是为一般粤吏惜,惜其不能化无用之秃产为有用。这篇小说之所以提出如此激烈的观点,与《唯一趣报有所谓》创刊以来的新闻精神相一致:以破除迷信、为民除害的公义精神,一直对长寿寺、海幢寺和尚的不法行为进行报道、挖掘,抨击他们的恶毒行径。小说按语重新申述了《唯一趣报有所谓》的观点和立场之后,报刊并未停止于此,又发表了“短评”《长寿寺僧之与马潘夏》、“粤讴”《花和尚》、拟传记《花和尚传》等文学作品,继续关注此事,扩大新闻效应。文学作品的优点在于,能够以辛辣讽刺的手段揭露长寿寺、海幢寺和尚的荒唐,以延展事态的反思时间。在长达一年的追踪报道中,运用了戏拟体、粤讴、赋、短评、社论、童谣、信启、考据、传记等近十种文体,全面揭露和尚的恶劣行径,有效地打击和压制了和尚的非法行为。该报对此事的追踪、报道、评议,舆论导向良好,对澄清社会风气有很大的作用。这篇小说《秃》没有采用粤方言写作,但其他文体用粤语书写过这个事件,该报报人充分利用报刊的各种文体对密切关系读者生活和社会风气的重大事件进行全方位的观察,使读者既不受蒙蔽,又能对事件有全方位的准确把握。

二、粤语小说的粤地风土民俗

使用粤语写粤人粤事,又呈现粤地风土民俗,是粤语小说的最大特点。“呈现岭南语言文化标记,其中最显著的是小说中出现的名物与民俗”[1]。

第一类是小说标题命名与类型标注使用粤语。如《好箭法》《装愁屋》《瞒瘾》《贱格鬼》《牛仔佛》《睇出神》《大虫》《硫黄马》《附骨疽》《撞饮》等，用普通话读这些篇名或类型标注时，有些拗口，或不明所指，这是因为小说采用了粤方言，呈现的是岭南本地文化意味，只要用粤语指读，就可以快速明白其中的深意。“好箭法”用赞叹的语气来讽刺，小说中使用的语词“屎弗箭”指射中粪门或屁股的箭，弓箭师傅因射中老虎屁股而获得奖金，这本身就有反讽性。“夜摩”“鼠摩”指像老鼠一样的小偷，竟然起了歹念，要去偷奖金，可是又害怕弓箭师傅箭法厉害，于是在屁股后面挂了一块烂锅铁，还带了一挂预备开箱的锁匙，正准备动手的时候，却听到“射”字，吓得一路狂奔，可听到屁股后面“卑哩卜碌”的响声，跑得更快，回到家才发现，原来是锁匙打在铁块上的声音。看完这个故事，令人不禁大笑。射老虎与“射尿”相提并论，充满恶趣味，讽刺性强。床头放尿桶备夜间上厕所或到屋外上厕所，正是粤地卫生习俗。“嘅”“装”“瞒”“贱格鬼”“仔”“睇”“大虫”“硫黄马”“附骨疽”“撞饮”都富于粤地文化风俗。在人物命名方面，也寄寓着一定的粤俗社会文化与禁忌，借此批判终日喝酒吃饭、不务正业、不关心国家大事、不顾民生疾苦的庸碌生活。“劳贞臣”谐“劳精神”，讽刺这个无事撞饮的人白费精神，“吴聚财”谐“唔聚财”，暗指这个人浑身不舒服，“何黼锦”谐“何苦咁”，意思是责问这个又何苦如此作贱[2]。

第二类是“深入岭南民间生活”。如《游会记》写主人公到“桑江”（即“香江”谐音，指香港）探望朋友，搭火车、担行李很有粤趣，

① 周仕敏、程国赋：《晚清粤方言小说：岭南文化空间与时间意义的交汇》，《华南师范大学学报（社会科学版）》2020年第3期。

② 太岁：《撞饮》，《社会公报》1907年12月26日。

所看的“游会”就是岭南民间文化活动飘色。在人物与事物称谓中，“扎仔”“烟精”分别为当时省港对裹脚妇女与抽鸦片者的称呼，“屎哥”指公厕管理员。“孖毡”是粤语音译英文merchant，指洋行中国商人，“咕哩”是英文coolie的粤语音译，专指码头上的苦力工人，这都是近代广州作为通商口岸贸易带来的产物，富于“广东英语”特色。《游会记》以四部飘色描写对应清末岭南危害公共社会最大的“嫖赌饮吹”四大恶习，“最大限度地调动了粤方言的活力，以戏谑而尖刻的态度鞭挞阻碍中华民族翻身的恶俗，表达了对社会革新自强的呼吁”[①]。《四淫齐》小说也是以“游戏之体裁，专就嫖赌饮吹四界”进行“谏勉”，“滑稽”“嘻笑”的态度同《游会记》风格相似[②]。

不少小说使用典型粤语词汇与粤语来叙事，散发着浓郁的粤地风土习俗气息，正是粤语小说的独特魅力所在。

叫只艇仔，扒入涌仔，转过几个湾仔，嚟到一间庙仔，将把遮仔，扤住个包袱仔，走入去一条村仔，有间屋仔，里面有张台仔，几张凳仔，有个人抱住一个骚虾仔，拍拍吓佢个背脊仔，起势咁话蔼蔼乖仔、蔼蔼乖仔……（第三回）[③]

粤方言区流行的珠江流域，凡事凡物皆可称为“仔”，在这段小说里得到了淋漓尽致的体现，每句都带“仔”字，在重复中并不见累赘，反而使得句子显得十分整齐，有动态之感。伞称为“遮”，孩子叫做“骚虾”，也是粤语特有词汇。“扤”“起势”“咁”“蔼蔼”等

① 周仕敏、程国赋：《晚清粤方言小说：岭南文化空间与时间意义的交汇》，《华南师范大学学报（社会科学版）》2020年第3期。

② 《快看快看四淫齐出版》，《香港华字日报》1907年11月18日。又见《中国日报》1907年11月19日。又见《社会公报》1907年12月16日。

③ 欧博明：《学海潮》，《岭南白话杂志》1908年第3期。

动词、副词、助词、象声词在小说文本中比比皆是。"涌""湾"交错，以"艇"通行的生活状态，充分反映了珠江流域水系生活的特点，与江南的"湖""泊"交接场景不同。

有意思的是，《南越报附张》之《三叩首》①还写了一个"金课员"，通过辨识粤语土音，破了一大案情。龙川县人陈亚良的妻子在前一年冬天潜逃了，某天陈亚良在路上看见一个妇女，便认为是潜逃之妻，即行上前质问，二人纠缠不休，被抓到了警局。巡官审出二人同姓陈，依据"若果真夫妇，则某御史日前所谏之勿弛同姓联婚一折，个老陈已先犯之矣"的社会法则，二人夫妻关系不成立。可是陈亚良坚持认为这个妇人就是妻子，与妇人依然争执不休，审判官一时之间无法判断。"长于声学，能立辨各人之声音"的金课员却使案情立判："知陈良之妇为龙川县人，而该妇则口操东莞土音，因此知良之冒认，遂唤良上前细认。"这篇小说写出了"冒认"妻子的趣味性，编织故事的基础元素是龙川口音与东莞土音之间的差异。粤语之趣，不止是小说文字本身，小说本身的粤语故事，也能令人产生新鲜感。"盘上人头"②会说话，令时人惊奇不已，而作此戏的西人竟然能"仿香山土音答之"，更令人奇上惊奇。粤地内部，粤语本身又分"香山土音""东莞土音""龙川话""讲三水话的""讲新宁声的"等支系，证明语言风土特征本身就是岭南风土一份子。

三、粤语小说的艺术特点

综观近代岭南报刊的粤语小说，其叙事艺术方面有如下特点：

第一，以说书者的声口，模拟讲说现场的交流口吻，问答、伏笔

① 棱：《三叩首》，《南越报附张》1910年3月24日。

② 《盘上人头》，《安雅书局世说编》1902年1月15日、16日。

式的过渡常出现在文本中，与梁启超在《新中国未来记》中开创的讲演体创作风气相通。《农工商报》《广东劝业报》把小说专栏命名为“古仔”，本身就暗示者“小说”具有“话本性质”，因为“古仔”就是粤语区民间说书的一种，“讲古仔”是粤语区讲演小说的一种手段。《农工商报》《广东劝业报》基本上采用这种方式，讲述古今中外农工商实业中的伟人事迹，如致富者陶朱公、机器大师鲁般、大制造家矮克办脱、懂生意的端木赐、瓷器制造大家巴律西、爱国商人弦高、五文钱发大财的安国全等，犹如说书场中以英雄豪杰的丰功伟绩激发人心、激励士气的做法。如《唯一趣报有所谓》之《阎应元》开始通过比拟的手法说明“不得其平”的历史变易现象，在大段评述历史变更中的“异族”入侵、腥胡主国而引发“不平”现象之后，引出了江阴县城久攻不破的正话，于是预设了程式化的“问答”：

你估因乜事，个个江阴城，得咁硬呀？谁不知里便有一个人，系好大本领嘅。你估个个人，叫做乜野名，系点样来历，等我慢慢讲过你地知。个个人，就系呢一篇白话小说嘅主人，佢姓阎，名应元，别字叫丽亨。①

先让读者（受众）猜想，江阴城何以能在清兵势如破竹的攻势之下坚守了八十几天，但很快就给出了答案：因为这里面有一个本领很大的人。那么这个人到底是谁，有什么来历？作者（讲说者）“我”还装模作样地说，别急，让我慢慢地讲给你们听，他就是阎应元，他就是这篇白话小说的主人公。接下来，反复运用类似套路讲述后面的故事。最后还告诫读者（受众）要好好记住这个故事内容，否则将来让你讲的时候，就怕讲不出来：“列位睇呢篇白话小说嘅兄弟朋友，要记住当日阎公挨过呢番气运，守落去，望

① 萍初四郎：《阎应元（白话）》，《唯一趣报有所谓》1905年8月11日至12日。

汉人有个中兴嘅日子，个几句说话，就知到当日阎公嘅苦心，唔系话白白将个的百姓嚟陷害。又望你地列位，个个都要学定个几句说话，他日正哙讲，唔系临时哑口无言，只知难讲、难讲两个字，咁就好累世咯。”“列位朋友”“各位朋友”这样的语句常常用以“点醒”听众，起到引导听众、强调重点的作用，这是因为自觉地运用了讲演体的创作手段。

像《时谐新集》收录的小说，有几篇即采用寓言问答式讲述，虽用文言语体，但跟广东地区的宣讲小说《俗话倾谈》等虚拟问答的审美趣味相通。《眼耳嘲》设想眼睛与耳朵、《头脚辩》设想头与脚、《手口争》设想手掌与嘴巴、《毛发答》设想毛与发之间，发生了情感与伦理冲突，争辩各自功能与功劳，诙谐幽默。被收录于此集，大概是能够满足岭南百姓对“古仔”的喜爱之情。

这种创作风气与“岭南即事杂咏”的“游戏体裁”所追求的“新民智”“解人颐”[①]的思想与审美追求也是相通的，这样可以达到“以滑稽为谏勉，以嬉笑为棒喝”[②]的创作目的。

第二，有些小说为了突出人物的声气口吻，叙述文字使用的是通用汉语，但在对话与书信中采用粤语，如《珠江镜》之《本地状元》[③]：

妇自某出门去后，扬扬得意，遂扃门返状元家，对状元公说曰：“佢个衰鬼于昨日已经去哓唎，而家唔驶咁慌咯。”于是他二人如胶似漆，刻不能离，其爱情愈浓，则其刺激力愈涨，相摩相荡，遂居然二奶矣。

这段文字中，普通的叙述语言用彼时常用的书面语体，但是

---

① 《时谐新集即日出书告白》，《广东日报》1904年8月22日。

② 《快看快看四淫齐出版》，《香港华字日报》1907年11月18日。

③ 《本地状元》，《珠江镜》1906年6月6日、11日。

小说人物对话语采用粤语语体。甚至一些半心理性质的语言也采用粤语,如“某自与妇分手,携了数百金,出门径去。大丈夫磊磊落落,驶忧冇老婆,故对于妇已绝无半点爱情”这句话中,“某”的心理活动就掺用“驶忧冇老婆”这样的粤语体。小说末尾,还引用了小说人物“某”的书信,用粤语句式、粤语词汇,口语性很强的书面文体也可以在这封“浅浅俗俗”的书信中找到:

字示状元公知悉。我与你为同宗,闻你之大名久矣。今何幸辱蒙体贴,宠及贱内,并以一顶绿帽,慨然持赠,何乐如之?惟我不善于戴,谨将老婆一个,随物送回,你亦可谓捞单顺矣。至于五百金之惠,当不敢忘。今闻你上京高中,捞了头名状元,可为你宗族交游光宠。惟闻你反郁郁不乐,岂一状元尚未满意耶?你亦知你高中之关节,谁人所买乎?我已将你数百金买通上下路,你知之否?自今以后,你可不必闭翳,功名女色,快绝一时,岂不乐甚?书不尽言,你自思之。此达,某某字。

这段书信文字在“文雅”的书信用语当中,夹杂了粤语句式与口语化要素,读来有喜剧效果,也可以见“某”得意而快意的心理性格特征。《南越报附张》之《魍魉影》[①]也是如此,综合运用了白描环境的开头,如“秋风瑟瑟,万籁齐鸣。城之西南隅,有人署焉。署左丛树成林,【树】身墙外,作摇曳状”,使用彼时正常的书面叙述语言,如“忽一肩舆至,直入署内”,人物对话采用粤语,如“呀,契小姐嚟鼻!”做成一篇独特的“新小说”。

第三,通过开头的拟声或对话引起视觉上与听觉上的注意,吸引读者的兴趣。这种手段跟前所述王斧小说的开头多同。例如:

---

① 驱鬼:《魍魉影》,《南越报附张》1910年11月26日。

"轰铃！""冰崩！""盲，盲，盲"。吔野呀？烧炮仗喎，贺孔圣诞咁话啫。烧完又试静盈盈咯，唔记得孔夫子咯，所以《南越报》唔敢附和嗟。

"冷——冷——冷——"电话黎咯，频频鳞鳞，接耳筒嚟听。原来报到一声，话船话船，又话摇、摇。哈，唔通约我扒艇仔？[①]

与王斧等其他大部分使用拟声、对话开头不同的是，粤语小说使用粤语发声，兼有设问、感叹的综合效果，带出后续的故事场景。像《妖魔声》[②]开头的"琼擒，琼擒，罗罗，罗罗罗，罗罗罗罗"描写船停泊码头的情景，"林林，林林林，林林林林，拍拍拍"描写下车的情景，"朴朴"描写敲门的情景，有如身临其境。"追求真实的现实需要"，使得粤语小说在语言艺术上，力求做到描述场景时使读者或听众"眼耳相通"，达到"感觉真实"的效果[③]。

有部分小说全篇以粤语对话构成，戏剧化地表现人物言行，场景化地展现人物性格，但缺乏完整的叙事进程。《社会公报》之《撞饮》[④]即是一例：

"饿，饿，饿。呢账唔揾倒你，原来你走嚟呢处啫唎？"

"喂，喂，喂。请坐请坐，去边处嚟亚？"

"冇地方去，行街啫。""俄，坐啰坐啰。"

"贵姓？""劳。老兄？""何。尊别？""贞臣。阁下？""黼锦。"

"呢位贵姓？""吴聚财。哥处？""何黼锦。"

"呢位贵姓？""未清驾。何黼锦，钟之跌。""随便坐，随便坐。"

---

① 梼：《加快引》，《南越报附张》1910年10月8日。

② 庐亚：《妖魔声》，《广东白话报》1907年第5期。

③ 周仕敏、程国赋：《晚清粤方言小说的"感觉真实"与"历史真实"》，《学术研究》2020年第3期。

④ 太岁：《撞饮》，《社会公报》1907年12月26日。

叫人冲茶。“亚嫂，冲四杯茶。系咯，食烟食烟。爱银，叫人揶两包烟仔呀。”“做得咯，生果六，揶两包烟仔上嚟，要派律呀。”

“今挽喺边处饮呀周老梦？”“冇，唔饮好耐咯。不过同埋几位朋友行吓啫，敢就喺呢处罢咧。”“唔驶拘，唔驶拘。”

“驶乜拘啫，我同周老梦，冇乜两句嘅。”“倾吓啫，有几何呀？嚟呢的地方，咪拘至得架。”

“爱银呀，叫佢整三个银钱菜。顽烟呀，顽烟呀。”“好好好，唔驶拘。去啰，伸吓呀。”

“劳大哥恭喜在！喺佛山便，几时到？”“昨日同埋吴亚地一齐到嘅。好咧，唔中用。何大哥甚恭喜。”“好话，冇乜好处呀。总之一味颠喺咧。”

“呢位老契就系。”“系系系。唉，甚超卓，无所谓。”

“摆抬唔曾话？”“吓，摆啰。”声零相冷，声零相冷。“出菜咯。”

“嚟咧嚟咧，随便坐咧。”“周老梦，饮杯！请请！”

“喂，何老大，得咯，亚见仔坐埋个位大少处啰。换金坐嚟呢便，转好同贵财，就坐开头呢两位大少处咯。”“点都好啫咧。”

“饮饮，饮胜佢。”“嚟，胜嘅。”“饮杯亚，劳大哥，请！”“吴大哥，请！”“钟大哥，请！”

“嚟，梦，猜几拳。”“点猜法？”“三拳一局盅，抢子，有底。”“吴，又好。”

“嚟嗱，三三，四红四，绿豆粥粥，七个潮潮。你嘅。”“八皮，又系你嘅。”“开清佢，快啲嚟，对手宝。”“哈哈，又系你嘅，直落三祸，饮！”

“够钟咯，唔好猜咯。”“好咯，敢就唔好猜咯。”“饮茶饮茶，起晏罢咧。”“哦，起晏，食饭食饭。”“呀，散呢个银钱唔抵咯。”“唉，阔佬计嘅咩？”

“请咧何大哥。多谢多谢。”“乜说话，冇事请过我便坐。”“好，扯拿。”“大少，好行咧。听(平)晚至紧请翻嚟呀。”

这篇小说，几乎都由对话组成，连过渡语、叙述语都没有，似乎仅存对话中的“话”，如何对，也没有解释，仅靠人物语气来判断段落，断句十分困难。《香港少年报》之《西狩》①采用同样手法，不过因排版特立独行，因此断句分段还相对容易。更有意思的是，像《瞒瘾》②这篇小说，还在对话之间插入括号，有指示人物行为动作的注释，类似古代戏曲中的科介，如“（打欠呵声）”“（伸腰介）”“（烧烟声）”“（拍手也）”“（呵气声）”“（口气声）”“（笑声）”介绍人物行为动作神态，“（沉声）”注明人物说话的语气，“（上声）”“（平声）”“（平读）”“（平）”“（仄声）”注明该字词的声调用韵特点。这些类似科介的文字，有助于读者推导与还原人物说话时的场景，融汇了古代戏剧创作的手段，要比《撞饮》更好理解人物行为性格动作的寓意。

非常罕见的情况是，有一篇小说引用了粤语歌谣作为“篇首诗”，有一部小说作“正是”过渡的偶对语。作篇首诗者见于《香山旬报》的《温犀影》③，这篇小说分两段，第一段为“扑朔迷离之品花宴”，开首引用了“父女姑侄，同埋一席。招技侑觞，自由到极。咁嘅叫自治职员咩？唔值”这样的俚句，第二段为“经营惨淡之招兵谈”，开头引用了“弊家伙，又嚟过。唔怕嘅，招多几个”这样的俚句。《东游记》第三回回末，则使用粤语书写一个对偶句“对住亚丁嚟讲古 立教只乙变哓肥”，作为“正是”“且听下回分解”的套语的对偶部分，相应的“且听下回分解”也改写成粤语“想知到下回点样，明日再讲”。第四回回末也有“湿水自应将脚澈 撞墙谁教降对埋”。在语言上，与整部小说使用的粤语语体相一致；在功能意义上，作过渡、提示之用；在文化意义上，反映了粤地百姓的生活

① 朕：《西狩》，《香港少年报》1906年11月15日。

② 亚退：《瞒瘾》，《时事画报》1906年第30期。

③ 然者：《温犀影》，《香山旬报》1910年第63期。

哲理智慧[①]。这些俚句纯用粤语口吻写成,有评论、感叹、预示色彩,充当了传统小说中“篇首诗”“过渡语”的角色与功能。

第三节　讲述岭南人事、地理的特点

从第三章可以看到,近代岭南报刊小说基本上以粤籍作家为主,对岭南地理、人事极为熟悉,又加上小说创作的目标读者主要为岭南人,因此,喜欢将粤人设置为故事的主人公、参与者或讲述者、目睹者、转述者等,还有不少小说将人物故事发生的地理环境设置在岭南,其中又以广州与香港为核心城市,辐射周边,佛山、南海、花县、香山等珠三角地带的城镇,被小说设置为故事发生的地理背景。河南与西关的区域概念反复出现,“西关振武社、河南自强社”这样的描写也常见,初现繁华,又各有特点的历史风貌。沙面、十三行的租界、商行描述,也抹上了浓浓的区域地理标志性故事背景和时代特色。

一、粤人作为故事的主要讲述者、目睹者

近代岭南报刊喜欢依据粤地特色给小说人物起名,“亚×”或“容亚×”“周亚×”这样的名字经常出现。如果是泛指、虚指某人,不再仅是“某甲”这种全国通用的代称,而是用粤方言常用的“亚丁”“亚庚”“亚戊”等。“粤东某生”“粤东某太史”这样的人物设定也经常出现。一些小说明确故事的角色是粤人。“某”与佛山何氏“少有瓜葛”,何某之妾常被大妇“大施鞭挞”,“复以锥刺其手腕及

① 欧拍鸣:《东游记》,《南越报附张》1910年2月21日至4月6日。

足,流血遍地”,“某”作为亲历者,亲眼见证了晚餐期间大妇因小故而“狂挞之”的场面,又由其“家人遂导某以往,至一小室,幽暗潮湿,于地上支一薄板,则丽娘之床也。夹褥一袭,则丽娘之衿褥也”,亲见丽娘作为富室妾氏的悲惨生活及居所环境之恶劣,又验视了丽娘身上的伤:“某为展其手腕视之,则刺痕班然,尚可考见当日狠戾之情状也。某亦不觉惨然泣下。”“某”作为小说人物活动的见证者,其“惨然”的感情亦不觉灌注其中。最后还亲闻丽娘病死的恶耗。[①]“某”这个粤人作为故事的见证者、讲述者,使时地的真实性更精准。《现形妖》[②]让“粤之宁邑人”张德胜目睹了影射康有为、梁启超的小说人物,在新加坡、日本运动华侨或留学生的“妖异”行为。有的小说更加大胆,如《佳人泪》[③]设计了小说主人公许宝玉寻找岭南报人小说家计伯,并讨论如何影响社会与报命国民的情节,还让许宝玉与计伯“漫游马交石,长啸襟海楼,兼驰车前山寨,小憩于亦圃”,设置粤地为背景、粤人为参与者的情节,以拉近读者距离,使人信实。

《秃》[④]更是将作者的职业环境透露出来,作为故事发生的场所:“昔日亚斧铅椠毕,听壁钟丁东四打,起而踯躅骑楼,俯瞰则车马往来【如】鲫,仰观则风云变态无常。正有所思,忽闻履声橐橐,自下而上。视之……”后又让上楼者到三楼等待要拜访的人。“亚斧”在“骑楼”四楼以上工作,工作的地方靠近马路,能够看清楼下街景。“铅椠毕”三字说明正是写完文稿的状态,表达时间的方式是通过壁钟之响,而不是漏声几下。“壁钟”是洋货,物品上的西化可以看到时代的印迹;“骑楼”也是岭南特色街景。有些小说还注

① 女雄:《丽娘》,《女界灯学报》1905年第3期。

② 乱劈:《现形妖》,《绘图中外小说林》1908年第3期。

③ 亚父:《佳人泪》,《唯一趣报有所谓》1905年7月28日。

④ 亚斧:《秃》,《唯一趣报有所谓》1906年3月19日。

明了所讲述的故事是由同学转述，留日、途经上海、抵粤诸要素明晰：

> 去夏日光炎炎，热度逾百。余作白云之游，偕爱友二三，携壶以往。徐步山下，仰见能仁寺，拾级登方半，后呼余声颇急，顾之，旧同学某氏也。相与入寺，于后楼席坐焉，彼此谈别况。某曰："吾自东京归，道经上海，逗留数阅月，抵粤甫旬余耳。"询其所得。曰："于学业之外，别有当意者。"因向怀中出一小卷，居沪时日记之一种也。余为之述焉。[1]

除了点出参与者、目睹者、转述者等之外，一部分近代岭南报刊小说还从多角度、多方面、多层次地描绘近代粤地、粤人故事。《安雅书局世说编》的22篇类小说中，有城西富室及其妾与妾弟（《勇爷私逃》），新晋秀才与妻、舅（《烦恼秀才》），来自东莞的、在省城从业的画工（《导淫孽报》），新会荷塘乡某孀妇与儿、媳和殇儿（《殇儿救母》），有贫病交加无以度日的夫妻（《夫妇道苦》），有多情的老翁与校书及其儿子（《老尚多情》），还有佣于杂货店者、饮于珠江被狮吼者、收字纸者、偷儿者、炫富贵者、妓者诸色人等，记录了他们在城里、珠江中的故事。其他地域更丰富，明确地名的至少有佛山、花县、香山、大良、龙川、惠州、顺德、南海、番禺、广西容县、广西桂林、广西江州、梧州、新会、博罗等粤地，有众多广州城内土著之民，记录粤地各色人等。有宦粤、寄籍粤地之人，如黄祖荫本浙人，流寓于粤之琼州（《唯一趣报有所谓》之《天涯恨》），陆玉璜投靠在粤省的伯父（《唯一趣报有所谓》之《巾帼魂》），有到广东放官账的苏州人（《农工商报》之《广东忠信商家袁友信小传》），有从扬州之役中逃难于此的沈酣（《绘图中外小说

① 彰武：《情侠》，《珠江镜》1906年5月27日。

林》之《沈醉生》),有宦粤或在粤待用的官员江宁徐伟之、黔人刘荣业(《振华五日大事记》之《骗骗》),有寄籍广东番禺的湖南纨绔儿(《南越报附张》之《纨绔儿》)。土著居民与寄粤者、水上居民与陆上居民、中国居民与外国居民之间,互相融合、互相交流、互相冲突,构成了以珠江水陆生活为典型环境孕生出的典型群像。

黄世仲的《廿载繁华梦》《宦海潮》两部长篇小说,综合描绘了从粤地运动至北京政治核心、到上海商业中心之人的生命轨迹,又描摹了北京政治中心、上海商业中心派来的宦商吏骗各色人等。以《廿载繁华梦》的张任磐为例,因姻亲利宗岳到了山东,结识了刑名老夫子钱东若,又加深了利宗岳对他的重用,缘此结识了山东巡抚丁朝干,被其推荐到侯爵曾文泽身边任了参赞,出使俄罗斯,又因救了李相而得到重用,通达于政治外交的核心之地北京,融入了上层官僚营伍的生活圈。该书以张任磐为线索,一路北上,牵扯出所关联的人物群体:以利宗岳、丁朝干、曾文泽、李龙翔为大结点,中间还串插出钱东若、银屏、李文炳、李连锡、李贵、利宗泰、廖成锦、赵小环、翁和甫、潘同荫、盛子仪、洪稚园与赛金花等一批批恶棍、官痞、娼妓、奸吏、"清官"等人物,透过各人的兴衰成败,展露出官场、商场、娱乐场的生态空间。近代广东得风气之先,人物生活在当时也有引领风骚的气概,小说以粤人张任磐的发迹史牵动京粤两地官场的活络,也是一种成功的结撰方式。

《廿载繁华梦》《宦海潮》这样的长篇小说还通过往来京城与粤地之人勾连了两地生态环境的官场典型。同样,一些小说也通过一个粤地人物作恶的一生来勾画某些霸凌现象,折射出岭南普通百姓恶劣的生存环境,《宦海恶涛》[①]是典型作品。广东南海县黄鼎司属之棉村,有一个多收了十斛米的田舍翁,功名念切,不惜

① 伯耀:《宦海恶涛》,《绘图中外小说林》1908年第4期。

钱财,让儿子何维新读书。何维新弱冠捷童军,居然成了秀才郎,“维新自进庠后,趾高气扬,装成乡绅的阔架子,乃父更不敢笃责,遂长成维新一种傲气。后来进身出仕,如何恶劣,都由此根基培成矣”。故事开头设置了具体的地理、人物背景,为后面深入暴露恶绅横行一生,最终亦死于非命的劣史做好铺垫。傲气初露的第一个情节是,竟然在娶家道中落的宦籍女梁氏的新婚之夜,想“卖弄个新秀才本色”。骄妻纵志的情节与张扬的婚礼,烘托出何维新的暴发户心态。而下文充分暴露了何维新如何成为地方一霸的细节:

维新之母,自老夫死后,日以维新之骄纵为虑,不久亦因病去世。维新丧殓各事,自不消说。由是日在乡中,踞作局绅,武断乡曲。其乡中有小窃者,一被局丁捉获,无钱求脱,便即架罪解官。对于富户,则择肥而噬,以至乡人敢怒而不敢言,人言啧啧。梁氏虽屡向维新面前规谏,均不见听。岁月悠悠,忽又届三年后,丁艰服满,维新打点过科,推其心,必谓侥幸而鹿鸣得宴。就是南宫不捷,得个大挑知县,亦可以得铲地皮,充裕宦囊。他日老归林下,可以弄孙娱晚年矣。果然人怨虽多,老天偏懵,九月榜放,维新竟高中举人一名。报到家乡,人莫不偷相叹息,谓皇天冇眼,这乡蠹得中举人,更不知将来害却多少人矣。人言如是,姑舍勿言。

单说维新自从中举回乡,又一番起色,就有的趋炎附势者,日趋承于维新不已。即平日深嫉维新者,亦姑为隐忍而已。是时维新四处拜祖,所获拜金不少。旋即北上,应考礼部会试。榜放后,孙山名落,维新返粤回乡,仍把持局务,更甚前时。且自恃势力,动演其强硬手段。因是处农户居多,维新新立章程,凡局内各乡耕户,每亩田抽谷若干,主客各半,作为公局经费。各农户十分鼓噪,怎奈维新领得官示,以官力为压制,亦有谁敢与之抗者?维新因此所入更富矣。如是者,光阴似箭,又越数年,维新赴京,得以大挑一等知县用,分发福建某县知县。遂告假旋里,携同梁氏赴任。

地方一霸个人的成长经历,便是一方百姓遭受欺凌的惨痛岁月。无论是小窃者,还是富户,无一不遭受何维新的欺压与刻剥。尽管农户们联结起来十分鼓噪,但是何维新借一纸官示就能压制一方百姓,无人能与之抗者。可以想见,仅是有一个科举功名、尚未授予任何官职者就能独霸一方,依此推导,那些有官职,有更高官阶的人,将以何种手段见施于百姓,难以想象,不敢想象。害人者必自害,贪恶之人,亦被革职而永不叙用。何维新回乡之后,自家"迭被盗贼明火打劫,家财一掠而空",乡里间不太平的景象就通过这句话透露出来。"不太平"的治安状态,显然会滋生出何维新这样的孽人,足见近代岭南地方百姓生存环境之恶劣。

《淫贼》[①]则以短篇讲述令人发指的恶性事件。佛山古洞人高某,在奇龄街开一间绒线铺,生意很好。可是某天夜里,以"一纯朴人,状类巡城马一流人物,手捧饼食一塔,并信一函,声言由省寄到者"为饵,让仆妇信以为真,"启户前躺栊",躺栊正是岭南民居的门禁特色,省城与佛山之间的距离,巡城马、饼食、信函等描写有真实性。强徒数人一拥而入,将家中财物搜刮一空,恶未止于为贼盗。更可恨的是,"该强徒等逍遥行坐,并搜出所蓄之鸡鸭,及海味各项,入厨烹煮。更在厅前,大张筵席,一若自忘其为盗贼也者。入席后,勒令高之妻妾女儿及佣妇婢辈,间列同坐,如阔佬之饮花酌者然。饮毕,各肆其淫孽手段,作佛法之无遮大会,轮而遍奸之",其行径令人发指。高某之二八处女子已字人而未于归,亦惨遭毒手,最终羞愤而悬梁自缢。"是时佛山镇上,人人都知此段劫案之惨状",舆论影响很恶劣。可是,如此凶淫之徒,劫

① 耀:《淫贼》,《社会公报》1907年12月27日至30日。

掠之后并未远遁,依然横行乡里,嚣张之极。被高某认出而遭逮捕、解往省城南海县之后,新科翰林院庶吉士贪钱滥保,贼众竟然又逍遥法外。更为恶毒的是,“自四贼保释,不料贼等耑回佛山,胆敢经行高氏某绒线店前,声言曰:‘即管捉,吾今出矣。大个翰林看顾,其奈我何?’”青天白日,天理何在?王法何在?此事在佛山又引发更大的轰动。可是,百姓口讲指画,并不能改变乡绅恶霸把持地方的生存境遇。小说只能借助“广西乱起”的事件,安排了分发广西某县的翰林在奔避中仅以身免而不久卒去的结局,稍为宽慰。以岭南近事为题材,讲述岭南地方霸凌事件,揭露其所造成的恶劣影响,也是以典型环境生发典型故事的一种手段。

二、粤地环境设置精确化

很多故事的地理背景设置在广东,安排于珠江两岸,如《学蠹现形记》[①]的地理背景是:“珠江之南三十里,甚么县属,小子一时忘记了,但记得这地名叫做南都。”(第二回)声称“忘记了”,实际上又很清楚地标示与珠江的方位与里程,还起了一个有影射意义的地名:南都。下面还确切地描述了这个地方的人文环境:“系合八十余乡成的巨镇,人烟稠密。”(第二回)综合“三十里”的地理环境关系与“八十余乡”的人文历史,“南都”当指番禺。

澳门过路环岛的地理环境与位置关系,《过路环》如实录写:

过路环地濒洋海,原是一孤悬域外的海岛。岛内崇山峻岭,东西广八里,南北阔五里,面积约三十五里,与九澳、竹环、荔枝湾等地方相毗连,距澳门约□英里许。初时寄居于此者,以渔民为多,不过系一荒岛。厥后生齿既日繁,侨居亦日众,迄至今日居民

① 鹤唳:《学蠹现形记》,《南越报附张》1910年5月5日。

已有四五千之多。村落云连，庐居鳞比，已俨然成一海国小部落了。该地本为中国领土，为香山县所属。[①]

濒海、孤悬域外的地理位置，与荔枝湾、澳门的距离关系，宽广与面积，自然环境，为描写中国对此岛拥有主权提供了依据。原始居民的构成，现有居民的规模，村落房屋的繁密，客观描写中国国民居住发展史，为描写中国对此岛的开发拥有原始权提供了依据。明确此为中国领土，所属为香山县。接下来追溯了葡人占据西沙毡仔过路环等地方的历程，并据《香山县志》所载，葡萄牙人所租之地为"西北枕山，东南倚水"，"租界外之川河，均非葡人所有，可无疑义"，确定了中国领土与管辖范围，这又是近代岭南报刊小说精确化设置粤地环境的经典案例，特别是涉及领土主权的地理书写，毫不含糊。写到过路环气候环境为"炎风烈日"之地，因此葡萄牙兵士水土不服，"因受暑热薰蒸，猝然感暑，肺炎并发"，多有生病，送回澳门医院医治无效，甚至有暴毙者，天气炎热与肺炎高发有关系，亦符合实情。

选择将粤地作为故事背景或将故事场景设置在粤地，这种做法由史传"某某者，某某人也"之类的讲述套路而来，更为难能可贵的是，许多近代岭南报刊小说将故事发生场景精确到某条街、某条巷，并与史有人物保持"若即若离"的影射关系，密集地、精确地、不加雕饰地将城市中的街道、名胜等名词写进小说。"西关""宝华坊""高第街""省城线香街""归德门四牌楼""鸣凤巷""黄沙""东横街""大沙头"等街坊之名确确凿凿，有时候甚至真假莫辨，就像当时流行的福尔摩斯侦探小说设置街区为"伦敦贝克街221号B"，被误认为真是"福尔摩斯""住处"一样，艺术真实被当成了生活真实。"下九甫""大沙头"等不少街名沿用至今，而广东

① 瀛客:《过路环》,《南越报附张》1910年8月31日至9月1日。

省城周家太史第里婆媳“赛命”的典故，也在《宦海潮》第廿一回的小说中有渲染。《国民报》之《剃头失妻》[①]颇有特色，写花都夫妻二人如何进城，第一天因风雨，火车停开，只得在车站附近的避雨亭过了一夜，第二天才买了火车票，坐了火车到黄沙，到黄沙之后，想要抛弃贫穷、丑陋乡下丈夫的广州女人，带着丈夫在广州城内绕了一圈又一圈（“运来运去都系呢几条巷嘅亚”），企图甩掉“包袱”。而丈夫亦深知妻子有逃跑意图，寸步不离地盯着妻子，在逃跑与反逃跑的过程中，丈夫像刘姥姥进大观园一样以陌生化视角观测着广州城的风貌：纵横交错的巷子中，哪间是八音学堂，哪间是戏子佬会馆，桥东西过去是观音大巷，桥脚下有间剃头铺，进到剃头铺如何剃头……清晰的街道河桥结构、繁密的地理意象，这篇小说写的就是广州城，并不是别的处所，给人以真实感。精确化的艺术描写，极容易给人造成社会真实的错觉。在近代小说不断虚化、幻化地构造“新中国未来世界”的风潮中，能够回归到采用“实录”方式，展示富于地方特色的人物行为活动，也算匠心独运。《廿载繁华梦》还详细地描述周庸祐设立“谈赢社”的店铺就在龙母庙附近，离谷埠不远，又襟江带海，类似这样的细节，虽是小说家言，但谷埠、龙母庙与珠江的距离位置，确实不差，“襟江带海”确是此处地理特性。同样，广州城内“十三行”“粤海关”等与西方贸易往来密切相关的场所，作为新兴事物也被小说采入，甚至不少故事还围绕这些特殊的场所展开，不时透露出中西方交往存在的利益分割。《廿载繁华梦》的粤海关吏周庸祐以海关为手段，舞弄了粤、京两地官场，影射出晋祥等历任海关大员贪墨的真相。这部小说以粤海关这个管窥之点，折射出放大了的近代官场。因为粤海关作为曾经唯一、后来成为最大的中西交易点，故

① 不剃头者：《剃头失妻》，《国民报》1910年7月7日至11日。

事肯定很多,为尊者讳,不可能直接指摘从京来任的大员,只好通过周庸祐这个线偶,牵动其他机关。其中一段内容借一媒婆之口拆穿其间的利害关系:

海关里有两个册房,填注出进的款项,一个是造真册的,一个是造假册的。真册的,自然是海关大臣和库书知见;假册的,就拿来虚报皇上。看来一个天字第一号优缺的海关,都要凭着库书舞弄。年中进项,准由库书经手,就是一二百万,任他拿来拿去,不是放人生息,即挪移经商买卖,海关大员,却不敢多管。还有一宗紧要的,每年海关兑金进京,那库书就预早高抬金价,或串同几家大大的金铺子,瞒却价钱,加高一两换不等。因这一点缘故,那库书年中进项,不下二十万两银子了。(第二回)

晋祥听得,自然允诺,便打点回京,一面令真假两册房,做定数目册子,好待交卸。从来关里做册,都有个例数的,容易填注停妥。晋祥又拜会新任监督,说明这会进京,恐没下情孝敬各王公大臣,要在公款里挪移数十万。这都是上传下例,新任的自然没有不允。一面又令周庸祐办金,在各大金店子分头购办,所有实价若干换,花开若干换,统通由周庸祐经手。其余进贡皇宫花粉的费项,及一切预备孝敬王大臣的礼物,都办得停停妥妥。周庸祐随把这个库书的席位,交托心腹人代管,凡经手事件,都明白说过,自由新任监督,择定某日某时接印,送到过来。那日晋祥就把皇命旗牌及册子数目,并一颗关防交卸了,随打迭行李,带齐家眷,偕同周庸祐先出了衙门,在公馆再住一两月,然后附搭汽船,沿香江过上海,由水道直望北京进发。原来前任监督晋祥,自从做了两任粤海关监督,盈余的却三十万有余。从前衙里三二百万公款,都由库书管理,这时三十来万,自然要托周庸祐代管。(第三回)

造真假两本账册，串同几家大大的金铺子，预早抬高金价，这样的大事，由小小的粤海关书吏便能舞弄、操控，看似不可思议的事情，就是这样上传下例，通行了几十年，连皇帝也毫不知情。不禁让人生疑，何以致此？小说详细地揭露其中的深层原因：北京来的粤海关监督，都是皇亲贵族，皇帝家的人，有皇帝撑腰，谁敢抗衡？京官与粤吏勾结，如此官场，贪墨为本色，无怪乎回京复命的任满监督要挪移数十万的银子运送回京，"孝敬王大臣""进贡皇宫花粉"。可见，粤海关吏舞弄只是表面现象，清王朝皇族才是实际上把持粤海关钱财运行的推手。

许多岭南报刊小说提及的地名，不是以山为主，而是以水为名或与水相关，"陈塘""谷埠""新基码头""东濠""河南""濠镜""海珠""州""港"等广泛使用，说明与水域相关；粤海关则是中外贸易的关口，是近代中西贸易的沿海出入点，是与水域相关的独特的人文景观。这些都反映出珠江水系生活的特性。有些小说反映了陆上居民水中生活方式或水上居民的生活状态。蛋民某甲无赖[①]，其妻衣食不给，被迫带着女儿在城西龙母庙河干泛舟渡客，自谋衣食。可是无法摆脱无赖丈夫的纠缠，一日，某甲纠集同党前来抢夺女儿以变卖，甲妻"先令其女从邻舟逃匿"并"对众数甲之非"。小说主旨是要指责丈夫不良，可是却从侧面反映出龙母庙河干水口人舟密集的特点。而《孽缘公案》[②]这篇小说也同样反映了珠江水上从业者的生活侧面。花舫主人有个漂亮的侧室叫"大眼转"，"操小舟作生活，恒渡阔少往饮于大沙头，因并以牵头（粤谚谓之扯皮条）为业"，"恒"字说明其业之稳定，"小舟""艇"是往来陆上与花舫间，最方便快捷的交通工具，往来河南与珠江北岸亦依赖这种工具。大眼转的女儿润好，"生长珠江"，可是出

① 《夫也不良》，《安雅书局世说编》1901年11月1日。
② 忏痴：《孽缘公案》，《中外小说林》1907年第15期。

淤泥而不染，拒绝与“阔少”游语调戏，虽“往来于东濠谷埠，依然是云英未嫁身也”。可是润好并没有看到希望的曙光，如莲花般艳洁的水生女子并未能从“将婚蜑族”的命运中抽离。润好一方面坚持洁身自好，另一方面因“阅人多矣，纨绔少年，性情轻薄，既不易谐白首。马齿稍长者，非室有狮子吼，则濯濯童山，浓髯似戟。儿念及此，儿念早灰矣”，深知水生、水居居民生活、婚姻之不易，惆怅之情郁结在这样一个生长珠江的少女内心深处，不时感叹：“儿不愿浮家泛宅，终年如蓬飘海上，亦复何味？”最终，其母死于非命，其有关联者松天秋月主人林某为之丧命，而润好亦莫知所终。润好等水上居民不仅遭受来自陆上大腹贾及其妻子、朋友的迫害，还得承受官府的压榨。水居者之命运，又如《海光镜》《崖门余痛》所言，赵玉这样的汉家后裔，一旦被贴上榜人女的标签，就难婚于陆上人家。

也有小说提及流传至今的名胜，如广州的白云山、长寿寺、海幢寺，惠州的东坡胜迹等，也是讲述粤地故事与粤人故事的标志性地理名词。

三、两个水、陆故事书写广州人事的经典化

《警警警》[①]小说不长，以白描的手法，刻画了舟船蚁集的珠江江面，水巡官徐士龙如何“指挥有度”，迅速捕捉“贼党”的场面。一河两岸，如蚁集的群舟，可容三四人的小艇，往来如梭，不时接受检查，这就是小说设置珠江水上环境的重要布景。水巡官严厉呵斥，给人刚正不阿的错觉。简洁的语言，放大出一气连贯的动作，“拿”“锁”“搜”三言足矣，绝不多用一字，干净利落。为首领者

① 喆：《警警警》，《时事画报》1908年第2期。

命令干脆，为随从者执行有力，似乎要向人讲述严吏精兵守卫珠江水面安全的丰功伟绩。可是，放大的水巡官兵言行，却在结尾威风扫地，果敢的首领形象、迅捷有效的巡兵形象被彻底推翻。最后，小说设置了一个处置白天所得收获的场景，"沽之""半充赏"之后尚有余不少，又"瓜分"之。言简而意未尽，结尾简略概写"珠江春暖，何可虚负"的情节，运用反讽的手法，写这帮兵吏如何以剥获的余资，尽购花地之烟花。由白天的珠江、及暮的珠江，写到"至夜"的珠江，地点不变，时间在变，人物行为在变，人物品性在这变化当中不待言而原形毕露。"大放烟花"，看似多义不定，而实又意足而明。给读者带来水上也不太平的感觉，似为"无力买田聊种水，近来水面亦收租"（范成大《夏日田园杂兴十二绝》其十一）的再现，先扬后抑，讽刺的效果更好。可以想象，在徐士龙这种巡吏的魔爪下讨生活是如何残酷，珠江便在这篇小说中具备了典型环境的意义：

一河两岸，群舟蚁集。一小艇，容三四人，穿插其间。至一舟，艇中人蝉联跃过，曰："拿。"曰："锁。"曰："搜。"喧扰移时，果锁二人，搜出布匹枪码等物，纷然搬运过艇，乃鼓棹去。

小艇者何人？水巡官徐士龙也。余，则巡兵也；舟，贼船也；被锁者，贼也；搜出之布匹，赃物也；枪码，用之拒捕者也。

"噫，了不得，了不得！同党者尚有八人，汝辈当如此如此，勿使漏网。"斯时徐语巡兵，兵领命，再鼓棹至贼船附近。

迎面又一小艇，坐四人，衣长衣，四望互语，如寻人者。巡兵乃如法绐之。四人果贼，果中计。盖巡兵伪为指路者，贼不察，亦被捕。

"噫！尚有四人，汝辈再如此如此，勿使漏网。"巡兵又诺而去。既暮，四人亦就获。

盖巡兵授命侦探，时已薄暮，瞥见一小艇，形迹亦可疑者，因喝谓夜行无灯，须解局议罚，无与搭客事。贼不知其计，然亦无可逃，乃被捕。

全案破获，修文解犯。各事既毕，总办巡官等，议曰："犯既捉获，办法自有营务处，但起出如许赃物，办法将若何？"众曰："沽之。""沽之又若何？"曰："以半充赏。""充赏之法若何？"乃议以三十份之一，赏出力之巡兵。"余将若何？"曰："瓜分。""更余将若何？"因更议得一消遣法。

珠江春暖，何可虚负？花地之烟花又大好，即以余资尽购之。至夜，乃大放烟花。

麻雀为消遣不可少之物，何忍舍之？又更大开麻雀局，尽一夜之欢，乃已。

此题上一"警"字，巡警也；中一"警"字，机警也；下一"警"字，奇警也。巡警能机警，而后能破案，破案后有此消遣法，岂非奇警？故曰：警、警、警。

短篇小说使用这种写法，构思严密，寓意深远。长篇小说《宦海潮》的主角为张任磐，直接参与刻剥行动。张任磐流连花月场中，动费缠头，又加以产子庆贺装局面，用度紧张，便思财路紧急。偏偏"关员又没什么薪水的，只靠日中在渡船内看查有漏挂税项的没有，好赚些钱钞。不想这月内不大发市"，不足供花天酒地之费。一日，遇到一个搭客买了一匹洋布，忘却挂号，张任磐"因月来没有什么进款，正要乘这个机会赚多些，就把那船扣留，不能开摆。就一齐动了公愤，一面具禀官衙，一面又预备罢市……"(第六回)，如果没有罢市这种过激的集体行为，估计张任磐依然依傍粤海关的专权，在珠江上刻剥水客居民。罢市之前，借查漏税项收受贿赂是"惯例"，估计张任磐免职之后，接任的吏员也依然会承袭此“惯例”。依傍粤海关在水上往来船只中作恶的，不止张任磐，不是此即是彼。

陆上生活场景之一端可以通过《鬼侦探》[①]这篇小说呈现，这篇小说以小见大，把粤地市井生活场景全盘托出，成为粤地陆上市井居民生活的经典案例。

寓西关乐善剧院侧洪安里东闸第一家，主人罗姓，固即今美术专家，本报社之同人也。主人性好奇，与余交最洽，故每有奇遇，必以告余。

洪安里为一曲折之长弄，前后可达通衢，地本非僻。惟每入夜则东闸闭，巷内居人，往来仅以西闸，至交三鼓，则西闸亦闭，阒无行人矣。

据主人言，奇事即发见于是，迄今且两月余矣。当发现兹事最先者，为伊之馆童。前月一夕，以夜中溽暑故，主人不耐，遽促童子起，启扉以纳凉飔。扉启，月光射入，非常愉快。主人正挥笔作画，忽童子失声返走，骇极几晕仆。主人怪问时，童子面色如死灰，齿尚震震有声，谓骤睹一黑物，硕而长，冲门过，其疾如电，其飘忽则如轻烟，迨鬼也。

主人虽好奇，然闻此滋不信，力斥其妄，云否则目眩见眚。童体战战，犹手指向外，谓必不诬。主人察有异，乃径出户外，疾行至巷西，闸已掩闭。呼问守闸者，则浓睡不醒，而邻户尽扃。四周巡视，实无迹，侧听，惟数家妇子絮絮谈，间作抚儿声，或缝衣声，挥扇声，时止时作而已。时月光如昼，主人旋行旋察，耳倾目注，蹑步屏息，迨类侦探。既还至东闸，知下键已久，必无由此进出之理。然使自西闸来，但至转湾处，即见东闸已闭，何至到闸始返走，且如是慌遽。疑是穿逾之盗，则墙户细勘，都无影迹，何也？

① 亚剑：《鬼侦探》，《时事画报》1907年第20期。

寻思此事，亦颇滋惑。乃入户再询童子："其物果自东而西趋乎？"曰："然。"主人遂默识之，谓童子曰："盗耳。今已遁去，安睡可矣。"

越数夕，主人仍作画未寝，户仍启，时仅二鼓余，伊夫人方归寝，内外寂然，盖闸闭即路无行人，适尝言之矣。讵灯光外彻，主人无意中，视线忽若为光影所摄，一瞬间，瞥见户外仿佛一中年妇人，被玄色衣，赤足趋步，自东而西，其双脚净白如雪，云至今尚不忘。主人初不觉，继忆前事，乃复起外出，侦察如前，然终竟一无所得。因疑东闸或尚有匿藏处所，及匿藏之迹，再一细勘，则除两闸门外，右惟一土地神龛，两土偶，一石香炉，地光如镜，一目了然，决无可隐。以手撼闸门，仍坚闭如故。无奈隐忍入户，而夫人已惊起，问何故。主人约略告之，且谓："必盗无疑，吾必有以侦之。"

主人之为是言，盖不欲家人疑骇，至生枝节，实亦不信鬼灵之能为厉也。然主人虽为是言，家人终属妇子之见，怀疑莫释。不意仅越一夜，主人未归，有仆妇外出市物，正返身掩户，玄衣妇人又复出现，竟掠其肩而过，仆妇大恐欲号，转眼一黑影又自暗陬突出，皆迅如飞隼，一瞥即逝。仆妇惊极入室，力扃其户，家人咸起，讶问所见。迨闻仆妇言，愈迷惑不定，渐至妄相忖测。其事不久即外扬，好事者遂决其为土地之显灵。自是日入后，相戒闭门，禁童孩出入。至夜但闻闸外人行，亦疑鬼灵来魅，洪安里之鬼迹，遂几于风声鹤唳，日暮行人视为戒途矣。

主人为旷达之士，又好奇，遇此等怪事，正足怂其探奇之胜心，故不以群疑为忧虑，必欲身穷其究竟，借资谈料，即群疑亦当尽释。窃思鬼迹每见必二三鼓，衣饰又时有更换，且或一二不等，衷以所见之中年妇人，确有形质，决非鬼灵。于是每夕虚掩其门户，留心伺察，画务亦几置之矣。记者述至此，几欲失笑语阅此小说者，曰："前两期本报出报之迟，岂非罗君闹鬼，忘记交稿耶？"

主人以如是之毅力，乃卒获其结果。然当虚掩门户，伺至半月,仍无头绪。在此半月之久,无论何人,亦当懈弛矣。主人当告余时亦云:"若非此数夜暑酷,鬼迹亦或难破败。"盖讵今前数夕,主人画务毕,已键户睡矣。然转侧枕席,炙体如火,挥汗不止,小儿又啼聒,闷愈甚,念为时尚早,盍出外散步,或至剧场觅小饮食,遂起。不欲惊童仆,乃启关出户,悄掩其扉。举首见星光满天,近西一带屋梁月上,其光反映街上,甚为清晰。方欲举步,倏见巷西转湾处,一黑衣人迎面而来,其行步绝轻而速,目光专注东闸,转瞬已至前。主人正欲迎审其貌,其人忽回首见人,翻身疾走,主人亦疾步尾之。将至西闸,一家门首墙侧突出一妇人,其人行近,向之耳语,亟挥手令去。妇人遂先奔,拟冲闸而出。主人意释然,以必欲一观其容光,亦腾步越男子而前。至闸外,遮道立,是处适燃街灯,光可鉴物。妇旋冲出,虽以手障面,而两颊赪晕,已不可掩,匆匆趋西去。据主人言,三十许之徐娘也。回视闸门又响动,男子已如风飞驰,亦趋西而遁。由后忖其衣饰,殆类一小肆中之经纪人,主人乃大笑,遥遥呼曰:"君等何必太忙?警察行且干涉汝矣。"

噫!咄咄怪剧!似此生鬼,乃震慑一坊,初非土地之真显鬼灵,实土地之窝奸闹鬼耳。自此鬼案破,后闻坊人尚有欲市爆竹旺土地者,主人笑止之。尝谓余曰:"幸事起之先,坊人生畏怖心,未暇迷信,浪费元宝、蜡烛拜土地、求山票者,亦云幸矣。"余曰:"早耳。稍迟,一为神棍所知,必将籍口,又有第二之灵土地出现矣。"世之迷信盲从,类此者,不一而足。安得尽如罗君者,打破此鬼葫芦也?可慨哉!

小说粤人市井平民化特征很突出:有现代美术素养且性好奇的罗姓报人,胆小的馆童,"絮絮谈,间作抚儿声,或缝衣声,挥扇声"的小巷妇人,早睡的罗姓报人妻子,苦热啼聒的小儿,吓坏的仆妇,好事轻信谣言的街坊,风声鹤唳的日暮行人,偷情的30多岁半老徐娘，小肆之经纪人。这些市井小民，成为这幕“怪剧”的演员，构成了广州市井群相既具体又类化的风貌。

当然，粤地城市街区信息更加丰富。有具体的街道名称：西关乐善剧院侧洪安里，甚至讲明是东闸第一家。有具体的、生活中实有其人的主人公：《时事画报》的同人，甚至说明是罗姓的美术专家，查当时《时事画报》的罗姓美术同仁，应是罗宝珊。详细介绍洪安里的布局与地理位置：在乐善剧院侧旁，处于热闹之所，是一曲折长弄，前后通达。写出洪安里东西二闸关闭的时间与行人状态，为后面无故现鬼影埋下伏笔。洪安里除居住人家及东西两闸外，“土地神龛，两土偶，一石香炉，地光如镜，一目了然，决无可隐”，如此清晰的居所里弄布局，哪里有“鬼物”藏身之所？那鬼物何来？这篇小说发表的时间是1907年第20期，此期出版时间为农历八月初五日，正是1907年9月12日，故事发生在“两月余”前，广州正处于7月左右，此时天气炎蒸，故事即起因于主人“以夜中溽暑故，主人不耐，遽促童子起，启扉以纳凉飔”，启扉童子发现了飘忽如轻烟、冲门而过的“鬼”形。天气环境的设置便具有典型性。热夜之中，洪安里寂然无声，“惟数家妇子絮絮谈，间作抚儿声，或缝衣声，挥扇声，时止时作而已”的场景十分逼真。主人详察东西二闸的关锁情状，里弄如何转弯，月色如何如昼，广州市井生活环境如在目前。主人侦探“鬼物”的夏夜，星光满天，屋梁上之月如何反映街上，也清晰现纸间，正见岭南夜景之一斑。洪安里仆妇哄传鬼迹，致日暮行人视为戒途的人文环境符合市井迷信风俗。主人画务完毕，鉴于热夜中“转侧枕席，炙体如火，挥汗不止，小儿又啼聒，闷愈甚”，“念为时尚早，盍出外散步，或至剧场觅小饮食”，展现了主人公的生活细节。热夜难眠，广州夜生活也比较热闹，否则主人也不可能到剧场觅饮食。踏破铁鞋无觅处，终于发现所谓的“鬼”，不过是夜半逾墙偷情的男女而已。最后的场景，也是广州市街景的典型景象："妇人遂先奔，拟冲闸而出。主人意释然，以必欲一观其容光，亦腾步越男子而前。至闸外，遮道立，是处适燃街灯，光可鉴物。"街灯乍起，一切魑魅魍魉均已现形：通奸的半老徐娘与小肆经纪人现形。街灯瞬息能同时光亮，正是具备近代化灯光设备的市民生活才有之场景。陆上居所的里弄结构，街市的环境设备，暑热的夜景，正是彼时广州城内市井生态之一角。

第四节　塑造广州、香港的岭南城市形象

广州是古代中国南方重要的城市。1842年以前，实行一口通商，广州成为中国唯一的国际贸易城市，1842年《南京条约》签订以后，外国列强一直想加大在广州的商品倾销力度，但是遭到了广州人民的激烈反抗，因为"广东历来是排外意识比较强烈的地方"，英国人使用武力行动几次想入城，但依然被限制在一个很小的区域里，贸易还只限于十三行，仅扩建了两间商行作为妥协的最高让步，"直到10多年后的第二次鸦片战争结束后，英国才在广州沙面获得了一块租界，面积也只有264市亩（44英亩），而且只有外国人居住"，始终没有形成像上海租界一样"华洋杂居"的局面，"使它难以建立繁华的商业街道和发展工业"[①]。列强便转而将目光投向刚刚割让给英国的香港，香港便在英国殖民势力下迅速崛起，成为与广州一样重要的南方贸易据点与交通枢纽。在国际航海交通中，香港有着重要的地位。邓大情的《广州与上海：近代小说中的商业都会》[②]讨论过中国古代小说如何书写城市的进

① 陈伯海、袁进：《上海近代文学史》，上海人民出版社1993年版，第17—18页。
② 邓大情：《广州与上海：近代小说中的商业都会》，上海古籍出版社2014年版。

程、变化、时代特征，还对广州与上海这两座城市的空间发展变化进行过纵横对比，可见近代小说书写城市的全面与深入。本节要解决的是，近代岭南报刊小说如何书写广州与香港，塑造近代广州与香港的城市形象。

一、典型的水系城市广州

近代岭南报刊小说中的广州城，称呼丰富多样，有称之为羊城者，采用的是由传说得来的称呼；有称之为陀（佗）城者，采用的是历史上曾有政权重要人物的称呼；有称之为省城者，采用的是行政中心上的称呼。不同的称呼本身就代表广州具有多面的身份与历史内涵，总能在某种程度上透露出其地理位置上、经济上、政治上、交通上的意义。

广州的第一个城市特征是兼具“负山含海”的自然特点与“商场辐辏”的人文特点。

> 他（周庸祐）的村乡唤做大坑，离城不远，不消一日，早到了羊城。但见：负山含海，比屋连云，果然好一座城池；熙来攘往，商场辐辏，端的名不虚传！（《廿载繁华梦》第一回）

小说通过主人公周庸祐的视线，从总体上勾勒了广州“负山含海”的自然地理特征，以及“比屋连云，果然好一座城池；熙来攘往，商场辐辏”的人文特点。背靠白云山，面临珠江水，这是广阔的“岭海之间”的一个亚自然特色：广州处于云山珠水之中。自古以来，居民广众，商业繁荣，街道纵横交错，生活殷实。

广州的第二个城市特点是洋行生意发达与租界出现。如《蜃楼志》所言，广州“海关贸易，内商涌集，外舶纷来”，“洋行生理在太平门外，一切货物都是鬼子船载来，听凭行家报税，发卖三江两湖及各省客商，是粤中绝大的生意”（第一回），在洋行生意中具有专揽的地理优势。进入近代，与曾经独立自由的广州城市不相协调的是，租界出现，给这座城市楔入了一根刺，刺痛了岭南人的心脏。“沙面在珠江之中，是洋人住的地方，和上海租界一样，却是连水面都归他管，不准华船停泊，要先去问洋人讨了人情纸，方可暂时寄椗，这也是喧宾夺主之现象”[①]，殖民者连珠江水面也有了相当多的控制权。城市主权与性质发生了变化，使广州这座城市的居民心态也发生了变化。

广州的第三个城市特点是珠江风月腐化着广州的精神风貌。虽然居民们也会到白云山上休闲，尚存士夫趣味，但市井百姓，更乐意与水为趣。彼时水中生活，尽是下流污浊之态。近代岭南报刊小说描写了触目惊心的珠江风月，无论是红男绿女还是英雄豪杰，常常沦陷珠江欲海，堕落陈塘谷埠。不少小说提到，珠海某妓[②]、迎珠街某花舫[③]、凝珠街之某花舫[④]、谷埠楼船中[⑤]、东濠之口、港之新水坑与粤之新填地[⑥]、珠海花丛[⑦]，据《广州城坊志》[⑧]辑录资料，这些都是粤地著名的娼妓集中之所，其他混称“珠江风月”“珠江之湄”等无算。“请官宴，闹娼筵”是近代岭南官商生活的日常写照。京粤大官员大闹花舫或携妓作妾的规模令人咋舌。如利宗岳离家为宦十余年，回到佛山原籍，发现“子弟们携妓作妾

① 古之伤心人：《致富术》，《砭群丛报》1909年第3期。
② 《勇斧私逃》，《安雅书局世说编》1901年7月31日。
③ 《珠江狮吼》，《安雅书局世说编》1901年11月1日。
④ 《偷儿巧窃》，《安雅书局世说编》1901年11月6日。
⑤ 《情侠》，《中国日报》1907年9月9日。
⑥ 哲：《谁薄幸》，《时事画报》1907年第30期。
⑦ 槎客：《名妓知义》，《赏奇画报》1906年第17期。
⑧ 黄佛颐：《广州城坊志》，广东人民出版社1994年版。

的，早有十来名了"，自己也"整整回粤闹了六七个月，就在谷埠赎了妓女六名"（《宦海潮》第十二回），"监司大员""办矿的富商"李山农在跟周庸祐争妓时出声道："自山东回来，不及两月，已携妓三名。就是佛山莲花地敝府太史第里兄兄弟弟，老老幼幼，已携带妓女不下二十名了……"（《廿载繁华梦》第十回）虽然这是为塑造李山农"讲大话"的形象而设置的情节，但"携妓作妾"绝不是无中生有。利宗岳、李山农是两个名字不同的小说形象，但共同影射的是广东某个官僚，是以现实原型塑造的近代粤地影响力很大的人物。周庸祐，一个绅商型人物，竟然赎了桂妹、金小宝、金小霞、雁翎、凤婵、银仔、金娇、懂西文的娼婆、容妹等上十名妓女为妾。这些数字无疑在某种程度上反映了珠江风月之盛。浓墨渲染香艳的珠江风月，时时"珠海风繁，笙歌彻旦"[①]，真是"谷埠笙歌，连宵达旦，备极一时韵事"[②]。所以"珠海花丛，偎红倚翠"等"作大沙头放舟之游"[③]的场景为近代岭南报刊小说竞相采录。

小说以妓女命运为中心，将嫖客、丫环、鸨龟的情态嘴脸细致地描绘出来，把娼妓生活的场景真实再现，烛照出珠江之上、花舫之中风月垢秽的原相。《猛回头》[④]还写到，水上妓所除了鸨母个人的管理，还有专门管理色情行业的帮派：

（胡为人）立定主意，遂不听兄言，竟凭鸨媒某氏，卖柳青于附城花地之海旁傍，即俗所谓金针帮。金针帮者，水面蓬寮之下乘烟花地也。自卖之后，而柳青遂得谐如所愿，就在金针帮水寮中当娼，作皮肉生涯。送旧迎新，大领略狂荡少年风味，现前风月。

① 伯耀：《双美缘》，《绘图中外小说林》1908年第2期。
② 忏痴：《情天石》，《中外小说林》1907年第11期。
③ 槎客：《名妓知义》，《赏奇画报》1906年第17期。
④ 耀：《猛回头》，《绘图中外小说林》1908年第6期。

虽曰不随烟鬼讨生活，而凡恶鸨凌辱，及后来色衰堕落种种孽果，彼固未曾计及也。

花地之水上“金针帮”专门管理下等烟花，这篇小说只描绘“蓬寮”“水寮”的大环境，并没有详细渲染，但从历史记载与文献呈现的信息来看，这并不是什么好的讨生活场所。但柳青不随烟鬼讨生活，反在下等烟花之中“领略”少年风味，无异于躲了牛车、撞了粪车。小说末尾仅粗略地勾勒柳青“凡恶鸨凌辱，及后来色衰堕落种种孽果”。在珠江风月的典型环境下，出现柳青这样的典型人物，不足为奇。

广州的第四个城市特点是随着珠江风月，滋生豪赌之风、奢饮之风，腐蚀着城市的肌体。《偷儿巧窃》写嫖客炫富之举，引来偷儿。黎某邀友人挟妓豪饮于珠江花舫的场景却有典型意义：

既入座，咸解长衣，挂诸帘栊间，轻罗单袷，五色灿然。既而黎挟雏姬出，坐艇头，乃尽出所有，以示豪侈。旁睨之，则黑沉沉者，墨晶眼镜也；黄澄澄者，黄金手钏也；绿油油者，翡翠攀指也；听之窸窸有声者，时辰表也；闻之醰醰有味者，鼻烟壶也。或曰非也。是□酒罇底也，京料器也，铜质而金饰也。姑不具论。未几入席，宾主轰饮甚豪，顷刻之间，盘飧俱尽，司樽者亦告瓶罄。宾主犹耽耽不肯遽散。漏下四刻，诸妓相率引去，客乃兴辞。黎与友人同卧舟中，一灯相对，作烟云供养，旋以黑粮告匮，乃据榻假寐。①

奢靡的城市生活现状，就这样呈现在读者面前。花舫之姬盛装，嫖客穿着豪华，携带的物品贵重，宾主豪饮，场面壮观。嫖客

① 《偷儿巧窃》，《安雅书局世说编》1901年11月6日。

嫖友又是鸦片烟鬼，这样的妓舫、烟榻，沉沦不少粤港豪杰。从《骗上骗》这篇小说可以看到，赌兴豪盛之人汇聚，娱乐至死的心态令人震惊：

有王生者，丰于资，雅好挥霍，爱花如命，借酒合欢，无局不作，有局必赴。初徘徊于局外，继周旋于局间，终迷恋于局内。局中人，局中人，此时之王生，虽有局外旁观者呼之，亦充耳不闻矣。

从来饮局，每以赌局为消遣。从来赌局，每以饮局为阶梯。而世之设骗局以诱人者，则更以饮局为介绍之人，以赌局为陷阱之地。若王生者始流连于饮局，非饮不欢，寻取偿于赌局，非赌不畅，饮兴与赌兴并豪，则有起而伺之者矣。而王生乃由饮局而入赌局，由赌局而入骗局。

珠江春夜，明月在水。一舸飞来，下舵于东濠之口，仙花麇集，衣影皆香。管弦呕哑，杂以笑语，中更闻有悉索声者，则推牌九也。貂裘公子数辈，围一圆桌，或坐或立，姊妹花绕之成匝。有从背后窥者，有在膝上坐者，目盈盈咸注于桌上，视线唯一。桌分四门，杂以四角。注马排列，如长蛇，如聚星。三方大杀，则两手合抱，左扫右拉。人间快意，事无过于此者矣。

俄有声从船头来，大呼曰："发财，发财！"大踏步入。众视之王生也，以手探囊，且行且探，小褂未卸，银纸已脱囊出矣。一人兴曰："吾倦矣，此席即以遗君。今日旺气聚于此门，吾获资已不菲，背孤击虚，占地利多矣。君其好自为之。"王素以好注马自称，驾轻就熟，磬控如志，惜牌神不降，着着失败，不数分钟，盈握银纸，已尽入他人手。王乃以注马代，此时目中所见者惟石子，视之益轻，赌益豪，输益甚。完场核算，王所输已过万金矣。[1]

① 述奇：《骗上骗》，《时事画报》1907年第6期。

第一段综述王生者之流沉溺花赌之局的痴迷状态，这是第一层次的珠江赌景。第二段具体写了王生者流由花舫入而徘徊于饮赌之局的渐进途径，这是第二层次。第三段，无疑是以最精彩的笔墨，最精细的笔法描摹了一幅活现的动态花舫赌局图："一舸飞来"见其轻盈迅捷的趋势；仙花、衣影见其杂陈之众；桌面布局中公子、姊妹花的密集见其势众；各人姿态各异，唯专注于桌上，见其沉迷之态；桌分四门杀伐阵势的铺排，见其忘情之快意。这已经是由总瞰拉近到中近之景了。第四段由前面的铺垫引出了具体的人物与动作，王生者的"发财"之声导入一个赌徒的身影，"大踏步入"，"以手探囊，且行且探，小褂未卸，银纸已脱囊出矣"，动作连贯，一气呵成，豪赌之徒的外貌速成。几分钟就输掉所有钱财，最后竟输掉万金，暴赌豪输的场面叠加在这座摇摆着的珠江画舫上，层层叠叠的图像交织着物欲横流、歪风邪气的画面，浓缩了一幅浓艳的珠江风月图。大部分珠江风月图中，无论是赌博场面，还是饮酒场面，还是娼妓房里的卿卿我我，都免不了环侍于身侧、身后的众多名花美妓，这是声色风潮中最常见的装饰品。

近代岭南报刊小说不厌其烦地申写来到珠江上饮酒的人，一般由轿子带到珠江边，再租写小艇，由小艇转运至大花舫上。到了花舫上，点酒菜，再写招子召妓佑觞，妓女跟随们亦纷纷由小艇送来，有时候还有小婢把娼妓所需之音乐器械之类先行送到。宴集结束之后，各客散去，娼妓们纷纷下船，嫖宿者另雇小船送至姻缘艇上。所以上船而来、下舟子而去的细节描写非常多，"招招舟子，摇近楼船，登某花舫，于是写菜单，雇弦索"[①]，如是者比比皆是。陈塘南、新填地是近代粤地著名的娼优娱乐场所，沪之四马路、港之新水坑、粤之新填地估计是并足而三的近代娼优汇聚之

① 伯耀：《双美缘》，《绘图中外小说林》1908年第2期。

所,水上环境造就独特的、以典型的舟船为交接工具的交往方式。

从总体基调来看,近代广州充斥着声色与腐败的气息,唯有珠江香水上空仅存一轮明月是明洁干净的。这轮明月,以及偶尔吹来的清风,给读者以喘息的夹缝。《双美缘》①摹写"海珠营里,才报二更,一派波光,上与月华争映,万声涛响,恰同弦管谐音"的景致,热闹的欢乐场中,升起这么一轮月亮,映衬出珠江的朦胧之美,同时也为下面引出生长在污浊的风月场中的白莲花"何莲美"作铺垫。"会中秋放假,相约泛棹珠江。时清风习习,月印波心,画舫兰桡,往来如鲫,红颜翠袖,翩翩欲仙。既而锣鼓喧天,鸣声聒耳"②,中秋时节的珠江"清风习习,月印波心",无疑给烦热的广州输入了一阵清流。这也是为什么近代岭南报刊小说更多偏向关注时局、提倡革命的作品,因为作者表达了百姓希望还广州以独立、平等、自由、博爱的生活理想,还原广州本身应有的自然风貌。

二、香港殖民形象及其城市景观

近代香港与广州唇齿相依,具有边界性质:这是地理上的边界,大陆与海岛交接的边界;又是政治上的边界,是中国与西方列强势力交流冲突的分界;更是文化上的边界,耶和华宗教引领下的西洋文化与孔子为首的儒家文化主异下的中国文化之边界。这些要素使得香港与广州在政治、军事、外交、贸易、劳工输出、留学等事件上具有战略意义。讨论香港城市形象,常常得与广州对照。

香港作为国际城市,其形象特质表现为:一是租界,是中国内地某些人员的避难所,是政治体制上的"异域"之所;二是海内外

① 伯耀:《双美缘》,《绘图中外小说林》1908年第2期。

② 亚斧:《闷葫芦》,《唯一趣报有所谓》1905年11月20日至12月2日。

交通的起点,是进入广州或出洋或到上海等北方沿海地的南方港口。三是与广州孖生,互相牵扯,双城一体,同种异域。总体来说,香港与广州在地理上是一体化相连,但在政治上却是“异域”。其城市景观,则以新兴国际都市的面貌呈现。

首先来看租界性质。某些近代岭南报刊小说,记载了西方列强入侵中国入口香港的耻辱史。此时,“香港已属英人管辖,两国所定的条约,凡捉人拿犯,却不似今日的容易。所以傅成到了这个所在,倒觉安心,便寻着亲朋好住些时”(《廿载繁华梦》第一回)。新来的张姓粤督查办粤海关库书傅成,傅成只好连夜逃到香港,一到香港,便可高枕无忧,可知香港是英人势力范围内的租界,有着清政府无法干涉的各种特权。香港在各方面多少也引进了英国的法律体系,难怪小说不时说“香港是个法律所在,凡典肆中人,见典物的来得奇异,也有权盘问”(《廿载繁华梦》第十九回),这种法律规定对防盗缉窃很有帮助。有借助维新党招摇撞骗的粤中某君,听说新党祸起,即行逃到香港,置身密室,也能安然无事。不幸被友人侦悉,某君竟发明了“避祸新法”:“港地禁人在路小解,犯者必拿禁数天。吾既为黑面浓髯者所擒,则尔亦无力向洋人讨取也。”[①]西方禁止随地大小便的文明生活规则,成为中国内地政治逃犯拒捕的法宝。这从侧面说明香港法律是独立于清政府权限之外的,于是,有些无耻之徒便借助香港殖民势力,做些无耻之事,如周庸祐厚颜无耻地声称:“俺在香港的时候,多过在羊城的时候。我是向受外人保护的,难怪我要帮助外人。”(《廿载繁华梦》第二十回)《过路环》专写租界历史,详细地描述了中葡在澳门氹仔南面过路环岛一带争夺领土权的复杂历史斗争,与历史相符,意在揭发外人侵夺中国主权的罪恶。

① 《避祸新法》,见郑贯公《时谐新集》,出版者不详,1904年版,第94页。

再看香港与广州的地理关系。香港是西人进入中国内地的踏板,又是内地与西洋交接的出口;广州是连接香港的大陆要塞,“陀城地处洋滨,洋舶往来尤众”[①];两座城市仿佛门的两面,这一面是广州,转过去那面是香港。广州与香港之间,交通便利,人员可以自由往来,两者之间往来的时间、距离在一天之内:“傅成到了船上,忽听得钟鸣八句,汽筒响动,不多时船已离岸,鼓浪扬轮,直望香港进发。将近夕阳西下,已是到了。”(《廿载繁华梦》第一回),“朝发夕至”,不过如此。前一晚由广州打电报到香港催归,“次早,那管家骆子棠已由香港回到了”(《廿载繁华梦》第二十二回),夕发朝至,亦不过如此。这说明广州与香港之间,交通极为便利,随时可以附轮往返,还有电报、电话联络,交通与通讯网络领先全国。

小说围绕香港取材的,主要写香港作为交通中转要道及其城市生活,“过港,取道南洋”这样的叙述语常见于小说。与香港相接的交通工具几乎都是轮船,有从外国来的货轮、兵舰、客轮,是星洲或暹罗运回货物的集中点,从西方留学归来的学生途经于此,出使归来的中国官员汇聚于此,当然,西方列强各国来华传教、经商的客人亦暂寓于此,还有带来利炮的西方军事势力横行此间。在短篇小说里,通过香港中转的多是商人、小市民、流民、学生、落魄的志士,而长篇小说里,通过香港的多是中国军政大臣或西方列强的军事头领。前者如《轮船》《烟缉捕》,后者如《宦海潮》。《轮船》[②]写一客从香港到省城广州,有一人随坐其身侧,这个神色行为怪异的人,强行搭讪,非要问清楚客人的姓名、到省城的目的、寓居何处,并查看其行李,这个怪人竟然是“某协戎命充驻港侦探”者。从“以为亦赴轮往省者,不之怪”“仆在船上,阅人多

① 亦然:《昏庸镜》,《中外小说林》1907年第5期。
② 劳人:《轮船》,《时事画报》1909年第7期。

矣”的细节透露出，这个客人往来香港与广州之间的频率应该不低，次数应该不少，否则无如此之从容与处世不惊（前从花县坐火车到广州的人，即表现出新奇与大惊小怪的神态）。这个所谓的侦探来回与隔座耳语相商，虽然隐去对其他搭客的描写，但可以想见搭船之人并不少。通过放大而聚焦于客、侦探、隔座之人三人的言语与行为，勾勒了小小的一幕省港轮船交通旅程图。又如《烟缉捕》[1]生动地描绘了往来香港与省城之间搜私烟者的凶暴。出现这种现象的背景是“港之投烟码者，几数十万，以是故，截缉私烟，不得不严”，纠搜者的气势如狼似虎：“每省轮泊岸，烟缉捕早候于岸侧。烟缉捕何如人？数印人，数华人。华人中则有男亦有女，纠纠分之，若奉旨者。”水岸的故事场景，符合地理特点。“客登岸，各分截之，行李等物，一一穷搜，有捕去者，有放行者。”总写搜缉的情形，“岸际一木屋，设之何用？亦搜私烟者，设以搜妇女之带私烟者”，为典型事件的发生设置了特定的场景。接下来，就通过暴露夜叉状女搜捕者让少妇当众脱裤检查这一有伤风化的行径，阐释了特权者“纠纠分之，若奉旨者”的帮凶嘴脸，揭露了这种凶暴现象背后，支持这种行径的殖民者。这种场景，是只有广州与香港之间才有的水岸生活写照。

香港作为新兴的南方国际都市，“港地繁华，自与乡间迥异”，折射在文学中，化为寓言或幻象，成了“香海车尘”：从濠镜（澳门）而来的“天生尤物”“假道向香河小住”“中华酒店”的文学形象，“西餐”的供应，“长安市上，花枝任过客同攀”“郑庄”[2]等文字，至少说明，香港城市娱乐业繁荣，酒店林立，商业发达，西餐盛行，但娼妓业也随之兴起，享乐氛围浓郁。香港的娼妓业繁盛于石塘嘴。老举是广东人对妓女的称谓，多集中于此地。广州人常往返

① 哲：《烟缉捕》，《广东戒烟新小说》1907年第9期。

② 过来人：《香海车尘》，《国民报》1910年7月23日。

于香港贸易，如海幢寺的和尚，就常易服到香港推销产品，其自身的衣装配饰也非常时尚，穿一身鲜艳的文明公装外，“戴金丝眼镜，胸垂金链，长尺许，左揽大衣，右携包袱”，到岭南著名报人王斧所在的报社推销美国购来的“洋绒”，这种洋布料“价值甚昂”[①]。上门推销洋货，是当时销售方式之一。如《东游记》中的马骝怪、猪百戒师兄弟要买西装，不需要自己去商店，只要叫公司仔送上门即可，所通用的货币是“港纸”。潘家花园是自由男女聚会的好场所，有带着徽章的招待员，相见时使用西方握手礼[②]。自由、文明、商业发达、娱乐化，这些都是香港城市景观的标签。

三、广州与香港作为交通枢纽及其意义

上海，处于长江口且濒海，香港与广州，则处于珠江口且濒海；上海北航燕赵、南通闽粤，外达日本与南洋，香港与广州则补充了往南的海岸线，同样外达日本与南洋。交通地理位置的意义等同。所不同的是，广州是古老的港口，香港随着租借割据，与上海一样，成为新兴的城市，后来居上，超越了苏州、杭州、扬州等传统商业重镇。

近代岭南报刊小说书写的交通工具主要是舟、船、舫等，成为中短距离的主要交通方式，间及火车。而远程交通工具是近代邮轮，几乎看不到马车。马车曾是陆上最常见的远程交通工具，但在近代岭南报刊小说中，却是缺席的、隐没的。这是海洋时代来临之后的普遍景象。因此，以香港为核心口岸的交通线路，基本上是以水行工具为主，大大地缩减了国际贸易运输的时间，如《时事画报》所载的《官样》第一回提到，从梧州上到桂林，水路时间需

① 亚斧：《秃》，《唯一趣报有所谓》1906年3月19日。

② 欧拍鸣：《东游记》，《南越报附张》1910年2月21日至4月6日。

要四十多天,“若由香港去伦敦,也用不了这样多时候”[①],可见海上航行改变了外洋交通的时间,缩短了空间距离。

火车是近代新输入中国的交通工具,具有划时代意义,成为城乡之间新的交通工具。大腹贾何某的正妻回乡探亲,带领妾氏跟随们“偕附火车”,回程的时候,“抵黄沙”之后,何某之妾逃跑了[②]。花县人要到“广州大城”,也要买火车票,坐火车很快就能到达黄沙,这说明黄沙曾是广州的火车停靠站点。这篇小说还生动地反映了火车这种新交通工具的行驶特点:快速但吵闹。借乡下第一次坐火车之人的感受来表达:“夷衣!飞咁快,天咁震,头都瘟左,点似坐大棚渡咁自然丫。”[③]夸张的语气,使用一系列连续的比喻表达感受:飞一样快,像天崩一样震动,头也晕了,还拿这种感觉与坐大棚渡船的感受进行了对照,“夷衣”的语气词充分体现了坐车人的惊奇感,有趣味性。作为新的交通工具,火车的通行必须有铁路为基础,围绕铁路的开建,在近代岭南,甚至整个中国引发了一场争论,近代岭南报刊小说也捕捉了时代的气息,加入了这场讨论。《谈话会》[④]说到,“最近省地,有此暗涌,人心为之一振,民气为之一伸。弯弓以待,久欲乘机发”,因为汤蛰仙“有志于国会与路事”,其“言论丰采”引起舆论的关注,几乎造成了“锐意整顿路事之老若幼,几有集铁轨于一堂,见火车于阶下之气概”的假象,可惜的是“最近之粤汉路线,目下路棍公司之牛鬼蛇神,依然若眼中钉而未能拔去”,可见粤路事件在官民间引发怎样的震动。湖广官员变动也曾由铁路引起:“因朝上要由两湖至广东建筑一条火车运动行的铁路,内外大臣都说是工程浩大,建造也不

① 中国无恙:《官样》,《时事画报》1909年第16期至1910年第4期。

② 忏痴:《孽缘公案》,《中外小说林》1907年第15期。

③ 不剃头者:《剃头失妻》,《国民报》1910年7月7日至11日。

④ 棱:《谈话会》,《南越报附张》1910年4月18日。

容易。又有说,中国风气与外国不同,就不宜建设铁路的,故此朝廷不决。还亏张督帅上了一道本章主张建造的,所以朝上看他本章说得有理,就知他有点本领,因此把湖广的李督帅调来广东,却把张督帅调往湖广去。"(《廿载繁华梦》第十三回)

小说描写经营交通工具如轮船或轮船公司的文字也出现了。《烟猪》中的某少爷曾说,"某轮船为吾所有,批与某洋行行驶,积欠租项数万"[①],光积欠的租费就有数万,可以想象其营业数额之大,他人竟然未有疑者,可见这种程度的商业资金时人已习以为常。《廿载繁华梦》写到,广州商人梁早田在香港开办了"□记","不特供应轮船伙食,兼又租写轮船出外洋去"(第二十一回)。在上海"棋盘街有一家□盛祥的字号,专供给船务的煤炭伙食,年中生意很大,差不多有三四百万上下"(第二十四回)。香港、上海都有这样的生意,说明重要航线上的重要码头,能够联结起来,互为接应,难怪生意要大,影响要大。梁早田甚至有参与通行到南洋各地的香星轮船公司的股份,周庸祐带领继室马氏到南洋旅行时,被洋烟公司的巡丁搜查出,马氏私带五六百两鸦片膏,眼看就要被依法查处,而梁早田用一通电报就能说情通融。经营船务生意的商人有如此大的影响力,其财力与势力可想而知。近代轮船经营及船务相关的生意应该算是新兴行当,暴发暴富者不少。

《宦海潮》曾言,"这时海禁初开,凡进京的都取道香港,航海而去,不消十来天,早到了京城"(第一回),海路进京时代的到来,在时间上、速度上都超越了陆上的行进方式。故事场景与故事细节就有不同,陆上马车时代的故事多与车马劳累、行李搬运不便、夜宿庙庵、被人打劫、遇响马、遇侠客等叙事因素相联。在轮船时代,又值近代报刊的兴起,北上故事,多与看"新闻纸"、"写船期"、

① 述奇:《烟猪》,《时事画报》1907年第15期。

上下船、汽笛一声、海景新奇、不经风浪、船沉没而只剩一身等叙事要素相联，陆上之路的惊险与海洋之旅的惊奇是两种不同的风格。《宦海潮》后半部写“出使美、日、秘大臣”的张任磐，从天津坐船到了上海，并不是直接从上海到广州，而是必须从香港转道，再回粤省。而张在香港会同到香港恭候迎接的叔伯兄弟到旅馆住下，并进行了相应的交际活动。转道香港者多要寓旅馆等候船期，在等待的时候，中转香港者会出游消闷，一些故事便也在此期间发生，成为“过客”故事生发的集中点。黄汉生“先到香港，寓于某栈”，得与“曾经沧海人”者黄兴结交，大发旅行增自由见识的高见，于是“旋即挥函付汉生，各自归房。次日，打探有新嘉坡船开行，即买二等房票，拜谢黄兴，即时附轮。无何，汽笛一声，该轮鼓浪而去”[①]。轮船加速了官员、富绅的出行，《廿载繁华梦》写周庸祐的继室马氏心血来潮要出游南洋，在香港租了香星轮船公司的船，是梁早田开的，速度之快，令人惊叹：“一路经七洲洋、琼州口、安南口，不消六天上下，早到了星加坡埠。”(第二十一回)由中国而外洋的速度，完全可以让广东一带的居民能够自由出洋，在较短时间内运输相应的货物，周转相应的钱银，繁荣了商业贸易。出外洋的南方起点(上海开放以前是唯一起点)在广州—香港，南可到南洋一带，西可到欧美各国。北可到上海、天津、北京，再往东可到日本，不少岭南报刊小说，总结出一条十分清晰的中外交通之路：“西洋、南洋—香港、广州—上海、北京—东洋”。这是一条双向互动、交通中外的航线，南北之间、中外之间的核心中转无疑是广州—香港。

交通发达的第一个后果是，中外之间的隆隆巨轮打破了马车时代的平静，致使海洋波涛翻滚，“自轮舶通商以来，往来海面，鼓

① 伯：《片帆影》，《绘图中外小说林》1908年第8期。

动海水，波涛益多。龙王不安于宫，欲遣使臣与外国人商量设法，使水族宁静”，小说以讽刺的手法写了前去交涉的乌龟被一轮船尾气射中，惊惧而遁回，引起龙王之怒，骂其“外国人放了一个屁，你便吓的跑回来”[①]，小说本旨是讽刺惧外者，但却从侧面反映出中西交往轮舶往来之频繁。开启这段历史的缘由，《昏庸镜》[②]写到，“时外人方求通商不得，叶每驱逐外国商舶”，因那“时风气未开，外国有求通商者”，以叶名琛为代表的保守派“皆力拒之”。“陀城地处洋滨，洋舶往来尤众，叶既体政府之心，且既为总督，仇外益力。更命僚属，凡洋舶往来，必要而截之，掠其货物，付之一炬。驰报朝廷，云洋人畏威，不敢逼近”，因此引发列强开拓中国门户的行动：“外人益思有以挫之。调集兵舰，排海而来，势逼虎门，气吞羊石。”果然，“忽报虎门提督已亡，洋舶竟抵珠江，叶犹故作镇定。越日，洋兵已入城矣”。洋兵入广州城的速度比文字还要精简，这件事对中国历史的创伤已无需多言，但显然是描写中国门户被迫打开的“实录”。澳门的特权已经无法满足列强的胃口，香港、广州，甚至沿海、内陆城市全部打开才是他们的目的。

总而言之，作为水火之地的广东之于中国，有特殊的历史地理意义。在国际关系骤变的浪潮之中，广州作为唯一通商的城市，又是第一个被列强攻占的内陆城市，瞬间承受了欧风美雨无以复加的冲击，连带着整个岭南地区都被祸难，洋人、洋言、洋货充斥其中，仗势之中国寄生虫横行乡里。而城市广州更为特别，“广东省城是个华洋互市的地方”[③]，成为人所共向往的极乐世界，不再唯帝都马首是瞻。岭南，乃至整个东南沿海的城市，瞬间爆发起来，超过了封建历代商业繁华的总和。因为，“最初之以北部

① 《水族世界》，见郑贯公《时谐新集》，出版者不详，1904年版，第91页。

② 亦然：《昏庸镜》，《中外小说林》1907年第5期。

③ 鹤唳：《学蠹现形记》，《南越报附张》1910年5月9日至7月13日。

平原为中心的大陆文化，进而为以长江流域为中心之江河文化，19世纪初再进而为以东南沿海一带为中心之海洋文化”[①]。岭南，在这个时候凭着依山、临江、靠海、通洋的地理环境，以及一口通商到五口通商的政治便利，商业规模可盖过全国各地，再通五洲四海。广州与香港，在这样的背景下，承担着相应的时代、地理与历史使命，由中原传统农耕文化向海洋文化过渡，并逐步与世界文化接合。

岭南报人小说家以岭南人写岭南人事、地理、风俗，是有意识的。如《天趣报》之《假夫妻》即开篇明义：“作者几个友人，暇时聚谈，信笔记录，不觉成书，书中所记，并无大贤大忠、关于国家的善政，也没有大圣大哲，关于学问的名言，不过描写妇女的情事，可以借觇本地的风俗而已。”[②]不关风化与忠贤，唯观本土风俗，正是这样的创作理念，使得岭南报刊小说的地域性凸显出来。而黄世仲的《野蛮怪状》[③]，也是以华人镜这个主人公来广州“观风问俗”为主线，广州风俗，即是岭南特色。

① 管林、陈永标、汪松涛、谢飘云、左鹏军、闵定庆：《岭南晚清文学研究》，广东人民出版社2003年版，第23页。

② 大悲：《假夫妻》，《天趣报》1911年4月14日。

③ 小配：《野蛮怪状》，《时事画报》1908年第20期—1909年第1期。

第七章　近代岭南报刊小说的影响与总体评价

近代岭南报刊小说从时间维度来看,仅是古代到现代的过渡吗?从空间维度来看,与上海、北京等地或日本、南洋的报刊小说相比,处于何地位有何价值?这是本章要重点解决的问题。

第一节　近代岭南报刊小说与他报关系

岭南报刊内部之间有互见的小说,有相当一部分小说被上海、南洋、北美等地的报刊转载,同时也转载少量其他地区报刊的小说。从考察结果看:一是近代岭南报刊原创性作品比较多,因为有专门、专业的小说写手,自产作家创作的小说能满足稿件需求,不必大量转载他报小说;二是岭南与上海、南洋或北美报界有密切关系,岭南报人多在这些区域流动,岭南人在这些区域较为密集,是粤语文化圈辐射之地,转载作品能满足其思想文化精神的需求;三是对核实某些岭南报人小说家作品的数量(篇目)、署名、影响力有很大的帮助。但在转载过程中更换题目或署名,有可能引发该作品是转载还是抄袭的争议。

一、近代岭南报刊之间互见的小说

近代岭南报刊之间,互相学习、借鉴而创作主题相同、相近或相反的作品,也有转载、移载的现象。

《时事画报》之《纨绔镜》,是作者因阅读该报作品有感而作之小说。该小说在序言中即明确提到,创作思路来源于:“是题乃贵报龙舟歌题也”,“仆爱读之,读毕,辄喟然曰:‘《时事画报》之龙舟歌有价值矣!’嘻,一般之纨绔儿,梦其犹鼾乎?警钟之声,胡弗纳也。悄然有所感,爰执笔作一短篇小说,仍贵报龙舟歌之名。直叙他人之事,敢呈待斧。呜呼!是亦一镜矣!啸虎未定草。”[①]这位叫“啸虎”的读者,受到《时事画报》此前刊载龙舟歌启发,觉得需要再次敲响警钟来点醒纨绔儿之梦,因此换成小说文体而“直叙他人之事”。与之互见的还有其他以“镜”为主题的作品,如《时事画报》的“南音”《纨绔镜》,正文前有说明:“本报镜多矣,班本界有《迷信镜》,南音界有《强权镜》。悲夫,岂祇此哉!作《纨绔镜》,以告一般之富家儿,聊以塞龙舟歌地位。”[②]前有班本《迷信镜》与南音《强权镜》的启发,才有南音(龙舟歌)《纨绔镜》的出现,现在又由《纨绔镜》启发,有短篇小说《纨绔镜》与之同题,共同烛照社会迷信、强权、纨绔各界之原形,揭发社会黑暗面。跟当时的谴责小说相比,这种互相呼应的作品能形成规模,对报刊主旨的宣扬与强化有很大帮助。该小说正文又借人物之口讲述:“张曰:‘实告君,盖《安雅报》月前所刊睇戏一流人物也。’余曰:‘会意会意。(《安雅报》曾刊《奶妈睇戏》一则)请君陈之。’”[③]这段话引用《安雅报》发表的小说《奶妈睇戏》所塑造的人物形象,与自己小说中的人物性情相类比,可以看到《奶妈睇戏》如何形象地反映了社会生活中的“奶妈睇戏”这一现象。可惜目前未发现该时期的《安雅报》,不能与原文核对。《香山旬报》之《红粉青燐》[④]为侦探小说,其创作缘由如下:

① 啸虎来稿:《纨绔镜》,《时事画报》1906年第30期。
② 浑公:《纨绔镜》,《时事画报》1906年第21期。
③ 啸虎来稿:《纨绔镜》,《时事画报》1906年第30期。
④ 侠我:《红粉青燐》,《香山旬报》1910年第62期。

此发现于三年前,友人苑名君,尝为予言之。属纪其事,以事繁未果。近阅本报,载有《盗坟案》,乃触而成此。其中情节离奇,如睹摩登变相,而尤足为厚葬者,痛下针砭也。

从这段按语提供的信息来看,这个案件似实有其事,为了证明实有其事,连讲述这个故事的朋友姓名也点出。三年前听人讲述故事,却一直没有创作成书,是因为故事复杂,不好写。该报刊载的小说《盗坟案》刺激了作者,使之最终把复杂的故事写成侦探小说。其主旨是要警醒厚葬者,与西方侦探小说常见主题有异,无法完全脱离"适俗""导愚"的传统。查现存《香山旬报》,未见《盗坟案》小说,当刊在散失的报刊中,已无法调查《红粉青燐》在哪些方面受到《盗坟记》的影响,但不能否认的是,近代岭南报刊小说创作时,会受到已发表小说的启示,获得创作小说的思路。

当然,在有感而发的模仿、续写等小说作品中,也有与原作叙事思维相反的。如短篇小说《长辫梦》[①],即是有感于同行朋友陶陶的《剪辫梦记》[②]而作,"前两月同事陶陶梦剪辫,作《剪辫梦记》以自慰,快绝。彼至今虽仍未实践,当时固尝抱此志,梦中亦如愿以偿。乃曾几何时,余昨又梦长辫,竟与陶陶反对",二者所叙事情相反,一在剪辫,一在蓄辫,但命意相同:必须破除陋习,剪辫易服,这是民族民主革命的前提条件。可见,近代岭南报人小说家群体之间,在创作上互相往来,互相切磋,互相影响。

近代岭南报刊小说还存在移载现象,这也是由报刊这一载体的特殊性所致:有时候长篇幅的小说没有连载完毕,该报刊停刊或因人员变动,无法续载,于是相近报刊或有同一人际关系网的报刊,便会移载其小说。这也是岭南报刊小说互动的表现。1906

① 铁苍:《长辫梦》,《时事画报》1906年第34期。

② 陶陶:《剪辫梦记》,《时事画报》1906年第28期。

年《香港少年报》刊载过《宦海冤魂》这部使用文言写成的小说，黄世仲兄弟创办《中外小说林》后，在1907年第1期完整地移载过来，反倒与《中外小说林》的风格一致，反过来看，《宦海冤魂》与《香港少年报》刊载大量创新小说的风格不相称。《广东白话报》第1期刊载了署名“世次郎”的“续”《黄粱梦》，从第八回开始。紧承第八回之后的内容，重新从“楔子”开始补载《黄粱梦》已经刊载过的前八回内容。在题目之下，用括号文字说明其移载的原因与目的：“照前在《粤东新小说林》所出者，逐期补录，俾全真相。”此前刊载过的《黄粱梦》的刊物是《粤东新小说林》，据查，并未见此名称之刊物，当是1906年创办的《粤东小说林》别称，因为现存《粤东小说林》最早期号是1906年的第3期，刊载《黄粱梦》的第二回，其他期号应该刊载了另外七回的内容，才有《广东白话报》“续”的说法。但是随着《广东白话报》的停刊，《黄粱梦》在该报也停止连载。可是，《黄粱梦》依然在《粤东小说林》及其后改名成的《中外小说林》《绘图中外小说林》中连载至第三十四回。可见报刊移载小说存在很多不稳定的因素。《南越报附张》刊载的“趣致白话 社会小说”《东游记》（欧拍鸣）第三回回目下有“编辑人按”语：“此书第一、第二两回，曾刊在《羊城日报》至第三回，则今始新撰者，本报今日，已将第一、第二两回，另纸排印，随报散派，如派报人有漏派者，请向其索回可也。棱附志。”[①]这则材料正是《东游记》曾连载于《羊城日报》的证据，惜该报这部分版面已轶，无从查证，这则材料也没有说明移载的原因。但从第三回移载到《南越报附张》之后，又“另纸排印”前已在《羊城日报》中刊载的前两回，可见当时岭南报刊刊载小说途径多样化，有灵活性的特点。

① 欧拍鸣：《东游记》，《南越报附张》1910年2月21日。

二、近代岭南报刊小说被其他报刊转载

前已通过小说文本“走进岭南”，现在，需要看看岭南报刊小说文本如何“走出岭南”。能够走进岭南，体现的是文学的本土特色；能够走出岭南，体现的是文学的张力。在岭南报刊发表的小说，常常被上海、南洋、北美报刊转载，这些地区多属岭南文化圈的辐射域，表明岭南报刊小说的张力所具有的幅度。如《廿载繁华梦》连载结束后，1907年《时事画报》社即出版了单行本，当年汉口东亚印刷局和上海大成书局也出版了单行本，1908年，上海书局再次出版，其影响的时长在增强，影响的地域也在逐渐扩展。目前发现，至少有以下31篇（部）小说被转载过。

1906年12月11日，上海《通学报》第二卷第14册，总第32册刊载《说蛋》，注“录《时敏报》”，标“谐谈小说”，署“麟笔”；《问心》，注“录《羊城报》”，标“谐谈小说”，署“有心人”。

1907年1月11日，上海《通学报》第二卷第17册，总第35册刊载《盗道》《宦情》2篇，注“羊城”，即录自《羊城日报》，未署作者。《宦情》前注“谐谈小说”。

1907年1月21日，上海《通学报》第二卷第18册，总第36册刊载《官盗》，注《羊城（日）报》，未署作者名。

1907年2月1日，上海《通学报》第三卷第1册，总第37册刊载《盗官》，标“谐谈小说”，注“《羊城（日报）》”，未署作者名。

1907年3月1日，上海《通学报》第三卷第4册，总第40册刊载《官娼》，标“谐谈小说”，注“《羊城（日）报》”，未署作者。

1907年8月28日，新加坡《中兴日报》副刊《非非》之《狮醒》，标“醒警小说”，作者署“斧”。先见于1906年10月12日《香港少年报》，原名《醒狮》，标“警醒小说”，作者署“斧”。

1907年9月10日，新加坡《中兴日报》副刊《非非》刊载《喜怒哀乐怨》，标“七情小说”，作者署“虎军”。先见于1906年10月21日《香港少年报》，原名《听》，标“七情小说”，作者署“斧”。又被1909年上海《庄谐杂志》第1期转载，题目改成《万籁声》，标“短篇”，作者署“斧”。

1907年9月23日，新加坡《中兴日报》副刊《非非》刊载《锦囊》，标“短篇小说”，作者署“斧”。先见于1906年10月13日《香港少年报》之《锦囊》，标“短篇小说”，作者署“斧”。

1907年11月24日，新加坡《中兴日报》副刊《非非》刊载《阮古》，标“短篇小说”，作者署“虎军”。先见于1906年10月22日《香港少年报》，原名《熊》，标“短篇小说”，作者署“斧”。

1908年7月4日，旧金山《中西日报》“杂录”连载《一落千丈》，先见于1908年《半星期报》第1期至第12期之《一落千丈》，标“离奇小说”，作者署“治惧”。

1908年8月20日、21日，旧金山《中西日报》连载《偷儿术》，标“社会小说”，作者署“治惧”。先见于1908年《半星期报》第13期、第14期之《偷儿术》，标“社会小说”，作者署“治惧”。

1908年11月8日，杭州《著作林》第21期刊载之《厌世之富翁》，标“社会小说”，署“英国霍尔克尼著，日本右野良原译，中国陶报癖(陶佑曾)重译”。先见于1907年12月17日《中国日报》之《厌世之富翁》，标“短篇小说”，作者署“英国霍尔克尼著”，未署译者名。

1907年8月3日《时事画报》第16期刊载《错认夫婿》，标“短篇小说”，署“述奇”，1907年9月16日始，北京《风雅报》第241期至第244期转载《错认夫婿》，未署作者名。1909年8月12日、13日，旧金山《中西日报》转载《错认夫婿》，标“短篇小说”，未署作者名。

1910年7月7日至11日，《国民报》刊载《剃头失妻》，标“近事写真”，作者署“不剃头者”。1910年7月22日至27日，新加坡《星洲晨报》刊载《剃头失妻》，标“白话写真”，作者署“不剃头者”。1910年8月17日，旧金山《中西日报》转载，标“再续稿”，不知何时开始连载，标“近事小说”，作者未详。

1910年7月1日，《国民报》刊载《京华梦》，标“短篇小说”，作者署“过来人”。1910年7月13日，新加坡《星洲晨报》转载《京华梦》，标“短篇小说”，作者署“过来人”。

1910年7月6日，《国民报》刊载《睇出神》，标“白话小说”，作者署“百罹子”。1910年7月19日，新加坡《星洲晨报》转载《睇出神》，标“白话小说”，作者署“百罹子”。

1910年6月30日《国民报》刊载《米中蠹》，标“箴规小说”，作者署“百罹子”。1910年7月22日，上海《图画日报》第332期至第334期转载《米中蠹》，标“短篇箴规小说”，未署作者名。

1910年7月14日《国民报》刊载《三大》，标“诙谐小说”，作者署“一棒”。1910年7月25日、26日，上海《图画日报》第335号转载《三大》，标“短篇诙谐小说”，未署作者名。1910年8月5日，新加坡《星洲晨报》转载《三大》，标“诙谐小说”，作者署“一棒”。

1910年7月18日，《国民报》刊载《会客》，标“活动写真”，作者署“岁”。1910年7月29日，新加坡《星洲晨报》转载《会客》，标“活动写真”，作者署“岁”。

1910年4月4日至5日，《天趣报》刊载《某州牧》，标“短篇小说”，署“大哀”。[①]1910年7月30日、8月1日，宁波《四明日报》转载《某州牧》，标“短篇小说”，作者署“奇”。

1910年7月12日至16日，《国民报》刊载《暴虎》，标“短篇小说”，作者署“过来人”。1910年8月2日，新加坡《星洲晨报》转载

① 初署“大哀”，在“续”中署“哀大”。

《暴虎》,标“复仇小说”,作者署“过来人”。

1910年7月25日,《国民报》刊载《一文钱》,标“寓言小说”,作者署“哲”。1910年8月3日,新加坡《星洲晨报》转载《一文钱》,标“寓言小说”,作者署“哲”。1910年8月9日开始,上海《图画日报》第350期转载《一文钱》,标“短篇寓言小说”,未署作者名。

1910年7月20日,《国民报》刊载《亚如》,标“短篇小说”,作者署“碎”。1910年8月8日,新加坡《星洲晨报》转载《亚如》,标“短篇小说”,作者署“碎”。

1910年7月23日,《国民报》刊载《香海车尘》,标“短篇小说”,作者署“过来人”。1910年8月11日,新加坡《星洲晨报》转载《香海车尘》,标“短篇小说”,作者署“过来人”。

1910年7月22日,《国民报》刊载《大虫》,标“短篇小说”,作者署“雷”。1910年8月16日,上海《舆论时事报》转载《大虫》,标“寓言小说”,未署作者名。

1910年2月21日至4月6日《南越报附张》刊载《东游记》。1911年1月1日台北《台湾日日报》转载时改名为《猪八戒东游记》,署“雅棠”。

1910年12月23日至27日《天趣报》刊载《捕熊谈》,未署作者名。1911年4月22日,旧金山《中西日报》转载《捕熊谈》,标“短篇小说”,未署作者名。

1906年第6期《赏奇画报》刊载《毒蟒》,未署作者名。1911年8月15日,旧金山《中西日报》转载《毒蟒》,标“短篇小说”,作者署“芸”。

1910年3月2日至4月3日,《天趣报》刊载《过墟志》,标“开国艳史”,未署作者名。1912年1月2日至9日,北京《民视报》转载《过墟志》,标“秘本小说”,未署作者名。

从上述文献信息看到,新加坡转载岭南报刊小说最多,旧金山次之，上海、北京又次之。南洋、北美属于岭南文化圈辐射最强的区域，因此对岭南报刊小说的接受比较自然。近代岭南报刊小说在南洋或北美的传播速度很快，特别是《国民报》的小说，几乎都很快地被新加坡的《星洲晨报》与旧金山的《中西日报》转载。1910年7月1日《国民报》刊载《京华梦》，不出当月，新加坡《星洲晨报》就转载了该篇小说，速度如此之快，说明二者联系密切、交通或通讯方便，最有可能趁其代售该份报刊之便利而即时转载。幸好这三份均为日报，日月标示清晰，又保存得比较完整，所以如此相近的日期也能辨别是哪份报刊先发表，哪份报刊后转载。

有的岭南报刊小说甚至被多地报刊多次转载，如《国民报》刊载《一文钱》，分别被新加坡的《星洲日报》和上海的《图画日报》转载，上海的报刊也被岭南、南洋或北美报刊转载，如上海《神州日报》的《堕指录》，分别被岭南的《香山旬报》、旧金山的《中西日报》、台北的《台湾日日报》转载，大约可以说明广州与上海、南洋、北美的报界联系之紧密。首先是广州与上海报界之间既有竞争又互相影响、借鉴的关系：

二十世纪开幕，为吾国小说界发达之滥觞。文明初渡，固乞灵于译本；迄于今，报界之潮流，更趋重于小说。发源沪渎，而盛于香港粤省各方面。①

19世纪，报刊发源于岭南，而兴盛于上海；进入20世纪，小说发兴于上海，而盛于粤港，报刊小说由依赖翻译到自创成熟，是值得关注与思考的发展趋势。至少说明两地之间随时易势，对报刊兴盛与小说发达有极大的促进作用。“发源于沪渎，而盛于香港粤省各方面”的小说潮流，很难不引起上海报界注意。上海与广州、

① 耀公：《小说与风俗之关系》，《绘图中外小说林》1908年第5期。

香港在近代是重要的交通枢纽，海外殖民者或游学外洋归国者，须从广州经上海，才能北上京津或东渡日本；而京津南下或从日本方向航海来者，得经上海沿海南下广州，再出海到达南洋、欧美。报刊也随着这样的航线交流、传播，上海、岭南两处之间的小说也顺着这样的航海途径传播，两地报人与小说家交往密切，互通有无，互相借鉴与学习。甚至像吴趼人这样的岭南报人活跃在上海报界，以报人小说家的面目为上海小说界增色，交流、穿插在所难免。方容均是广东香山人，岭南“旅沪”人士，一度出现了“方容均来稿”现象。如1908年2月16日、17日，上海《时报》刊载了方容均的《某留学生之艳史》；1908年2月28日、29日，上海《时报》刊载《黄家村》，标“时事小说”，作者署“方容均”；等等。方容均在上海工作时，还不忘关心乡梓，或捐助，或给报刊投稿。他曾捐款给《香山旬报》，大力支援《香山旬报》的创办工作①；1909年第24期之《香山旬报》刊载《杨女士》，标“近事小说”，作者署“方容均来稿”，1910年第74期、75期之《三韩泪》，标“侠情小说”，作者署“容均寄稿”。

三、近代岭南报刊小说刊载其他地区小说

岭南报刊也与其他地区报刊发生交流，实现互动。一些外地小说也常在岭南报刊做广告，岭南报刊小说也从外地小说中获得启发、滋养。如《官样》的创作，在第一回就声称受到外地小说如《官场现形记》《孽海花》以及岭南人吴趼人创作而发表在上海报刊的《文明小说》②的影响。转载其他地区报刊小说是与外地或外国小说交流的最好表现。

① 《名誉赞成员捐款汇登(第十四次、第十五次)》，《香山旬报》1909年第8—9期。
② 中国无恙：《官样》，《时事画报》1909年第6期。

1902年4月8日，横滨《新民丛报》第5号的《虞初新语》刊载之《人肉楼》被近代岭南报刊作品集《时谐新集》(1904年，郑贯公)选入“小说”部。

1902年7月19日，横滨《新民丛报》第12号“杂俎”一栏载“海外奇谭”，有《百合花》一篇，未署作者名，被《广东日报》于1906年1月4日至8日“小说”栏转载，题名《百合花》，署名处有“选录”二字；香港《新小说丛》1908年第1期刊载署名“蔹园”(邱炜萲)的“新小说品”，对《百合花》的品语是：“如卓氏文君，远山眉妩。”

1904年6月28日，汕头《岭东日报》刊载“《潮州白话报》第九期目录预告”中的小说《英雄国》，有可能转载自1903年5月11日《游学译编》第7册所载之译作《英雄国》。

1908年11月21日，上海《神州日报》刊载《天上之国丧》，标“短篇小说”，未署作者名。1908年《时事画报》第28期转载，标“短篇小说 神怪小说”，作者署“录神洲报”。1909年1月11日、12日，旧金山《中西日报》“杂录”转载《天上之国丧》，标“短篇小说”，未署作者名。

1909年1月22日至24日，上海《申报》载《密约案》，标“短篇侦探小说”，署“[英]勒克维廉著”，未署译者名。1910年4月12日至14日，旧金山《中西日报》转载《密约案》，标“侦探小说”，署“英国勒克维廉著”，未署译者名。《香山旬报》1910年第83期转载《密约案》，标“小说”，署“英勒克维廉著、中兴译”。

1910年8月14日、15日，上海《神州日报》刊载《堕指录》，标“短篇小说”，作者署“鲁源”。《香山旬报》1910年第70期转载《堕指录》，标“短篇小说”，作者署“鲁源，录《神州日报》”。1910年10月11日、13日，旧金山《中西日报》转载《堕指录》，标“短篇小说”，作者署“鲁源”。1910年10月16日至23日，台北《台湾日日报》转载《堕指录》，作者署“鲁源”。

1911年12月2日，上海《神州日报》刊载《煤山梦》，作者署“遁庵”。1911年12月13日，《南越报附张》转载《煤山梦》，标“寓言短篇小说”，作者署“遁”。

近代岭南报刊小说原创性很强，被转载的小说多，转载其他地区小说数量较少。这是因为岭南报刊培养了自己的小说创作队伍，专门负责说部作品，《时事画报》的黄小配、述奇、亚剑、喆、劳人等人以专业的精神创作了系列作品，多角度多层次地展现近代岭南社会风貌，成为独一无二的岭南系作品，保证满足报刊每期更新的快捷发表需求，无需转载来充数。又如被转载作品较多的王斧，最先被郑贯公聘请专门负责《唯一趣报有所谓》的“小说林”，该报停刊后曾一度停止发表作品，后来，黄伯耀创办《香港少年报》，又专门聘请他“从事说部”[①]，以保证稿源与质量，因此，这两份报刊的小说多为他个人操刀，精确地传达报刊思想精神，创作的小说除了艺术精湛之外，还符合报刊风格与需求。

四、近代岭南报刊小说互动的意义

近代岭南报刊小说在内部互相转载、移载，基于各报人群体之间有报缘关系。如以郑贯公为中心的报刊有《中国日报》《广东日报》《香港少年报》《唯一趣报有所谓》《广东白话报》等，王斧的小说在这几份报刊之间流传，很正常。王斧又到过新加坡，参与《中兴日报》的编撰，其作品被该报转载，也属常理。黄世仲、黄伯耀兄弟在《中国日报》供过职，与自创的《香港少年报》《中外小说林》之间，有转载、移载，也是正常的流转关系。陈树人、黄世仲、计伯（杨计伯）在《时事画报》《南越报》之间有供稿关系，小说互见

① 亚斧：《醋海波》，《香港少年报》1906年9月2日至3日。

也合情合理。

岭南与南洋、北美报刊之间互相转载小说，也源于两地之间互相代理报刊、报人互有交流。或是岭南报人到南洋、北美谋生、谋发展、谋避祸，或是曾在南洋的报人回岭南谋事业，都将此前办报、小说创作的经验加以延续。岭南报人王斧在《中兴日报》供职之前，首先在广州、香港的《香港少年报》《唯一趣报有所谓》供职，主要负责小说编撰工作。到南洋之后，同样担任《中兴日报》的小说编撰工作，趁机转载此前的小说，所以新加坡《中兴日报》副刊《非非》之《狮醒》，先见于《香港少年报》，原名《醒狮》；新加坡《中兴日报》副刊《非非》刊载《喜怒哀乐怨》，先见于《香港少年报》，原名《听》；新加坡《中兴日报》副刊《非非》刊载《锦囊》，先见于《香港少年报》之《锦囊》。可以说，南洋、北美转载岭南报刊小说，是扩大岭南文化在海外传播阵地的一种手段。南洋、北美集中了较多岭南华人，是岭南报刊小说接受的海外余波。

通过考察近代岭南报刊小说与他报关系，获取同一作品被不同报刊转载时的署名信息，可作为考察近代岭南小说家姓名、字号或笔名的依据，从而进一步确定岭南报人小说家作品的数量（篇目）。如1907年9月10日，新加坡《中兴日报》副刊《非非》刊载《喜怒哀乐怨》，标“七情小说”，作者署“虎军”，对比曾刊于1906年10月21日《香港少年报》“新说部”之《听》，标“七情小说”，作者署“斧”，可知王斧的又一笔名是“虎军”，那么《虎军说部》这部小说集是王斧之作，无疑就成立了，这对核实王斧小说的数量和篇目有直接帮助。

但是，报刊转载时更改原小说的篇名，更换署名，会给小说的作者归属工作造成一定困难。如《香港少年报》之《醒狮》、《听》与《中兴日报》的《狮醒》与《喜怒哀乐怨》，转载时更换题目或署名的初衷，一方面，有可能是为了掩人耳目，混淆视听，让人不知道这是转载作品，以为是原创作品；另一方面，有可能是让转载时的题目比原来的题目更加精简、独到或切题，或者更有艺术性，吸引读者。可是，如果研究者对作品内容不熟悉的话，就会误以为是不同的两篇作品，产生错误的判断，会对该作品的影响力或传播力度有所保留或怀疑，无形中给甄别近代岭南报刊与他报关系增加难度。所以目前可考的互相转载情况如上，可是随着研究的深入或报刊小说整理的完善，可能挖掘出近代岭南报刊与他报更多的关系。

有些小说在他报出现时，遭到了质疑，是“转载”还是“抄袭”，引起争论。如1907年8月26日至11月1日，新加坡《中兴日报》副刊《非非》连载《崖山哀》，作者署名为“沧桑旧主”（原名何虞颂），王斧认为何虞颂“抄《珠江镜》报之旧料，非彼手笔”[①]。这篇小说原名《崖门余痛》[②]，载于《珠江镜》报时，署“崖西六郎”。《中兴日报》所载《崖山哀》部分文字比较模糊，但经将残存的文字拿来与《崖门余痛》对比，发现《崖山哀》与《崖门余痛》文字基本相同，王斧并不否认这小说“稍有些民族思想”，可是王斧认为这是“抄袭”，不妥，不应拿来作为批评何虞颂品格的证据。因为如果将转载作品改名发表认为是“抄袭”的话，那王斧自己就是最大的抄袭者，如前所述，他刊载在《中兴日报》的《狮醒》、《喜怒哀乐怨》仅改变了题目，更换了笔名，如果不知道这两个笔名是同一个作者，那也可以下结论说“虎军”抄袭了“亚斧”的作品，或者说《中兴日报》偷了《香港少年报》的作品。这种推论显然有违情理。从《中兴日报》的《崖山哀》与《珠江镜》的《崖门余痛》关系看，有可能这本来就是何虞颂的作品，不过在《珠江镜》发表时，用的是笔名“崖西六郎”，到《中兴日报》时用笔名“沧桑旧主”，与“亚斧”和“虎军”的关系同理。如果非要批评，应该批评《振华五日大事记》的作者“轩

① 《总汇报记者何虞颂之丑相》，《中兴日报》1908年5月2日。

② 崖西六郎：《崖门余痛》，《珠江镜》1906年6月20日至7月3日。

辕之胄”,他所创作的《海镜光》小说写的也是宋水军后裔赵玉的故事,相同的故事情节,不过将男主人公名字更换,内容细节组织得更加丰满,感情基调渲染得更加缠绵细腻而已,这样的小说是不是更应该受到批判? 当然,王斧攻击、批评《崖山哀》作者何虞颂,出于当时革命与保皇两派政治势力斗争的需要,有一定的先进性与先见性。

最后要注意的是,有些小说是不同人翻译同一部外国作品,分别登载在不同报刊上,并没有转引关系,这就要稍加留意、甄别。如1903年5月6日开始,上海《大陆报》第6号至第10号连载的《一千一夜》,与1902年9月27日广州《安雅书局世说编》之《千一夜夫妻》,还有《二十世纪军国民报》1907年第1期、第2期连载的小说《一夜夫妻》,和1904年2月《绣像小说》第11期开始连载的《天方夜谭》,都翻译自阿拉伯故事集《天方夜谭》,今译之《一千零一夜》,但译者、行文风格及所取片段不同,不存在转引关系。

第二节　近代岭南报刊小说的价值与地位

近代岭南报刊小说,是分体、断代、地域文学。从时间而言,是近代小说的有机组成部分,也是近代文学的有机组成部分,是现代小说定型前的过渡形态。从空间而言,是岭南小说的有机组成部分,是近代岭南报刊文学的有机组成部分。其文体、思想、内容、主旨有鲜明的近代性,也有鲜明的岭南地域性,是融合时代、地域与融合古今、中外各文体要素而成的区域小说范本,共同构成了近代中国报刊小说繁盛的局面。

第一,岭南报人首开报刊连载小说先例,并确立小说的价值与地位。

岭南近代政治家、思想家、报人最先开发报刊这个载体作为发表小说的平台。“最先注意在报纸上连载小说并确定小说的社会地位的，是以康梁为首的资产阶级改良派”①。《申报》《沪报》为外国人所办报刊，刊载小说主要从经济角度考虑，对所载小说思想、内容与形式并没有特别主动、自觉选择及创新意识。真正有意识地引入小说，连载于报刊的是《清议报》《新民丛报》《新小说》，这三份报刊最终确定了小说的社会地位、政治地位，对“新小说”“小说界革命”的贡献有目共睹，不必赘言。但因康梁为首的报刊活动及小说创作多发表在天津、上海、日本、南洋，按报刊创刊地归类的惯例，长期被列入天津、上海、日本报刊小说研究的范畴内，而没有归回岭南报刊小说研究的范畴，这也是岭南报刊小说长期没有得到学界专门、专题研究所造成的。但是，按作家籍贯与思想源泉，康梁为首的岭南报人，在全国各地，乃至国外所创办的报刊，也应当是岭南报刊研究的一部分，在这些报刊上发表的小说也应该是岭南报刊小说研究的有机组成部分。因此，康梁为首的资产阶级改良派，最先在报纸上连载小说，并确定小说的社会地位，这种文学行动应该与岭南本土报刊小说创作一样得到同等待遇。岭南报人使中国传统小说由通过逐日听讲的方式传播，变成通过逐日连载的方式传播，当然，也促使中国传统小说要“披阅十载，增删五次”的苦吟式创作，变成了“朝甫脱稿，夕即排印，十日之内，遍天下矣”的快捷创作现象。小说创作与阅读模式在岭南政治家、思想家与报人的努力下开始实现转型。

第二，岭南报刊小说所奠定的思想内容倾向与艺术审美导向，具有继往开来、融合中外的特点。

从内容上看，具有“胸怀中国，面向世界”的特点。小说家或

① 方汉奇：《我国早期报纸上的连载小说》，《新闻业务》1962年第10期。

小说人物能够看清中国历史社会现状，最初没有想过推翻清政府的腐朽统治，而是面向世界，在世界范围内寻求解救的良方，因此，不像上海小说重在揭露、抨击与批判，岭南小说将目光伸到外洋世界，在西方先进的器物、制度、精神层面上借鉴，寻求解救中国之道，因此有大量"游学外洋"的风俗景观描写。从创作艺术手段来看，具有"继承传统，吸纳西方"的特点。岭南小说并不刻意抹去中国古代小说分章回、"有诗为证"套语、强调教化功能等传统要素，但是很自然地、积极主动地借鉴西方小说，引入政治与侦探题材、起局突兀等舶来要素。从创作效果来看，使"小说界革命"的新民思想得以实践，使谴责小说、讽刺小说跳出暴露的恶俗，有了新升华，科幻体、未来体在岭南报刊中刊行流传，具有现代化意义的短篇小说、微型小说诞生了。

第三，近代岭南报刊小说在文体类型的革新上，有诸多开创性功绩。

梁启超的《新中国未来记》，写了"新的意识，写了为实现人的现代化而进行启蒙教育的崇高意识"，因此被称为"新小说"的开山之作外，其合众体于一身的新创精神，也有奠基性，这众体之中，至少有展望体、讲演体、论辩体、游历体、现形体、近事体[①]，在《新中国未来记》面世以后流行起来，成为近代小说代表性文体。吴趼人的《新石头记》受到《红楼梦》的影响，是一部翻新小说，前半部分有"现形体"的痕迹，但是后半部分却是中国早期科幻小说的典型代表。《新石头记》是中国化科幻小说的元勋。萍初四郎发表在《唯一趣报有所谓》的《阎应元》是典型的粤语演说体小说，也具有开创性。黄世仲的《廿载繁华梦》是受到《红楼梦》影响的报刊小说，首开世情长篇章回小说在岭南报刊连载的风气。黄世仲

① 欧阳健:《晚清小说史》，浙江古籍出版社1997年版，第23—29页。

的《野蛮怪状》连载于《时事画报》，首开岭南风俗小说之风气，与吴趼人的“目睹体”一脉相承，审美取向一致。黄世仲连载于《南越报》的《五日风声》首开报告文学先河。如此等等，均可证近代岭南报刊小说是近代小说文体创新的载体与平台，一经刊出，往往起到模范作用。

近代岭南报刊小说在近代小说史上的地位，可以概括为既是岭南的，又是全国的，更是世界华人的。

近代岭南报刊小说家最先走向全国。吴趼人从广东佛山到上海，引领近代谴责小说、社会小说、历史小说与言情小说这几种流行的报刊小说潮流，带动全国创作与阅读风气。梁启超以广东新会人而到北京、上海、日本、南洋，代表着不同时期的政治潮流，借以引动某种政治思想潮流的正是新小说，使中国小说走向世界。也有岭南报人及小说家从海外返回岭南，驻守本土，开发本土。郑贯公从日本回到香港、广州、澳门，参与、创办各种报刊，为小说家提供发表平台与创作环境。黄世仲、黄伯耀从南洋而回香港、广州，参与、创办各种报刊，为自己及其他小说家提供发表平台与创作环境，成为岭南本土报刊小说家中的佼佼者。在这样的土壤环境下成长起来的小说家，又勇敢地走向世界。王斧曾在《中兴日报》任职，发表5篇小说及其他各种各类稿件，又转战泰国，在《星暹日报》供职，二次走向世界。与梁启超宣传维新、保皇、立宪等思想不同，王斧宣扬的是革命思想。岭南报刊小说创作群体，既包括像吴趼人这样全国知名的小说家、像梁启超这样知名的小说思想理论家，也应该包含像黄世仲、黄伯耀这样知名的本土小说家，还应该包含像王斧这样极富地方特色与热衷于新小说实践的小说家。岭南报人小说家及其创作的报刊小说，是地域的，也是全国的，也是世界华人的。

近代岭南报刊小说在岭南晚清文学史上的地位，可以概括为一以贯之地继承了岭南文化具有现实主义、爱国主义、开放性、平民化的特质[1]，为近代中国小说、近代中国报刊小说、现代中国小说创作提供了经验与范本，是中国小说近代化与现代化的先锋。阿英先生以为晚清小说自有其发展：

如受西洋小说及新闻杂志体例影响而产生新的形式，受科学影响而产生新的描写，强调社会生活以反对才子佳人倾向，意识的用小说作为武器，反清、反官、反帝、反一切社会恶现象，有意无意的为革命起了或多或少的作用，无一不导中国小说走向新的道路，获得更进一步的发展，这些，同样是不应忽略的。[2]

阿英先生从文体形式、内容、思想倾向、地位、作用充分肯定了晚清小说，高度浓缩了晚清小说的总体特征。以此观照，发现近代岭南报刊小说与晚清小说总体发展趋势相一致，在形式上受到西洋小说和新媒体新闻杂志体例的影响，如近事小说、倒叙与对话开头等，内容上因科学水平的发展而使得描写对象有了新的元素，如侦探、法律、教育、政治与冒险、科幻、女界等纳入小说家视野，对社会现实强势关注，鸦片、缠足、时文等成为主要描写对象。总之，关注时局、批判现实、谴责社会与开通民智、提倡革命，成为小说的主旋律，引导中国小说走向新的道路，为现代小说正式登场做好了充分的实践准备。

在近代小说史上的价值与地位。侯忠义先生认为，近代小说的历史分期为1840—1894年的封建小说时期、1894—1911年改良派小说（或称谴责小说）时期和1911—1919年颓废派小说时

① 管林、陈永标、汪松涛、谢飘云、左鹏军、闵定庆：《岭南晚清文学研究》，广东人民出版社2003年版，第39—54页。

② 阿英：《晚清小说史》，江苏凤凰文艺出版社2017年版，第9页。

期。近代岭南报刊小说发轫并成熟于改良派小说时期。

在近代报刊小说史上的价值与地位。早在2002年出版的《中国近代小说编年》,发现近代刊载小说的报刊才205种,其中刊载小说20种以上报刊中,属于岭南的有《中外小说林》1种[①]。事实上,随着研究的深入,可知除上1种外,至少有《香港华字日报》《时事画报》《天趣报》《国民报》《香港少年报》《南越报附张》6份岭南报刊登载小说超过20种,超过50份现存近代岭南报刊发表过小说,占四分之一。近代日报刊载小说现知2743篇(部)[②],近代小说专刊现知611篇(部)[③],合计3354篇(部),近代岭南报刊小说现见570篇(部),占了六分之一。无论是从报刊小说刊载的普遍性看,还是从数量份额上看,近代岭南报刊小说都是不容忽视的部分。

第三节 近代岭南报载小说存在的问题与研究上的思考

对于整理或研究来说,近代岭南报载小说有不足之处,有待学界思考解决方案,以制订未来的研究计划,实现文献整理、实证研究、理论研究三个层次的突破。

从文献学来看,近代岭南报刊散失较为严重。现存岭南报刊出版数量约250份,但是,如果联系"近代岭南报刊小说广告、理论资料"考察,还可以在广告中钩沉不少当时出版过的报刊,一定超过250份。数量如此巨大的报刊,现存不到一半,而现存所能看到原貌的报刊,也有相当一部分残缺,如《香港华字日报》,至少缺失了创刊至1895年的报刊,还有1923年以后至停刊的部分报刊散

① 陈大康:《中国近代小说编年》,华东师范大学出版社2002年版,第5—6页。
② 陈大康:《中国近代小说史论》,人民文学出版社2018年版,第199页。
③ 陈大康:《中国近代小说史论》,人民文学出版社2018年版,第292—294页。

失不少。报刊是近代岭南小说的主要载体，有“皮之不存，毛将焉附”的关系。

从整体上看，近代报刊成为小说发表的新媒介之后，确实为小说扩大了读者群，加速了阅读速度，也改变了过去“听说”或整本阅读为主的接受方式，变成了分期片段阅读。报刊实行稿酬制创作，为职业小说家的产生提供了土壤，培育了职业小说家群体。这些因素使得近代报刊小说在过渡性、革新性的实验中，实现了量的变化与质的提升，最终演化成具有真正现代意味的小说。但是，报刊作为小说发表媒介，也存在一些致命的缺陷：

一是现存小说多有不完整者。有的有头没尾，有的有尾没头，有的中间断失严重，甚至相当一部分小说仅残存片段文字。像《中国日报》短篇小说《情侠》1907年9月9日之前的一期报刊即散失了，因此小说有尾无头。《国民报》《南越报附张》断残现象很明显，有不少小说“面目全非”，有头无尾、有尾无头的情况都很严重，其他踪影全无的小说更是不可估量。因此，“未完”“仍未完”等文字总在小说末尾出现，给研究者带来无尽的遗憾。新发现小说时，开头就有标注“续×期”“×续”“续×报刊”等字眼的，也让研究者不甘心，反复往前翻看，希望有所收获，可是报刊保存现状又让研究者清醒地意识到，所发现的那篇(部)小说确实失去了开头或结尾。这使整理与研究者感觉很无奈，整理与研究也就无法完整、完善。

二是从其他报刊登载的岭南报刊出世广告、报刊章程里可知某报设置有“小说”栏目，某报连载有某小说，但是因为该报散失，也无从查考广告中提到的小说栏目或所载小说多少、所载小说内容主旨如何，所载小说风格、质量、艺术特点如何更无从考察。如从《岭东日报》所载广告看到《潮州白话报》有载小说“英雄国”，但是因《潮州白话报》未见存世，因此无从查考小说内容与刊载情况。从《唯一趣报有所谓》所载广告得知,《珠江镜》登载过时事小说《铁路世界》,可是随着该报湮没于历史长河中,《铁路世界》原貌也无从得见。

三是在散失报刊中,登载了多少其他未知小说,成了谜。对于追求完整、完善的学者来说,这种"无知"状态是难以接受的。

正是因为文献缺失,使得近代岭南报刊小说整理与研究在某种程度上陷入了尴尬的境地。实际上,现在所整理的是现存岭南报刊小说,现在所做的研究也仅是现存岭南报刊小说。因此,陈大康先生的《中国近代小说编年史》[①]六册,还只是初始库藏。随着研究范围的扩大与研究的深入,新发现的小说篇目与史料,就可以给予更多的补充。现在已经使之丰厚了不少。如若未来能够在空间上,与沿海的上海、天津和深入政治中心的北京以及日本、南洋、北美、欧洲等地的报刊小说一起研究,一定会共同丰富近代小说库存。如若未来能在时间上,与民国早期报刊小说一起研究,一定也会共同丰富近代小说宝藏。

从实证研究来看,黄世仲、黄伯耀兄弟的小说,被学界反复整理、辨析、研究,目前已无新史料的发现,已有过度、重复劳动的嫌疑。活跃于上海近代报界的吴趼人的创作,有了很深入的实证研究。活跃于日本、南洋政治与报界的梁启超,其小说理论与思想主张得到很广泛的实证研究。但总体上看,其他近代岭南小说家的实证研究很少。王斧的小说创作也被整理与挖掘,近年被牛志威博士与笔者挖掘,已有相应论文发表;刘晓宁、牛志威、周仁敏、李梦玲的硕士、博士学位论文对岭南近代报刊小说家研究有了相当大的拓展,使这种缺失得到一定程度的缓解,然而,杨计伯、欧拍鸣、李哲、方容均等较多产的典型岭南报人小说家,依然没有得到

① 陈大康:《中国近代小说编年史》,人民文学出版社2014年版。

深入挖掘。

没有专门的岭南小说家集子，没有整理本或合编本，也没有解读、鉴赏岭南小说的文本，更没有解读、传播岭南小说家及其小说的普及读物，给学界集中研究造成很大的负担。还给学界造成一个误解：岭南报刊没有数量足够多、质量足够高的小说作品。实际上，岭南报刊不是没有登载过高质量的小说，只不过是因为报刊散失而没有得到发掘，也因为单行本出版得少，才造成了这样的假象。因此，笔者在研究近代岭南报刊小说时，不得不腾出精力，先整理好散存于各地不同报刊上的、零散的近代岭南报刊短篇小说，于是产生了《近代岭南报刊短篇小说初集》，"初集"二字，已经说明有待整理的文本或史料还很丰富，可开发的实证资料还很丰厚。

给实证研究带来负面影响的，还有岭南报刊小说署名不全、不规范的现象。多署笔名，文本所透露的信息不足，给考证作家作品造成相当大的困难。这点已经在第三章《近代岭南报刊小说的作者》作了反思。

学界在研究某一地域或区域文学的时候，本着溢化的思想与方法，往往在核定研究对象时，尽量囊括数量上、面上更多的作品，以免遗漏。这本无可厚非。吴趼人，以一个广东籍小说家，被上海报刊小说研究列为重点个案，是上海近代文学的实锤作家。但是，这并不能遮蔽其岭南人的气质：以岭南人写岭南地理人事，偏爱岭南社会现实有关的小说题材。即使是《上海游骖录》，也是以广东人的眼光去审视上海及其所展现的众生世态，有近代岭南小说家的视野与嗅觉。因此，近代岭南报刊小说研究，不一定局限在近代岭南人在岭南创办和非岭南人在岭南创办的报刊上发表的，亦当延展到近代岭南人在外地、外国创办的报刊上发表的小说，或者近代岭南小说家在外地、外国报刊上发表的小说。这是近代岭南报刊小说研究下一步要拓展的。

近代岭南报刊登载了大量作品，却不能形成“岭南小说派”，刘晓宁认为有几个原因：小说理论的根本缺陷，造成了小说创作上“急功近利”的错误；大部分作者与读者仍未完全接受新小说的写法；粤语小说局限大，地域传播不够广泛；小说的创作和影响力依赖于小说本身的吸引力，而这又依赖于作者的创作才能和创作精力[①]。这几点确实是岭南报刊小说在小说史上影响不够大的重要原因。近代岭南报刊小说曾被遮蔽或在研究中常被忽略，也是情有可原的。

从现存近代岭南报刊小说数量上看，短篇多于长篇，如刊载小说最多的《时事画报》，共80篇（部），其中短篇小说71篇，长篇小说才9部。就在这9部长篇小说中，《艳镜》《梅花冢》《官样》《钢矛记》《国侠魂》《野蛮怪状》《箱中尸》均不完整，只有《廿载繁华梦》与《党人碑》完结，在这种保存状态下，研究者对岭南报刊小说的关注自然就淡得多了。周作人曾在重印《域外小说集序》说：“初出的时候，见过的人，往往摇头说：‘以为他才开头，却已完了！’那时短篇小说还很少，读书人看惯了一二百回的章回体，所以短篇便等于无物。”[②]从审美与阅读习惯看，时人还不能完全适应阅读短篇小说的感受，往往将之视为无物，欣赏时也多有遗憾，总觉得还没开始，就看完了，不过瘾。鲁迅时代尚且如此，近代岭南报刊时代可想而知。读者如此，研究者大概也不大注意短篇小说的价值与魅力。毕竟，经岭南报刊连载后出版单行本的许多长篇小说，也在近代小说史、近代文学史上占有相当地位，受到较高赞誉，如《洪秀全演义》《廿载繁华梦》《几道山恩仇记》《宦海潮》《党人碑》《黄粱梦》《红茶花》《李觉出身传》《剧盗遗嘱》等，常被拿

① 刘晓宁：《近代岭南报刊小说研究》，暨南大学2016年硕士学位论文。
② 周作人：《序》，见《域外小说集》，新星出版社2006年版，第3页。

来与吴趼人《二十年目睹之怪现状》《文明小史》《九命奇冤》与梁启超的《新中国未来记》等相提并论，作为岭南小说对近代小说创作作出贡献的代表，或作为翻译小说的经典之作进行介绍。但是，相对于近600篇（部）近代岭南报刊小说的现存总量来说，这个数量还是较少的，因此，总给人误解岭南报刊小说精品不多。事实上，岭南报刊小说出彩处，正在短篇小说，以精警的语言和精练的构思，用横截面式经典场面，寄寓了可以生发无穷想象的思想内涵，熔铸传统性与现代因子于一篇。不少作品还引入了西方小说创作技巧，具有“新小说”的全方位要素，早在进入“现代小说”创作或研究之前，已经有数量上、质量上的突破。故研究近代岭南报刊小说，需要转换视角，不能以长篇质量或数量论英雄、较得失，不可轻率地将之“等于无物”。从读者欣赏角度而言，《域外小说集》经历初印冷遇后，到1920年前后，“现在已不是那时候，不必虑了”，时机成熟可以重印。那么，岭南报刊小说研究，也“已不是那时候”了，现在不能再忽略了。随着近代报刊数字化技术的成熟，散藏各地、无人问津或不可问鼎的报刊，可以通过数据库共享、分享，不受时地限制，各地学者、不同层次学界均可沾惠，这个区域的报刊小说研究，不应该再被忽略或忽视了。

除了印行过单行本的报刊小说，近代岭南还出版了大量单行本长篇小说。这些未见报刊连载的小说，与只在报刊发表过的小说和先在报刊连载再出版单行本的小说相比，有何异同；出版单行本之后，与连载时相比，有没有经过大修改，也是一大论题：这些都是岭南报刊小说研究值得开拓的领域。

余　论

以上，对近代岭南报刊小说的刊载历程进行了全面勾勒，探讨了其在近代化、过渡性的体质中如何继承传统要素，并创新文体，使之孕生了现代意味。总结了时代特征形成的普遍性，地域特色造就的典型性。言至此而意未尽。

特别是，近代岭南报刊小说广告与近代岭南报刊小说创作的关系没有勾勒；近代岭南报刊小说理论与小说创作之间的吻合度也没有厘清；近代岭南报人小说家传记没有编写。从岭南各报之间互相代理、推销等行为可以判定，各报之间的报人有密切商业往来或私人往来，至于互动办报的行为对报刊小说的传播与创作又产生怎样的影响，也没有给出判断，未能提供满意的答案。岭南报人与南洋报人之间有交流、转移，岭南报刊与南洋报刊又互相代理、推销，岭南报刊有到南洋发行的记载，南洋报刊有销售到岭南的事迹，二者之间的关联度有多深，也没有准确的测算结果。岭南报刊小说家有到南洋报刊工作的经历，岭南报刊小说有被南洋报刊转载的情况，岭南报刊小说有到南洋报刊推销、做广告的记录，二者之间是否相得益彰，也需要深入剖析。

从各报的启事、小说出世广告、书刊价目表等信息可知，岭南地区报刊与东南亚报刊互相帮助发行、转卖、宣传。岭南地区的报人、小说创作者往返于岭南与东南亚各国之间，创作小说连载于两地报刊。岭南与东南亚各地报刊间互相移载小说，为岭南报刊小说的流行得到新的媒体支持。这些材料反映的具体细节与问题，又将如何归纳整理，还需要专门的研究与探讨。

因体例与篇幅所限，岭南报刊小说研究尚未及之而又有意义的专题有：

近代岭南报刊小说所及岭南以外之人事、地理。近代岭南报刊小说以岭南人事、地理为主，但如前所述，并非固执一隅，在关心乡梓时，不忘国家，因此，对岭南以外的地理与人事也有着墨。如《砭群丛报》之《中国穑者传》《照胆镜》《亚东潮》《乌托邦之豪杰》《致富术》《碎珠圆镜录》等小说集中笔墨，以上海、南京两座城市为中心，辐射至长江流域和东南沿海地域之人事，从更广大的视野描写近代中国时局，歌颂有胆识与冒险、探索精神的新人，值得将之拿来与书写岭南人事与地理的小说进行比较：新人之"新"有何异同，地域之景观有何异同，人物之精神有何异同。

非岭南籍小说家如何写岭南之人事、地理。可以穷究"生在太平洋之滨、扬子江之尾，因哀时感事，自号古之伤心人"的长江流域作者，如何书写"极有本事"的"广东商人"[①]，如何写珠江之中洋人居住的沙面租界为何情景，如何书写美禁华工后广东拒约的情状，以及广东商人到南洋致富的事迹，进而可以比较，生长珠江流域的作者之创作与理论有何异同、创作技艺高下如何。

专注于岭南人事、地理的小说，与专注于书写岭南以外之域的人事、地理的小说相比，在文体特征与创作艺术选择上，有何异同。如《砭群丛报》的小说多以新章回小说的面貌见于报端，有以章节分者，有以回分者，有有章节回题者，有无章节标题者，在章回标题中，有二字为标，有七八字对偶题者，这点与岭南小说家书写岭南人事与地理者差别不大。但是，该报却以当时常见通行语体书写，开头多以"缘起""楔子"议论开头，除了无"有诗为证"的套路，基本上沿袭中国传统章回小说的做派。而岭南小说家则爱用白话语体，虽然使用"有诗为证"的外套，但内里却装满时新结

① 古之伤心人：《致富术》，《砭群丛报》1909年第3期。

构与创作思路。白描环境、场景化设置、戏剧性情节冲突，十分显著。《砭群丛报》注重长江流域，小说文本也走向殊途，这是什么原因呢？

与沿海报刊小说相对，沿长江、黄河流域的报刊小说创作成就如何，有何特点，生态如何，有待作深入、具体的对照。沿海、靠海的上海、天津、广州等地的报刊小说研究，已经获得了很大的成就，反映了沿海报刊小说的生态。可是，沿江河线路的近代报刊小说，又呈现出怎样的创作与传播形态呢？沿江河深入内地的近代报刊小说又处于什么样的生存状态呢？为什么内地报刊小说不如沿江河报刊小说，沿江河报刊小说又不如沿海片区呢？

最后，近代岭南报刊小说广告、小说理论资料与岭南报刊小说或近代小说的关系，及其地位、价值与贡献。在近代小说理论整理与研究方面，有陈平原、夏晓虹之《二十世纪中国小说理论资料》（第一卷）[①]，整理了黄世仲、黄伯耀和邱菽园（炜萲）的少量理论文献，但没有深入研究。刘良明等《近代小说理论批评流派研究》[②]涉及黄世仲、邱菽园（炜萲），但所用材料仍是学界所共知的少量理论资料。笔者原预计能整理出近代岭南报刊小说广告、小说理论资料约5万字，即能为研究提供不少佐证，以助于更好地认识近代岭南报刊小说选材、小说创作、小说评点、小说艺术特色、小说主旨等方面的新创。然而，随着整理的深入与拓展，光从1911年以前的《香港华字日报》这一份报刊，就录出超过5万字的小说广告以及小说理论资料，完全在意料之外。最终精选过后，近代岭南报刊小说广告、理论资料，也不少于20万字，如此一来，

① 陈平原、夏晓虹：《二十世纪中国小说理论资料》（第一卷），北京大学出版社1989年版。

② 刘良明、黎晓莲、朱殊：《近代小说理论批评流派研究》，武汉大学出版社2003年版。

设立一章专门讨论近代岭南报刊小说广告或小说理论与小说创作关系的设想,就显得过于武断了,因为一章的体量,不足以完整论述这些广告、理论资料的价值与意义。因此,整理出来的“近代岭南报刊小说广告、理论资料”须得到应有的重视。结合岭南报人小说家的理论思想,结合岭南报刊宣传小说的主流基调,结合岭南报人小说家创作的实践,从三个层面来深入岭南报刊小说理论研究,还要假以时日。

近代岭南报刊小说在当时的影响力远不如近代上海报刊小说,目前所整理出的近代岭南报刊小说数量也远不如近代上海报刊小说,近代岭南报刊小说研究亦远不如近代上海报刊小说研究的成果多、好。曾经,近代报刊小说整理与研究,远不如近代小说研究成果多、好。然而,随着时间的推移,发掘的资料越来越多,发现近代报刊小说越来越多,研究也从无到有,从隐到显。近代岭南报刊小说也是如此,总得要有开头,才有可能深入、深化、拓展,或许亦有由隐而显的一天。岭南报刊小说有诸多如近代小说一样存在的共性问题,但是,越来越多的作品证明,近代岭南报刊小说有其自身的活力,相信也能作为近代文学研究的增长点。总之,专门整理与研究近代岭南报刊小说,充实了近代小说数据库,也丰富了近代小说题材内容,对研究的细致化、具体化与全面性有积极意义。新史料不断出现,新小说不断涌出,冲击着研究视野,冲破了已有结论。

参考文献

一、基础文献

（一）报刊原件

《遐迩贯珍》、《香港华字日报》、《循环日报》、《述报》、《广报》、《岭南日报》、《中西日报》、《中西报》、《知新报》、《岭学报》、《中国旬报》、《中国日报》、《安雅书局世说编》、《岭东日报》、《文言报》、《真光月报》、《岭南女学新报》、《羊城日报》、《妇孺报》、《广东日报》、《美禁华工拒约报》、《女界灯学报》、《二十世纪军国民报》、《时事画报》、《世界公益报》、《天趣报》、《游艺报》、《唯一趣报有所谓》、《七十二行商报》、《潮声》、《东方报》、《国民报》、《国事报》、《孔圣会星期报》、《珠江镜》、《香港少年报》、《赏奇画报》、《广东白话报》、《农工商报》、《广东劝业报》、《广东戒烟新小说》、《广西官报》、《岭南白话杂志》、《社会公报》、《天铎》、《广粹旬报》、《中华新报》、《南越报附张》、《安雅报》、《光汉报》、《光华报》、《振华五日大事记》、《东莞旬报》、《半星期报》、《中外小说林》（含《粤东小说林》、《绘图中外小说林》）、《南报》、《南风报》、《广东中西星期报》、《博闻报》（广州）、《国华报》、《镜海丛报》、《香山旬报》、《现世史》、《新小说丛》、《砭群丛报》、《两广官报》。

（二）汇编、影印资料

爱汉者等：《东西洋考每月统记传》，中华书局，1997年。

《晚清珍稀期刊汇编》《晚清珍稀期刊续编》《中国早期白话报汇编》，全国图书馆文献缩微复制中心，2009年、2010年、2009年。

（三）数据库

晚清期刊全文数据库。

二、著作

英国柯南道尔著，吴门瘦鹃译：《福尔摩斯侦探案全集》第一册《血书》，北京：中华书局，1916年。

张静庐：《中国近代出版史料》，北京：中华书局，1957年。

阿英：《晚清文艺报刊述略》，上海：古典文学出版社，1958年。

《随笔》第一集，广州：广东人民出版社，1979年。

方汉奇：《中国近代报刊史》，太原：山西人民出版社，1981年。

朱传誉：《报人·报史·报学》，台湾：商务印书馆股份有限公司，1981年。

方积根、胡文英：《海外华文报刊的历史与现状》，北京：新华出版社，1989年。

时萌：《晚清小说》，上海：上海古籍出版社，1989年。

袁健、郑荣：《晚清小说研究概说》，天津：天津教育出版社，1989年。

史和、姚福申等：《中国近代报刊名录》，福州：福建人民出版社，1991年。

曾昭璇：《广州历史地理》，广州：广东人民出版社，1991年。

中国新闻社香港分社：《港澳台及海外华文报刊名录》，深圳：海天出版社，香港：香港中国新闻出版社，1993年。

魏绍昌、管林：《中国近代文学辞典》，郑州：河南教育出版社，1993年。

司徒尚纪：《广东文化地理》，广州：广东人民出版社，1993年。

黄佛颐：《广州城坊志》，广州：广东人民出版社，1994年。

钟贤培、王松涛:《广东近代文学史》,广州:广东人民出版社,1996年。

欧阳健:《晚清小说史》,杭州:浙江古籍出版社,1997年。

陈平原、夏晓虹:《二十世纪中国小说理论资料》(第一卷),北京:北京大学出版社,1997年。

郭延礼:《中国近代翻译文学概论》,武汉:湖北教育出版社,1998年。

邓毅、李祖勃:《岭南近代报刊史》,广州:广东人民出版社,1998年。

本社:《中国近代文学的历史轨迹》,上海:上海书店出版社,1999年。

方志强:《黄世仲大传》,香港:夏菲尔国际出版公司,1999年。

颜廷亮:《黄世仲与近代中国文学》,兰州:甘肃人民出版社,2000年。

黄伯耀、黄世仲:《中外小说林》,香港:夏菲尔国际出版公司,2000年。

郭延礼:《中国近代文学发展史》,北京:高等教育出版社,2001年。

(日)樽本照雄:《新编增补清末民初小说目录》,济南:齐鲁书社,2002年。

卓南生:《中国近代报业发展史》,北京:中国社会科学出版社,2002年。

管林等:《岭南晚清文学研究》,广州:广东人民出版社,2003年。

陈玉申:《晚清报业史》,济南:山东画报出版社,2003年。

刘良明、黎晓莲、朱殊:《近代小说理论批评流派研究》,武汉:武汉大学出版社,2003年。

李谷城:《香港中文报业发展史》,上海:上海古籍出版社,

2005年。

刘永文:《晚清小说目录》,上海:上海古籍出版社,2008年。

程丽红:《清代报人研究》,北京:社会科学文献出版社,2008年。

李彦东:《清末小说的生产与传播》,北京:中国文史出版社,2008年。

王洁群:《晚清小说中的西方器物形象》,湘潭:湘潭大学出版社,2009年。

王丹:《岭南画派大师高剑父》,广州:广东人民出版社,2009年。

陈平原:《中国现代小说的起点:清末民初小说研究》,北京:北京大学出版社,2010年。

(美)韩南:《中国近代小说的兴起》,上海:上海教育出版社,2010年。

李婉薇:《清末民初的粤语书写》,香港:三联书店(香港)有限公司,2011年。

张天星:《报刊与晚清文学现代化的发生》,南京:凤凰出版社,2011年。

张丽华:《现代中国"短篇小说"的兴起——以文类形构为视角》,北京:北京大学出版社,2011年。

颜廷亮:《黄世仲革命生涯和小说生涯考论》,北京:人民出版社,2012年。

范泉:《〈中国近代文学大系〉争鸣录》,上海:上海书店出版社,2012年。

汤克勤、李珊:《近代小说学术档案》,武汉:武汉大学出版社,2013年。

凌硕为:《新闻传播与近代小说之转型》,杭州:浙江大学出版社,2013年。

李卫华:《报刊传媒与清末立宪思潮》,北京:中国社会科学文献出版社,2013年。

广州博物馆、广东省立中山图书馆:《时事画报》,广州:广东人民出版社,2014年。

陈大康:《中国近代小说编年史》,北京:人民文学出版社,2014年。

戈公振:《中国报学史》,上海:上海古籍出版社,2014年。

李九华:《晚清报刊与小说传播研究》,北京:中国社会科学出版社,2014年。

刘颖慧:《晚清小说广告研究》,北京:人民出版社,2014年。

曾昭璇:《岭南史地与民俗》,广州:广东人民出版社,2015年。

耿淑艳:《岭南古代小说史》,北京:社会科学文献出版社,2015年。

张天星:《报刊与中国文学的近代转型(1833—1911)》,上海:复旦大学出版社,2015年。

左鹏军:《岭南文献与文学考论》,广州:中山大学出版社,2016年。

阿英:《晚清小说史》,南京:江苏凤凰文艺出版社,2017年。

李礼:《转向大众:晚清报人的兴起与转变(1872—1912)》,北京:北京师范大学出版社,2017年。

刘小刚:《清末民初翻译文学中的西方形象》,杭州:浙江大学出版社,2017年。

胡全章:《近代报刊与诗界革命的渊源流变》,北京:北京大学出版社,2017年。

冯天瑜、黄长义:《中国文化近代转型的内因与外力》,北京:中国社会科学出版社,2017年。

李文杰:《中国近代外交官群体的形成(1861—1911)》,北京:生活·读书·新知三联书店,2017年。

瞿俊:《天下为学说裂:清末民初的思想革命与文化运动》,北京:社会科学文献出版社,2017年。

陈大康:《中国近代小说史论》,北京:人民文学出版社,2018年。

陈平原:《左图右史与西学东渐——晚清画报研究》,北京:生活·读书·新知三联书店,2018年。

郭浩帆:《近代报刊视野下中国小说转型研究》,北京:科学出版社,2018年。

关爱和:《中国近代文学论文集·小说卷》,苏州:苏州大学出版社,2018年。

赵斌:《中国近现代小说中的时间问题研究》,上海:复旦大学出版社,2020年。

胡全章、李向阳:《中国近代文学十二讲》,北京:中国大百科全书出版社,2021年。

三、学位论文

方晓红:《晚清小说与晚清报刊发展关系研究》,南京师范大学博士学位论文,2000年。

刘永文:《晚清报刊小说研究》,上海师范大学博士学位论文,2004年。

陈清茹:《光绪二十九年(1903)研究》,华东师范大学博士学位论文,2004年。

杨凯:《中国近代报刊中的翻译小说研究》,华东师范大学博士学位论文,2006年。

高瑷姝:《新民理想浇灌出的奇葩——〈新小说〉》,苏州大学硕士学位论文,2008年。

白薇:《清代中后期广东地区通俗小说研究》,暨南大学硕士学位论文,2008年。

阚文文:《晚清报刊翻译小说研究——以八大报刊为中心》,华东师范大学博士学位论文,2008年。

耿淑艳:《岭南古代通俗小说研究》,中山大学博士学位论文,2009年。

于思见:《清末民初科学与侦探短篇小说研究》,上海师范大学硕士学位论文,2009年。

邓大情:《广州与上海:近代小说中的商业都会》,上海师范大学博士学位论文,2010年。

邹小娟:《1900年代中国小说中的西方形象研究》,武汉大学博士学位论文,2011年。

阳林碧:《〈岭南逸史〉研究》,广州大学硕士学位论文,2011年。

钟燕:《〈蜃楼志〉研究》,广州大学硕士学位论文,2011年。

祝云赛:《清末民初报刊言情小说研究——兼论古代言情小说传统的创造性转化》,复旦大学硕士学位论文,2011年。

陈伦文:《近代在日中文报刊小说研究》,上海师范大学硕士学位论文,2011年。

黄冬秀:《岭南晚清民初梁纪佩小说研究》,广州大学硕士学位论文,2012年。

丁合林:《近代小说传播研究》,河北大学博士学位论文,2012年。

尚绍英:《论〈文明小史〉的西方文明形象与中国文明形象的自我建构》,湘潭大学硕士学位论文,2013年。

史路:《晚清印刷技术的演变及原因探究》,上海交通大学硕士学位论文,2013年。

郑晓宇:《清代〈红楼梦〉在岭南地区的传播与接受》,暨南大学硕士学位论文,2013年。

贺丹:《邵彬儒劝善小说研究》,南昌大学硕士学位论文,2014年。

赵圆苑:《清末民初上海地区书局与小说的传播研究》,上海师范大学硕士学位论文,2014年。

付莉:《改写理论视阈下晚清报刊〈新小说〉中翻译小说研究》,华中师范大学硕士学位论文,2014年。

万文佳:《晚清报刊小说广告与小说的发展》,上海师范大学硕士学位论文,2015年。

孙晓艳:《晚清上海报刊传播中的文言小说研究——以《淞隐漫录》和《太仙漫稿》为中心》,南京师范大学硕士学位论文,2015年。

温素娜:《广东近代小说与中国早期现代性的发生》,暨南大学硕士学位论文,2015年。

郭琳:《近代报(刊)载笔记体小说研究》,华东师范大学硕士学位论文,2016年。

刘晓宁:《近代岭南报刊小说研究》,暨南大学硕士学位论文,2016年。

赵敏:《清末民初广州〈时事画报〉研究》,暨南大学硕士学位论文,2016年。

谭威红:《清代岭南文言小说研究》,暨南大学硕士学位论文,2018年。

万千:《〈绣像小说〉杂志及所刊小说研究》,暨南大学硕士学位论文,2018年。

牛志威:《晚清粤港小说研究》,华东师范大学博士学位论文,2018年。

李梦玲:《近代岭南报刊翻译小说研究》,暨南大学硕士学位论文,2020年。

四、其他论文

谭汝俭:《四十七年来广东报业史概略》,《香港华字日报》之《七十一周年纪念刊》,1934年。

谭卓垣:《广州定期刊物的调查》(1827—1934),《岭南学报》1935年第3期。

安英:《民初小说发展的过程》,《新东方杂志》1941年第3期。

方汉奇:《我国早期报纸上的连载小说》,《新闻业务》1962年第9期。

李默:《辛亥革命时期广东报刊录》,《新闻研究资料》1979年第1期至1980年第2期。

黄培勋:《"新闻小说"设想》,《文谭》1983年第2期。

陈剑晖:《岭南小说风格试论》,《社会科学战线》1983年第1期。

陈剑晖、郭小东:《再论岭南小说风格》,《广州研究》1984年第6期。

方正耀:《晚清小说的新闻特点》,《明清小说研究》1989年第2期。

王祖献:《外国小说与清末民初小说艺术的近代化》,《安徽大学学报》1989年第4期。

袁荻涌:《西方侦探小说在近代中国》,《云南教育学院学报》1991年第4期。

程翔章:《近代翻译小说选题简论》,《外国文学研究》1993年第1期。

李频:《小说连载的早期摸索——中国期刊史札记之四》,《出版科学》1996年第3期。

罗嘉慧:《试论近代商品经济演化与近代小说的繁荣》,《中山大学学报》1997年第4期。

邓毅:《近代岭南报刊评介》,《图书馆论坛》1997年第5期。

程华平:《近代小说观念的转化与报刊业的作用》,《华东师范大学学报(哲学社会科学版)》1998年第2期。

方晓红:《报刊小说的产生与特点》,《新闻记者》1998年第6期。

方晓红:《晚清小说与报刊媒体发展之关系》,《江海学刊》1998年第5期。

颜琳:《报刊的出现与连载小说的兴起》,《怀化师专学报》2000年第3期。

王松涛:《论岭南晚清文学的特质》,《岭南文史》2000年第2期。

苗怀明:《从公案到侦探——论晚清公案小说的终结与近代侦探小说的生成》,《明清小说研究》2001年第2期。

颜琳、於可训:《报刊的出现与连载小说的兴起》,《山西师大学报(社会科学版)》2001年第1期。

宋晖:《近代报刊与小说的勃兴》,《江西师范大学学报》2001年第1期。

颜琳:《二十世纪初期连载小说兴盛原因探析》,《山西师大学报(社会科学版)》2002年第3期。

刘永文:《晚清报刊小说的传播与发展》,《社会科学辑刊》2003年第1期。

王燕:《近代中国原创侦探小说》,《齐鲁学刊》2003年第2期。

郭浩帆:《中国近代小说杂志界说》,《济南大学学报》2003年第1期。

袁进:《近代短篇小说的崛起》,《上海大学学报(社会科学版)》2003年第4期。

李九华:《论晚清文艺期刊与小说繁荣》,《宁夏大学学报(人文社会科学版)》2003年第5期。

李德超、邓静:《清末民初对外国短篇小说的译介(1898—

1919)》,《中国翻译》2003年第6期。

郭浩帆:《清末民初小说与报刊业之关系探略》,《文史哲》2004年第3期。

郭浩帆:《温床:近代新闻事业对小说报刊的发生学意义》,《济南大学学报(社会科学版)》2004年第1期。

郭延礼:《重新认识中国近代小说》,《厦门教育学院学报》2004年第3期。

梁凤莲:《岭南文学追求中的文化内涵》,《广东行政学院学报》2004年第3期。

苏建新、陈水云:《〈岭南逸史〉:一部〈三国演义〉化的才子佳人小说》,《嘉应学院学报》2004年第4期。

梁凤莲:《试论岭南文学的文化意蕴与审美意识》,《广东教育学院学报》2004年第4期。

辜美高、严晓薇:《清末新加坡〈叻报〉附张的小说》,《上海师范大学学报(哲学社会科学版)》2005年第1期。

刘永文、吴潇:《晚清报刊中的小说宝藏——以〈神州日报〉为个案》,《明清小说研究》2005年第1期。

郭浩帆:《近代小说杂志发展轨迹略述》,《济南大学学报》2005年第2期。

李彦东:《文艺报刊还是报刊文学——从早期申报馆的小说刊载说起》,《天津社会科学》2005年第5期。

李静:《晚清报刊业的勃兴与近代小说的多元嬗变》,《青海师范大学学报(哲学社会科学版)》2005年第6期。

方晓红:《论梁启超的报刊理论与小说理论之关系》,《江苏社会科学》2006年第1期。

王永霞:《侦探小说在近代中国的传播和影响》,《天水师范学院学报》2006年第4期。

朱秀梅:《"小说界革命"与晚清短篇小说的崛起》,《南阳师范学院学报(社会科学版)》2006年第5期。

莫春姣:《报刊传媒对中国近代小说的影响》,《黑龙江生态工程职业学院学报》2006年第4期。

胡全章:《吴趼人短篇小说创作的文学史意义》,《许昌学院学报》2007年第1期。

耿淑艳:《岭南孤本圣谕宣讲小说〈谏果回甘〉》,《岭南文史》2007年第1期。

贺根民:《晚清报刊小说的分类和审美趋向》,《唐都学刊》2007年第2期。

耿淑艳:《论岭南小说〈俗话倾谈〉之文体形态》,《广州大学学报(社会科学版)》2007年第3期。

耿淑艳:《岭南晚清小说家邵彬儒生平著作考》,《文献》2007年第3期。

郭浩帆:《晚清印刷技术的提高及其对小说的影响》,《贵州大学学报(社会科学版)》2007年第4期。

许翼心:《近代报业怪杰 文界革命先锋——爱国报人、作家郑贯公百年祭》,《学术研究》2007年第7期。

耿淑艳:《一部被湮没的岭南晚清小说〈宣讲余言〉》,《广州大学学报(社会科学版)》2007年第8期。

汤克勤:《论〈岭南逸史〉的小说类属和文史意义》,《嘉应学院学报》2007年第5期。

耿淑艳:《稀见岭南晚清圣谕宣讲小说〈宣讲博闻录〉》,《韩山师范学院学报》2007年第5期。

周凌云、温明明:《论清末"谴责小说"受报刊传媒之影响》,《明清小说研究》2007年第4期。

李婉薇:《兼通雅俗,曲线启蒙——〈唯一趣报有所谓〉的粤语写作》,《中国现代文学研究丛刊》2008年第1期。

何轩:《晚清八股取士的废止与新小说的兴起》,《湖南科技学院学报》2008年第2期。

陈方竞:《新兴都市上海文化·报刊出版·新小说流变——清末民初上海小说论(上)》,《福建论坛(人文社会科学版)》2008年第9期。

郭晴云:《近代期刊对小说叙事结构的选择》,《山东文学》2009年第4期。

谢仁敏:《中国传统小说批评的现代转型——以晚清报刊小说评点为视角》,《青海师范大学学报(哲学社会科学版)》2009年第4期。

杨琴:《吴趼人小说的岭南文化特色》,《时代文学(下半月)》2009年第10期。

邓颖芝:《近代传教士岭南办报与中国报刊的近代化》,《安庆师范学院学报(社会科学版)》2009年第10期。

何宏玲:《近代上海狭邪小说的报刊化写作与小说变革》,《江苏社会科学》2009年第6期。

谢仁敏:《晚清南洋革命派的小说观念及小说品格——以新加坡〈中兴日报〉为样本》,《东南亚研究》2009年第6期。

杜春燕:《声音·报刊·小说——论晚清新小说在下层社会的传播》,《中国文学研究》2009年第2期。

李世举:《公共领域建构与晚清报刊小说社会批判的强化》,《新闻界》2010年第1期。

雷永莉:《浅谈晚清小说繁荣与报纸连载的关系》,《新闻采编》2010年第1期。

包莉秋:《从1895—1916年小说报刊的办刊宗旨看近代小说的功用观》,《西华师范大学学报(哲学社会科学版)》2010年第3期。

田玲:《近代外国文学对中国小说创作的影响》,《北方论丛》2010年第4期。

刘晓军、谭帆:《新闻意识与商业行为——报刊连载对清末民初章回小说文体的影响》,《中国文学研究》2010年第4期。

张袁月:《从报刊媒体影响看王韬的小说》,《明清小说研究》2010年第4期。

于洁:《晚清报载短篇小说刍议》,《延边教育学院学报》2010年第6期。

耿淑艳、谢小丽:《清代中后期岭南地方故事集》,《广州大学学报(社会科学版)》2011年第1期。

朱秀梅:《文学史视野下的清末南方白话报刊小说》,《井冈山大学学报(社会科学版)》2011年第3期。

耿淑艳:《从边缘走向先锋:岭南文化与岭南小说的艰难旅程》,《明清小说研究》2011年第3期。

东甫:《怪异的"小说"——〈近代报刊小说目录〉指瑕》,《阅读与写作》2011年第12期。

梁淑雯:《公共领域与文艺报刊:晚清"乌托邦话语"形成之考察》,《文艺理论研究》2012年第1期。

刘颖慧:《晚清报刊中的小说广告——以晚清时期报刊所载小说广告为中心》,《西安社会科学》2012年第1期。

邹欣星、黄娄边:《晚清小说的"未来想象"与民族主义思潮》,《燕山大学学报(哲学社会科学版)》2012年第1期。

刘颖慧:《广告传播学视野下的晚清小说——以晚清报刊小说广告为中心的探讨》,《理论导刊》2012年第4期。

刘颖慧:《报刊小说广告与晚清书局的小说营销网络》,《西安社会科学》2012年第2期。

王国伟:《以吴趼人小说为中心看晚清新闻体小说的特色》,

《济南大学学报(社会科学版)》2012年第3期。

陈大康:《翻译小说在近代中国的普及》,《文艺理论研究》2012年第3期。

姚达兑:《晚清方言小说兴衰刍论》,《文学评论》2013年第2期。

常恒畅、杨雨:《近代阅报社研究》,《湖南社会科学》2013年第2期。

陈大康:《论“小说界革命”及其后之转向》,《文学评论》2013年第6期。

魏金婷:《从广告学角度浅析晚清报刊小说广告及文学价值》,《长春工业大学学报(社会科学版)》2014年第1期。

陈才训:《论读者对晚清民初翻译小说文本形态的潜在影响》,《文艺研究》2014年第2期。

刘颖慧:《报刊搜书、征文广告对晚清小说创作的影响——以早期〈申报〉所载小说广告为中心》,《陕西师范大学学报(哲学社会科学版)》2014年第2期。

文际平:《岭南文化特质与吴研人的小说创作和职业选择》,《文史春秋》2014年第10期。

周玉华:《从〈申报〉小说征文广告效应看清末报刊转型》,《东方论坛》2014年第5期。

杨吉风:《晚清报刊小说折射出的中西文化交融》,《编辑之友》2014年第11期。

纪德君:《清末报载小说叙事“新闻性”探究》,《求是学刊》2015年第1期。

赵战花:《社会动员视阈下的清末粤语报刊——以〈唯一趣报有所谓〉为考察中心》,《暨南学报(哲学社会科学版)》2015年第1期。

盛洪岩:《晚清报刊小说发展研究》,《兰台世界》2015年第4期。

陈大康:《论近代翻译小说》,《文学评论》2015年第2期。

王洪泉:《晚清民初翻译小说编辑出版的生态透视》,《编辑之友》2015年第4期。

黎藜:《启蒙使命推动下的清季岭南报刊俗化》,《中国出版》2015年第17期。

程华平:《近代小说家的身份意识与小说创作的新变》,《明清小说研究》2015年第4期。

王龙洋:《论近代报刊与小说文体变革》,《江西师范大学学报(哲学社会科学版)》2015年第6期。

黎藜:《〈香港少年报〉岭南末世救赎管窥》,《广州大学学报(社会科学版)》2016年第2期。

侯运华:《论民初文学报刊的独特风貌——以〈民权报〉〈小说丛报〉为例》,《汉语言文学研究》2016年第1期。

程国赋、刘晓宁:《论清末粤汉铁路风潮对粤港地区报业的影响》,《新闻界》2016年第7期。

管冠生:《谈晚清新小说的趣味叙事》,《天中学刊》2016年第3期。

段军、田又萌:《新闻叙事与文学创作的融合——以中国文学作品为例》,《新闻战线》2016年第20期。

张振国:《绵亘于传统与现代之间——论民初报刊文言短篇小说的精神特质》,《成都大学学报(社会科学版)》2016年第5期。

王双腾:《清末报刊中小说分类的兴起与演变》,《安庆师范学院学报(社会科学版)》2016年第5期。

耿传明、于冰轮:《清末报刊与文学的共生性繁荣与世界的"图象化"》,《南开学报(哲学社会科学版)》2017年第1期。

孙利迎:《小说群治理想的历史实践——以梁启超对岭南现代小说的影响为考察中心》,《学术评论》2017年第1期。

陆广民:《现代报刊传媒的出现与小说的文学回归——从吴

跰人的小说创作看晚清报刊小说的现代性变革》,《当代文坛》2017年第2期。

刘晓宁:《清末岭南画报中的小说及创作群体——以〈时事画报〉为主要考察对象》,《百色学院学报》2017年第2期。

鲍国华:《作为方法的报刊——晚清报刊文献与中国小说转型研究的可能性》,《社会科学辑刊》2017年第3期。

康鑫:《晚清民国时期报人小说与报刊新闻的互文性》,《中国现代文学研究丛刊》2017年第5期。

李亚娟:《晚清报刊小说格局新变述略》,《编辑之友》2017年第6期。

李云:《近代新闻文体的兴起对小说的影响》,《明清小说研究》2017年第3期。

陈大康:《论近代小说的转载现象》,《文学遗产》2017年第4期。

孙文杰:《论清代书业传媒广告的特征》,《新闻研究导刊》2017年第17期。

陈大康:《论近代日报小说》,《文学评论》2017年第4期。

夏晓虹:《晚清"新小说"辨义》,《文学评论》2017年第6期。

俞凡、陈芬:《论近代中国新闻商品性理论之源起与演变》,《兰州大学学报》2018年第3期。

黄棣:《岭南文言小说集〈宣讲博闻录〉》,《汉字文化》2018年第21期。

包中华:《〈二十世纪中国小说理论资料〉(1897—1916)报刊部分匡补》,《文学研究》2019年第1期。

李玉宝、刘永文:《建国后七十年近代报刊小说研究述评》,《聊城大学学报(社会科学版)》2019年第4期。

刘晓宁、程国赋:《新发现的近代岭南报刊小说史料》,《明清小说研究》2019年第4期。

文迎霞:《作为传播策略的文体选择——论19世纪传教士中文报刊的小说刊载》,《合肥学院学报(综合版)》2020年第1期。

洪晓芳:《晚清报刊与晚清小说发展研究》,《科技传播》2020年第6期。

周仕敏、程国赋:《晚清粤方言小说:岭南文化空间与时间意义的交汇》,《华南师范大学学报(社会科学版)》2020年第3期。

周仕敏:《清末报刊粤方言小说的"新小说"本色》,《中国社会科学报》2020年8月17日。

陈大康:《统计与文学研究》,《复旦学报(社会科学版)》2020年第5期。

周仕敏、程国赋:《晚清粤方言小说的"感觉真实"与"历史真实"》,《学术研究》2020年第3期。

附 录

附录一：近代岭南报刊小说一览表

统计说明：

1. 本表数据以笔者调查到的第一手资料为基础统计，参照陈大康《中国近代小说编年史》、刘永文《晚清小说目录》篇目。

2.《时事画报》《国民报》《南越报附张》等3份报刊在1911年以前创办、停刊于1919以前，1912年以来发表的小说另表统计，见“附录二”。

3. 小说刊发时间：报纸按年月日录入，期刊按第几年第几期录入。

4. 原报刊中列入“小说”而实际上是戏剧、传奇、班本等其他文体者，不列入本表的统计范围。

5. 在附张中排印、后出单行本者未列入本表。

序号	报刊名	篇名	原著作者	期号或日期	栏目名	小说类型
1	1872香港华字日报	法国著名包探案红茶花	晴岚山人译意，铁血国民润文	1904.4.1—10.3	广智录	
2		澳斯科奇案（后改名《花富庐奇案》）	晴岚山人译意，铁血国民润文	1904.10.12—1905.3.4	广智录	

（续表）

序号	报刊名	篇名	原著作者	期号或日期	栏目名	小说类型
3	1872香港华字日报	李觉出身传		1905.3.10—1906.2.14	广智录	
4		绣鞋记	花世界主	1905.8.4—8.5	说部	
5		美人发	晴岚山人译， 独立山人编	1906.2.23—8.30	广智录	
6		花酒梦		1906.9.14—9.15	广智录	
7		剧盗遗嘱	灵、虬合译	1906.9.18—1907.10.22	广智录、精华录	
8		红手党		1907.2.20? —2.21	说部	
9		美人黄鹤		1907.2.17—1909.2.4	广智录、精华录	惊奇小说
10		马学士能医两妒妇	佩述	1907.10.8—10.9		短篇小说
11		东莲院	插萸人译，昙梦生编	1907.12.12—12.19	精华录	奇情小说
12		女权砭	自孙	1908.12.31	精华录	短篇小说
13		金不换	晴岚山人译	1909.2.10? —7.5		法国奇书
14		中国之武仙(士)道	仙乎	1909.2.17—2.26	精华录	短编小说
15		疑怪	仙乎	1909.3.25—4.3	精华录	讽时小说
16		围捕	仙乎	1909.4.13	精华录	解颐小说
17		恶少大闹北京鼠花庄	非非	1909.9.11	精华录	时事小说

（续表）

序号	报刊名	篇名	原著作者	期号或日期	栏目名	小说类型
18	1872香港华字日报	麻雀侦探	何汉斧译	1910.1.4—1.6	精华录	小说
19		侦探和尚	毓云译	1910.1.7	精华录	小说
20		□□术	何汉斧译	1910.1.11	精华录	小说
21		混闹	博郎	1910.2.20	精华录	小说，□事写美
22		官赌之怪现象	毛凤翔来稿	1910.2.28	精华录	写真小说
23		换帖	寄公	1910.3.3	精华录	短篇小说
24		魔妻		1910.4.26	精华录	短篇小说，警世
25		梨园剧	顺邑何汉斧译	1910.4.30—7.4	精华录	最新侦探小说
26		奇盗案	绪贤译	1910.7.7—7.9	精华录	最新侦探小说
27		无声枪	毓云译	1910.7.19—10.3	精华录	侦探小说
28		归来燕	仙乎	1910.10.13	精华录	短篇小说
29		侠义之看护妇	何汉斧译	1910.11.1—11.5	精华录	小说
30		长堤苦	绪贤译	1910.11.22—1911.1.18	精华录	侦探小说

（续表）

序号	报刊名	篇名	原著作者	期号或日期	栏目名	小说类型
31	1872香港华字日报	天伦乐	何汉斧译	1911.2.21—4.26	精华录	侦探小说
32		魔屋		1911.5.8—5.10		侦探小说
33		黑劫	何汉斧译	1911.5.26—6.7		侦探小说
34		智囊	何汉斧译	1911.6.13—6.20		侦探小说
35		银行失窃案	唐臣来稿	1911.9.2	精华录	短篇小说
36		金牙记	菽园	1911.10.25—10.30	精华录–说苑	短篇小说
37	1900安雅书局世说编	智醒迷龙		1901.7.24—7.25	本省纪闻·民事	
38		勇爷私逃		1901.7.31	本省纪闻·民事	
39		烦恼秀才		1901.8.16	本省纪闻·民事	
40		殇儿救母		1901.8.30	本省纪闻·民事	
41		导淫孽报		1901.8.31	本省纪闻·民事	
42		夫妇道苦		1901.9.5	本省纪闻·民事	
43		是真是幻		1901.9.10	本省纪闻·民事	
44		骗中骗		1901.9.23	本省纪闻·民事	

（续表）

序号	报刊名	篇名	原著作者	期号或日期	栏目名	小说类型
45	1900安雅书局世说编	琉璃世界		1901.9.25—9.27	本省纪闻·民事	
46		老尚多情		1901.10.23	本省纪闻·民事	
47		古董奇谈		1901.10.30	本省纪闻·民事	
48		夫也不良		1901.11.1	本省纪闻·民事	
49		珠江狮吼		1901.11.1	本省纪闻·民事	
50		同名被祟		1901.11.2	本省纪闻·民事	
51		口腹之累		1901.11.4	本省纪闻·民事	
52		伧父解嘲		1901.11.4	本省纪闻·民事	
53		偷儿巧窃		1901.11.6	本省纪闻·民事	
54		述鬼趣图		1901.11.6	本省纪闻·民事	
55		负痴情		1902.1.1—1.3	杂著附录	
56		以身试法		1902.1.7	杂著附录	
57		盘上人头		1902.1.15—1.16	杂著附录	
58		书娟娘事		1902.2.1	杂著附录	
59		千一夜夫妻		1902.9.27	杂著附录	新译泰西新小说

（续表）

序号	报刊名	篇名	原著作者	期号或日期	栏目名	小说类型
60	1900 中国日报	侦探美人谈	驻东访员译	1904.5.10—5.12		
61		黄金藏	英国哈葛德原著，香港中国报编译	1907.1.15—1908.2.16		
62		活地狱	法国文豪威尔曼著，香港中国日报编译	1907.3.6—3.17		国民小说
63		窃马贼		1907.3.23		短篇小说
64		几道山恩仇记（上编）	法国亚历山大仲马著，中国抱器室主译	1907.9.9—		
65		情侠		1907.9.9		民族小说
66		鬼王会		1907.9.10—9.11		怪诞小说
67		打		1907.11.23—11.25		辟疫小说
68		厌世之富翁	英国霍尔克尼著	1907.12.17		短篇小说
69		钱神		1907.12.18—12.19		短篇小说
70		无形骗		1908.1.14—1.15		近事小说
71	1900 中国旬报	奉俄皇命记		1900 年第 25 期—第 27 期	小说	
72	1902 真光月报	渐渐女仙	湛罗弼译	1906 年第 2 期	小说	

（续表）

序号	报刊名	篇名	原著作者	期号或日期	栏目名	小说类型
73	1902 羊城日报	情天恨		1906.3.29		艳情小说
74		珠玑巷	欧博明	1909.8.4		
75	1902 文言报	露漱格兰小传		1902年第15期—第16期		
76		卓舒及马格利传	法士贾雨	1902年第16期		
77	1903 潮州白话报	英雄爱国记		1903年第1期—第3期	小说	
78	1904 广东日报	朱一贵		1905.5.4—5.26	小说	
79		一掬血	伟	1905.7.26	短篇小说	
80		樱花梦	伟	1905.7.28		记事小说
81		百合花	选录	1906.1.4—1.8	小说	记事小说
82	1905 女界灯学报	丽娘	女雄	1905年第3期		小说
83	1905 唯一趣报有所谓	佳人泪	亚父	1905.7.20—7.28	小说林	艳情小说
84		天涯恨	亚斧	1905.7.31—8.7	小说林	政治小说
85		阎应元	萍初四郎	1905.8.8—8.21	小说林	民族伟人（白话）
86		巾帼魂	亚斧	1905.8.24—9.4	小说林	任侠小说

（续表）

序号	报刊名	篇名	原著作者	期号或日期	栏目名	小说类型
87	1905唯一趣报有所谓	闷葫芦	亚斧	1905.11.20—12.2	小说林	义侠小说
88		郑生	死国青年	1905.12.8—12.10	小说林	意匠小说
89		海底针	亚斧	1906.1.29—2.7	小说林	侦探小说
90		茅店月	亚斧	1906.2.10—2.11	小说林	义侠小说（短篇）
91		牛背笛	亚斧	1906.2.16—2.17	小说林	短篇小说
92		七王会	英国那文辖原著，励学教员白光明译意、洪亮臣润词[①]	1906.2.19—7.3	小说林	侦探小说
93		鬼林	英国堪士原著，励学学校同人白光明、马振声合译	1906.2.20—3.3	小说林	侦探小说
94		千钧一发	粗斧	1906.2.21—3.3	小说林	冒险小说
95		秃	亚斧	1906.3.19	小说林	短篇小说
96		贼	斧	1906.3.23—3.26	小说林	义侠小说

① 后署名有变更，如“励学教员白光明译意，开智社易侠血润词”。

（续表）

序号	报刊名	篇名	原著作者	期号或日期	栏目名	小说类型
97	1905唯一趣报有所谓	新妇智	侠	1906.5.17	小说林	离奇小说
98		巴上刀	斧	1906.5.18	小说林	短篇小说
99		肝胆镜	斧	1906.5.28—6.2	小说林	义侠小说
100		专制果	粗斧	1906.6.29—7.4	小说林	盲情小说
101		火坑莲	英国威廉臣原著，励学学校教员白光明译、开智社西桥头钓徒润词[①]	1906.3.4—7.9	小说林	艳情小说
102	1905游艺报	欧亚通		1905.7.9—?		
103		无聊斋		1905.7.11—?		
104		侦探案撮要		1905.7.13—?		
105	1905时事画报	廿载繁华梦	小配撰	1905年第7期—1907年第26期		近事小说
106		艳镜	白光明译意、赖亦陶润词	1906年第27期—1907年第5期		侦探小说
107		老妪泪	浣白女士	1906年第29期	短篇小说	

① 署名有更换，如“英国威廉臣原著，开智社白光明译述、鲜芙氏润词”。

（续表）

序号	报刊名	篇名	原著作者	期号或日期	栏目名	小说类型
108	1905时事画报	纨绔镜	啸虎来稿	1906年第30期	短篇小说	短篇小说
109		瞒瘾	亚退	1906年第30期		白话写生小说
110		无私会	剑	1906年第32期、第33期		喻言小说
111		长辫梦	铁苍	1906年第34期		短篇小说
112		捉贼	示武	1907年第1期	短篇小说	
113		棋贼	述奇	1907年第2期	短篇小说	
114		肉枕	振聩	1907年第3期	短篇小说	
115		一夕之险影	法国Courier著，中国燕红生译	1907年第3期		短篇小说
116		骗之骗	述奇	1907年第4期	短篇小说	
117		骗又骗	述奇	1907年第5期	短篇小说	
118		医之神用	剑	1907年第5期		心理小说
119		骗上骗	述奇	1907年第6期	短篇小说	
120		色魔	铁龛	1907年第7期	短篇小说	喻言小说
121		冯秋绮	述奇	1907年第7期	短篇小说	

（续表）

序号	报刊名	篇名	原著作者	期号或日期	栏目名	小说类型
122	1905时事画报	孖指印	述奇	1907年第9期	短篇小说	
123		玉蟾蜍	述奇	1907年第10期	短篇小说	
124		精卫冤	溥	1907年第12期		近事小说
125		女昙花	溥	1907年第12期		近事小说
126		烟猪	述奇	1907年第15期	短篇小说	
127		错认夫婿	述奇	1907年第16期	短篇小说	
128		秀才娘	述奇	1907年第19期	短篇小说	
129		鬼侦探	述者亚剑	1907年第20期	短篇小说	
130		健蟀	美魂女士	1907年第21期		喻言小说
131		党人碑		1907年第22期—1908年第17期		近事社会小说
132		箱中尸	述奇	1907年第22期—第33期		最近侦探小说
133		科举梦	陶	1907年第24期	短篇小说	
134		晏起	述奇	1907年第26期	烟魔镜	绝妙写真短篇小说

（续表）

序号	报刊名	篇名	原著作者	期号或日期	栏目名	小说类型
135	1905时事画报	中国魂	奇	1907年第27期		滑稽短篇小说
136		封女摊	述奇	1907年第32期		最新短篇小说
137		谁薄幸	哲	1907年第29期—1908年第3期	短篇小说	言情小说
138		家之盗	非	1908年第1期		短篇小说
139		警警警	喆	1908年第2期		短篇小说 近事小说
140		驱鬼	少琼	1908年第5期	短篇小说	警幻小说
141		械斗	喆	1908年第6期		社会小说 尚武精神
142		蒙馆	喆	1908年第7期	短篇小说	社会小说 尚武精神
143		争花	喆	1908年第8期		社会小说 尚武精神
144		女权	喆	1908年第9期		滑稽小说 尚武精神
145		兄弟	喆	1908年第10期	短篇小说	社会小说 尚武精神

（续表）

序号	报刊名	篇名	原著作者	期号或日期	栏目名	小说类型
146	1905时事画报	技勇	喆	1908年第11期		社会小说 尚武精神
147		竞渡	喆	1908年第12期		社会小说 尚武精神
148		贱格鬼	喆	1908年第14期	短篇小说	寓言小说
149		七夕谈	劳人	1908年第16期	短篇小说	明日黄花之
150		国会潮	劳人	1908年第20期		没头没尾的小说
151		野蛮怪状	小配著	1908年第20期—1909年第1期		风俗小说
152		公堂	劳人	1908年第21期	短篇小说	社会小说 活地狱
153		烟窟	劳人	1908年第23期	短篇小说	社会小说 活地狱
154		古井潮	救人	1908年第24期	短篇小说	趣致小说
155		三绝	劳人	1908年第25期	短篇小说	喻言小说
156		尊制	子民	1908年第27期	短篇小说	
157		天上之国丧	录神洲报	1908年第28期	短篇小说	神怪小说

（续表）

序号	报刊名	篇名	原著作者	期号或日期	栏目名	小说类型
158	1905时事画报	过去及现在	劳人	1908年第30期	短篇小说	滑稽小说
159		牛仔佛	佛仇	1908年第30期	短篇小说	神怪小说
160		鸡谈	美魂女史	1909年第1期		警世小说
161		军装	劳人	1909年第1期	短篇小说	趣致小说 蠢侦探
162		现在及将来	劳人	1909年第2期		滑稽小说
163		国侠魂		1909年第3期—第15期		侠烈小说
164		满街革命党满街侦探	劳人	1909年第5期		趣致小说 蠢侦探
165		吞产案	少琼	1909年第6期		短篇小说
166		轮船	劳人	1909年第7期	短篇小说	趣致小说 蠢侦探
167		反心贼	自觉	1909年第10期	小说	短篇小说 诛奸小说
168		钢矛记	英国索士比亚著， 中国真如室主译	1909年第16期、第18期		名家小说
169		官样	中国无恙著	1909年第16期—1910年第4期		近事演义

（续表）

序号	报刊名	篇名	原著作者	期号或日期	栏目名	小说类型
170	1905时事画报	摄青鬼	苍生	1910年第4期	短篇小说	
171	1905天趣报	海上花　吴蕊兰	著者司花	1910.11.23	虞初语	杂志小说
172		海上花　刘金枝	著者司花	1910.11.24	虞初语	短篇小说
173		海上花　王可卿	著者司花	1910.11.26	虞初语	短篇小说
174		海上花　李蕴玉	著者司花	1910.12.1	虞初语	短篇小说
175		海上花　金绣麟	著者司花	1910.12.2	虞初语	
176		海上花　姚嫩嫩	著者司花	1910.12.3	虞初语	
177		海上花　张月仙	著者司花	1910.12.5	虞初语	
178		怜香报	景溪一郎	1910.12.7	虞初语	
179		某青衣女		1910.12.8、12.9	虞初语	
180		华十五		1910.12.13	虞初语	
181		海上花　王宝宝	著者司花	1910.12.14	虞初语	
182		海上花　朱素英	著者司花	1910.12.15	虞初语	
183		某生妇		1910.12.16、12.17	虞初语	
184		杀妻案		1910.12.19	虞初语	

（续表）

序号	报刊名	篇名	原著作者	期号或日期	栏目名	小说类型
185	1905天趣报	双龄		1910.12.21、12.22	虞初语	
186		捕熊谈		1910.12.23—12.27	虞初语	
187		都门识小录	旅京记者	1910.12.29	虞初语	
188		过墟志		1911.3.2—4.3	人天眼	开国艳史
189		某州牧	大哀	1911.4.4、4.5	人天眼	短篇小说
190		潘狄		1911.4.6—4.8	人天眼	
191		不要米		1911.4.10	人天眼	
192		假夫妻	著者大悲	1911.4.12—5.2	人天眼	砭俗小说
193		广东之革命潮	著者佛云	1911.5.10—6.13	人天眼	
194	1906国民报	鸳鸯瓦	荛	1910.6.19—6.23	小说丛	艳情砭俗
195		红露	鹃声阁主译	1910.6.19—7.25	小说丛	哀艳小说
196		破棍	诛奸	1910.6.27	小说丛	寓言小说
197		推车女	辟臭	1910.6.28	小说丛	寓言小说
198		高等强盗	诛	1910.6.29	小说丛	短篇小说
199		米中蠹	百罹子	1910.6.30	小说丛	箴规小说

（续表）

序号	报刊名	篇名	原著作者	期号或日期	栏目名	小说类型
200	1906国民报	京华梦	过来人	1910.7.1	小说丛	短篇小说
201		野兽性	雷	1910.7.2—7.5	小说丛	短篇小说
202		睇出神	百罹子	1910.7.6	小说丛	白话小说
203		剃头失妻	不剃头者	1910.7.7—7.11	小说丛	近事写真
204		暴虎	过来人	1910.7.12—7.16	小说丛	短篇小说
205		三大	一棒	1910.7.14	小说丛	诙谐小说
206		会客	岁	1910.7.18	小说丛	活动写真
207		电一通	哲	1910.7.19	小说丛	怪象小说
208		亚如	碎	1910.7.20	小说丛	短篇小说
209		大虫	雷	1910.7.22	小说丛	短篇小说
210		香海车尘	过来人	1910.7.23	小说丛	短篇小说
211		一文钱	哲	1910.7.25	小说丛	寓言小说
212	1906珠江镜	情侠	彰武	1906.5.27—6.5	小说	写情小说
213		本地状元		1906.6.6、6.11	小说	涤垢小说
214		戆旅行	止戈	1906.6.7	小说	短篇小说

（续表）

序号	报刊名	篇名	原著作者	期号或日期	栏目名	小说类型
215	1906珠江镜	险里姻缘	止戈	1906.6.8、6.9	小说	短篇小说
216		意外缘	云慧	1906.6.12—6.15	小说	短篇小说
217		崖门余痛	崖西六郎	1906.6.20—7.3	小说	短篇小说
218	1906香港少年报	生死恨	计三郎	1906.8.22—8.27	新说部	幻情小说
219		醋海波	亚斧	1906.9.1—9.3	新说部	贼情小说
220		女贼	父	1906.9.12	新说部	短篇小说
221		媒祸	斧	1906.9.14—9.18	新说部	故事小说
222		宦海冤魂	棣	1906.9.22—10.5	新说部	
223		硫黄马	逖生	1906.10.8	新说部	怪诞小说
224		南无阿弥陀佛	斧	1906.10.9	新说部	光怪小说
225		蚁阵	斧	1906.10.10	新说部	复仇小说
226		醒狮	斧	1906.10.12	新说部	警醒小说
227		锦囊	斧	1906.10.13	新说部	短篇小说
228		走狗	嗤	1906.10.20	新说部	趣致小说
229		听	斧	1906.10.21	新说部	七情小说

（续表）

序号	报刊名	篇名	原著作者	期号或日期	栏目名	小说类型
230	1906香港少年报	熊	斧	1906.10.22	新说部	短篇小说
231		芙蓉血	计伯	1906.10.23、10.24	新说部	绘情小说
232		偷侦探	斧	1906.10.26	新说部	短篇小说
233		鸟媒	斧	1906.10.29、10.30	新说部	短篇小说
234		中国之摆伦	斧	1906.11.1	新说部	义侠小说
235		葡萄酒	斧	1906.11.7、11.8	新说部	短篇小说
236		西狩	朕	1906.11.15	新说部	白话小说
237		美人墓	斧	1906.11.16、11.19	新说部	短篇小说
238		蒸人甑	计伯译	1906.11.22、11.23	新说部	因果小说
239		冤业	逖生	1906.11.26	稗官署	薄命小说
240		疑团	斧	1906.11.27、11.28	稗官署	侦探小说
241		附骨疽	斧	1906.12.20、12.21	稗官署	短篇小说
242		泼妇	金人	1906.12.22	稗官署	短篇小说
243		粉侠	神父	1906.12.29	递信省	奇遇小说
244		孽姻缘	弟	1907.1.7—1.12	稗官署	贼情小说

（续表）

序号	报刊名	篇名	原著作者	期号或日期	栏目名	小说类型
245	1906赏奇画报	藜杖叟		1906年第1期	说部	
246		韦髯	季毓	1906年第2期	说部	
247		完婚	季毓	1906年第3期	说部	
248		谋杀案		1906年第4期	说部	
249		海外萍因	钜鹿六郎	1906年第5期	说部	
250		僵尸		1906年第6期	说部	
251		毒蟒		1906年第7期	说部	
252		静禅	钜鹿六郎	1906年第12期	说部	
253		怪兽	湝沃	1906年第15期	说部	
254		青衫泪		1906年第17期—第22期	说部	任侠小说
255		名妓知义	槎客	1906年第17期	说部	
256		烹珠	钜鹿六郎	1906年第19期	说部	
257	1906东方报	虚无弹	骆汉存译	1906.7.29—10.10	说部丛	惊奇小说
258		侠痴记	英国基路毕原著，励学校长白光明译	1906.10.11—1907.1.9		侠情小说

（续表）

序号	报刊名	篇名	原著作者	期号或日期	栏目名	小说类型
259	1906东方报	指环故事	陆生	1907.1.11	说部丛	警世小说
260		色迷	破迷	1907.1.12	说部丛	警世小说
261		醋海波	斌次郎	1907.1.13	说部丛	短篇小说
262	1906潮声	南宋亡国恨	惠	1906年第1期—第16期	小说	
263		西门豹小说	杨复初氏来稿	1906年第10期、第11期	小说	
264	1906孔圣会星期刊报	盗	黄魂	1910年第106期	说部	寓言小说
265		英人胆	自玉译稿	1911年第154期	小说	军事小说
266		劫花血传	雪痕生	1911年第154期	小说	最新译本侠情小说
267	1906七十二行商报	岭南潮		1910.9.21		讽世小说
268	1906中外小说林（含《粤东小说林》《绘图中外小说林》）	黄粱梦	世次郎	1906年第3期—1908年第11期		近事小说
269		美人计	著者玛利士雀庐，树珊译意，拾言润笔	1906年第3期—第8期		冒险小说
270		并蒂莲	计伯著，亚洲大璞氏评	1906年第3期—第8期		政治小说

（续表）

序号	报刊名	篇名	原著作者	期号或日期	栏目名	小说类型
271	1906 中外小说林（含《粤东小说林》《绘图中外小说林》）	加道会	张公勇译意，亚斧润笔	1906年第3期		侦探小说
272		匣里霜	斧	1906年第3期	短篇小说	艳情义侠冒险小说
273		回生术	放光	1906年第3期		短篇小说
274		梨花影	英国雅纪祈连著，公勇太郎译	1906年第7期、第8期		侦探小说
275		捉鬼	水共六郎译	1906年第7期、第8期	短篇小说	离奇小说
276		强骗	放光	1906年第8期	短篇小说	
277		狡骗	佩铿	1906年第8期	短篇小说	
278		宦海潮	世次郎撰	1907年第5期—1908年第11期		广东近事小说[①]
279		冰炭缘	钜鹿六郎著	1907年第5期—第11期		
280		难中缘	英国楷褒扶备原著，厉剑四郎译	1907年第5期—第12期		艳情小说
281		毒刀案	英国斐加士雄原著，亚猛译意，公裕润辞	1907年第5期—第17期		侦探小说

① 1908年第4期标“近事小说”。

（续表）

序号	报刊名	篇名	原著作者	期号或日期	栏目名	小说类型
282	1906 中外小说林（含《粤东小说林》《绘图中外小说林》）	昏庸镜	亦然	1907年第5期	短篇小说	叙事小说
283		妇孺钟	荔浣新著	1907年第6期—？		家庭教育小说
284		孽	业	1907年第6期		短篇小说
285		狡女谋	著者美国连著贻，勇夫译意，老奕润辞	1907年第15期—1908年第11期		侦探小说
286		美人局	忏痴随笔	1907年第9期	短篇小说	狡骗小说
287		情天石	忏痴随笔	1907年第11期	短篇小说	
288		恩仇报	警庵著	1907年第11期—第17期		义侠小说
289		好姻缘	耀	1907年第12期	短篇小说	艳情小说
290		情痴镜	忏痴随笔	1907年第13期		短篇小说
291		美团圆	江夏伯子	1907年第14期	短篇小说	情侠小说
292		花中刺	亚钟	1907年第14期	短篇小说	近事小说
293		孽缘公案	忏痴随笔	1907年第15期	短篇小说	
294		巾帼英雄	耀	1907年第16期	短篇小说	义侠小说
295		惩忿镜	敉	1907年第17期		短篇小说

（续表）

序号	报刊名	篇名	原著作者	期号或日期	栏目名	小说类型
296	1906 中外小说林（含《粤东小说林》《绘图中外小说林》）	狡骗	俊叔译意，愚公润辞	1907 年第 18 期		离奇小说
297		烟海回澜	伯耀	1907 年第 18 期		社会小说
298		花牡丹		1907 年第 18 期		短篇小说
299		匣里亡尸记	著者英国希路，亚猛译述，愚公润辞①	1908 年第 1 期—第 11 期		第一离奇小说
300		大觉悟	荛	1908 年第 1 期		离奇小说
301		长恨天	耀公	1908 年第 1 期		短篇小说
302		双美缘	伯耀	1908 年第 2 期		艳情小说
303		孽因孽果	凿	1908 年第 2 期		砭俗小说
304		侠女奇男	伯耀	1908 年第 3 期		义侠小说
305		现形妖	乱劈	1908 年第 3 期		短篇小说
306		烟侦探	敕	1908 年第 3 期		短篇小说
307		宦海恶涛	伯耀	1908 年第 4 期		近事小说
308		小复仇	译	1908 年第 4 期		近事小说
309		恶因果	伯耀	1908 年第 5 期		近事小说

① 1908 年第 1 期注“短篇小说”，当误。仅署“愚公”。

（续表）

序号	报刊名	篇名	原著作者	期号或日期	栏目名	小说类型
310	1906中外小说林（含《粤东小说林》《绘图中外小说林》）	无名之富翁	荛	1908年第5期		短篇小说
311		猛回头	耀	1908年第6期		讽世小说
312		快梦	凿	1908年第6期		短篇小说
313		烟生		1908年第6期		短篇小说
314		凶仇报	耀公	1908年第7期		侦探小说
315		花月痕	凿	1908年第7期		近事小说
316		朱显传	细	1908年第7期		短篇小说
317		片帆影	伯	1908年第8期		冒险小说
318		沈醉生	荛	1908年第8期		趣致小说
319		黄善人	太岁	1908年第11期		豪侠小说
320		飞侠	意	1908年第11期		快意小说
321	1906国事报	儿女谈奇录	著者石南	1911.5.6		理想小说
322	1907广东白话报	黄粱梦	世次郎	1907年第1期	大笪地	近事小说
323		打贼	凿	1907年第2期	大笪地	寓言小说
324		好箭法	来稿	1907年第2期	大笪地	趣致小说

（续表）

序号	报刊名	篇名	原著作者	期号或日期	栏目名	小说类型
325	1907广东白话报	妖魔声	庐亚	1907年第5期	大笪地	辟疫小说
326		立宪梦	觉公	1907年第5期、第7期	大笪地	近事小说
327		七姐	辑	1907年第7期	大笪地	趣致小说
328		女侠血	庐	1907年第7期	大笪地	冤情小说
329	1907社会公报	浪嫖镜	贤	1907.12.5—12.8	稗官署	警嫖小说
330		寒丐	荛	1907.12.8、12.12	稗官署	短篇小说
331		文明战	耀	1907.12.13	白话丛	短篇小说
332		女侠	耀	1907.12.14	稗官署	短篇小说
333		自作孽	贤	1907.12.16—12.18	稗官署	近事小说
334		幻境	荛	1907.12.19、12.20	稗官署	理想小说
335		恶姻缘	耀	1907.12.21—12.25	稗官署	短篇小说
336		撞饮	太岁	1907.12.26	稗官署	白话小说
337		淫贼	耀	1907.12.27—12.30	稗官署	近事小说
338	1907二十世纪军国民报	秋瑾	著者飞父	1907年第1期、第3期	小说	中国近世女界第一重要人物

（续表）

序号	报刊名	篇名	原著作者	期号或日期	栏目名	小说类型
339	1907 二十世纪军国民报	一夜夫妻	美国耶路大学校化学学士陈廷端译意，报界隐者轩胄润辞	1907 年第 1 期、第 3 期	小说	离奇小说
340	1907 广东戒烟新小说	烟侦探	哲	1907 年第 7 期		戒烟小说
341		昙化影	毅伯著	1907 年第 7 期	短篇	短篇小说
342		强盗独立记	平庵著	1907 年第 7 期、第 9 期		军事小说
343		断头香	计伯著	1907 年第 7 期、第 9 期		政治小说
344		回头岸	著者哲君	1907 年第 7 期、第 9 期		戒烟小说
345		头变	维一	1907 年第 7 期、第 9 期		侦探小说
346		面包党	芳郎译	1907 年第 7 期、第 9 期		侦探小说
347		警痴	佥夫	1907 年第 9 期	短篇小说	短篇小说
348		烟辑捕	哲	1907 年第 9 期	短篇小说	戒烟小说
349	1907 振华五日大事记	醋案	辕系	1907 年第 1 期—第 6 期	小说	侦探小说
350		浪淘珠	轩胄	1907 年第 3 期—第 6 期	小说	社会小说
351		侠报	轩胄	1907 年第 7 期	小说	侠义小说

（续表）

序号	报刊名	篇名	原著作者	期号或日期	栏目名	小说类型
352	1907振华五日大事记	海镜光	轩辕之胄	1907年第8期—第18期	小说	侠情小说
353		收师傅	而优	1907年第12期	小说	短篇小说
354		新妇智	而优	1907年第14期	小说	短篇小说
355		强中强	而优	1907年第15期	小说	短篇小说
356		专制魔	而优	1907年第16期—第47期	小说	近事小说
357		奇际	辕系	1907年第23期、第26期	小说	侠义小说
358		恶因缘	缕述	1907年第27期	小说	社会小说
359		黠者祸	美国（大）哲学家（原）著，美国留学生陈廷端译、报界隐者轩胄润词	1907年第30期—第42期	小说	离奇小说
360		孽镜花	铁樵	1907年第45期、第48期	小说	社会小说
361		骗骗	辛令	1907年第49期、第51期	小说	社会小说
362		荡花风	大同	1907年第51期	小说	近事小说
363	1907农工商报	陶朱公致富来历记	侠庵	1907年第1期、第3期	讲古仔	
364		机器大家鲁般师傅小史（般音班）	侠庵	1907年第2期	讲古仔	

（续表）

序号	报刊名	篇名	原著作者	期号或日期	栏目名	小说类型
365	1907农工商报	红毛大制造家矮克办脱致富来历记	铁汉来稿,侠庵参订	1907年第7期、第8期	古仔	
366		端木赐	明园主人	1907年第8期	古仔	中国农工商伟人事迹
367		制造瓷器大家巴律西小传	侠庵	1907年第10期、第11期、1908年第35期、第38期	古仔	
368		爱国商人弦高之伟绩[①]	陈铁庵	1907年第11期、第12期	古仔	
369		五文钱发财十万小史	谭鼎铭来稿	1907年第12期	古仔	
370		信义商家朱紫弃传	文屏来稿	1907年第13期	古仔	
371		广东忠信商家袁友信小传	李鼐来稿[②]	1907年第15期、第16期	古仔	
372		召信臣	明园	1907年第16期	古仔	
373		猗顿	明园	1907年第19期	古仔	
374		李悝	明园	1907年第19期	古仔	
375		美国大北铁路公司发起人占士比儿小传(用演说体)	张石朋遣词	1908年第31期、第32期	古仔	

① 第12期篇名为《爱国商人弦高小史》。且有说明文字如下:前期手民误登入“论说”一栏,本期更正。

② 第16期为“李鼎来稿”。

（续表）

序号	报刊名	篇名	原著作者	期号或日期	栏目名	小说类型
376	1907农工商报	临邛卓氏打铁发财小传	铁庵	1908年第33期	古仔	
377		著名船商特琼司小传	铁庵	1908年第34期	古仔	
378		兽肉霸王亚模小传	铁庵	1908年第42期—第49期	古仔	
379		德国农业发达史演义	铁庵	1908年第50期—第54期	古仔	
380	1908广东劝业报	中国机略大家马钧传	侠庵	1909年第71期	古仔	
381		东亚农学第一家津田仙先生传	亦农	1909年第74期—第76期	古仔	
382	1908香山旬报（含《香山循报》）	奇童案	涵秋译	1909年第14期	小说	短篇小说
383		萍水缘	醒广	1909年第18期	小说	
384		杨女士	方容均来稿	1909年第24期	小说	近事小说
385		两世人	陈思仲原著，警鹤生补遗	1909年第47期	小说	
386		假新郎	绛树	1909年第50期	小说	近事砭俗短篇小说
387		红粉青燐	侠我	1910年第60期—第62期	小说	近事写真侦探小说
388		温犀影	然者	1910年第63期	小说	短篇小说

（续表）

序号	报刊名	篇名	原著作者	期号或日期	栏目名	小说类型
389	1908香山旬报（含《香山循报》）	某富翁	醉墨	1910年第64期	小说	短篇小说
390		女丐	宏道译述	1910年第65期	小说	短篇小说
391		小驼子	著者德国炎慢纳扶，译者香山本立主人	1910年第69期	小说	
392		堕指录	鲁源 录神州日报	1910年第70期	小说	短篇小说
393		白女魔	醒庵遣词	1910年第72期—第82期	小说	
394		情天恨海	晓峰	1910年第73期	小说	短篇小说
395		三韩泪	容均寄稿	1910年第74期、第75期	小说	侠情小说
396		奇女儿	铁魂述	1910年第80期	小说	短篇小说
397		耳语奇闻	晓峰	1910年第81期	小说	短篇小说
398		密约案	英勒克维廉著，中兴译	1910年第83期	小说	
399		直报	轩胄	1911年第93期	小说	家庭教育说部之一
400	1908岭南白话杂志	学海潮	著者欧博明	1908年第2期—第4期	记事室	现形小说
401		奸淫报	耀公（伯）	1908年第2期—第5期	记事室	近事小说
402		装愁屋	原著英国佳保肥，亚乐译意、亚荛砌词	1908年第2期—第5期	译学馆	顶怪诞嘅小说

（续表）

序号	报刊名	篇名	原著作者	期号或日期	栏目名	小说类型
403	1908岭南白话杂志	游会记	俊三郎	1908年第3期、第4期	记事室	近事小说
404	1908岭东日报	千里马	英国柏尔伦原著，遁声口译、生可笔述	1908.6.16—6.27		侦探小说
405		盗巢艳迹	美国白福庇笔记，不才译述、生可参辞	1908.7.30—?		侦探小说
406	1908半星期报	一落千丈	治惧	1908年第1期—第12期	小说	离奇小说
407		偷儿术	治惧	1908年第13期、第14期	小说	社会小说
408		镇宅符	嚼梦	1908年第15期—第18期	小说	社会小说
409		双冤记	治惧	1908年第17期	小说	社会小说
410	1908东莞旬报	腹中帛	鲁秘大学校生亚万奴译意、求得死青年润词、邓汉伟校对	1908年第1期	小说	侦探小说
411	1908现世史	中国瓶		1908年第1期—1909年第11期	稗史	侦探小说
412		董福祥		1908年第1期	稗史	
413		纪贻将军遗事		1908年第1期	稗史	
414	1908中华新报	盗窟	著者楚怆	1909.1.27—?	小说	
415		橘中秘		1909.1.28—?	小说	侦探小说

（续表）

序号	报刊名	篇名	原著作者	期号或日期	栏目名	小说类型
416	1908 中华新报	猗兰小传		1910.1.26—1.29	小说	苦情小说
417	1908 新小说丛	补情天	文楷	1908 年第 1 期		短篇小说
418		窃书	星如	1908 年第 1 期		短篇小说
419		情天孽障	法国贾波老著，晴岚山人译	1908 年第 1 期、第 2 期		
420		亡羊归牧	枢垣述意，穑叟演词	1908 年第 1 期、第 2 期		英国妇孺小说
421		奇缘	英国弥士毕原著，王星如译，李英圃润	1908 年第 1 期、第 2 期		
422		破堡怪	文楷	1908 年第 1 期、第 2 期		
423		八妳秘录	法人朱保高比原著，新会李心灵、林紫虬合译	1908 年第 1 期、第 2 期		侠情小说
424		两岁星	星洲寓公邱菽园初稿	1908 年第 1 期、第 2 期		历史小说
425		血刀缘	新会夏茔光子谦，黄恩煦玉垣合译	1908 年第 1 期、第 2 期		惊奇小说
426		奇蓝珠	英国屈敦先生原著，会城李子鸣、禺山郭若衡同译[1]	1908 年第 1 期、第 2 期		侦探艳情小说

① 第 2 期为“禺山郭若衡、会邑李子鸣合译”。

（续表）

序号	报刊名	篇名	原著作者	期号或日期	栏目名	小说类型
427	1908新小说丛	女奸细	树珊、青井译润	1908年第2期		军情小说
428		盗尸	文楷	1908年第2期		短篇小说
429		波兰公主	王星如译，李英圃润	1908年第2期		短篇小说
430		恶梦	星如译	1908年第3期		短篇小说
431		一羽媒	树珊译	1908年第3期		短篇小说 趣妙小说
432	1909天铎	九点牌	英国花志安原著， 南海罗守一翻译	1909年第1期	译丛	侦探小说
433	1909广粹旬报	鸦片梦	著者百励	1909年第11期	小说	警世小说
434		侦探之侦探	著者太岁	1909年第11期—1910年第21期	小说	
435		双女侠[①]		1910年第21期	小说	
436	1909砭群丛报	亚东潮(一名近世之秘史)	古之伤心人著	1909年第1期—1910年第7期	说部	
437		照胆镜	天南僇民著	1909年第1期—第5期	说部	
438		中国稽者传	悲盦	1909年第1期、第2期	说部	

① 仅存于目录，正文未见。

（续表）

序号	报刊名	篇名	原著作者	期号或日期	栏目名	小说类型
439	1909砭群丛报	乌托邦之豪杰	悲盦所著	1909年第1期—1910年第7期	说部	
440		致富术	古之伤心人著	1909年第3期	说部	
441		碎珠圆镜录		1909年第5期	说部	
442		鲸窟寻亲记	悲盦	1909年第5期—1910年第7期	说部	
443	1909南越报附张	长门新恨		1910.2.14		
444		朝鲜血(又名伊藤传)	世次郎	1910.2.14—5.7	说部	近事小说
445		困新城	拍鸣	1910.2.14	说部	
446		兵上谈纸	拍鸣	1910.2.15	说部	现事小说
447		邂逅缘	芳郎	1910.2.16—2.19	说部	侠情小说
448		东游记	著者欧拍鸣	1910.2.21—4.6	说部	趣致白话社会小说
449		托塔	棱	1910.3.1—3.3	说部	寓言小说
450		纨绔儿	警黄稿	1910.3.17	说部	短篇小说
451		侠盗	汉钟(续载标为汉宗)	1910.3.18、3.19	说部	义侠小说
452		掷石狗	棱	1910.3.22	说部	寓言小说
453		官引梦	警黄稿	1910.3.23	说部	短篇小说

（续表）

序号	报刊名	篇名	原著作者	期号或日期	栏目名	小说类型
454	1909南越报附张	三叩首	棱	1910.3.24	说部	近事离奇小说
455		宿姻缘（惨鸳鸯）	某君（慧觉稿）	1910.3.25—4.16	说部	艳情小说
456		闷葫芦	禅侦探	1910.4.1	说部	寓言小说
457		官官相卫	棱	1910.4.2	说部	怪象小说
458		莺花梦	学吕	1910.4.8—5.3	说部	侠情小说
459		谈话会	棱	1910.4.18	说部	社会小说
460		开谈判	铁蕴稿	1910.4.25	说部	近事小说
461		学蠹现形记	鹤唳	1910.5.4—7.5	说部	社会小说
462		埋香冢	芳郎	1910.5.9—7.13	说部	哀情小说
463		扫庆	去庆虎	1910.6.25	说部	写真小说
464		新情史	瀛客	1910.7.6—8.16	说部	艳情小说
465		闺恨	警黄稿	1910.7.14—7.19	说部	哀情小说
466		客观梦	百钢少年稿	1910.7.20	说部	喻言小说
467		四奸案	拍鸣	1910.7.21—11.30	说部	法律侦探小说

（续表）

序号	报刊名	篇名	原著作者	期号或日期	栏目名	小说类型
468	1909南越报附张	妒剧	仙乎	1910.7.21—8.16	说部	趣情小说（三续开始为“趣怪社会小说”）
469		田鸡东	禅侦探稿	1910.8.17	说部	近事写真小说
470		侠报	芳畹	1910.8.18、8.19	说部	侠情小说
471		选举镜	禅侦探稿	1910.8.20	说部	怪剧小说
472		过路环	瀛客	1910.8.22—11.30	说部	近事小说
473		阴寒世界	隐明	1910.8.23	说部	短篇小说
474		鸦怪	腾芳稿	1910.8.26	说部	短篇小说
475		铲穿地球	春	1910.8.27—8.30	说部	科学滑稽小说
476		振夫纲	茥	1910.9.2—9.6	说部	伦理滑稽小说
477		哭亡泪	百钢少年稿	1910.9.8—9.10	说部	短篇小说
478		江上英雄	春	1910.9.15、9.16	说部	党祸小说
479		血字图书	仁父	1910.9.20	说部	党祸小说
480		群鬼会	春	1910.9.21—9.26	说部	社会滑稽小说

（续表）

序号	报刊名	篇名	原著作者	期号或日期	栏目名	小说类型
481	1909南越报附张	恶姻缘	禅侦探子	1910.9.24—9.26	说部	近事写真小说
482		自残同种	百钢少年	1910.9.27—10.7	说部	社会小说
483		后周游	拍鸣	1910.9.30	说部	短篇小说
484		孔诞观	瀛客	1910.9.30—10.4	说部	现象小说
485		贼报报	仁父	1910.10.3	说部	怪象小说
486		加快引	棱	1910.10.8	说部	逼迫小说
487		幻想记	光	1910.10.11、10.12	说部	短篇小说
488		浮海奇谈	百钢少年	1910.10.14—10.16	说部	寓言小说
489		十日建国志	世次郎小配	1910.11.1—11.30	说部	最新历史小说
490		魍魉影	驱鬼	1910.11.26	说部	趣致小说
491		义骗	拍鸣	1911.10.23—1912.2.10	说部	社会小说
492		杨仁山	述者	1911.10.23—10.27	说部	传记小说
493		孽债	世次郎	1911.10.27—11.13	说部	近事小说
494		煤山梦	遁	1911.12.13	说部	寓言短篇小说
495		钻石丑闻	振译	1911.10.31—11.3	说部	传记小说

（续表）

序号	报刊名	篇名	原著作者	期号或日期	栏目名	小说类型
496	1909南越报附张	五日风声	世次郎小配	1911.5—		
497		妾薄命	世次郎小配	1911.1.18—		奇情小说
498	1910南报	波兰人之从军	贱	1910年第2期	小说	
499	1911光华报	战骡	芝逊译	1911.12.15	说部	
500	1904时谐新集	人肉楼				
501		肝脑地				
502		手足奴				
503		涕泪汉				
504		眼耳嘲				
505		头脚辩				
506		手口争				
507		毛发答				
508		动物谈				
509		虫族世界				
510		水族世界				
511		走兽世界				

（续表）

序号	报刊名	篇名	原著作者	期号或日期	栏目名	小说类型
512	1904时谐新集	飞禽世界				
513		避祸新法				
514		妓院述谐				
515		缝匠寓言				
516		扫墓余话				
517		梁山别解				
518		翻译笑话				
519		格致奇谈[①]				
520		观音菩萨				
521		财帛星君				
522		雷慰电母				
523		盗怕医生				
524		鸡鸭相庆				
525		饼芋同悲				
526		丸价起色				

① 目录中书名“格致奇谈”，正文标题书名“奇格致谈”，当是正文误排字序。

附录二:1911年以前创刊、1912年以来岭南报刊发表小说

序号	报刊名	篇名	署名	期号或日期	栏目名	小说类型
1	1905时事画报	时事	承露	1912年第1期	小说	短篇小说
2		猴	么凤	1912年第1期	小说	短篇小说
3		梅花冢	著者挹露	1912年第1期—1913年第12期	小说	哀艳小说
4		如是观	拨弦	1912年第2期	短篇小说	短篇小说
5		侠女盗	香草	1912年第3期	短篇小说	纪事小说
6		无题	无	1912年第3期		最短短篇小说
7		无题	弦	1912年第3期		最短短篇小说
8		无题	客	1912年第3期		最短短篇小说
9		畸人记		1912年第4期		
10		杀人慈善会	升平	1912年第5期、第6期	短篇小说	豪侠小说
11		水怪	大悲	1912年第7期		短篇小说
12		回头岸	尘根	1912年第8期	短篇小说	短篇小说
13		医医	自在	1913年第11期		短篇小说

（续表）

序号	报刊名	篇名	署名	期号或日期	栏目名	小说类型
14	1905时事画报	贼！贼！	不文	1913年第12期		短篇小说
15	1906国民报	黑将军	著者百罹[①]	1912.1.17—3.27	小说丛	暗杀小说
16		二滴血痕案	树人译述	1912.1.17—3.9	小说丛	侦探小说
17		社会主义果实行	德国自由党利希德著，树人译	1912.1.18—9.3	小说丛	理想小说
18		富家谷记	无我	1912.1.30	小说丛	
19		校外钟	观演新著	1912.2.23—12.2	小说丛	教育小说
20		佳人运命	树译	1912.2.28—7.3	小说丛	侦探实谈
21		亡清记念品	期期	1912.9.4—9.5	小说丛	
22		失妻案	阿弥	1912.9.6—10.1	小说丛	哀情小说
23		大有所获	百罹子	1912.10.2—10.3	小说丛	近事写真
24		纸世界	废帝	1912.10.4	小说丛	近事写真
25		王氏	善之	1912.10.4	小说丛	
26		贼秃	何立三	1912.10.5	小说丛	社会小说
27		诬孔	破	1912.10.7	小说丛	

① 后更换成仅署“罹”字。

(续表)

序号	报刊名	篇名	署名	期号或日期	栏目名	小说类型
28	1906国民报	大盗来	若文女史译	1912.10.9—11.20	小说丛	侦探实谈
29		帽之泪	瀑石	1912.10.15	小说丛	滑稽短篇
30		两面观	痴萍	1912.11.9	小说丛	纪念小说
31		春怨	美魂女史译	1912.11.21—12.2	小说丛	哀艳小说
32		红鹃外史	善之	1912.12.3—12.7	小说丛	畸情小说
33		欲海潮		1913.6.2—11.6		社会小说
34		飞絮影	树人译	1913.6.3—7.5	小说丛	艳感小说
35		诗冢	善之	1913.6.3	小说丛	
36		相思误	善之	1913.6.9	小说丛	幻情短篇
37		新情史一则	善之	1913.7.5	小说丛	
38		八松墓	昂孙	1913.7.5	小说丛	
39	1909南越报附张	女子幽人	慧云	1912.1.19—1.23	说部	短篇小说
40		亚那	慧云	1912.1.25—2.24	说部	短篇小说
41		迷信毒		1912.1.27	说部	短篇小说
42		无脚公案	拍鸣	1912.2.24—?	说部	侦探小说

（续表）

序号	报刊名	篇名	署名	期号或日期	栏目名	小说类型
43		累累缘	幹	1913.10.8—11.12	说部	秘事小说
44		奇美人	幹	1914.1.17—?	说部	色魔小说
45		伶侠	燕尾	1914.1.17—?	说部	短篇小说
46		淫兔乔雌记	阿甫	1914.5.13—?	说部	诧事小说
47		壁虎，一名变色龙 Chameleon	公武	1914.5.13—?	说部	神话小说
48		箱中尸	鸣	1914.5.13—?	说部	近事侦探艳情小说
49	1909南越报附张	跛幕淫锋记	阿幹	1914.8.7—10.9	说部	冤惨小说
50		水流柴	鸣	1914.8.7—?	说部	怪异小说
51		椟龟柙虎	鸣	1914.8.25—11.2	说部	侠艳小说
52		迷信镜	缉	1914.8.29	说部	短篇小说
53		侦探毒	神圣	1914.9.10	说部	短篇小说
54		遇鬼	良	1914.9.14	说部	短篇小说
55		谈鬼	良	1914.9.15	说部	短篇小说
56		狐而虎	阿幹	1914.10.29—11.28	说部	传疑小说

（续表）

序号	报刊名	篇名	署名	期号或日期	栏目名	小说类型
57	1909南越报附张	一声雷	狂生	1914.11.2—?	说部	惊魂小说
58		醉美人	鸣	1914.11.3—12.15	说部	侠艳小说
59		柏梵娘	选林琴南	1914.11.3—?	说部	
60		石像	神	1914.11.26—?	说部	翻译小说
61		猢狲王之齐人	长照	1914.12.2—12.26	说部	乌有小说
62		新新台	选	1914.12.3	说部	白话短篇
63		公债	选	1914.12.5	说部	近事小说
64		悲声	选	1914.12.8	说部	白话小说
65		何英	笔名	1914.12.12	说部	短编小说
66		剪绺贼	亚雪	1914.12.14	说部	滑稽小说
67		鼠复仇	选	1914.12.15—12.16	说部	滑稽小说
68		十二龄童子	拍	1914.12.16—1915.2.4	说部	侦探小说
69		柯玉姑	选	1914.12.22	说部	艳情小说
70		哀雁		1914.12.26	说部	记事小说
71		勿儿得怜	阿甫	1914.12.29—1915.1.22	说部	诧事小说

（续表）

序号	报刊名	篇名	署名	期号或日期	栏目名	小说类型
72	1909南越报附张	穷人之鬼	孝宗	1914.12.29—12.31	说部	滑稽小说
73		小学童	选	1915.1.1	说部	忧时小说
74		雪中之拿破仑	冷	1915.1.14—1.26	说部	编译小说
75		徐娘饮恨记	阿甫	1915.1.23—2.4	说部	悲愤小说
76		杨氏女	筑公	1915.1.29	说部	近事小说
77		穷途泪	骇俗	1915.2.4	说部	纪事小说
78		新郎误		1915.2.8	说部	时事小说
79		花蚤	吼	1915.2.18—3.11	说部	近事小说
80		霞卿		1915.2.22	说部	
81		戏孽	警迷	1915.2.27—3.8	说部	
82		弱女救亲记	缉	1915.2.27	说部	伦理小说
83		酬知血泪记	阿幹	1915.3.10—4.9	说部	服仇小说
84		白浪红涛	缉	1915.3.11—?	说部	苦情小说
85		女间谍	缉	1915.4.1—4.2	说部	政治小说
86		尤四	振炎	1915.4.2—?	说部	砭俗小说
87		梨桂酸心	缉	1915.4.3	说部	短篇小说